KB105000

1_ 제18회 현대문학 신인문학상 시상식(1973년, 서울대 교수회관).

2_ 『화산도』를 쓴 김석범 소설가와 5·18묘역에서(1990년경).

3_ 암태도사건의 유일한 생존인물 서동오 옹과(1979년).

4_ 경남 하동 섬진강변 마을에서 동학농민전쟁 현지조사(1987년).

5_ 민족문학작가회의 회장 자격으로 일본 토오꾜오를 방문한 자리에서 영화감독 이장호와(1994년).

6_ 전남 장흥 동학농민전쟁기념탑에서 동학농민전쟁 당시 석대들 전투에 대해 설명하며(2004년경).

사진 제공
송기숙 가족, 장흥별곡문학동인회

어머니의 깃발

송기숙 중단편전집 3

어머니의 깃발

조은숙 엮음

창비

| 책머리에 |

2009년 10월 1일 송기숙 선생은 선암사 해천당 앞에 있었다. 당시 그는 건강이 어느정도 회복되어 『송기숙의 삶과 문학』(역락 2009)을 집필하고 있던 필자의 궁금증을 해소해주기 위해 인터뷰에 응하거나 직접 작품 속 장소를 찾아 작품의 배경 등을 설명해주곤 했는데, 이날은 그의 소설 『녹두장군』을 집필했던 선암사 해천당을 찾은 것이다. 이처럼 당시 필자는 작가와의 만남이 잦아지면서 자연스럽게 그의 중단편 작품 대부분이 절판 또는 품절 상태여서 연구에 어려운 점이 많다는 점과 중단편전집을 발간해야 할 필요성을 말씀드렸다. 이에 선생은 "작가 살아생전에 전집을 낸다는 것은 최고의 선물이지. 근디, 나 좋자고 출판사 힘들게 하면 안 되지"라고 하면서 전집 발간을 미뤘다.

이후 필자는 2010년 스승의날을 맞아 선생을 모시고 선운사를 방문했다. 그때 선생은 도솔암 미륵불 앞에서 불현듯 곧 출판사에서 중단편전집에 대한 연락이 올 것이라고 하면서 함께 전집 작업을 하자고 했다. 그러나 곧 연락이 올 것이라고 한 출판사는 끝내 연락이 없었고, 그사이 선생의 건강도 악화되었다. 그로부터 6년이라는 시간이 속절없이 흘러갔고, 이제는 더이상 기다릴 수 없다는 생각에 필자는 몇몇 출판사에 선생의 중단편전집 출간을 제안했다. 그리고 다행스럽게도 2016년 5월 선생과 굳건한 신의 관계를 유지해오던 창비에서 중단편전집 출간 의사를 밝혀왔다.

선생은 1965년 문단에 데뷔한 이래 「백포동자」 「부르는 소리」 「우투리 — 산 자여 따르라 1」 「고향 사람들」 「길 아래서」 등의 단편뿐 아니라, 『자랏골의 비가』 『암태도』 『이야기 동학농민전쟁』 『녹두장군』(전12권) 『은내골 기행』 『오월의 미소』 등 장편과 대하소설을 모두 창비에서 발표했다. 선생은 평생토록 한국사회의 모순과 진실을 문학이라는 장르를 통해 독자들과 공유하고자 했는데, 이러한 그의 바람이 창비의 이념과도 상통했기 때문이었다. 이에 독자들도 그의 이러한 작가정신과 올곧고 용기있는 비판의 목소리에 호응하며 그의 작품이 다시 발간되기를 고대하고 있었다. 그런데 이번에 절판 또는 품절 상태인 그의 중단편전집까지 창비에서 발간되면서 명실상부 당대의 모순과 싸워온 행동하는 지식인이자 작가로서의 궤적이 담긴 작품들이 모두 한 출판사에서 엮어지게 되었다. 따라서 이번 중단편전집의 발간은 송기숙 소설의 전체적 모습과 그의 인간적 면모를 이해하는 데 밑거름이 될 것으로 확신한다.

이 전집에는 이미 출간된 여덟권의 단편소설집 『백의민족』(형설출판사 1972), 『도깨비 잔치』(백제출판사 1978), 『재수 없는 금의환향』(시인사 1979), 『개는 왜 짖는가』(한진출판사 1984), 『테러리스트』(한겨레출판사 1986), 『어머니의 깃발』(심지 1988), 『파랑새』(전예원 1988), 『들국화 송이송이』(문학과경계 2003) 등에 실려 있던 작품 가운데 꽁뜨 열네편을 제외하고, 위의 작품집에 누락된 「백포동자」 「신 농가월령가」 「우투리—산 자여 따르라 1」 「제7공화국」 등의 네편을 새로 추가하여 송기숙의 중단편을 모두 수록했다. 전집의 편집 체제는 기존 작품집에 실린 순서를 따르지 않고 작가가 발표한 순서대로 재구성했다.

선생은 지난 몇년간 새로운 작품을 쓰기보다는 기존 발표작을 마음에 들 때까지 끊임없이 수정했다. 이 때문에 작품의 정본은 가장 최근에 실었던 작품집의 것으로 결정하고, 전남대학교 국어국문학과 박사수료 또는 과정에 있는 연구자들의 도움을 받아 기초작업을 완료했다. 다만 이 과정에서 사투리를 표준어로 고친 경우가 많아 선생만이 가지고 있었던 사투리의 구수함도 함께 사라져버렸다. 그래서 다시 연구자들의 도움을 받아 작품마다 기존 발표본과 대조하는 작업을 거쳤다. 일이 거의 완성될 무렵, 2009년 10월 선암사에서 작가가 "기존에 썼던 작품 중에서 마음에 안 든 부분을 다시 손봤어"라고 한 말이 떠올랐다. 이미 개고(改稿)되었을 가능성이 있다고 보고 가족에게 급히 연락을 취하니, 다행히 노트북에 개고한 자료가 남아 있었다. 이러한 우여곡절을 거친 뒤, 정본은 가장 최근 작품집에 실었던 작품과 작가가 최근에 개고한 작품을 일일이 대조하여 확정했다. 정본으로 확정된 작품은 다시 발표한 시기에 따라 다섯권으로 분류한 뒤 교감(校勘)을 시작했다. 이로써 전집 작업에서 가장 험난했던 산을 하나 넘을 수 있었다.

하지만 다섯권의 체제를 일치시키는 과정은 더 험난했다. 선생은 2003년 이후 개고하는 과정에서 국민학교를 초등학교로, 「재수 없는 금의환향」을 「김복만 사장님 금의환향」으로, 「북소리 둥둥」에서 '김명수'를 '김명호'로, '유상수'를 '유기수'로 바꿨다. 그뿐 아니라 문장을 삭제하거나 문단을 삭제하면서 의미가 불분명해진 경우가 발생하기도 하고, 새로운 단어와 문장, 문단을 덧붙이기도 했다. 아마도 작가가 중단편전집 작업을 하면서 한번 더 검토하려고 했다가 갑자기 건강이 악화되어 미처 손을 대지 못한 것으로 보인다. 이처럼 의미가 불분명해진 경우에는 최근의 작품집 및 『송기숙 소설어 사전』(민충환 편저, 보고사 2002)을 참조하여 수정했다.

송기숙 중단편전집 작업은 그의 전체 작품을 한데 묶음으로써 독자나 연구자에게 그의 작품세계에 쉽게 접근할 수 있는 기회를 제공하는 데 그 의도가 있다. 연구자에게 무엇보다 필요하고 소중한 것은 온전한 전집을 구비하는 일이다. 이제 송기숙 연구의 기초자료가 확보된 만큼 연구자들의 다양한 연구도 가능해질 것으로 생각된다. 또한 송기숙 소설이 독자층에 따라 다채로운 재미를 줄 것을 확신한다. 그의 소설을 읽으면서 독자들은 '도끼'처럼 가슴을 후벼 파는 문장과 만나게 될 것이다.

전집 작업은 송기숙을 사랑하는 이들의 도움이 있었기에 가능한 일이었다. 이미 단행본으로 출간한 출판사 측의 양해가 없었다면 전 작품을 한자리에 싣기가 어려웠을 것이다. 이를 흔쾌히 허락해 주신 출판사 대표들께 다시 한번 깊은 감사를 드린다. 아울러 누구보다 전집 간행을 축하하며 기꺼이 전집의 의의를 짚어주신 염무웅 선생님, 강의 때문에 바쁘신데도 정성껏 작품 해설을 써주신 공종구 임규찬 임환모 김형중 교수, 작업 시작부터 끝날 때까지 애정을 가지고 지켜봐주신 이미란 교수께 감사드린다.

그리고 어려운 여건에서도 전집 작업을 기꺼이 맡아주신 창비의 강일우 대표, 편집과 교정 등 세세한 부분에 신경을 써준 박주용 편집자께도 감사드린다. 한결같은 마음으로 사랑과 격려를 아끼지 않았던 송기숙 선생의 가족들께도 고마움을 전한다. 마지막으로 이 전집을 최고의 선물이라고 웃어주실 송기숙 선생께 바친다.

2018년 1월

엮은이 조은숙

| 소개의 글 |

민중적 인간상의 다채로운 소설화

송기숙의 소설세계

염무웅(문학평론가·영남대 명예교수)

1

내가 송기숙 선생을 처음 만난 것은 1975년 여름방학 때였다. 이렇게 똑똑히 기억하는 데는 사연이 있다. 당시 나는 덕성여대 국문과에 전임으로 재직하고 있었는데, 그해에도 학생들을 데리고 전남 구례 쪽으로 학술답사를 나갔다. 민요반 설화반 방언반 따위로 팀을 꾸려 주로 할머니, 할아버지 들을 면담하고 자료를 채록하는 것이 일이었다. 하지만 학생들은 '학술'보다 '여흥'에 더 관심이 많았고, 인솔교수들도 그 점을 묵인해주었다. 이렇게 시늉뿐인 답사를 끝내고 마지막 날엔 쌍계사 입구에 이르러 여관에 짐을 풀었다. 잠시 앞마당 평상에 앉아 쉬고 있는데, 한 학생이 와서 나를 찾는 분이 있다고 알린다. 이런 곳에 나를 아는 사람이 있을 리 없는데, 하면서 그 학생을 따라 여관 뒤꼍으로 돌아서자 거무스레하게 생긴 40대 사나이가 얼굴 가득히 함박웃음을 지으며 덥석 내게 손을 내민다. "염 선생이오? 나 전남대 있는 송기숙이오."

사실 나는 그때까지 송기숙에 대해 아는 바가 많지 않았다. 여자가 아닌 남자라는 것, 술이 들어가면 자못 요란해진다는 것, 『현대문학』 출신의 소설가라는 것…… 이런 정보도 아마 '문단의 마당발'인 이문구(李文求)를 통해 얻어들었을 것이다. 그러고 보니 그 몇 해 전 소설집 『백의민족』을 받았던 기억도 났다. 하지만 한두편 읽고서 매력을 못 느껴 밀쳐둔 터였다. '송기숙'이란 말을 듣자 대뜸 그런 점들이 떠올라 찜찜했지만, 그가 하도 반가워하는 바람에 나도 곧 친근감이 생겨 그가 이끄는 대로 가까운 냇가로 나갔다. 그리고 갓 낚은 은어회를 안주로 송 선생의 동료교수들과 소주잔을 나누었다. 그들은 대학에서 쓸 교과서 원고를 집필하느라고 방학 동안 거기서 장기투숙 중이었다.

이렇게 안면을 튼 뒤로 그는 서울 올 때마다 창비 사무실을 찾았고, 사무실에서 한바탕 떠들고 나면 으레 나를 끌고 근처 술집을 향했다. 어떤 때는 평론가 김병걸(金炳傑) 선생과 함께 오는 수도 있었다. 사실 두분은 함께 다니는 것이 의아해 보일 만큼 서로 다른 개성의 소유자였다. 김병걸 선생은 키도 작고 약골에다 술도 전혀 못하는 샌님 같은 함경도 출신인 데 비해 송 선생은 강인한 체력에 애주가요 왁자지껄 활기에 넘치는 왈짜 같은 전라도 출신이었다. 그런데도 무슨 인연이 어떻게 맺어졌는지 아주 가깝고 서로를 존

중하며 깊이 통하는 데가 있는 듯했다. 이런 신변사를 이야기하는 것은 다름 아니고 송기숙 문학의 이해와 무관치 않다고 생각되기 때문이다.

원래 송기숙은 평론가 조연현(趙演鉉)의 추천으로 『현대문학』에 문학평론을 추천받고 문단에 나왔다. 그가 쓴 평론이 이상(李箱)과 손창섭(孫昌涉)에 관한 것이라는 점은 '소설가 송기숙'을 생각하면 뜻밖이다. 알다시피 이상은 1930년대 전위문학의 대표자라 할 수 있고 손창섭은 1950~60년대 전후문학의 상징적 존재라 할 수 있는데, 송기숙의 소설은 이상이나 손창섭의 세계와는 완전히 대조적인 것이기 때문이다. 어쨌든 그는 더이상 평론을 발표하지 않고 소설가로 변신했다. 별다른 추천절차 없이 1966년 단편소설 「대리복무」를 『현대문학』에 발표했고, 1972년 간행된 소설집 『백의민족』으로는 이듬해 제18회 『현대문학』 소설부문 신인문학상을 받았으며, 이어서 1974~75년에는 첫 장편소설 『자랏골의 비가』를 『현대문학』에 연재할 수 있었다. 이것은 『현대문학』 주간이자 문단 실력자의 한 사람인 조연현의 특별배려가 아닐 수 없었다.

그런데 송기숙의 경우 평론가에서 소설가로의 변신은 단순히 장르 선택의 문제가 아니었다. 짐작건대 그것은 송기숙의 삶과 문학 전체가 걸린 일대 전환이라 할 만했다. 고백하거니와 나는 송기숙의 평론 「창작과정을 통해 본 손창섭」도 「이상 서설」도 읽어보지 못했다. 하지만 그럼에도 확신할 수 있는 것은 이 평론들과 단편 「대리복무」 이후 그의 수많은 소설들 사이에는 단순한 장르의 차이로 설명할 수 없는 거대한 세계관·문학관의 격차가 존재할 것이라는 점이다. 송기숙의 경우와 같은 극적인 전환은 아니라 해도 완만하지만 비슷한 변화가 김병걸에게서도 일어났을 터인데, 1970년대 접어들어 점점 죄어오는 박정희 유신독재의 압박은 김병걸·송기숙 같은 분들의 문학적 발상뿐 아니라 그들의 일상적 발걸음도 '현대문학사'에서 '창비'로 향하게 하지 않았을까 하는 것이 내 짐작이다.

2

글이 곧 사람이라는 말을 흔히 듣지만, 송기숙의 문학이야말로 그의 사람됨의 직접적 반영이 아닐까 생각한다. 만나면 만날수록 그는 요즘 세상에 드문 '진국'이라고 느껴지는 분이었다. 때로 그의 얼굴이 험상궂어 보이는 수도 있었지만, 그건 그가 용서 못할 불의와 부정에 화를 내고 있다는 뜻일 뿐이었다. 하지만 마음 맞는 사람들과 즐겁게 농담을 주고받을 때의 그의 얼굴은 하회탈처럼 온통 웃음으로 덮인다. 이런 웃음은 경쟁과 타산이 지배하는 자본주의 사회에서는 원천적으로 존재하기 어려운 것이다. 왜냐하면 경쟁사회에서는 누구나 타인과의 사회적 관계에 따라 표정과 웃음을 적절하게 관리해야 하기 때문이다. 그런데 하회탈 같은 데서 우리가 보는 것은 그런 계산된 표정이 아니다. 그것은 봉건적 억압과 질곡에도 굴하지 않고 거리낌 없이 대들며 웃음을 터뜨릴 수 있었던 농민적 낙천성의 자기발현과도 같은 것인데, 송기숙의 얼굴에 나타나는 해학과 낙천성은 잠재된 형태로 전승되던 바로 그 민중정서의 자연발생적 표출인 것이다. 단편 「불패자」가 발표된 잡지 『문학사상』 1976년 9월호에서 이문구는 송기숙을 평하여 "나라에 천연기념물 보호법은 있으면서 왜 이런 천연인간 보호법은 없는지, 다시 생각게 해주는 사람이다"라고 말한 바 있거니와, 이문구의 '천연인간'이 가리키는 것도 송기숙의 이런 천의무봉일 것이다.

송기숙의 소설에 등장하는 주요 인물들은 대체로 작가의 혈연적 동지들이다. 가령, 「도깨비 잔치」 주인공의 시선에 비친 할아버지는 이렇게 묘사된다. "할아버지는 평소에는 더없이 인자하신 분이었지만, 비위에 한번 거슬렸다 하면 타협이나 양보가 없었다. 커엄하고 돌아앉아버리면 그것으로 그만이었다. 거기서 더 뭐라고 주접을 떨면 그때는 입에서 말이 아니라 불이 쏟아졌다." 이런 강인하고 비타협적인 인간형은 장편 『자랏골의 비가』에 등장하는 용골영감과 곰영감을 비롯하여 「가남약전」 「만복이」 「불패자」 「추적」 등 작품의 주인공들에 모두 일맥상통하는 공통성으로 제시되고 있다. 그들은 평소에는 말이 없고 세상사에 둔감한 듯이 보이지만, 비위에 안 맞고 사리에 어긋난다 싶은 일이 닥치면 물불 가리지 않고 나서서 나름의 원칙을 완강하게 밀고나간다. 그렇게 하는 것이 설사 개인적 불이익을 초래한다 하더라도 그것이 그들의 고집을 꺾을 수는 없다.

여기서 우리가 주목할 것은 그들이 높은 교육을 받았다거나 많은 재산을 가진 인물들이 아니라는 점이다. 즉 그들의 행동은 그 어떤 관념이나 이론의 산물이 아닌 것이다. 그들은 대체로 육신을 움직여 노동으로 먹고사는 존재들이며, 그들의 행동도 인간 본연의 심성에서 우러난 자연발생적 표현이라고 여겨지는 것이다. 물론 인간 심성의 본래적 바탕에 대한 관념적 예찬 자체에 머물렀다면 그것은 단순한 이상주의거나 추상적 인성예찬론일 수 있다. 그러나 송기숙 문학의 진정으로 뛰어난 점은 그가 인간 심성의 원초적 바탕에 대해 단지 낙관과 신뢰를 가지는 데 그치는 것이 아니라 그것이 어떻게 실제의 역사적 상황 속에서 당면한 사회적 조건들과 부딪치면서 구체화되어왔는가를 끊임없이 소설적으로 묻고 있다는 사실이다. 다른 말로 부연하면 송기숙 소설의 인물들은 전통적 농촌공동체 안에서 힘겹게 생존을 이어온 전형적으로 구시대적인 인간들이기는 하지만, 그들의 삶이 뿌리내리고 있는 민중적 전통과 그들 인간성 간의 불가피한 밀착에 근거하여 근현대의 엄혹한 역사를 거치는 동안 일본제국주의의 침략과 그뒤를 이은 동족 간의 전쟁 및 군사독재의 폭력에 대한 저항의 주력부대 또는 지원의 후방세력으로 나서지 않을 수 없는 존재들이었다고 할 수 있다. 1978년 6월의 '교육지표 사건'과 1980년 5월의 저 광주항쟁에서 보여준 송기숙 자신의 치열한 삶 자체가 그러했듯이, 『자랏골의 비가』 『암태도』 『녹두장군』 『은내골 기행』 등으로 이어지는 장편소설은 물론이고 그의 주요 중단편들도 위에서 서술한 것과 같은 민중적 내지 농민적 인간상이 불의와 억압 속에서 겪는 좌절과 고통의 기록이자 권력과 금력에 맞선 저항과 투쟁의 역사인 것이다. 이런 점에서 그의 문학은 일제강점기부터 분단과 전쟁을 거쳐 민주화투쟁의 시기에 이르는 한국 근현대문학사에 있어 가장 빛나는 성취에 해당한다고 말하지 않을 수 없다.

3

송기숙이 소설창작에 몰두하던 시기, 즉 1970~90년대도 어느덧 20여년의 세월이 흘러 이제 젊은 독자들 중에는 그의 이름을 기억하지 못하는 사람도 적지 않을 것이고, 설사 그의 소설책을 잡는다 하더라도 많은 독자들은 거기에서 '시대를 관통하는' 살아 있는 문제의식을 발견하기보다 시대에 뒤처진 '감각적 낙후'만을 느낄 가능성도 있다. 그런데 이런 점을 다만 시대가 변했다는 사실로만 설명하는 것은 일면적이다. 가령, 그가 1964년에 석사학위논문의 주제로 다루었던 이상(李箱)의 문장이나 이상의 동시대 작가 박태원(朴泰遠)의 소설은 감각의 세련성 측면에서 지금도 결코 낡았다고 할 수 없기 때문이다. 문학에서 정치적 올바름의 추구가 때때로 미학적 완성도의 부실이라는 결과로 이어지는 수가 많은 것, 요컨대 한 예술가의 내부세계에서 발생하는 정치와 미학의 괴리를 어떻게 설명할 것인가.

최근 나는 이 글을 쓰기 위해 송기숙의 첫 소설집 『백의민족』(형설출판사 1972)을 서가에서 꺼내들었다. 그러자 뜻밖에도 책갈피에서 딱 엽서만 한 크기의 종이 한장이 떨어졌다. 그것은 저자가 기증본을 보내면서 책에 끼워넣은 인사장이었다. 앞뒤의 형식적 인사말을 자르고 몸통을 그대로 옮기면 다음과 같다.

> 여태 발표했던 단편을 모았기에 새해 인사를 곁들여 보내오니 하감(下鑑)하시고 지도편달 바랍니다. 더러 구성이 허술하고 문장이 뜨는 외(外)에 여러 면으로 자괴불금(自愧不禁)이오나 제재를 고루 손대본 것만은 공부였다면 공부였다고 할 수 있어 어렴풋이나마 물정이 잡히는 것도 같고 방향을 잡아설 수도 있을 듯하여 후일을 약속하오니 배전의 격려를 바랍니다.

요컨대 이 단편들의 구성과 문장에 모자람이 많지만 작품을 쓰는 동안 창작의 방향을 잡았으니 앞으로 주목해달라는 것이다. 아주 솔직한 편지인데, 실제로 송기숙의 초기소설은 작가가 인사장에서 자인한 대로, 그리고 이 인사장의 문장 자체가 실증하는 대로 인물과 사건을 전달하는 서사의 구조가 어설프고 디테일을 연결하는 감성적 짜임새가 거칠다. 배경이 주로 구시대의 농촌이므로 등장인물들의 감정이 섬세하지 않은 건 당연하지만, 그것의 소설적 처리 즉 작가의 솜씨는 더 주도면밀해야 하는 것 아닌가. 그런데 송기숙 초기소설에서는 묘사의 대상과 묘사의 주체가 충분히 분리되어 있지 않다고 여겨지는 것이다.

그러나 이러한 기술적 결함이 그의 문학을 평가함에 있어 무시해도 좋은 약점은 아니지만 근본적 한계일 수도 없다고 나는 생각한다. 도리어 오늘의 독자들이 송기숙처럼 낡아 보이는 소설세계에 더 적극적으로 다가섬으로써 현재 통용되는 당대문학의 역사적 위상에 대한 더 깊은 성찰의 원근법을 얻을 수 있다고 믿어지는 것이다. 문학사를 살펴보면 송기숙의 경우와 반대로 미학적으로 세련된 외관의 작품 속에 반동적·퇴폐적 세계관이 은밀하게 또는 공공연하게 내장되어 있을 수도 있다. 지난날의 일부 친일문학이나 어용작품이 대표적인 사례가 될 것이다. 예술가의 정치적 입장과 그의 창작적 결과 사이에 있는 이와 같은 모순의 양상들을 생각해보면 예술작품은 작가의 사상의 단순한 기계적 반영물이 아니고 작가와 사회의 복잡한 변증법적 연관으로부터 태어난 그 자체 하나의 역사적 생성물임을 깨달을 수 있다. 따라서 송기숙과 같은 진지한 작가의 경우 표면적으로 드러나는 일부 미학적 불완전은 1960~90년대 한국 농촌사회 자체의 낙후성의 불가피한 증거로서, 그리고 그러한 낙후성과의 힘겨운 투쟁의 문학적 잔재로서 적극적 의의를 인정하게 된다.

차례

만복이

서쪽 하늘에는 아직 해가 남아 있고, 동쪽 하늘에는 열사흘 달이 불 꺼진 전구처럼 희미하게 걸려 있다. 등산객들이 산에서 내려오고 있었다. 그런데 거꾸로 올라가는 사람들이 있었다.

"나는 야간등반은 처음이지만, 등산객이 없으니까 걷는 맛이 조촐하군요."

"그렇지만 밤 등반은 조심해야겠더군요. 안전한 길이 아니면 삼가야 합니다. 동행도 셋은 돼야 하구요. 그때도 달이 밝았지만 몇년 전에 지리산 장터목에서 세석까지 걸어본 적이 있습니다."

"절까지 가는 길은 괜찮죠?"

"계곡을 건너 산등성이를 감고 도는 데가 한군데 있을 뿐 평지 같습니다. 금방 계곡이 나올 테니 거기서 차근하게 저녁밥을 해 먹고 갑시다. 거기서 암자까지는 한시간이면 너끈합니다. 고기를 두근이나 사셨다지요?"

"우리 둘이만 갈 줄 알았으면 한근만 사는 건데 두근은 너무 많겠습니다."

"이따 내 고기구이 돌을 구경하시면 두근도 적다고 하실 겁니다. 석수장이가 일부러 쪼아도 그렇게 신통하게는 못 쫄 겁니다. 보는 사람마다 얼마나 욕심을 낸 줄 아십니까?"

강 사장은 얼마 전에 개울가에서 고기구이 돌을 하나 주웠다는데, 걸핏하면 그 돌 자랑이었다.

"지난번에 가지고 다니던 것도 괜찮았는데……"

"허허. 그 돌 임자가 또 한분 나서시는군. 그것도 보통 물건이 아니었지요."

"나는 줘도 안 갖습니다. 강 사장이나 되니까 그 무거운 돌덩어리를 일편단심 짊어지고 다니지, 고기 좀 구워 먹자고 누가 그런 돌덩어리를 등산 때마다 짊어지고 다닙니까?"

"허허. 그 돌덩어리 무게가 지금 최 과장이 짊어진 쇠고기 두근 무게밖에 안 된다는 사실은 까맣게 모르고 계시는군요. 어떤 사람은 고기 두근을 짊어지고 가서 구워 먹어버리고, 다음에 올 때는 또 고기를 사서 짊어지고 오지만, 나는 고기 무게하고 비슷한 돌덩어리 하나만 짊어지고 다닙니다. 답답하기를 따지면 정도 문제가 상당할 거요. 하하."

"허허. 그러고 보니 소주 두병까지 합치면, 나는 완전히 곰이 되었습니다그려."

두사람은 유쾌하게 웃었다.

"술은 내가 산다는 말을 할걸, 소주가 네병이나 됐습니다."

조그마한 등성이를 넘어 조금 내려가자 계곡이 나왔다. 웅덩이 물이 여간 맑지 않았다.

"하. 물 좋다."

최 과장은 개울 가까이 가더니 우뚝 걸음을 멈췄다. 약초 망태기를 어깨에 걸친 약초꾼이 이쪽으로 오고 있었다. 약초꾼 눈이 최 과장 눈과 부딪쳤다. 두사람은 똑같이 깜짝 놀랐다. 그러나 약초꾼은 얼른 눈을 거두고 숲속으로 들어가버렸다.

"아니, 만복이 저 작자가?"

최 과장은 얼빠진 꼴로 약초꾼이 사라진 곳을 보며 중얼거렸다.

"뭡니까?"

"아무것도 아닙니다."

강 사장이 묻자 최 과장은 고개를 저었다. 그렇지만, 그 눈길은 안쪽으로 깊이 잠겨 있었다. 강 사장은 더 관심을 두지 않고 짐을 풀어 돌 불판을 꺼냈다.

"보십시오. 얼마나 근사합니까?"

"정말 물건 하나 제대로 빠졌습니다그려."

고기구이 돌로는 그만한 것을 구하기가 쉽지 않을 것 같았다. 크기도 그렇거니와 두께도 알맞았고 모양도 부러 그렇게 쪼아도 그만큼 쪼지 못할 것 같았다. 강 사장은 버너를 켜 돌을 달구고, 최 과장은 개울로 가서 쌀을 씻었다. 그는 약초꾼을 본 뒤부터 넋 나간 사람 같았다.

"어서 오시오. 고기가 익고 있습니다."

벌써 돌이 달궈져 고기가 지글지글 익고 있었다.

"잔 받으시오."

서로 잔에 소주를 따랐다. 두사람은 단숨에 쭉 들이켰다.

"최 과장, 요새 술 늘었어요."

"안주가 좋으니까 술이 절로 들어갑니다."

권커니 잣거니 어느새 두홉들이 한병이 금방 바닥이 났다.

"안주로 이렇게 밑자리를 잘 잡으면, 어지간히 마셔도 괜찮아요."

강 사장은 산에서는 술을 조심해야 한다는 말을 자주 하던 다음이라 변명이라도 하듯 한마디 했다. 아름드리나무숲 사이로 달빛이 깔리기 시작했다.

"강 사장님, 나 이야기 하나 할까요? 어렸을 때부터 제가 겪어온 일인데 꼭 옛날이야기 같습니다."

"달밤에는 그런 이야기가 제격이지요."

강 사장이 버너 스위치를 조절하자 버너 소리가 줄어들며 개울물 소리가 살아났다.

"저는 고향이 깊은 산골 동네인데, 동네서 한시간도 더 들어가는 골짜기에 집이 한채 있었습니다."

"옛날이야기 같습니다그려. 그 집에 늙은 할머니와 할아버지가 살았겠군요. 하하."

"그렇습니다. 그런데 그렇게 늙은 사람들은 아니고, 사십대 내외가 아들 하나를 데리고 살고 있었습니다. 그 아들 이름이 만복인데, 저보다 네댓살쯤 위였지요. 그 녀석은 어쩌다가 자기 어머니를 따라 동네에 내려오면, 이건 꼭 관청에 들어온 촌닭이었습니다. 열서너살이나 먹은 녀석이 자기 어머니 치맛자락만 붙잡고 졸졸 따라다녔지요. 그러다가, 더러 우리들과 얼리면 우리들은 극성스럽게 그를 놀려댔고, 그때마다 이 녀석은 골이 벌게져서 어쩔 줄을 몰랐습니다."

"그렇게 깊은 산골 외딴집에서 살았으면, 집이 여럿 몰려 있는 동네는 도시 꼴이겠군요."

"그렇지요. 그들이 사는 곳은 산줄기가 하나 내려오다가 크게 한번 뒤틀려, 분지처럼 아늑하게 논 두어마지기와 밭 댓마지기를 싸안고 있었는데, 그게 그들이 살고 있는 터전이었지요. 그러니까, 그들은 행정구역으로는 우리 동네에 속해 있었지만, 우리 동네 사람들은 그들을 한동네 사람으로 치지 않았습니다.

"6·25 뒤에 수없이 쏟아져 나오던 잡부금을 나누어 물리는 일도 없고, 동네로 들어오는 큰길을 고치는 부역 같은 일을 할 때도 그 집은 제쳐놨지요. 우선 거리가 멀어 거기까지 알리러 가기도 힘들었지만, 그보다 그들은 호적도 없다는 것이어서 가욋사람으로 취급하는 것 같았습니다. 그들이 사는 집이나 논밭도 등기가 없는 땅이라 왜정시대 같은 험한 때도 공출이나 잡부금도 물지 않았습니다."

"하하. 그러니까, 호적 없는 인생들이 번지 없는 땅을 벌어먹고 살았습니다그려."

"그런 셈이지요."

"적막공산(寂寞空山)에서 무주명월(無主明月)을 벗 삼아 신선으로 살았구먼. 저 달을 좀 봐요. 그런 생활이 얼마나 호젓하고 멋이 있었겠소? 이런 달빛 아래서 그런 이야기를 들으니까 우리도 그런 사람들이 된 것 같구려. 자, 잔 받으시오. 어어, 벌써 두병째 바닥이 났네."

강 사장은 잔을 건네고 술병을 세병째 깠다.

"고기를 두둑이 들어요. 안주를 실하게 앉혀노면 이 까짓 술 한 두병이 대수겠습니까?"

최 과장은 달빛 아래 호젓한 정취도 정취였지만, 자기 이야기에 취한 듯 주는 대로 잔을 기울였다.

"달 좋다."

강 사장은 최 과장이 건네준 잔에 술을 받아들고 달을 쳐다보며 또 감탄이었다.

"그러다가, 6·25가 터졌습니다."

"어어. 그랬으면 그 사람들은 그 좋은 터전을 빼앗겼겠습니다그려."

"그렇습니다. 빨치산들 밥해준 게 들통이 나서 호되게 경을 치고, 동네로 억지로 이사를 당했습니다. 동네로 오자 그 부모들도 부모들이지만, 그 만복이는 동네 조무래기들 등쌀에 죽을 지경이었습니다. 만복이만 나타나면, 괜히 등을 탁탁 때리며 극성스럽게 놀려댔습니다. 그러나 만복이는 네댓살이나 아래 개구쟁이들의 이런 극성에도 눈 한번 부라리지 못했습니다."

최 과장은 권하는 술을 거푸 마시며 이야기를 계속했다.

"제가 초등학교 일학년 때였습니다. 학교에서 돌아오는데 엄청나게 쏟아진 비에 동네 앞으로 흐르는 개울에 물이 불어 건너지 못하고 쩔쩔매고 있었습니다. 그때 그 근처에서 꼴을 베던 만복이가 어린애보다 더 천진한 웃음을 웃으며, 우리들 앞에 성큼 나타났습니다. 그는 바짓가랑이를 잔뜩 걷어 올리고 등을 돌려 댔습니다. 그는 한녀석씩 건네주었습니다. 그러면서 등에 업힌 녀석들한테 한 마디씩 합니다."

"이담부터는 나 놀리지 마라잉."

"그래. 안 놀릴게."

안 놀린단 말에 만복이는 신바람이 나서 모두 건네주었다. 그런데, 마지막 녀석을 내려놓자마자, 이 악동들은 크게 소리를 지르며 도망쳤다.

"만복이 ×× 말 ××! 만복이 ×× 말 ××!"

"그때 만복이가 멍청하게 서서 이 배신자들을 보고 있던 모습이 지금도 눈에 선합니다."

"하하하. 모르긴 해도 그때 최 과장 목소리가 제일 컸겠지요?"

두사람은 한참 웃었다.

"그렇지만, 만복이는 바보는 아니었습니다. 산골에서 나서 그늘에서 웃자란 나무처럼 거친 세상을 뚫고 나갈 억척을 익히지 못하고, 우리 같은 악동들 눈에 띄지 않게 자기를 숨기는 데 익숙해진 것 같았습니다. 그러다가도, 그 악동들이 냇가에서 절절맬 때 내를 건네줬듯이, 그가 나서야 할 때는 언제든지 성큼 나섰습니다."

"어른들도 그런 사람이 많지요. 되도록이면 남이 자기를 의식하지 않게, 무색무취, 남에게 해를 주지도 않고, 그런다고 무슨 큰일을 하는 것도 아니지만, 자기 혼자 단단하게 살아가는 그런 사람들 말입니다."

최 과장은 그렇다며 강 사장이 건네는 술잔을 받았다.

"그들이 동네로 내려왔던 이듬해 봄이었습니다."

"어어, 술이 세병째 바닥이 났네. 천천히 가면서 이야기합시다. 최 과장 이야기는 끝이 없겠소. 밥은 들어갈 데가 없겠으니 그냥 이야기나 하며 가지요."

최 과장은 륙색을 지고 일어서다가 풀썩 주저앉았다.

"취했나?"

강 사장이 돌아보자 최 과장은 아니라며 벌떡 일어섰다. 그러나 다리가 휘청거리는 것 같았다.

"하, 달 좋다. 저 달 좀 봐요. 바로 이게 밤 등산 맛이거든. 더구나 낮에는 어지간한 길은 사람에 치여서 다닐 수가 있어야지."

두사람은 손전등을 비추며 걸었다.

"아까, 그 이듬해 초봄에 어쨌습니까?"

"정확히 말하면 음력 2월 초하루였습니다. 우리 고장에서는 그날을 하드레라 하여, 콩도 볶아 먹고 칡도 캐 먹는 풍속이 있었습니다."

"그런 풍속도 있었나요?"

"그 무렵에는 칡이 제일 맛이 있을 때라 그런 풍속이 생겨났던 것 같습니다."

최 과장은 이야기를 계속했다. 그날 성호 또래 조무래기들이 제 녀석들 키만 한 괭이를 하나씩 메고 산으로 갔다. 산자락에 널려 있는 게 칡덩굴이라 칡덩굴을 하나씩 찾아 괭이질을 하기 시작했다. 그러나 칡이란 게 초등학교 일학년짜리들이 캘 만큼 만만하지 않았다. 칡뿌리 곁에 힘껏 괭이를 찍지만 나무뿌리에 얽혀 괭이 날이 제대로 박히지도 않았고, 더러 제대로 박혀도 괭이자루를 제끼면 거기만 조금 파이다 말았다. 아무도 칡을 제대로 캐지 못하고 절절매고 있을 때였다.

"내가 캐줄게."

만복이가 그 함박웃음을 벙그레 웃으며 성큼 나타났다. 그 근처에서 땔나무라도 하고 있었던 것 같았다.

"지금 니네들이 캐는 칡은 모두 나무칡이다. 나무칡은 캐기도 어렵고 맛도 없어. 밤칡을 캐야 해. 밤칡!"

만복이는 주변을 한참 두리번거리며 말했다.

"그 배은망덕한 악동들을 또 거들어주는군요."

두사람은 한참 웃었다.

"이 세상에 만복이만큼 순박한 사람도 많지 않을 것입니다. 나는 지금도 순박이니 순진이니 하는 말을 들으면 만복이가 떠오를 지경입니다."

만복이는 한참 칡덩굴을 살피다가 좀 시원찮아 보이는 칡덩굴을 가리켰다.

"이게 밤칡 넝쿨이다. 잘 봐. 넝쿨이 이렇게 가늘고 희잖아?"

그는 괭이질을 했다. 별로 힘들이지 않고 다듬이방망이만 한 칡을 한 뿌리 캤다. 그는 주머니칼을 꺼내 아이들에게 칡을 한조각씩 잘라줬다. 아이들은 다투어 손을 내밀었다. 그도 칡을 먹으며 칡덩굴을 찾아 눈을 번득였다.

“이것은 물칡이다. 줄기가 이렇게 쭉쭉 뻗어나간 것은 나무칡이거나 물칡이여. 밤칡은 줄거리가 이렇게 좀 시원찮게 생겼어.”

만복이는 땀을 흘리며 방망이만큼씩 굵은 칡을 여러 뿌리 캤다. 몇 뿌리째 캘 때 칡뿌리가 바위 사이에 박혀 있었다. 만복이는 칡뿌리 대가리를 두 손으로 단단히 쥐고 끙 힘을 썼다. 칡뿌리가 중간에서 뚝 끊어지며 뒤로 발랑 나가떨어졌다.

“아이고, 똥딸뻬야!”

그는 뒤로 나가떨어진 채 엉덩이를 만지며 웃고 있었다. 얼굴을 찡그리면서도 웃는 게 아이들을 웃기려고 부러 그렇게 익살스런 표정을 짓는 것 같았다.

“나는 그때 만복이가 웃던 그 웃음을 지금도 잊을 수가 없습니다. 그런데, 만복이는 바로 그때 그 호의가 계기가 되어 그 산골에서 영영 쫓겨나고 말았습니다.”

“아니, 어째서요?”

앞서 가던 강 사장이 뒤를 돌아봤다.

“6·25 때 동네로 내려왔던 만복이 식구들은 얼마 뒤에 다시 옛집으로 가서 살게 되었는데, 그 이듬해 역시 음력 2월 무렵이었습니다. 아유, 숨차. 좀 쉬어 갑시다.”

“조금만 더 가면 쉬기 좋은 자리가 나옵니다.”

최 과장은 헐떡거리며 이야기를 계속했다.

“우리들은 또 칡을 캐러 갔습니다. 전에 만복이가 가르쳐준 대로 밤칡 덩굴을 찾아 칡을 캐기 시작했습니다. 그렇지만 나무뿌리와 풀뿌리 속에서 칡을 캐는 일은 그렇게 만만하지 않았습니다.”

"만복이한테 가서 캐달라고 하자."

"만복이 집은 먼데?"

"멀면 얼마나 멀겠어? 이 길로 쭉 올라가면 될 거야."

아무도 만복이 집에 가본 녀석이 없는데다, 산길이 으스스해서 모두 겁먹은 표정이었다. 더구나, 늑대가 있다는 말도 있었다.

"문제없단 말이야!"

성호가 우겼지만 아이들은 아무도 얼른 나서지 않았다. 성호가 거듭 호기 있게 나서자 아이들이 엉거주춤 따라나섰다. 칡 욕심이 그만치 컸던 것이다. 초봄이라 숲이 짙지는 않았지만, 산속으로 들어서자 으스스했다. 산길을 한참 올라가자 논이 나왔다.

"저것이 만복이 논이다."

"와, 저 풀!"

녀석들은 논두렁에 누렇게 말라 있는 풀을 보자 모두 소리를 질렀다. 얼마 전 정월 보름날 논두렁에 쥐불 놨던 다음이라 논두렁에 누렇게 말라 있는 풀을 보자 환성이 터진 것이다.

"여기서도 범인은 저였습니다. 제 주머니에는 성냥이 있었습니다. 와했던 환성소리에, 앞뒤 생각하지 않고 논두렁 마른 풀에 성냥을 켜 댔지요."

바짝 마른 풀에 불이 붙었다. 마침 불어온 바람에 불은 삽시간에 논두렁 풀을 핥아버렸다. 바짝 마른 풀이라 삽시간이라는 말이 조금도 과장이 아니었다. 순간 모두 눈이 통방울이 되고 말았다.

"아이고매"

논두렁을 핥은 불은 산으로 올라붙었다. 평지 논두렁에 불을 지르던 버릇으로 논두렁만 타고 말거니 했는데, 불은 산으로 올라붙었고 기세가 이만저만이 아니었다.

"우리들은 소나무 가지를 꺾어 죽을힘을 다해서 불을 후려갈겼습니다. 그렇지만 그 엄청난 불길에 초등학교 일학년짜리들 꼴은 글자 그대로 버마재비가 수레바퀴에 달려드는 꼴이었습니다. 우리들은 소나무 가지를 내던지고 도망쳤습니다. 한참 도망치다 뒤를 돌아봤습니다. 빽빽한 소나무에 붙은 불은 너무 엄청났습니다."

"그래서 어떻게 됐습니까?"

"산등성이 한쪽이 거의 타버렸습니다. 그런데, 불을 낸 허물을 만복이가 모두 뒤집어쓰고 말았습니다."

"어라!"

"그 논두렁에서 타들어간 흔적이 있었으니 영락없이 만복이 녀석 소행이 되고 말았던 거지요. 그래서 그 부모들은 경찰과 산주들한테 호되게 경을 치고 그 산골 집에서 쫓겨났습니다."

"허허. 아이들 일로는 일판이 너무 컸군요."

그때 쉬기 좋은 자리가 나왔다. 두사람 다 거기서 짐을 부렸다.

"저 위에는 길이 사나운 데가 한군데 있습니다. 최 과장 주량으로는 많이 마신 편인데 어때요?"

"다리에 힘이 좀 없습니다만, 괜찮습니다."

"시간에 쫓기는 것도 아니니 쉬엄쉬엄 가지요."

최 과장은 물통을 꺼내 벌컥벌컥 물을 들이켰다.

"그래서 그뒤로 어떻게 됐습니까?"

"그뒤 나는 만복이를 까맣게 잊고 살았습니다. 그런데 지금부터 삼년 전, 그러니까 이십오년도 넘어서야 그 만복이를 만났습니다."

"하! 어떻게 만났지요?"

"그날이 토요일이었던 것 같습니다. 퇴근길인데 우리 집 골목에 조무래기들이 한 떼 몰려 무얼 맛있게 먹고 있었습니다. 허름한 차림을 한 사내가 칡을 한짐 지고 와서 아이들에게 칡을 잘라 팔고 있었습니다. 지나치며 얼핏 칡 장수를 보다가 나는 깜짝 놀랐습니다."

최 과장은 조무래기들을 헤치고 가까이 갔다.

"만복이 아닌가?"

만복이도 처음에는 좀 멍한 표정이더니 벙그레 웃었습니다.

"옛날처럼 얼굴 전부로 웃던 그런 푸짐한 웃음은 아니었지만, 반가워하는 표정이었습니다."

만복이는 그렇게 한번 웃고 나서 어서 달라는 아이들 성화에 칡을 잘라주기에 바빴다. 지금 어디서 사느냐고 물었지만, 아이들 재촉에 대답할 겨를이 없었다.

"나는 우리 집으로 데리고 가서 그동안 그가 살아온 이야기도 듣고, 내가 도와줄 만한 일이라도 있는지 그런 의논을 할 생각이었습니다. 그런데 마침 그 근처에 급히 볼일이 있어 그 일부터 보고 오려고 바삐 서둘렀습니다."

바삐 다녀온다는 게 이야기가 길어져 십여분이나 걸렸다. 그렇지만, 칡이 한짐이었던 것으로 보아 아직도 거기서 팔고 있겠지 했다. 그런데 만복이도 보이지 않고 몰려 있던 아이들도 보이지 않았다. 칡이 많았던 걸로 미루어 가까이 자리를 옮겼을 것 같아 골목을 쏘다녔다. 그러나 보이지 않았다. 골목을 거의 한시간이나 쏘다니며 칡 장수 못 봤느냐고 물었으나 모두 고개를 저었다.

"허. 이런 싱거운 작자가 있나?"

최 과장은 점심도 굶은 채 거의 세시간이나 쏘다녔지만 종적을 알 수 없었다.

"세상에 나서 그렇게 섭섭한 일은 첨이었습니다. 내가 부러 그렇게 피해버린 것으로 오해했을지 모른다 생각하니 맘이 더 아팠습니다."

참담한 기분으로 집에 들어선 최 과장은 깜짝 놀랐다. 두 아들이 방망이보다 더 큰 칡뿌리를 하나씩 안고 난장판으로 찍고 쪼고 있었다.

"아까 그 아저씨가 이 칡을 공짜로 줬어. 아버진 그 아저씰 어떻게 알아? 그 아저씨 최고야!"

최 과장은 뒤통수를 되게 얻어맞은 것 같았다. 만복이한테 알은체할 때 이 녀석들이 돈을 달라고 보챘었는데, 그때 이들이 최 과장 아이들인 것을 알았던 것 같았다.

"자. 한조각 먹어봐. 아주 맛있어."

일곱살짜리가 칡뿌리 한조각을 입에다 가져다 댔다. 최 과장은 너희들이나 먹으라고 고개를 돌렸다.

"옛날에도 칡이 계기가 되어 그런 험한 일이 벌어졌는데, 이번에도 그 칡으로 만났으니 그만큼 할 말이 많았겠는데, 허허."

강 사장이 말하며 허허 웃었다.

"그 만복이와 악연은 그것으로 그치지 않았습니다."

"그런 일이 또 있었단 말이오?"

"그렇습니다. 정말 얄궂은 인연이었습니다. 십여년 전 도시 변두리 산자락에 있는 무허가 건물을 철거할 때입니다. 나는 계장으로 승진한 얼마 뒤라 승진 뒤의 열의도 있겠다, 기한 안에 목표를 달성하려고 철거반원들을 불같이 몰아쳤습니다. 그러다가 마지막에는 내가 직접 현장에 나갔습니다. 현장에 들어서자 어떤 사내가 떡 버티고 서서 살기 어린 눈으로 이쪽을 쏘아보고 있었습니다."

"그게 만복이였습니까?"

강 사장이 웃으며 물었다.

"그렇습니다. 얼마 전에 철거반원들이 집을 때려 부수자 그 집 부인이 그 충격으로 유산을 했다는 말을 들은 적이 있어, 처음에는 그 여자 남편이 아닌가 했습니다. 그런데, 그게 만복이었습니다. 그렇지만 여태 철거반원들을 불같이 족쳤던 서슬에다 또 계장 체신에 그냥 물러설 수가 없었습니다."

최 계장은 멍청하게 만복이를 바라보고 있었고, 만복이는 무서운 눈으로 최 계장을 노려보고 있었다. 철거 대상인 주민들과 철거반원들이 숨을 죽이고 보고 있었다. 최 계장은 그 자리에 넋 나간 꼴로 멍청하게 서 있었다. 험한 눈으로 최 계장을 쏘아보고 있던 만복이는 한참 만에 몸을 부르르 떨며 돌아섰다.

만복이가 들어간 집은 건축 폐자재를 주워다가 얼기설기 짜맞춘 움막 다섯채 가운데 하나였다. 좀 만에 만복이는 솥단지며 톱이며 괭이와 삽 같은 연장에다, 옷 보따리를 짊어지고 나왔다. 이미 짐을 꾸려놨던 것 같았다. 작은 보따리에는 조그마한 액자도 하나 얹혀 있었다. 그 아버지 사진이었다. 아무도 따라온 사람이 없는 걸 보면 거기서 여태까지 혼자 살았던 것 같았다.

"만복이 미안하네. 내 직업이 직업이라 나도 어쩔 수가 없네."

만복이는 돌아보지도 않고 최 계장 앞을 지나쳤다. 만복이는 산 아래로 내려가지 않고 위쪽으로 올라가고 있었다.

"여보시오. 당신들 해도 너무 합니다."

만복이 뒷모습을 보고 있던 철거 대상 사내가 고함을 질렀다.

"우리가 안 나간다는 것이 아니고, 보시다시피 나가려고 모두 짐을 싸놨소. 그런데 그저께는 갑자기 눈이 와서 못 나갔고, 오늘은 아까 그 만복 씨 아버님 제사였소. 그래서 제사나 지내고 가자고 제물까지 사다 놨는데, 하루를 못 참아서 이럴 수가 있습니까?"

"저는 그 고함소리에 멍청하게 서서 그 사람 얼굴만 보고 있었습니다."

"세상을 살다 보면 별일이 다 있지요. 그뒤로는 그 만복 씨를 못 만났습니까?"

"영영 만나지 말았으면 했는데, 또 만났습니다."

"허허. 어데서요?"

순간, 최 과장이 힘없이 쓰러져 엉덩방아를 찧었다.

"조심하세요. 여기는 길이 좀 고약합니다. 아래가 낭떠러지에요."

"염려 마세요"

최 과장은 불끈 일어섰다. 륙색이 계곡 쪽으로 휘청했다.

"아이고!"

최 과장이 소리를 지르며 계곡 쪽으로 굴러떨어졌다. 발을 헛디뎠던 것 같았다.

"최 과장!"

강 사장이 소리를 질렀다. 거푸 소리를 질렀다. 껌껌한 계곡으로 사라진 최 과장은 모습도 보이지 않고, 대답도 없었다.

최 과장이 정신이 돌아온 것은 하루 뒤였다. 머리가 바위에 부딪혀 뇌 수술을 받았다. 집도했던 의사는 뇌 수술을 받은 사람치고는 회복이 빠르다며 만족스런 표정이었다.

"최 과장, 그때 무슨 이야기를 하고 가다 그렇게 됐는지 기억나십니까?"

강 사장이 조심스럽게 물었다. 뇌 수술 받은 사람은 말을 시키는 것이 좋다는 말이 생각나 말도 시켜볼 겸 물어본 것 같았다.

"만복이 이야기를 하고 가다가 그랬지요?"

"맞습니다. 어디까지 이야기했었습니까?"

강 사장은 좋아서 거듭 물었다.

"옛날 지리산에서 만났던 이야기는 한 것 같고, 어제 만났던 이야기도 했던가요?"

"아니, 어제라면 최 과장이 사고 난 날인데 그날 만났단 말이오?"

"그때, 우리들이 고기 구워 먹었던 그 냇가 조금 아래서 만났습니다."

최 과장은 허옇게 싸맨 머리통에 여기저기 상처가 있는 얼굴을 얄궂게 찡그리며 웃었다.

"고기를 구워 먹던 냇가라니?"

강 사장은 이 사람이 지금도 정신이 오락가락한 것 같다는 눈으로 의사를 돌아보며 물었다.

“우리가 냇가로 내려갈 때 저쪽에서 오다가 숲속으로 사라진 사람을 강 사장은 보지 못했을 겁니다. 그는 먼저 나를 발견하고 숲속으로 피해버렸던 것입니다.”

“아, 그랬던가요?”

강 사장은 눈을 크게 떴다.

“그때 제가 술을 많이 마신 것은 그 때문이었지요. 내가 이렇게 사고를 당한 것은 그 벌인 것 같습니다.”

최 과장은 얼굴을 찡그리며 또 그 얄궂은 웃음을 웃었다.

“이건 정말 묘한 인연인걸.”

“만복이와 나는 정말 얄궂은 인연이지요. 본의는 아니었지만, 그를 만날 때마다 피해를 주었지요.”

“그게 아닙니다. 어젯밤에 최 과장을 큰길까지 업고 온 사람이 바로 그 사람이었습니다.”

“뭐라고요?”

최 과장은 침대에서 벌떡 일어났다.

“내 천천히 이야기할 테니 그대로 누우시오.”

강 사장은 최 과장을 부축해서 자리에 뉘었다.

“밤중에 그런 데서 그런 일을 당해놨으니, 나 혼자 얼마나 당황했겠습니까? 절벽 아래로 내려가보니 최 과장은 피투성이가 되어 있고, 도무지 나 혼자 힘으로는 어떻게 해볼 재간이 없었습니다. 겁김에 들쳐 업고 길까지는 올라왔지만, 너무 지쳐서 어떻게 나댈 재간이 없었습니다. 그래서 근처에 혹시 캠핑하는 사람들이라도 있나 싶어 무작정 고함을 질렀습니다. ‘이 근방에 누구 없습니까? 급

체한 사람이 있습니다.' 이러고 고래고래 악을 썼습니다. 사실대로 말하면 오지 않을 것 같아 급체라고 둘러댔던 거지요. 한참 고함을 지르자 약초꾼 같은 사내가 하나 덜렁 나타났습니다."

"약초꾼이요?"

"그렇습니다. 등산객이 아니고 느닷없이 그런 사람이 나타나자 섬뜩합디다. 그런데, 그 사내는 뭐라 묻지도 않고 누워 있는 최 과장을 들쳐 업고 휑하니 아래로 내달았습니다. 나는 륙색 두개를 수습해서 짊어지고 뒤를 따르는데, 이 사람이 걸음이 어찌나 빠르던지 큰길까지 이 킬로 가까운 거리를 금방 와버렸습니다."

"아, 나는 만날 때마다 그에게 피해만 주었는데 그가 나를 살렸구나."

최 과장은 입속말로 뇌고 있었다.

"아마, 나 혼자 업고 왔더라면 두시간도 더 걸렸을 것입니다. 큰길에 도착하자마자 마침 빈 택시가 지나가다 멈췄습니다. 정신없이 최 과장을 싣고 달려오다보니 그 사내한테는 인사도 제대로 못하고 왔었지요."

"뇌출혈은 분초를 다툰다는데 이렇게 회복이 빠른 것도 그만큼 빨리 왔기 때문입니다."

의사가 거들었다.

"만복이가 나를 살렸구나. 죽어가는 나를 살렸어!"

최 과장은 천장을 쳐다보며 혼잣소리로 중얼거렸다.

『문예중앙』 1978년 봄호(통권 1호); 2006년 8월 개고

몽기미
풍경

눈앞에 고향이 어른거린다. 푸른 하늘에 맞닿은 저 멀리 아득한 수평선과, 그 수평선에 멀고 가까이 떠 있는 크고 작은 섬들과, 푸른 바다를 헤치고 가는 갈매기처럼 하얀 연락선과, 이런 고향 풍경들이 그림처럼 눈앞에 펼쳐진다. 바닷가 바위에 부딪쳐 허옇게 물보라를 일으키는 파도 소리며, 은은하게 울려오는 동네 솔바람 소리며, 그 하얀 연락선이 울리고 가는 뱃고동 소리, 이런 고향의 소리들도 귓가에 은은하게 울려온다.

기차가 천천히 움직이기 시작한다. 기차는 서울을 뒤로 밀어내며 고향을 향해서 달리고 순자는 멀거니 창밖을 내다보고 있다. 한강 다리를 지나고 영등포를 지난다. 공장의 굴뚝들이 지나가고 저만치 순자가 다니고 있는 장난감 공장도 지붕 한쪽이 보였다가 뒤로 밀려간다. 서울을 빠져나온 기차는 기적을 길게 울리며 제대로 달리기 시작한다. 기적 소리는 이 기차에 타고 있는 수많은 귀성객들의 서울을 벗어난 후련한 기분과 고향에 대한 설렘이 한데 뭉쳐 터져 나온 소리 같다.

내가 고향에 가면 반겨줄 사람이 누구일까, 순자는 새삼스럽게 이런 의문이 고개를 든다. 동네 사람들이 모두 반겨줄 것 같았다. 그러나 특별히 얼싸안고 반겨줄 사람은 없다. 그 조그마한 몽기미섬에는 증조할아버지 내외의 묘부터 할아버지와 아버지 내외의 묘가 있을 뿐이다. 증조할아버지와 할아버지 대에는 아들만 한분씩이었고, 아버지 대에는 순자 혼자뿐이라 대가 끊겨 지금 고향에는 가까운 일가붙이 한사람도 없다.

순자는 여태 그랬듯이 이번 구정에도 고향에 갈 생각을 하지 않았다. 회사는 휴가를 닷새나 주었고, 그래서 공원들은 환성을 지르며 예매표를 사러 간다, 선물을 사러 간다, 야단법석이었다. 그렇지만, 순자는 좀 쓸쓸한 대로 기숙사에 혼자 남아 한가하게 텔레비전이나 보고 있었다. 이 텔레비전은 노랑이 사장이 얼마 전에 모처럼 선심을 써서 기숙사에 한대 들여놓은 것이다. 순자는 연휴기간 동안 이 텔레비전이나 독차지하고 실컷 보리라 마음먹고 있었다.

순자는 이 채널 저 채널 돌리다가 입이 딱 벌어지고 말았다. 고향에 가려고 예매표를 사는 인파가 너무도 엄청났던 것이다. 서울역과 고속버스 터미널에 엄청나게 몰려들어 밀치고 닥치고 수라장이었다. 마치 전쟁이라도 터져 피난 가려고 죽기 살기로 덤비는 꼴이었다. 그러나 이것은 전쟁이 아니라 단순히 고향에 가려는 아귀

다툼이었다. 멀뚱하게 보고 있던 순자는 저렇게 기를 쓰고 가는 고향에 가지 않고 이렇게 혼자 텔레비전이나 보고 있는 자신이 너무 엉뚱하게 느껴졌다. 한참 보고 있던 순자는 부랴부랴 옷을 주워 입고 서울역으로 뛰었다. 마치 무슨 중대한 일을 깜빡 잊고 있었던 것처럼 허겁지겁 내달았다. 인파 속으로 비집고 들어가 밀치고 닥치고 악착스럽게 나댔다. 그렇게 악다구니를 쓰면서 매표구 쪽으로 밀려가자 비로소 자기도 해야 할 일을 제대로 하고 있는 것 같은 안도감이 들었고, 자기가 고향에 가는 것도 그만큼 절박하고 당연한 일 같았다.

그런데 기차를 타고 서울을 빠져나가자니, 자기는 지금 어디를 잘못 가고 있는 것 같은 기분이었다. 사실은 차표를 사고 수선을 피울 때도 마음 한쪽에 그런 허한 구석이 없는 건 아니었지만, 기차에서 혼자 한가해지자 고향에는 자기를 얼싸안고 반겨줄 사람이 아무도 없다는 사실이 구체적인 실감으로 안겨오고 있었다. 그러나 기차는 달리고 있고 자기는 그 기차 안에 앉아 있었다.

순자 곁에 앉은 사내는 어느새 잠이 들었다. 고향이 어디냐, 서울에서 무얼 하느냐, 축축한 얼굴에 음충맞은 웃음을 흘리며 추근추근 수작을 걸더니, 순자가 냉랭하게 대하자 혼자 무료하게 앉았다가 잠이 든 것이다. 고향에는 당신을 기다리는 처자식이 있을 테니, 그 처자식들과 반갑게 만나는 꿈이나 꾸라고 타이르며, 순자는 자기 어깨에 기대고 있는 사내의 고개 무게를 지그시 견뎌주고 있었다.

순자는 몽기미가 떠오르며, 저만치 난바다로 지나다니는 연락선을 안타깝게 건너다보면서 손을 흔들었던 어렸을 때의 자기 모습이 다가왔다. 지금은 몽기미도 명령항로(命令航路)가 되어 연락선이 닿지만, 옛날에는 스무가호 남짓한 몽기미는 곁눈질도 하지 않고 지나갔다. 몽기미 사람들이 육지에 나가려면 연락선이 닿는 큰 섬까지 전마선을 타고 가서 거기서 연락선을 탔다. 그래서 몽기미 아이들은 하루에 두번씩 오고가는 연락선 뱃고동 소리가 나면, 마치 학교에서 그러라고 종이라도 친 것처럼 섬 저쪽 쇠머리 부채바위로 몰려가서 연락선을 향해 열심히 손을 흔들었다. 몽기미는 섬을 빙 둘러 모두가 시커먼 바위뿐이고, 동네 앞에 예삿집 마당 두개 넓이로 모래사장이 하나 틔어 있었다. 아이들은 그 모래사장에서 모래성이나 쌓고 노는 것이 고작이라 하루 두번 지나다니는 그 연락선은 그만큼 신나는 구경거리였다.

저 연락선을 타고 다니는 사람들은 어떤 사람일까? 그들은 어디서 어디로 무엇을 하러 다니는 사람들일까? 연락선이 목포에서 저쪽 큰 섬들로 다닌다는 것은 알고 있었다. 그러나 그 눈부시게 하얀 연락선이 한없이 넓고 아득한 바다 저 끝 까치놀 속으로 사라져갈 때면, 동화처럼 꿈같은 데서 사는 사람들이 그런 꿈같은 일로 그렇게 오가고 있을 것만 같았다. 그래서 몽기미 아이들은 그런 먼 나라를 한번 가보고 싶었고, 목포라도 한번 가보고 싶은 것이 소망이어서 날마다 그렇게 열심히 손을 흔들어댔다.

그런데 그런 소망이, 이건 정말 꿈이 아닐까 싶게 한번 이루어진 적이 있었다. 초등학교 사학년 때 서울 구경을 하게 된 것이다. 서울 어느 회사 사장이 몽기미 분교하고 자매결연을 하여 몽기미 어린이 삼십여명을 몽땅 서울 구경을 시켜준 것이다.

멀리서 안타깝게 손만 흔들던 그 연락선이 드디어 몽기미에 닿았다. 몽기미가 생기고 처음이었다. 연락선에 올라간 아이들은 모두 이층으로 우르르 올라가 난간을 붙잡고 먼 데 바다를 건너다보고 있었다. 멀리 까맣게만 보이던 섬들이 차츰 가까워지며 동네가 나타나고, 더 멀리 회색으로만 보이던 섬들도 차츰 가까워지며 포구 모습이 드러났다.

"와, 기와집이다."

연락선을 대는 포구에 말로만 듣던 까만 기와집도 있었고, 크고 작은 배들이 스무남은척이나 몰려 있었다.

목포에 닿자 아이들은 멍청하게 입만 벌렸다. 크고 작은 배들이 수백척 부두를 가득 메우고 있었고, 크고 작은 건물들이 빼곡히 차 있었으며, 큰길에는 사람들이 엄청나게 북적거리고 자동차가 빵빵 경적을 울리며 내달았다. 색색으로 예쁘게 꾸며놓은 간판 아래 수많은 상점과, 거기 빼곡히 쌓여 있는 갖가지 상품들이며, 모두가 꿈에도 보지 못했던 광경이었다. 몽기미 아이들은 밤에 꾸는 꿈도 기껏 연락선을 탄다거나 벼랑에서 바다로 곤두박이는 따위였지, 이런 엄청난 세상은 꿈속에도 나타난 적이 없었다.

"야, 저 비단 좀 봐."

순자의 손을 잡고 가던 두학년 아래 남분이가 걸음을 멈추며 손가락질을 했다. 길가 포목전에서 주인이 손님 앞에다 비단을 활짝 펼친 것이다. 가게 벽에는 그런 비단이 천장이 닿게 차곡차곡 쌓여 있었다. 남분이는 그 비단에서 눈을 떼지 못했다.

도시의 모든 것이 꿈만 같았고, 더구나 서울의 며칠 동안은 무슨 동화 속의 세상을 헤매는 것만 같았다. 돌아오는 기차에서 남분이는 어째서 우리는 이런 세상을 놔두고 그 작은 섬에서 살아야 하는지 내내 그 생각뿐이었다.

순자는 바로 그 서울에 다시 와서 지금까지 오년을 살았다. 그 오년이라는 세월은 그 동화 같던 서울에 대한 소녀의 꿈이 뼈마디가 저미어지는 고통으로 조각조각 조각이 나는 기간이었고, 그 조각난 꿈을 딛고 살벌한 현실에 뼈마디를 부딪치며 자신을 추슬러온 기간이었다. 어려서 왔을 때는 따뜻하게만 웃어주는 것 같던 그 서울이 제 발로 들어오자 너무도 싸늘하고 매정스럽게 돌아앉아 있었다.

그때마다 순자는 자기 집에서 기르던 돼지 새끼 무녀리가 떠올랐다. 다른 새끼들은 어미 젖꼭지를 두개 세개씩 차지하고 걸퍽지게 빨아대지만, 그 무녀리는 힘센 녀석들이 거세게 내두르는 주둥이에 깩깩 베돌기만 할 뿐 젖은 한모금도 빨지 못했다. 그렇지만 그런 새끼들은 거들떠보지도 않고 털퍼덕 퍼질러 누워 젖꼭지만 내맡기고 있는 어미가 얼마나 미웠던지 모른다. 저러니까 잡아먹는 짐승이겠지 싶었다. 서울에 온 자기는 바로 그 무녀리가 되어 있었고, 그 어미 돼지처럼 누구 하나 돌봐주는 사람이 없었다.

순자는 그 무녀리처럼 이 공장 저 공장 떠돌다가 지금 다니는 장난감 공장에 자리를 잡았고, 이제는 숙련공으로 월급도 사만원이나 받고 있다. 그사이 그럭저럭 오년이 흘러갔다. 그동안 순자는 하루도 고향을 떠올리지 않은 날이 없었다. 모두가 가난하게는 살지만 깔보는 사람도 없고 쳐다볼 사람도 없으며, 무엇에 쫓기는 절박감도 없었다. 무엇보다 몽기미의 그 포근한 인정이 그리웠다.

그러나 몽기미에는 어머니 묘를 비롯한 선조들의 묘만 남았을 뿐 다른 연줄로는 아무 상관이 없는 곳이 되고 말았다. 추석과 설이 돌아오면, 증조할아버지부터 삼대가 줄줄이 묻혀 있는 묘가 눈앞에 어른거리고, 더구나 어머니에 대한 그리움이 사무쳐 그 묘들 앞에 술잔이라도 따라놓고 싶었다. 그러자면 하룻밤을 자고 와야 하는데, 그런 대명절에는 집집마다 자기 가족끼리만 모여 차례를 지내므로, 그런 날은 다른 사람은 끼어들 자리가 없었다.

또 한가지 몽기미 가는 발길을 더디게 하는 일이 있었다. 자기한테 혼담을 넣어왔다가 거절당한 명식이란 그 동네 젊은이의 눈길이었다. 그는 그때부터 일손을 놓고 방구석에 틀어박혀 몇날 며칠 누워 있다가, 나중에는 산꼭대기에 올라가 멍청하게 먼 바다나 건너다보고 있었다. 순자가 서울 가는 연락선을 탈 때도 산꼭대기에 앉아서 연락선을 건너다보고 있었다. 순자는 그 모습이 지금까지도 사라지지 않고 있었다. 순자가 오년 동안 한번도 몽기미에 가지 않은 건 절반은 그 젊은이 때문이었다.

순자는 삼대가 묻혀 있는 묘가 떠오르면 무슨 죄를 짓고 있는 것 같았고, 그 가운데서 증조할아버지와 어머니 묘가 유독 덩실하게 떠올랐다. 몽기미에 처음 들어와 뿌리를 내린 증조할아버지는 별난 분이었다. 어렸을 때 어머니가 귓속말로 속삭여주던 증조할아버지 행적은 지금도 어머니의 숨결과 함께 귓가에 쟁쟁하게 남아, 순자의 마음속에 엄청난 거인의 모습으로 크게 자리를 잡고 있었다.

“느그 할아버지는 원래 고향이 전라북도 고부였더란다. 갑오년 동학군에 나갔다가 동학군이 전쟁에 져서 저 멀리 제주도로 도망치시다가 폭풍에 배가 뒤집혀서 이 섬으로 떠밀려 그냥 여기에 주저앉았더란다. 동학군이 뭣이냐 하면……”

어머니는 동학농민전쟁 이야기를 한참 늘어놨다. 처음 고부에서 일어났던 봉기가 전국으로 확대되어 농민군이 전주를 점령하고 서울로 진격할 때, 일본군이 개입하는 바람에 실패하고 말았다. 그래서 할아버지를 비롯한 스무남은사람들이 배를 타고 제주도로 가다가 거센 풍랑에 배가 뒤집히고 말았다는 것이다.

“느그 증조할아버지도 그 엄청난 파도에 휩쓸려 정신을 잃었는디, 눈을 떠본께 널찍한 바위에 누워 있더란다. 첨에는 내가 시방 죽어갖고 저승에 온 것 같은디, 저승이 이렇게 생겼다냐 으쨌다냐 하고 뚤레뚤레 돌아봤더란다. 그런디 그것이 저승이 아니고 저기 쇠머리 느그들이 자주 노는 그 부채바우에 얹혀 있더란다. 깔깔.”

“뉘가 떠밀어다 거기다 얹혀놨구나.”

“그랬겄제. 그래도 그런 일이 그냥은 어디 쉽겄냐? 하여간, 그래서 여기서 눌러 사셨는디 이 양반 성질이 어찌나 대쪽 같던지 누구든지 션찮은 짓 했다가는 큰 벼락이 떨어지는 통에 동네 사람들은 어른 애기 할 것 없이 느그 할아부지 앞에서는 부쩌지를 못했더란다. 별호가 호랭이였다면 알만 하잖냐? 한번은 왜놈 칙량선이 이 근방 물길을 칙량하다가 닭이나 돼지를 사러 왔더란다. 그러자 그 할아부지가 그 사람들 보는 앞에서 누구든지 이놈들하고 상종을 하면 다리몽뎅이를 분질러놓겠다고 을러방망이로 호통을 치자, 일본 놈들이 겁을 묵고 줄행랑을 치더란다. 그 할아부지가 두고 쓰는 말이 있었다는디, '두 목소리 쓰는 놈 믿지 말고, 힘센 놈 앞에 알랑거리는 놈 사람 취급 말라'는 말이었더란다. 그래서 느그 할머니는 느그 아부지가 쪼깐 션찮은 짓을 하면, '너 그따위 짓 하고도 명절에 할아부지 묏등에 성묘 갈래? 그 양반이 묏등에서 벌떡 일어서실 거여.' 이러면 꼼짝을 못 하셨다. 깔깔."

"두 목소리는 어떤 목소린데?"

"보통 목소리가 한 목소리고, 아무것도 아닌 일을 갖고 대단한 일이라도 된 것같이 속닥속닥하는 목소리가 또 한 목소리제 뭣이겄냐."

순자는 그 할아버지 말씀 중에 션찮은 짓 하고 성묘 가면 죽은 묏등에서 벌떡 일어날 것이라는 말이 무섭게 남아 있었다. 자기도 션찮은 짓 하고 가면, 그 호랑이 같은 할아버지가 묏등에서 벌떡 일어나서 노려볼 것 같았다.

순자는 시름시름 앓던 어머니가 돌아가시자 다섯마지기 밭을 위토(位土)로 동네 사람한테 묘를 맡기고 나온 뒤, 지금까지 오년 동안 몽기미에 가지 않았다. 그러나 지금은 명식이도 진즉 장가를 갔을 것이고, 오년 만에 가는 길이므로 묘를 맡긴 집에서 하룻밤쯤 신세를 져도 될 것 같았다.

그런데 부랴부랴 집을 나서려다보니 손에 아무것도 든 게 없었다. 잠시 망설이다가 자기 방에 여기저기 진열해놓은 장난감으로 눈이 갔다. 저런 장난감을 고향 아이들에게 나눠주면 너무 좋아할 것 같았다. 공장에서 신제품이 개발될 때마다 자투리 천을 조금씩 모아 정성 들여 만든 것들이었다. 그게 스무가지도 넘었다. 그 가운데는 유독 솜씨 있게 만들어 친구들이 침을 삼키는 것도 여러개였지만 아낌없이 가방에 챙겼다. 그것을 하나씩 받아들고 좋아할 고향 아이들을 생각하면 지레 신이 났다. 어렸을 때 선생님이 교재용으로 장난감 사슴이며 곰 등을 사다가 교실 한쪽에 진열해두었을 때 순자는 그것들이 어쩌면 그리도 귀엽고 가지고 싶었던지 몰랐다. 지금 생각하면 저질의 비닐 제품들이었지만, 그때는 모두가 귀엽기만 했고, 그 가운데서도 까만 눈이 유독 예쁜 아기 인형이 너무도 갖고 싶었다. 그러나 순자는 그런 장난감을 한번도 가져본 적이 없었다. 어렸을 때 그렇게 가지고 싶었던 장난감을 이렇게 가방에 가득히 담고 나서자 고향에 가는 것이 아주 떳떳하게 느껴졌다.

자기한테 죽자 사자 했던 명식이도 그동안 장가를 가서 벌써 애를 두엇 낳았을는지 모른다. 그 집 애한테는 까만 눈이 유독 똥그란 예쁜 아기 인형을 주어야지. 어머니가 새로 사다 준 고무신을 바다에 빠뜨리고 엉엉 울고 있을 때 물속으로 첨벙 뛰어들어 서너번이나 자맥질을 하여 신을 찾아주었던 닻줄이는 지금쯤 아이들이 두엇 되었을 것이다. 그 집 아이들에게는 사슴과 곰을 주자. 항상 무서운 도깨비 이야기로 아이들을 벌벌 떨게 하셨던 꿀병이 할머니는 지금도 살아 계실까? 그 집 손자들한테도 예쁜 걸 골라 줘야지. 나를 따라 서울 가겠다고 목포까지 도망쳐 나왔다가, 자기 아버지한테 덜미를 잡혀 가면서 그 까만 눈에 눈물을 가득 담고 돌아섰던 남분이는 지금도 고향에 눌러 있을까? 그 동생들한테도 예쁜 걸 골라 줘야지. 순자는 골목을 누비며 장난감을 나눠주고 다니는 자기 모습을 상상하며 혼자 웃고 있었다. 그 장난감들을 차지하고 좋아할 동네 아이들 모습은 생각만 해도 흐뭇한 광경이었다.

"어마, 순자 언니 아냐?"

"아니, 네가 어떻게?"

금방 떠올랐던 남분이가 몽기미가 아니라 이 기차간에서 웃고 있었다.

"서울서 그렇게 만나고 싶었는데 여기서 만나다니."

남분이는 발을 구르며 반가워 못 견뎠다.

"언제 왔지? 지금 무얼 하고 있어?"

순자는 거푸 물었다.

"재작년 봄에 왔어. 그러니까 벌써 이년이나 됐네."

"지금 어디서 뭘 하고 있지?"

"차차 이야기할게."

남분이는 꽤나 그럴듯한 데 취직한 듯 매무새도 말쑥하고 얼굴도 환했다. 식모나 공원 같은 막일로 고생하는 얼굴은 아니게 보였다. 남분이는 순자 곁에 자고 있는 사내를 내려다보며, 혹시 무슨 관계가 있는 사람이 아니냐는 표정으로 눈을 찔끔해 보였다. 장난스럽다기보다 음충맞게 느껴져 순자는 기겁을 하며 사내 고개를 밀어냈다.

"아저씨, 아저씨, 죄송해요."

남분이는, 잠에 곯아떨어져 망가진 인형 머리처럼 고개가 처져 내려가는 사내 어깨를 당돌하게 흔들었다. 사내는 잠에 취한 눈을 씀벅였다.

"주무시는데 죄송해요. 오랜만에 고향 언니를 만나서 그래요. 제 자리는 저쪽 창간데요, 주무시기는 거기가 훨씬 편할 거예요. 자리 좀 바꿔주세요."

너무 당돌한 남분이 행동이 위태로웠으나 그는 그만큼 삽삽하고 넌덕스러웠다. 사내는 귀찮다는 표정이었으나 부스스 일어나 짐을 내려 들었다.

"인 주세요."

남분이는 재빠르게 짐을 채 들고 팔랑팔랑 앞장섰다. 그 당돌한 행동이며 말씨는 이미 몽기미 촌티를 싹 벗어버리고 있었다.

"언닌 정말 너무했다고. 그뒤에 편지라도 한번 해줘얄 게 아냐? 언니 편지만 눈이 빠지게 기다리다가 혼자 무작정 올라왔지 뭐야."

"그때는 나도 서울살이가 자신이 없어 올라오라고 할 수가 없었어."

"그러니까, 언닌 그뒤로 고향이 지금 첨이야?"

"응, 넌 지금 서울서 뭘 하고 있어?"

"그럼 명식이 죽은 거 알아?"

"명식이가 죽어?"

순자는 눈이 둥그레지며 말꼬리를 길게 끌었다. 순자한테 혼담을 넣어왔던 젊은이였다.

"나도 지난 추석에 가서야 알았는데 빚 때문에 자살했대."

"아니, 무슨 빚을 얼마나 졌길래?"

순자는 멍청하게 묻고만 있었다.

"자기 동생만은 이런 섬 구석에서 살게 하지 않겠다고 목포로 중학교를 보내면서 그 학비를 벌려고 목포 상회(객주)에서 빚을 내다가 섬을 하나 샀더래. 그게 적잖이 삼십만원이었는데 하필 그해에는 갯것이 씻어낸 것같이 안 자라서 본전은 고사하고 이자 턱도 안 나왔다잖아. 이자는 다친 데 붓듯 길어나고 노린동전 한푼 나올 데는 없고, 그 꼼꼼한 성격에 고민고민 하다가 일을 저지른 모양이야."

순자는 멍청하게 듣고 있었다. 그는 배우지 못한 것을 유독 한탄했었다. 순자가 청혼을 뿌리치고 서울로 가버린 것도 자기가 배우지 못했기 때문이라고 생각했을 것 같았다. 꼼꼼하기만 할 뿐 애바르지도 못한 성격에 그런 투기를 했다는 것부터가 그랬다. 섬을 산다는 것은 근처 무인도의 일년간 해초채취권을 사는 것을 말한다. 그해에 갯것이 잘 자라면 상당히 재미를 보는 수도 있지만, 흉작일 때는 본전도 못 건지기 일쑤였다. 듣보기장사 애 말라 죽는다고, 그런 투기를 한 사람들은 이른 봄부터 미역은 포자가 제대로 붙나 톳은 제대로 자라나, 부등가리 안 엿 조이듯 가슴을 조이며 날이면 날마다 그 섬을 들락거렸다. 순자는 몽기미 집집마다 굴쩍처럼 너덕너덕 달라붙은 그 가난이 새삼스레 가슴을 후볐다.

"나는 작년에 우리 집에 삼십만원 송금했어. 그러고도 또 그만치 저축은 저축대로 따로 했거든. 언니, 우리 동네 한집 일년 수입이 통틀어 얼만 줄 알아? 어촌계에서 갯것을 똑같이 나누니까 뻔한데, 미역·톳·우뭇가사리·돌김, 이런 것들을 상회에 넘긴 값을 촘촘히 계산해보니까, 일년 수입이 꼭 십이만원이야. 내 한달 벌이도 못 되더라고. 깔깔."

남분이는 은근히 자기 자랑을 하며 큰 소리로 깔깔거렸다. 시골뜨기 계집아이가 한달 수입이 십이만원이 넘는다면 이것은 자랑할 정도가 아니었다.

"지금 뭘 하고 있는데 벌이가 그렇게 좋아?"

"히히. 언니 실망하지 않을래?"

남분이는 야살스럽게 히들거렸다.

"실망하긴?"

"운전하고 있어. 히히."

"운전? 아니, 계집애가 어떻게 운전을 다 배웠어?"

"히히. 기술이 별로 필요 없는 운전이야?"

"기술이 필요 없는 운전?"

"주전자 운전 있잖아?"

"주전자 운전이라니?"

순자는 눈을 더 크게 뜨고 도무지 어리둥절하기만 한 표정이었다.

"어이구, 칵 막혔구먼. 서울 헛살았어. 깔깔."

"아니, 무슨 소리를 하고 있는 거야?"

"손에다 쥐어 모셔야 알겠구먼. 술 주전자 운전이란 말이야. 술 주전자! 깔깔."

"그러니까……"

순자는 그제야 웃물이 도는 듯 눈을 거슴츠레하게 떴다.

"어때? 서울서야 돈만 벌면 그만이잖아. 지금 서울에 주전자 운전사가 몇만명인 줄 알아? 그것도 당당한 직업이야. 그사이에 식순이 공순이 다 해봤지만, 그건 남의 종살이밖에 안 되더라고. 몸뚱이

도사리고 더런 새끼들한테 구박받으며 붙박여 하루 종일 뺏골 빼봐야 하루 벌이가 그게 얼마야? 서울서 사람값은 하나도 돈이고 둘도 돈이야. 국장이 과장보다 월급이 많고 서기가 급사보다 월급이 많은 건, 그만치 층하 가려 사람대접을 달리 하는 게 아니고 뭐야?"

남분이는 조금도 스스럼이 없었다. 그러니까 십만원 넘게 번다는 자기가 과장이라면 공순이들은 급사 턱이나 된다는 본새였다.

"나는 서울 가서 재수가 좋았어. 첨에는 고생을 좀 했지만, 얼마 안 되어 그런 속으로 기똥찬 언니를 만난 거야. 남자 하나 주물러 깝대기 벗기는 데는 도사지만, 우리끼리 의리는 끝내주는 언니야. 내가 그사이 그만치 돈을 잡은 것도 모두가 그 언니 덕이라고."

순자는 그런 언니를 만난 게 다행이라 할 수도 없어 잠시 입을 다물고 있었다.

"언니, 서울서 구경 많이 다녔어?"

"아니 별로. 창경원은 한번 가봤지만."

"아이 시시해. 나는 법주사도 가고 지난여름에는 대천으로 바캉스도 갔다고. 그 언니가 어수룩한 놈팡이 몇을 꼬셔가지고 가면서 그 언니가 나보고 숫처녀 행세만 하라는 거야. 그래서 새침한 얼굴로 눈을 아래로 깔고 다녔더니, 놈팡이 한녀석이 화끈 달아올라 돈을 물 쓰듯 하잖아? 깔깔."

남분이는 제물에 한창 신이 났다.

"나는 이제 시골서는 죽어도 못 살겠어. 시골에서는 아무리 뺏골 빼도 그 더운 여름에 쭈쭈바를 하나 먹어, 콜라 한병을 마셔? 전기가 들어와, 냉장고가 있어? 그렇게들 같잖게 살면서도 뉘 계집애는

골로 빠졌느니 말았느니, 시시콜콜 되잖은 소리나 아갈거리고 있으니, 어이구, 정말 못 봐주겠어."

고향에 남분이 소문이 이미 난 모양이었다. 서울 간 지 얼마 되지 않은 계집애가 섬사람 한집 삼년 벌이에 가까운 돈을 보냈으니 그런 소문이 열번 날 법했다. 그러나 남분이는 공장 생활과 식모살이를 종살이라 단정하며 자기 생활을 스스럼없이 늘어놓고 있었다. 그 기똥차다는 언니 곁붙이로 그렇게 사는 게 그만치 세상을 제대로 사는 것이라 생각하는 것 같았고, 그런 직업을 주전자 운전이라 우스개로 노닥거릴 만큼 자기 직업에 대해 그의 말대로 시시콜콜한 생각을 말끔히 씻어버린 것 같았다.

순자는 뭐가 뭔지 얼른 갈피를 잡을 수 없었다. 한집 일년 벌이가 십이만원밖에 안 되는 몽기미 사람들과, 장난감 공장에서 숙련공으로 우대받는다는 게 기껏 사만원 받는 자기와, 한달에 십이만원 이상을 벌면서 해수욕장으로 관광지로 휘줄거리고 다니는 남분이와 도대체 알 수 없는 세상이었다.

남분이는 어느새 잠이 들었다. 멋대로 떠벌리고 또 잠깐 사이에 금방 잠이 들어버렸다.

순자는 요령이 기똥차다는 그 여자가 떠올랐다. 순자에게도 얼마 전까지 자기를 그렇게 보살펴주던 혜선이라는 언니가 있었다. 정읍이 고향인데 얼마 전 공원들이 노동조합을 조직하려고 회사와 맞설 때 앞장을 섰다가 개 끌리듯 끌려 회사를 쫓겨난 언니였다. 그 일은 순자가 서울 와서 겪은 일 가운데 가장 충격적인 사건이었다. 그 사건은 지금도 언뜻하면 공원들 사이에 팽팽한 긴장으로 분위기가 싸늘해질 만큼 상처가 아물지 않고 있었다.

처음에는 공원들이 모두 노조 결성에 동조할 기세였다. 그러나 회사의 공갈과 회유에 겁을 먹고 시적시적 뒤로 물러서서 엉거주춤 구경하는 사람이 많아졌고, 게다가 앞장섰던 공원 한사람이 회사에 매수되는 바람에 산통이 깨지고 말았다. 마지막까지 버티던 칠팔명은 여자로서는 더 견딜 수 없는 수모를 당하면서, 머리끄덩이를 끌려 회사 문밖으로 내동댕이쳐져버렸다. 이게 혜선이가 순자 눈에서 마지막 사라진 모습이었다.

순자도 처음에는 공원들 앞줄에 서서 주먹을 내두르며 구호를 외쳤다. 그러나 구사대란 이름으로 독기를 피우는 깡패들의 몽둥이에 주춤주춤 물러서다보니 결국 구경하는 쪽에 끼여 있게 되었고, 그게 부끄러워 그뒤부터 혜선이 만날 생각도 하지 않았고 지금까지 소식도 모르고 있었다.

고등학교를 중퇴했다는 혜선이는 책을 많이 읽어 아는 것도 많았고, 무슨 일의 시비를 가릴 때도 범상한 생각으로는 미칠 수 없을 만큼 사리가 반듯했다. 그가 공원들을 찾아다니며 노동조합의 필요성을 역설할 때는 순자는 자신도 모르게 주먹을 그러쥐었다.

'비록 한달에 백만원을 준다 하더라도 그것이 회사가 단독으로 결정한 임금일 때 그것은 노예에게 주는 임금이며, 그것이 단돈 만원이 못 되더라도 노사 간의 대등한 협상으로 결정된 임금이래야 그게 인간에게 주는 임금입니다.'

'우리 투쟁은 단순히 임금 몇푼 더 받자는 것보다 노예나 벌레가 인간이 되기 위한 투쟁입니다. 기업주의 온정에 빌붙어 처우 개선의 시혜가 내리기를 바라는 노예근성을 버립시다. 기업주와 대등한 관계로 맞서는 노동조합을 조직하면, 임금 인상은 두말할 것도 없고 우리들은 벌레에서 인간으로 승격을 하는 것입니다.'

처음에는 얼떨떨했지만 혜선이가 다른 회사 노조 결성 과정을 낱낱이 예를 들어 설명하자 모두 모두 고개를 끄덕이며 주먹을 쥐었다. 그렇지만 앞장섰던 그들은 개 끌리듯 쫓겨났고, 함께 나서기로 약속했던 자기는 공장 건물 뒤에 숨어서 그들이 끌려가는 꼴을 구경만 하고 있었다.

배신자, 순자는 이 말을 입속으로 가만히 뇌어봤다. 어렸을 때 밭둑에서 아무도 모르게 혼자 따 먹다가 뱉어버린 아그배처럼 쓰고 떫게 씹히는 말이었다. 그들은 끌려 나가며 구경하는 공원들에게 안타깝게 고함을 질렀다. 그렇게 안타깝게 지르던 고함소리는 무슨 말이었을까? 도와달라는 애원이었을까, 배신자라는 질책이었을까? 순자는 그들의 고함소리를 멀리 들으면서, 우리는 거들어줄 힘이 없다고, 그들에게 변명하고 자신에게 변명하며 구경만 하고 있었다.

그들이 끌려가는 것을 구경만 하고 있었던 게 얼마나 큰 배신이었던가는, 회사에 출퇴근할 때마다 그들이 골목에서 불쑥 나타나지 않을까 주변을 두렷거리는 그 두려움이 말해주고 있었다. 배신, 그것은 모르고 덜컥 신은 신 속에서 따끔하게 가시가 찔릴 때의 그 지늘킬 듯한 혼겁이었고, 살인자의 싸늘한 눈빛이었다.

순자가 서울 와서 맨 먼저 느낀 자신의 모습은 돼지 새끼 무녀리였고, 그다음 공장에 자리를 얻어 이만치라도 살아가게 되었다고 감지덕지하기만 했던 그 생활은 혜선이 말에 따르면 노예나 벌레의 생활이었다. 노동조합 결성에 자기도 같이 싸우겠다고 생각했을 때 자기는 바로 그 결심과 함께 한몫 사람이 되었지만, 거기서 한발을 더 내딛지 못하고 멈춰버리자 그건 배신자였다. 배신자, 마치 입안의 보리 가시랭이처럼 뱉어내려고 하면 할수록 목구멍 속으로 밀려오는 말이었다.

순자는 그런 생각은 이제 그만하자고 머리를 저으며 그 푸근하고 따스한 몽기미를 떠올렸다. 그때 증조할아버지 묘가 먼저 떠올랐다. 그 순간, 시원찮은 짓 하고 성묘 가면 묘에서 증조할아버지가 벌떡 일어날 것이라던 할머니 말이 머리를 쳤다. 순자는 갑자기 몽기미 가는 게 끔찍하게 느껴졌다.

기차가 어느 역에 멈췄다. 정읍이었다. 혜선이 고향이었다. 순자는 깜짝 놀라 유리창의 성에를 바삐 문지르며 밖을 내다봤다. 혜선이가 다른 데 취직해서 서울서 지내다가 혹시 이 차를 타고 오지나 않았을까 싶어서였다. 그러나 혜선이 모습은 보이지 않았다. 이번 설은 꼭 자기 집에 가서 쇠자고 찰떡같이 약속을 했던 말이 지금도 귓결에 남아 있었다. 자기 집은 정읍 읍내에서 서북쪽으로 오리쯤 조그마한 정자나무가 있는 작은 동네라고 했다.

"우리 엄마도 널 좋아할 거야. 나더러 덜렁거린다고 우리 이웃집 계집애처럼 좀 찹찹하라고 항상 그 소리였거든. 네가 꼭 그 애같이 찹찹하니까 우리 엄마는 너를 나보다 더 좋아할 거야."

혜선이는 늘 이렇게 남의 좋은 점을 치살렸고 자기를 낮추었다. 덜렁거린다기보다 활달한 성격이라 혜선이는 누구한테도 호감을 샀다.

기차가 목포에 도착했을 때는 새벽 네시가 조금 지나 있었다. 통금이 해제되기는 했지만 거리는 싸늘한 냉기와 어둠속에 꽁꽁 얼어 있었다.

"어떡하지?"

순자가 물었다.

"여관에 들러 한숨 더 자고 가지 뭐."

"오늘이 선달그믐이라 새벽같이 나가서 표를 사야 할 거야."

그들은 꽁꽁 얼어붙은 거리를 조심조심 걸어 선창가로 갔다. 거기 아무 여인숙에나 들러 아침에 일찍 깨워달라는 당부를 하고 이불을 뒤집어썼다. 남분이는 또 금방 잠에 곯아떨어졌다. 그는 열심히 떠들고, 또 이렇게 눕기만 하면 잘 자고, 세상이 마냥 즐겁고 만사가 천하태평이었다.

순자는 아까 기차에서 잠깐 눈을 붙여 그런지 눈이 말똥말똥했다. 어둠속에서 눈을 뜨고 잠시 명식이를 생각하고 있었다. 다시 가슴이 저미어지는 것 같았다. 원체 너울가지도 없고 냅뜨지 않는 성격이라 그런 투기를 할 만한 위인이 못 되는데, 그런 모험을 했다가 그 꼴이 된 것 같았다. 명식이가 자살한 이유 가운데 내가 차지해야 할 몫은 얼마나 되는 것일까?

순자는 명식이 생각으로 내내 눈을 붙이지 못하고 있다가 일곱시에 남분이를 깨워 선창으로 갔다. 매표구에는 여러개의 줄이 바깥까지 늘어져 있었다. 그들도 몽기미로 가는 줄을 찾아 꽁무니에 붙었다. 여기저기서 새치기 말라는 악다구니가 쏟아지며 열이 옥

조여왔다. 한참 만에 차례가 왔다.

"몽기미 두장이요."

"오늘 몽기미 배 안 대."

"안 대다니요?"

"파도가 심해서 오늘은 거기 배 못 대."

"아니 그럼 어쩌란 말이에요?"

"댁네 사정을 누구한테 묻고 있어? 빨리 비켜 !"

남분이는 열에서 나오며 발을 동동 굴렀다. 순자는 되레 잘됐다는 안도감이 들었다. 순자는 매표구 곁에서 징징거리는 남분이를 달래어 다시 여인숙으로 갔다. 아침을 먹고 나자 금방 깔깔거리며 두개나 되는 가방을 열고 짐을 몽땅 꺼내놨다. 거의가 옷이었다.

"언니, 이 스웨터 예쁘지?"

남분이는 방글거리며 노란 스웨터를 제 가슴에 펴 보였다. 옷도 예쁘고 웃고 있는 남분이도 한결 앳되고 예뻤다. 남자들이 저런 얼굴에 혹하는 모양이라는 생각이 들었다. 남분이는 잠깐 다녀오려면서 자기 옷만도 한두벌이 아니었다. 초등학교 때 서울 구경 가며 목포 선창 비단전 앞에 서서 켜켜이 쌓인 비단을 얼빠진 꼴로 보고 있던 모습이 떠올랐다.

"언니는 이건 다 뭐야?"

순자 가방을 가리키며 물었다. 장난감이라고 하자 제 가방이라도 된 듯 대번에 지퍼를 죽 갈랐다.

"어머나."

남분이는 입을 떡 벌렸다. 환성을 지르며 장난감을 모조리 방안에 늘어놨다. 방안은 장난감들로 금방 흐뭇한 동화적인 분위기가 되었다.

"근데 말이야. 우리 동네 아이들은 이런 장난감 하나도 제대로 간수할 줄 몰라. 글쎄, 지난 추석에 나도 남동생들한테 큼직한 강아지 장난감을 사다 줬더니 한나절도 못 가서 시커멓게 만들어버리잖아? 흙 묻은 손으로 만지고 흙밭에 떨어뜨리고, 나중에는 글쎄 목에다 줄을 매서 숫제 땅바닥으로 끌고 다니는 거야. 어찌나 속이 상하던지 막 패줬어."

남분이는 지금도 속이 상한다는 표정이었다.

"이걸 애들 주지 말고 모조리 학교에다 기증을 하면 어때? 그래야 오래갈 거야."

순자는 그러고 싶지는 않았다. 깨끗하게 간수하라고 잘 이르면 될 것 같았다.

"뭘 하고 시간을 보낼까?"

남분이는 가방에다 장난감을 챙기며 순자를 봤다. 순자는 말없이 남분이만 건너다보고 있었다.

"가만있자. 극장? 시골이라 프로가 형편없을 거야."

"그럼 바닷가에나 한번 가볼까?"

"바닷가? 거 좋지. 언니는 꽁생원인 줄만 알았더니 이럴 때 보면 아주 낭만적이야. 깔깔."

남분이는 가살을 떨며 대번에 옷을 입었다.

"아, 잠깐! 존 생각이 하나 떠올랐다. 언니, 잠깐만 기다리고 있어."

이건 또 무슨 주책인가 싶게 수다를 떨며 이쪽에서 뭐라 물어볼 겨를도 없이 부리나케 밖으로 뛰쳐나갔다. 한참 만에 숨을 헐떡거리며 돌아왔다. 손에는 웬 엽서가 여러장 들려 있었다.

"편지할 데가 있니?"

"신나는 편지야."

"누구한테?"

남분이는 그 말에는 대답도 않고 배를 깔고 엽서를 쓰기 시작했다.

'구정을 맞아 고향에 가던 순자와 남분이가 목포까지 왔다가, 연락선이 제대로 다니지 않아 서울로 다시 돌아가면서 저 멀리 외딴섬 몽기미에 계신 부모님들과 그리고 길례, 옥분이, 길남이 등 친구들과 함께 듣고 싶어 노래를 청합니다. 아나운서님, 우리는 슬픈 소녀들이랍니다. 꼭 들려주세요. 노래는……'

"우리가 다시 서울로 돌아가는 건 아니잖아?"

"언닌 이럴 때 보면 칵 막혔다니까. 이렇게 써야 슬프게 보인단 말이야. 방송국에서는 이런 슬픈 사연을 좋아하거든. 지난 추석에도 이렇게 슬프게 썼더니 내가 몽기미에 가자마자 방송이 나왔었다고. 깔깔."

남분이는 벌써 잔뜩 들떠 있었다.

"그렇지만, 그게 지난번처럼 방송이 되면 네가 정말 서울로 돌아가버린 줄 알고 식구들이 진짜로 슬퍼하면 어떡하지?"

"그러면 더 재밌잖아. 가버린 줄 알았던 사람이 다시 나타나면 얼마나 더 반갑겠어? 지난 추석에도 그렇게 엉터리로 썼던 거야."

남분이는 깔깔거리며 지난 추석 이야기를 했다. 그때는 배를 타기 직전에 이런 엽서를 띄웠었는데 그것이 방송에 나오자 몽기미가 발칵 뒤집혔다는 것이다. 몽기미란 섬 이름이 방송에 나온 것은 그게 처음이라 남분이 때문에 섬사람들이 출세라도 한 것처럼 동네가 떠들썩했던 것 같았다.

남분이는 똑같은 내용으로 엽서를 두장이나 써서 각각 다른 방송국 주소를 썼다. 그는 세상을 어떻게 하면 편하게 살아갈 수 있는가를 제 나름대로 얼른 터득하고 거기에 알맞게 맞춰 엉너리를 치며 살아왔듯, 방송국이 무엇을 요구하는지도 잘 알고 있었고, 슬픔까지도 이렇게 화장하듯 쉽게 지워내어 즐기고 있었다. 남분이가 이렇게 설치고 나설수록 순자는 자기가 남분이하고 몽기미에 가는 게 마치 그의 데림추로 묻어가는 느낌이었다.

남분이가 우체통에 엽서를 넣고 나자 그들은 바닷가로 나갔다. 시내버스를 타고 북적대는 선창가를 한참 지나 유달산 뒤편 해수욕장이 있는 호젓한 도린곁에서 내렸다. 바닷가에 서자 오랜만에 가슴이 툭 트이는 것 같았다. 바람이 불어 개흙이 시커멓게 뒤집힌 바다는 낭만적이기는커녕 을씨년스럽기 짝이 없었다. 그래도 오랜만에 파도소리를 들으며 쪼그맣게 옹송그리고 바닷가를 거닐었다.

파도는 저만치 시커먼 바다에서 꿈틀꿈틀 밀려와 바위에 부딪쳐 허옇게 물보라를 일으키며 부서졌다. 이 파도에서 순자는 몽기미를 본 것 같았다. 몽기미의 가난과 바다에 빠져 죽은 명식이의 한숨과, 옛날 태풍에 몰살당한 동학농민군 아우성까지도 들려오는 것 같았다. 파도는 허연 이빨을 번득이며 순자와 남분이 발밑에서 무섭게 부서지고 있었다.

다음 날 아침 그들은 일찍 선창으로 나갔다. 그러나 어제처럼 사람이 몰려 있지 않았다. 갈 사람들은 거의 가버린 것 같았다.

"남분아, 표는 한장만 사!"

남분이는 깜짝 놀라 뒤를 돌아봤다.

"나는 못 가겠어. 나는 휴가기간이 짧은데 몽기미에서 다시 나올 때 어제처럼 거기 배가 못 대면 결근을 해야 돼."

"그런다고 여기까지 왔다가 그냥 간다는 말이야?"

"나는 여태 한번도 결근한 적이 없어."

"그럼 어제 가잖고?"

"너 혼자 두고 갈 수가 없었어. 어제 보니 네 가방에 빈 보자기가 있더구나."

순자는 한쪽으로 가서 보자기에 장난감을 모두 옮겨 싸며 동네 아이들한테 고루 나눠주라고 했다.

순자는 기차 시간을 이미 알고 있으므로 남분이가 배 타는 것을 보고 돌아섰다. 짐작했던 대로 역사도 손님들이 북적거리지 않았다.

"정읍이요."

순자는 표를 쥐고 개찰구를 빠져나갔다. 자리를 찾아 앉았다. 어디 먼 데를 바쁘게 떠돌다가 차근하게 집에라도 가는 기분이었다. 순자는 실없이 기차 안을 한번 둘러봤다. 자기 같은 사람들이 이렇게 많다는 게 위안이 되기도 했다. 자기 집에서 편히 설을 쇠지 않고 설날 이렇게 다니고 있는 사람들은 어떤 사람들일까? 여기 탄 사람들은 엊그제 서울역이나 고속버스 터미널에 몰려 드잡이판을 벌이던 사람들과는 전혀 다른 부류의 사람들 같기도 했다. 세상 사람들이 아무리 들떠도 그런 데 휩쓸리지 않고 제 생각대로 살아갈 것 같은 사람들로 느껴졌다. 승객들의 느긋한 표정을 보고 나자 순자도 여태 어디 엉뚱한 데를 떠돌다가 제대로 가는 것 같은 안도감마저 들었다.

차창 밖으로 지나가는 거리에는 세배 가는 때때옷 행렬이 여기저기 한가로웠다. 멀리 가까이 보이는 시골 마을 초가집 지붕 밑에는 설날 아침의 느긋한 화목이 가득가득 담겨 있을 것 같았다. 혜선이 얼굴이 떠올랐다. 자기는 처음부터 혜선이 집에 가려고 서울을 떠났던 것 같았고, 목포까지 간 것은 거기 가는 길이 그렇게 에워가게 생겼기 때문이었던 것 같기도 했다.

기차가 들판을 기세 좋게 달리고 있었다. 순자는 창밖을 내다보고 있다가 옆자리에서 낮게 틀어놓은 라디오 소리에 귀가 번쩍했다.

"구정을 맞아 고향에 가던 순자 씨와 남분 씨가……"

순자는 웃으며 귀를 모았다.

"참 안됐습니다. 자칭 슬픈 소녀들이라 했군요. 하하. 그런대로 즐거운 여행이 되기 바랍니다. 서울 생활이 더욱 보람 있기 빌며 노래 보내드립니다."

저 소리를 듣고 좋아할 남분이 표정이 떠올라 혼자 웃었다. 기차는 들판을 부지런히 달리고 있었다. 순자는 너무 오랫동안 어디로 잘못 떠돌다가 이제야 제자리를 찾아가는 것 같은 기분이었다.

『한국문학』 1978년 7월호(통권 6권 7호); 2005년 10월 개고

뚱바우영감

못자리에 물이 끊어졌다. 뚱바우영감은 못자리 위쪽에다 웅덩이를 파기 시작했다. 물이 끊어졌어도 못자리에는 아직 물이 그득했지만, 영감은 오늘 아침부터 웅덩이를 팠다. 영감은 일을 빈틈없이 하자는 것이라기보다 새김질 버릇된 소나 염소가 입을 재워두지 못하듯 손에서 일이 떨어지면 못 견디는 것 같았다.

영감은 우수(雨水) 물 지고 나서부터 늦가을 얼갈이할 때까지 농사철에는 두말할 것도 없고, 겨울철에도 알 묻어놓은 자라처럼 논밭을 떠나지를 못했다. 자잘한 논다랑이 두다랑이를 뭉개서 한다랑이로 합배미하고, 떼밭을 일궈 밭을 늘리기도 했다. 낮에는 곰 가재 뒤지듯 논밭에서 고물거리고, 밤이면 밤대로 멍석을 틀거나 만물 풋고추 담아 말릴 오쟁이까지 이른 봄 손 놀 때 결어두었다.

논이 다섯마지기에 밭이 열두마지기니 농사가 많은 것은 아니지만, 칠십을 바라보는 늙은이 혼자 힘에는 부칠 농토였다. 그렇지만, 영감은 해마다 남의 손을 빌리지 않고 거뜬하게 일을 후렸으며 낟알도 누구보다 알뜰하게 내먹었다.

영감은 누구하고 재잘재잘 이야기하는 일도 없고, 그저 항상 뚱한 표정으로 수굿하게 자기 할 일만 했다. 조문을 가더라도 상주한테 문상하고 나면 멍석 귀퉁이나 마루 장귀틀에 잠깐 걸터앉아, 막걸리 한잔에 돼지고기 한점으로 입가심하면 그뿐, 자리 틀고 야젓잖은 장설 푸는 패들과는 처음부터 짝이 아니었다. 언제나 화가 난 것처럼 뚱한 표정으로 없는 듯이 들어왔다가 없는 듯이 나가서 자기 논밭에 붙어 마 캐는 중처럼 고물거렸다.

이런 영감이라 동네 사람들은 한동네에서 살면서도, 길가 돌부처처럼 자기들과는 상관이 없는 사람처럼 여길 지경이었다. 아침저녁 골목에서 부딪치면, 이발소나 식당에 들어가면 건성으로 '어섭쇼' 하듯, 그저 고개를 꾸벅할 뿐이었다. 동네 정자나무가 봄이면 잎이 나서 녹음을 드리우고, 가을이면 잎을 떨어뜨리며 무덤덤하게 서 있듯이 영감도 그런 꼴이었다.

지금 못자리 곁에 웅덩이를 파는 것도 예사 사람이 그런 짓을 한다면 하늘 무너질까 싶어 작대기 괴는 짓이라고 핀잔깨나 뒤집어쓸 일이었으나, 뚱바우영감이 하는 일이라 동네 사람들은 그저 그러거니 여길 뿐, 참견하는 사람은 없었다.

뚱바우영감이 웅덩이를 파는 데는 나름대로 그만한 까닭이 없는 것도 아니다. 영감은 지난 영등달, 바다가 우는 소리를 잠결에 듣고 놀라 자리에서 일어났다. 영등달은 음력 2월을 이르는 말인데, 그 달에 바다가 울면 시절이 좋지 않다고 일러오던 것이어서, 만약 가뭄이 크게 들면 저수지 물만 믿을 수는 없을 것 같았던 것이다.

재작년에 저 위에 저수지를 막자, 이 웅덩이는 이제 소용없을 것 같아 모 한모숨이라도 더 꽂으려고 메워버렸었다. 그런데, 그게 앞짧은 생각이었던 것은 멀리 갈 것도 없이 바로 다음 해 못자리 때 알게 되었던 것이다. 저수지에 물이 아무리 칠렁칠렁해도 제 우물에서 물 퍼다 쓰듯, 아무 때나 수문을 열어 쓸 수 없는 것이 저수지 물이었다. 나무에 구멍 하나 뚫는 데도 끌 소용 따로 송곳 소용 따로듯이, 저수지 밑에서도 웅덩이는 웅덩이대로 소용이 있었다.

작년 일을 생각하면 영감은 지금도 속이 쏘였다. 저 큰 저수지에 물이 저만치 찼으면 이제 농사에 물 걱정은 여의었거니 했고, 그래서 못자리를 할 때도 대강 저수지 물길 보아 살 깊은 데만 골라 아무데나 자리를 잡았다. 그런데 모가 바늘모로 겨우 힘을 타서 자라는 판에 모판이 거북등으로 엉그름이 갔지만, 저수지 감독은 저수지 수문을 처깔해놓고 막무가내로 버티고만 있었다.

"이 사람아, 돈 들여서 저수지 막을 적에는 제때에 물을 터서 농사짓자고 막은 것이제, 잉어 새끼나 키우자고 귀 바른 논밭 뭉개서 저수지를 막았단 말인가? 이렇게 타들어가는 못자리를 보고도 남의 사위 이앓이로 천연 보살하고 있다니, 자네는 무엇을 하는 사람인가? 농부들이 제대로 농사짓도록 물을 대주는 물 감독이여, 저수지 수문만 지키고 앉아 있는 수문지긴가?"

저이도 입 벌려 말할 때가 있을까 싶게, 항상 지르퉁하기만 하던 영감이, 한번 입을 열자 뚱했던 만큼이나 말이 투깔스럽고 가시가 돋쳤다.

"앞일을 생각해서 물을 아끼자는 것이지요. 가을 식은 밥이 봄 양식이더라고, 있을 때 아껴 쓰자 이것이제, 저수지 물 아껴놨다가 어디로 수출할라고 그러겠소?"

"허허. 답답한 소리 한번 들어보겠네. 생일 하루 잘 묵자고 이레 굶는 것도 아니고, 당장 모가 타들어가고 있는데 물을 아끼자니, 양석 아끼자고 굶자는 말이여 뭐여? 타져버린 모에서 싹 나게 하는 재주라도 있단 말인가?"

"하여간, 수리조합장 허가 없이 내 맘대로 수문에 손댔다가는, 모가지가 열둘이래도 못 당합니다."

"뭣이? 타들어가는 못자리에 물 대는 데도 허가 없이는 못 댄단 말이여? 허허, 그러면 어째서 목구멍에 밥은 허가 없이 떠 넣어도 암말 않는고? 오래 살잔께 별소리를 다 들어보겠네."

"누가 아니라요. 굼벵이도 구멍 뚫는 데는 다 제 깜냥이 있는 것인께 이런 것은 우리들한테 맡겨놔도 쓸 일인디, 허 참."

물 감독도 뚱바우영감 핀잔 가락에 얹혀 한마디 했다.

"저수지 물은 처음부터 농사짓자는 물인디, 말라가는 논에 물 한 방울도 맘대로 못 터 쓰다니, 답답한 일도 가지가지구만. 높은 자리에 앉았는 작자들치고, 밑 바로 보는 작자 못 봤지마는, 작년 여름에 수리조합장이라는 작자 여기 나와서 아갈대는 소리 들어본께, 그 작자는 농사 물정이라면 토끼몰이에 낚싯대 들고 덤벙거릴 작자들이더구먼. 그런 작자들이 초봄부터 설친 것 본께 금년 농사는 벌써 파롱 기별 받아놨구먼."

이런 실랑이가 있던 얼마 뒤에 비가 제대로 내려 피해를 보지는 않았지만, 속은 상할 대로 상했었다. 그래서 금년에는 처음부터 아예 웅덩이 곁에다 못자리를 했던 것이다.

저녁 새참 때쯤 물줄기가 터졌다. 그사이 물줄기가 혹시 딴 데로 돌아가버린 것이 아닐까 은근히 걱정했었는데, 전보다 더 탐스럽게 쏟아졌다. 이가 시리게 맑고 시원한 물이 웅덩이에 차오르고 있었다.

영감은 차근하게 논둑에 앉아 곰방대에서 구수한 자줏빛 연기를 날리며, 물이 차오르는 것을 보고 있었다. 이 정도면 모내기 때까지 비가 오지 않아도 못자리 걱정은 없겠다 싶은지 기분이 한껏 느긋했다.

웅덩이를 내려다보고 있던 영감이 얼핏 고개를 들었다. 저쪽 동구 짬에 자전거가 한대 오고 있었다. 우체부였다. 영감은 담배연기를 길게 뿜었다. 막내딸 달순이가 집을 나간 뒤부터 영감은 우체부만 나타나면 한숨 쉬는 버릇이 생겼다.

늙은 부모 배반하고 집을 나간 새퉁이를 생각하면, 요절을 내도 시원찮을 것 같지만, 일년이 넘도록 편지 한장이 없으니 이런 모진 년이 있을까 싶으면서도, 우체부만 보면 행여나 싶고 가슴이 두근거렸다. 아무리 요절을 내고 싶다가도 흉은 종지로 받고 정은 아름으로 부푸는 것이, 자식 생각하는 부모 마음이라, 어린것이 객지에서 끼니나 제대로 찾아 먹는지, 어디 아픈 데는 없는지 겉으로 말은 안 해도, 마음은 항상 부등가리 안 엿 조이듯 했다.

드문드문 뒀던 삼남매 가운데 맨 위 사내는 일찍 날려버렸고, 그 다음 계집아이는 멀리 시집을 가서 삼사년 만에나 한번 다녀갈까 말까 하고, 늘그막에 얻었던 딸이 내외의 말 푸접으로 절간 같은 집에 생기를 돋우었다. 그런 아이가 어느날 갑자기 집을 나가버리자, 집안이 조용하기가 우선 사람 사는 집 꼴이랄 수가 없었다. 사람 하나 자리가 이렇게 컸던가 싶게, 집안이 휘영휘영하기가 도무지 불 때서 밥해 먹고 사는 집이랄 수가 없었다.

뚱바우영감은 달순이가 집을 나가기 전에는, 동네에서 누가 봇짐을 싸고, 누가 서울서 돈을 벌어 보내고, 아무리 법석을 떨어도 다른 일에도 노상 그러듯, 남의 집 강아지 들고 나는 만치도 괘념을 하지 않았다. 설마 달순이가 그 짝이 되리라고는 꿈에도 생각지 않았기 때문이었다. 그래서 달순이가 나가고 나서도 한참 동안 그가 집을 나갔다는 생각이 제대로 들지 않았고, 금방 '아부지' 하고 거짓말같이 나타날 것만 같았다.

사실 달순이는 다른 아이들처럼 되바라진 데도 없고, 무슨 일이나 그저 고분고분하기만 했다. 집안 사정도 우선 입이 단출하니, 남들이 사는 걸 분수 넘게 부러워하지만 않는다면, 도시에 나가 돈을 벌어야 할 형편도 아니었다.

동아 속 썩은 것은 밭 임자도 모른다더니, 세상에 아무런들 내 속에서 빠진 자식이 이런 종자도 있었을까 싶었다.

"못된 것!"

그만했으면 얼굴 반반하겠다, 집안에 틀어박혀 국으로 살림 물정 터득하며 다소곳이 행실 챙기고 있으면, 시집도 이 근동에서는 추려서 가지 않겠는가?

우체부가 동네를 빠져나가고 있었다. 바로 그 뒤를 따라 이장이 누런 봉투를 들고 이쪽으로 오고 있었다. 영감은 곰방대를 빼물고 이장을 건너다봤다. 이장 손에 든 것이 달순이 편지가 틀림없는 것 같았다. 달순이 말고는 자기한테 편지할 사람이 없었다.

"세금 내라는 고지서가 나왔는디, 이것이 먼 고지서가 이런 고지서가 있는지 모르겠소. 세금이 나와도 귀꿈스럽게 달순이한테로 나왔으니, 이것이 먼 고지서가 이런 고지서가 있으꺼니라?"

이장은 봉투 속에서 알맹이를 빼 들고 앞뒤로 뒤집어 보며, 벙거지 시울 만지는 소리를 했다.

"고지서가? 달순이한테?"

뚱바우영감은 딸이 자기한테 보낸 편지가 아닌가 했다가, 별쭝맞게 달순이한테 나온 고지서라는 바람에 뚱한 표정을 한껏 더 뚱한 얼굴로 거듭 튕겼다.

"종합소득세 고지서인데, 또 이것이 적잖이 일백십육만팔천삼백구십원이나 돼요. 허허 그런께 달순이가 서울 가서 그새 그만한 떼돈을 벌었단 말인가?"

"뭣이, 일백십육만 얼마라고?"

"주소에 번지에 주민등록번호까지 딱 들어맞게 적혀 있는 것이, 임자를 잘못 찾아온 것은 아닌디, 집에 있지도 않은 가시내한테 세금이 일백 몇십만원이라니, 먼 고지서가 이런 정신없는 고지서가 있어? 집 나간 년한테 집 나간 벌금이라면 모를까, 그것이 먼 일이여?"

“종합소득세라고 했으니, 글자대로 새기면 이것저것 여러가지 세금을 종합해서 물린다는 말인가? 그리고 신고를 하지 않았다는, 가산세란 것이 삼십만사천원이고, 또 미납 가산금이란 것이 칠만 팔천원이고, 참 괴가 알 날 일도 다 있구먼.”

“세금 못 받아서 환장한 것들인 것 같구먼 달구새끼한테 호세 붙인다는 웃음엣소리는 들어봤지마는, 제 이름자 앞으로 노린동전 한푼 없는 촌 가시내한테, 덤턱스럽게 백 몇십만원이 세금이라니, 총찮아도 먼 그런 총찮은 짓거리가 있어?”

“그런께, 영감님도 가늠 잡히는 것이 없단 말씀이지라?”

“이 사람아, 중놈한테 어물값도 아니고, 주먹만 한 가시내한테 그런 돈이 세금으로 나왔다니, 그런 졸가리도 없고 알가리도 없는 짓이, 먼 짓이간데 가늠이 잡히고 말고 하겠어?”

“별일도 다 있구먼. 하여간 내가 낼 목포 나갈 일이 있은께 세무서에 가서 알아보고 오겠소.”

다음 날 목포에 나갔다 온 이장은 제물에 잔뜩 신바람이 나서, 저만치 골목 어귀서부터 설레발이 요란스러웠다.

“이 집 선산에 봉 한번 야무지게 울었습디다. 사람이 살다 보면 이런 기막힌 일도 있구먼.”

영감은 뻥한 눈으로 이장을 건너다보고 있었다.

“그런께 그것이 서울 간 달순이가 구백만원짜리 복권에 당첨이 돼서, 나온 세금이랍니다. 구백만원이면 우리 같은 촌사람들한테 그것이 시방 얼마겠소?”

이장은 숨이 넘어갈 지경이었다. 뚱바우영감은 ‘주택복권’이니

'당첨'이니 하는 말부터가 성도 이름도 모르는 말이어서, 뚝배기에 든 두꺼비 꼴로 눈만 말똥거리고 있었다. 이장은 주택복권이 뭣인가를 설명하기에 또 한참 신명이 나서 입침을 퉁겼다.

"이것은 법에서 허가를 해가지고 은행이 물주가 돼서 하는 것인디, 그런께 누구든지 백원만 내면 섰다판에서 돈 탠 놈한테 화투짝 나눠주듯 주택복권이란 것을 한장씩 주거던이라. 전국에서 수십만명이 주택복권을 사가지고 있으면, 혹시 테레비 보셨지요. 주택복권 추첨이라고, 일테면 제비를 뽑습니다. 거기서 일등에 뽑히면 구백만원을 주는데, 바로 달순이가 그 일등에 뽑힌 것이오. 하하하."

영감은 눈만 씀벅이고 있다가 한참 만에야 웃물이 도는 표정이었다.

"그러면 그것이 바로 노름 아녀?"

"하하. 맞소. 말하자면 노름이라고 할 수도 있지라. 노름치고도 전 국민을 상대로 테레비 라디오까지 왕왕댐시로 하는 노름인께, 노름치고도 무지하게 큰 판이지라. 그런께 달순이가 당첨된 것은 그 판에서 장땡을 잡은 것이 아니라, '천지 우당땡'을 잡은 것이제 뭣이겠소? 하하하."

이장은 제물에 신이 나서 호들갑이 숨이 넘어갔다.

"강아지새끼 못된 것은 들에 가서 짖는다더니, 이 못된 것이 이번에는 그런 노름판에까지 끼어들었단 말이여! 허허, 기가 찰 노릇이구먼."

"아니, 시방 무슨 말씀을 그렇게 하고 계시요? 노름이든 잡기든 구백만원이면 그 돈이 얼만 줄이나 아시요? 첨에 그 복금을 탈 적에 이백만 얼마를 세금으로 내고, 이것은 또 따로 종합소득세란 세금이 나온 것이오. 그런 세금은 개평 준 셈 치고도, 육백만원이지라, 육백만원! 육백만원이면 쌀이 이백가마니고, 논으로 쳐도 우리 동네서는 상답으로만 골라 스무마지기요. 이런 일이 보통 일이요?"

이장은 마치 자기가 당첨이라도 된 것처럼 요란스러웠다. 그렇지만, 영감은 끝내 지르퉁한 상판을 펴지 않았다.

"주먹만 한 계집년이 끼어들어도 해필 노름판에 끼어들었다니, 재변에도 먼 이런 재변이 있어?"

뚱바우영감은 돈에는 처음부터 관심이 없는지, 딸 행실에만 장탄식이 땅이 꺼졌다.

"허허. 우리 같은 촌사람들한테 생돈이 구백만원이면 하늘이 알 일인데, 자꾸 그런 말씀만 하고 계시요?"

"구백만원이 아니라, 그것이 집채만 한 금덩어리라 하더라도, 노름판으로 둥둥 떠도는 돈이라면 왼눈 하나도 뜨고 싶지 않네."

그사이 동네 사람들이 몰려들고 있었다. 이장은 더 기승을 부렸다.

"그걸 노름이라고 하니까 노름이지, 복권은 나라에서 허락을 한 것이오. 국가에서 허락을 했다 이 말씀입니다."

"복권이든 도깨비장난이든 백원짜리 한장 사서 구백만원이라면, 그런 허황된 짓거리가 그것이 제정신 가지고 사는 놈들 세상이여? 그 많은 돈을 허공에서 구름 잡듯 잡았다면, 그것이 제대로 피되고 살 되어 바른 구실 할 것 같아?"

그때 뚱바우영감과 너나들이하는 한동영감이 들어왔다.

"이 사람아, 그런 횡재 덩어리가 넝쿨째 굴러 들어왔으면, 당장 소를 눕히든지 꽹과리를 치든지 할 일이지, 뭣이 부족해서 우거지 상판을 하고 있는가?"

"꾀춤도 자리 봐서 춰! 집구석에서 노름꾼 났다고 꽹과리 치는 미친놈도 있던가?"

영감이 버럭 소리를 질렀다.

"허허. 노름이 아니고 국가에서 허가를 한 일이라고 해도 그러시요?"

이장이 답답한 듯 크게 소리를 질렀다.

"도시 사람들은, 선생이고 학생이고 가정부인네들까지 심심풀이 삼아서 한장씩 사가지고, 추첨하는 날은 온 식구들이 테레비 앞에 앉아서 맞대본다고 합디다."

"잘들 노는구먼. 선생에다 학생들까지 그런 야바위판에 끼어들면, 선생들은 그 주둥이로 학생들한테 무엇을 가르친단 말이여?"

"이건 우리나라에서만 하는 것이 아니고, 미국이나 일본 같은 나라에서는 판이 훨씬 커서, 당첨이 되었다 하면 몇억원이 쏟아진다고 합디다."

"본을 받아도 존 것만 받는구먼."

"이 사람아, 노름이든 도박이든, 구백만원이 뉘 집 강아지 이름이간데, 찬물 튕기는 소리만 째고 있단 말인가?"

동네 영감은 몰풍스럽게 쏘아붙였다.

"성인도 시속을 따르고, 나랏임금도 굽은 길은 휘어가는 것이여. 되잖은 고집 피우지 말고 당장 서울로 쫓아 올라가게. 명색이 애비가 지나새나 우거지상판이라, 그런 횡재 덩어리를 끌어안고도 시방 애비 무서워서 못 오고 있는 것 같네. 서울이 어디라고 촌 가시내가 그렇게 큰돈을 가지고 있다가 무슨 일을 당할지 누가 알아? 지금 당장 올라가!"

그 말에는 영감이 깜짝 놀랐다. 그것이 노름이건 무엇이건 그런 엄청난 돈이 안겨진 것은, 세금고지서가 말하는데, 재미난 골에 범 난다고 벌써 무슨 병통이 생기지 않았나 싶은 것 같았다.

뚱바우영감은 그 자리에서 옷을 갈아입고 길을 떠났다. 고속버스가 서울에 가까워지고 있었다. 안내원 아가씨가 서울에 왔다는 안내 말을 하고 표를 거둬갔다. 차가 밀려 차가 톨게이트 앞에 잠시 멈췄다.

"저기 크게 써놓은 말을 시골 사람들한테 새겨서 하면 뭐가 되지?"

영감 앞자리에 앉은 젊은이가, 톨게이트 건조물 위쪽 난간에 가로질러 큼직하게 씌어 있는 글씨를 가리키며 옆자리 친구에게 물었다. 영감도 그리 눈이 갔다. 영감은 글을 모르지만, 서울 들어가는 초입에 저토록 큰 글씨로 써 붙인 말이라면, 그것은 필경 서울 가는 사람에게, 더구나 자기 같은 시골 사람에게는 그만큼 중요한 말일 것 같아, 젊은이들 말에 귀를 기울이고 있었다.

"뭐라니?"

"'너 잘 왔다. 여기서부터 서울이야.' 하하하."

젊은이들은 호들갑스럽게 웃었다. 영감은 잠시 어리둥절했다. 아무런들 그런 험한 말을 대문짝만하게 써 붙여놨을까 싶었기 때문이다. 그러나 서울은 닳아지고 닳아진 사람들만 사는 곳이라, 초입부터 겁을 주어 설설 기게 만들자는 것인지 모른다는 생각이 들기도 했다. 영감은 얼핏 두루마기 속으로 손을 넣어 조끼 주머니 노잣돈을 만졌다.

실은 '잘 오셨습니다. 여기서부터 서울입니다'인데 젊은이가 익살스럽게 읽은 것이다. 그러나 영감은 서울이 험한 곳이라는 바람에 잔뜩 옥죄었던 다음이라 영감은 그런 익살을 제대로 새겨들을 여유가 없었다.

영감이 떠나기 전날, 서울 나들이 경험이 있는 동네 사람들의 서울 이야기는 모두가 으스스하기만 했다. 눈 감으면 코 베어 먹는다는 말이 그냥 빗대서 하는 소리가 아니라, 진짜 코 베어 먹을 데가 서울이니, 누가 까닭 없이 말을 걸어오거나 친절을 베풀면, 바로 그놈이 도둑놈이나 사기꾼이라고 보면 틀림없다는 둥, 섣부르게 서울 물정 생각할 것이 아니라 무엇이든지 이쪽 짐작에 조금만 미심쩍은 것이 있으면, 시골 늙은이 유세로 무작정 큰소리부터 쳐서 기를 꺾어놓은 담에 따져도 따지는 것이 수라는 둥, 저마다 한마디씩 아는 소리들이 요란스러웠다.

그렇지만, 영감은 아무리 서울이 험하다 하더라도 서울 사람들도 사람 종자들인데, 아무런들 그렇게까지 험할 수가 있을 것인가, 귀 너머로 흘려버렸다. 그러나 여기까지 오면서만 보더라도 허랑하게 생각할 일이 아닐 것 같아 영감은 마음을 도사렸다.

뚱바우영감은 자기가 사는 섬을 떠나 목포에서 고속버스를 타고 여기까지 오는 동안만 하더라도, 도대체 도시 것들이 이렇게 막되어먹었을까, 몇번이나 개탄을 했는지 모른다.

영감은 이런 나들이가 칠십 평생 처음이었다. 목포까지 두시간 반이나 배를 타고 나와야 하기 때문에 목포도 삼사년에 한번씩 나와, 그나마 선창 근처에서 일만 보고 들어갔던 터라 버스를 타본 것도 이번이 처음이었다. 게다가 글자 속은 청맹과니라, 하나에서 열까지 물어물어 예까지 온 것이다. 서울 가는 차를 어디서 타느냐, 차표는 어디서 사느냐, 지금 시간이 몇시냐, 뒷간은 어디에 있느냐. 재주라고는 묻는 재주밖에 없었다.

이쪽에서는 잔뜩 굽죄며 물어도 묻는 말에 대답하는 도시 사람들 행티가 이 꼴인지 미처 짐작을 못했다. 자기들은 눈이 있어 줄줄이 글씨를 읽을 줄 알고, 또 이런 나들이 물정이라면, 손바닥에 놓고 보듯 할 테니, 길이 어두운 사람이, 더구나 나이 먹은 늙은이가 물으면 제 할아비 할미 생각해서라도, 말에 값 드는 것 아니니, 좀 고분고분 대답해줄 법도 한데, 그런 것 제대로 대답해주다 주걸이라도 맞은 작자들만 이렇게 떼몰려 후지르고 다니는지, 무얼 물으면 강아지 파리 쫓든 턱주가리만 내둘러, 저쪽으로 가보라는 작자들이 한둘이 아니었다.

표 사실람 빨리빨리 돈 내세요, 열시까지라니까 몇번이나 물으세요. 거기 천사백오십원이라고 씌어 있잖아요. 도대체 이것이 늙은이 대하는 도시 계집들 말본새였다.

광주에서 차를 탈 때만 해도 그랬다. 목포에서 광주까지 처음으로 버스를 타고 구경하는 재미가 그럴듯해서 이번에는 아주 맨 앞자리를 잡아 앉았다. 그랬더니 거기는 영감님 자리가 아니라며 끌어내다 맨 꽁무니에 처박아놓지 않는가? 도대체 다 같이 돈 주고 타는 차에 네 자리 내 자리가, 어떻게 정해지는지도 알 수 없는 일이지만, 그렇게 네 자리 내 자리를 꼭 정해 앉기로 하면, 늙은이 자리는 맨 꽁무니라야 한단 말인가?

하여간, 이놈 저놈 할 것 없이 보추 대가리라고는 떡잎 때부터 벌레 먹은 작자들이었다. 물론, 날이면 날마다 이 많은 사람들을 대하자면 속에다 부처 앙구지 않은 담에야, 모두 웃는 낯으로 만수받이하기가 쉬운 일이 아니겠지만, 그래도 물정 모르는 늙은이는 조금이라도 두남두는 맛이 있어야 아비 어미 받들고 사는 사람이라 할 것 아니겠는가?

하여간 콧등 물린 강아지 모양 모두가 앙앙 팩팩, 사람됨을 따져 근으로 달아보면 제 근종 나갈 것들은 눈 씻고 보재야 볼 수가 없는 이런 험한 도시가 무엇이 그리 좋다고, 소갈머리 없는 촌것들은 도시에서 살지 못해 안달인지 도무지 속내를 알 수 없었다.

촌것들도 이런 데 와서 제 것을 제 것으로 감장하고 살아가자면, 쏘고 튕기는 물정부터 익히고 야박한 풍속에 제대로 단련이 되어야 할 것인데, 그게 어디 보고 배워 본받을 짓인가? 영감은 딸년을 만나기만 하면, 복권이고 뭣이고 목덜미를 잡아끌고 내려가기로 마음을 단단히 굳혔다.

뚱바우영감은 고속버스에서 내려 어수선한 속에서 여기서도 여러번 물어 택시라는 것을 탔다.

"여보게 운전사! 내가 시방 이 주소로 딸년을 찾아가는디, 아도란다 극장이라야 뭐라디야, 그 굿 노는 극장 말이여. 그 극장 근가지기서 물어보면 된다고 하더구먼. 나를 거기까지 쪼깐 태워다 주게. 거기까지 이러고 타고 가면 찻삯은 얼마나 되는고?"

영감은 이장이 적어준 달순이 친구 순자의 주소가 적힌 종이쪽지를 운전사 어깨 너머로 내밀며 물었다. 운전사는 영감의 손에서 쪽지를 낚아 얼핏 보더니, 가타부타 말이 없이 그대로 넘겨주었다. 뭐라 말이 있겠거니 하고, 한참 기다렸으나 운전사는 말없이 차만 몰고 있었다.

하여간 도시 놈들이라면 이놈 저놈 할 것 없이 모두가 이 꼴이었다. 주소를 보았으면 알았다거나, 어디서 오시느냐거나, 하여간 서로 처음 만난 사람이니, 뭐라 말이 있어야 그것이 입 가진 사람의 도릴 것이고, 이것이 비록 돈을 받고 실어다 주는 장삿속이라 하더라도, 타줘서 고맙고 태워다 줘서 감사한 것이 사람의 정분인데, 말에 값 들고 웃음에 세금 붙는 것도 아닌데, 묻는 말에는 대꾸가 있어야 그것이 사람대접 아니겠는가?

그런데 이 작자들이 말짱 어떻게 생겨먹은 종자들인지, 꼭 제 어미 데려간 의붓아비 대하듯, 냉랭하기만 하니 알 수 없는 일이었다. 다른 것은 또 그렇다 치고, 차비가 얼마냐고 물었으면 그것은 제가 받아 처먹을 돈이니, 얼마라고 아가리를 열어야 할 것이 아닌가?

"이 사람아, 거그까지 차비가 얼매냐 말이여?"

영감은 퉁명스럽게 내질렀다.

"가봐야죠."

"뭣이, 가봐야 알아?"

영감은 빠듯 역정을 냈지만 운전사는 아가리를 처깔해버리고 있었다. 가만있자, 이놈이 지금 거기까지 싣고 가서 몽땅 바가지를 씌울 꿍심이 아닐까? 틀림없다. 요놈의 자식 낯짝이 소도둑놈같이 시커먼 게, 생긴 것부터 도적놈으로 생겨먹었구나. 이놈, 촌 늙은이라고 섣부르게 나왔다가는 코청 한번 뗄 줄 알아라. 커엄, 영감은 속으로 단단히 마음을 도사렸다.

서울이 크다더니 어마어마했다. 가도 가도 아득히 솟아오른 집뿐이었다. 도대체 이렇게도 많고 또 저렇게 높이 올라간 집에 사람이 구석구석 모두 찾아들어 살고 있을까, 영감은 얼떨떨한 속에서도 얼핏 이런 한가한 의문이 들었다.

이렇게 많은 사람들이 이토록 험하게 비벼대고 살고 있으니, 닭장에 갇힌 닭들 꼴로, 서로 찍고 쪼고 팩팩거리기만 할 게 뻔했다. 도대체 이런 속에서, 사람이 사람 귀한 줄을 알 것인가, 알뜰한 정이 쌓이겠는가?

꼬리에 꼬리를 물고 달리던 수많은 차들의 행렬에 끼여 달리던 영감 차가 담배 두어대 참 달리더니 스르르 속력을 죽이며, 길가 쪽에 바짝 멈췄다. 차가 멎자 사람들이 우 몰려들었다. 웬 사람들인가 했더니, 자리가 나면 탈 사람들인 것 같았다.

"그런께 시방 여그가 그 아도란다라든가, 그 굿 노는 극장 앞인가?"

"그래요. 얼른 내리세요!"

"그런께, 여그가 그 극장 앞이냐 말이여?"

"맞아요."

운전사는 앞자리 문을 열어 손님을 맞아들이며 대답했다.

"그러면, 찻삯은 얼마를 받을 것이여?"

밖에서는 발을 구르듯 내리기를 기다리고 있었으나, 영감은 내릴 생각도 않고 내년 보살 차근하게 묻고 있었다.

"천오백오십원입니다."

"천오백오십원?"

영감은 이런 도적놈 하는 표정으로 쏘아봤다.

"여기 미터기에 나오지 않았습니까?"

운전사가 미터기를 가리키며 영감을 돌아봤다.

"나오다니 뭣이 나와?"

영감이 버럭 악을 썼다.

"아, 여기 보세요!"

금방 앞자리에 탄 손님 상체를 밀어내며 미터기를 가리켰다.

"보면 거그가 씌어 있간디?"

"허허. 사람 죽여주네!"

"그래 서울 바닥에서 서울 바닥 잠깐 오는 찻삯이 광주서 서울 온 찻삯보담 비싸단 말이여? 그걸 시방 말이라고 턱주가리를 놀리고 있어?"

영감은 졸가리 있게 따지며 곁엣사람들도 다 들으라는 듯이 왜장을 쳤다. 서울 갔다 온 사람들이면 너나없이 사람 살 데 못 되더라고, 모두가 한결같이 언 오줌 누고 진저리치듯 하던 그 험한 서울의 못된 짓 하는 놈을 하나 잡아냈다는 서슬이었다.

"말씀 좀 하십시오."

운전사는 앞자리에 앉은 손님에게 말하며 저쪽으로 얼굴을 거둬갔다.

"영감님 맞습니다."

"맞다니? 당신이 맞는지 틀리는지 어뜨코 알아? 일천오백오십 원이면 끄트머리를 잘라버리고도 실머슴 하루 품삯이여. 여그 잠깐 실어다 주고 그런 떼돈을 벌기로 하면 그 많은 돈을 어디다 싸뒀어?"

영감 말에 바깥에서 기다리고 있던 사람들까지 웃었다.

"영감님, 이 기계가 차비 계산하는 기겐데 여기 그렇게 나와 있습니다."

"기계? 그 기계는 누가 돌리는 기계여?"

젊은이는 잠시 어리둥절했다가 다시 웃었다.

"제절로 돌아가는 기겐데, 만약 속여서 차비 더 나오게 했다가는 징역 갑니다."

"뭣이? 그럼 그 기계 속에는 순사라도 들어앉았단 말이여?"

사람들은 와 웃었다.

"영감님 어디서 타고 오셨습니까?"

"광주서 와서 타고 왔어."

"그럼 강남 터미널에서 타셨군요. 저도 고향이 광주라 거기서 타고 오면 이 정도 나옵니다."

영감은 광주가 고향이라는 바람에 조금 누그러지는 표정이었으나, 이놈들이 한속으로 후무리는 것이 아닌가 하는 의혹이 잠시 번득였다. 영감은 그런 떨떠름한 표정으로 차비를 계산했다.

영감은 거리에 내려서자 사방을 한번 휘둘러봤다. '아도란다' 극장이 어디냐고 길 가는 사람한테 물었다. 엄청나게 큰 광고판을 가리키며 저것이라 했다. 영감은 그 광고판을 쳐다보다가 못 볼 것이라도 본 듯 고개를 돌렸다. 실물보다 열배는 더 크게 그린 여자 나체였다. 아랫부분과 가슴께만 조금 가렸달 뿐 홀랑 벗은 여자가 눈가장자리에 음충맞은 화냥기를 피우며 담배연기를 뿜고 있었다. 그런데 영감이 더 놀란 것은 활딱 벗은 나체보다 그 험한 나체 앞을 예사롭게 지나다니고 있는 여편네들 표정이었다.

"허허허. 막되어도 아조 막되어부렀구먼."

세상에 아무런들 저렇게 험한 그림을 저토록 크게 그려 이런 네거리 길바닥에다 광고를 한단 말인가? 저런 광고를 저렇게 크게 내걸어논 것이 일테면 시골에서 간첩을 이렇게 때려잡자고 그림을 그려 붙여논 것과 같이 저것도 지금 저렇게 놀아나자는 것 같은데, 간첩 잡자는 광고를 관에서 하듯이 저것도 관에서 한 짓일까? 관에서 직접 안 했을지 몰라도 관에서 허가를 하거나 허가를 안 했더라도 눈을 감아주고 있는 게 틀림없는 일이었다. 못자리에 물 대는데 저수지 수문 하나 여는 것도 백성들 맘대로 열고 닫고 못하게 닦달하는데, 법에서 말리기로 한다면 요새 세상에 얼마나 끗발 좋은 놈이 제 맘대로 저런 짓을 할 수 있겠는가?

주택복권인가 야바윈가도 법에서 허가를 해서 은행인가 뭣이 물주가 되어가지고 장바닥에서 야바위꾼 손님 꼬이듯이 테레비 라디오까지 나발대를 불고 야단 북새질을 하는 통에 촌것들까지 덩달아 놀아나는데, 도대체 그런 흉악한 노름판에 백성들 전부를 손님으로 잡아 꼬이지 않나, 또 저렇게 홀랑홀랑 벗어젖히고 나대지를 않나, 도대체 어떻게 돌아가는 판인지 알 수가 없었다. 저런 험한 광고까지 내걸고 너나없이 한통으로 뒤얽히기로 하면, 그렇게 날뛰는 정신에 인륜을 가릴 것인가, 윤리가 눈에 뵐 것인가? 아까 '너 잘 왔어, 여기부터는 서울이야' 어쩌고 씌어 있다는 그 대문짝만한 글씨도, 그러니까 그렇게 겁줘서 촌놈들 우려먹자는 수작만이 아니라 이렇게 너나없이 뒤얽혀 놀아나자고 반기는 소리던가? 뚱바우영감은 생각할수록 아뜩하기만 했다.

계집년들이 서울 가면 버린다는 것은 원래 계집하고 쪽박은 내돌리면 상하기 십상이라던 이치로도 환한 것이었지만, 그래도 제 마음 하나 단단하게 사려 먹고 제 중심만 잃지 않으면 어디 가든지 사람 나름이겠거니 하고, 자기 딸 달순이는 그런 못된 것들 속에서 한쪽으로 한발 비켜 세워놓고 생각했었다. 그런데 세상이 이렇게 막되어먹기로 하면 그게 아니겠다 싶어 마음이 조급해졌다.

영감은 이년을 만나기만 하면 구백만원이고 구천만원이고 우선 귀싸대기부터 올려붙일 참이었다. 그렇게 정신이 화끈 돌게 해서 덜미든지, 머리끄덩이든지 휘어잡아 끌고 내려갈 판이었다.

"커엄!"

영감은 혼자 마음을 도사려 먹고 조그마한 가게에 주소를 내밀고 그 집을 물었다. 이 가겟집 여편네는 예사 도시 것들하고는 달리 쌉쌉하게 집을 가르쳐주었다. 도시에도 간혹 사람 같은 종자가 하나씩 있기는 있구나 싶어 영감은 그 여편네 얼굴을 다시 한번 쳐다보고 나서 그가 가르쳐준 대로 골목으로 들어갔다.

서울에는 죄다 높은 건물뿐인 줄 알았더니 거리에서 한발짝 뒤로 들어가자 부처님 뒤같이 게딱지 같은 집들이 나닥나닥 붙어 있었다. 그런데 담장에는 쭈삣쭈삣 창날 같은 사금파리가 촘촘히 찔려 있는 게 틀림없이 도둑놈 방지하자는 것인 것 같은데, 도적놈들이 얼마나 험하게 장을 치고 다니면 저렇게까지 무시무시하게 단속을 하는가, 서울 바닥 무서운 속을 새삼 알겠다.

영감은 아무 집에나 들어가 다시 한번 물어보려고 두리번거렸으나 어찌된 셈판인지 꼭 역병 난 동네처럼 집이라고 생긴 집은 모두가 대문을 꽝꽝 처깔해놓고 있었다. 이것들이 낮에는 죄다 집을 비우고 모두가 거리로만 싸대고 다니는가? 영감은 가겟집 여편네가 가르쳐준 대로 발맘발맘 짐작을 잡아 파란 대문 앞에 섰다. 이 집도 대문이 잠겨 있었다. 집은 제대로 찾아온 것 같은데, 대문이 잠겨 있으니 낭패였다. 영감이 대문 앞에 어정쩡 서 있는데 안에서 사람 소리가 나는 것 같았다. 이웃집에서도 사람 소리가 났다. 그러니까 사람이 있으면서도 대문을 꽁꽁 잠가두고 사는 모양이었다. 담장에다 저렇게 쇠꼬치에 사금파리를 시퍼렇게 꽂아두고도 대낮에 대문까지 이렇게 잠가놓고 사는 것을 보면 서울 놈들은 너나없이 도둑놈이 아닌가 싶었다. 집만 나서면 피차간에 도적놈이 되어 남의 집을 넘성거리는 것인가, 하여간 기막힌 일이었다.

"쥔 양반 기시요?"

영감은 목소리를 가다듬어 안에다 대고 점잖게 소리를 들여보냈다. 아무 기척이 없었다. 또 한번 소리를 질렀다. 역시 기척이 없었다. 그때 옆집 대문 앞에 사람이 멈춰 섰다. 안에다 소리를 치는 게 아니라 거기 기둥에 붙어 있는 부엉이 눈알만 한 단추를 뽀각뽀각 눌러댔다. 그래놓고 서 있자 안에서 사람이 나와 문을 여는 것 같았다. 영감 앞에도 기둥에 그런 단추가 달려 있었다. 그러니까 이런 것을 눌러서 사람이 왔다는 것을 은밀하게 안으로 귀띔하는 모양인가? 얄망궂은 풍속도 있구나 싶었다.

그렇지만, 자기 가족끼리라면 몰라도 체면 차려야 할 남남끼리야 어떻게 이런 잔망스런 짓으로 사람 왔다는 것을 알릴 수 있겠는가? 옛날에 어떤 작자가 남의 사랑방에서 밤중에 피리 소리를 삐이 냈다가 그것이 남편이 여편네 건너오라는 약속이던 것이어서 큰 봉변을 당했다고 하듯이, 가족끼리만 사용하기로 되어 있는지 모르는 그런 짓을 생판 남이 했다가는 옛날 그놈 짝으로 봉변당하기 알맞을 것 같았다.

영감은 다시 한번 부를까 어쩔까 서성거리고 있는데 저쪽 집에 또 사람이 오더니 역시 그 단추를 눌렀다. 그는 그 집 식구가 아닌 것 같았다. 그러니까 이것이 아무나 사용하는 것인 모양이었다. 영감도 에라 모르겠다, 성인도 시속을 따르는 것, 잔망스러워도 풍속이 그렇다면 하는 수 없지 싶어 그 단추를 꾹 눌렀다. 저 안에서 딩동 하는 소리가 났다. 필시 여기서 누른 것이 연유가 되어 난 소리리라. 아니나 다를까 안에서 신발 끄는 소리가 났다.

"커엄!"

영감은 기침을 하며 뒤로 한발 물러섰다.

"누구세요?"

대문이 빼꼼하게 열리며 열댓살 난 계집아이가 돌담에 족제비눈으로 밖을 내다봤다.

"이 집에 순자라는 년이 세 들어 살고 있지야? 내가 시방 순자 고향에서 온 순자 애비다."

"공장에 나갔는데요."

"공장? 그런께 내가 시방 찾아오기는 옳게 찾아왔구나. 그러면 순자하고 같이 달순이란 년도 살고 있는가 모르겄다."

"같이 공장에 갔어요."

"그래. 내가 그 달순이란 년 애비 되는 사람이다. 쪼깐 들어가서 지다리자."

계집아이는 영감의 위아래를 다시 한번 훑어보더니 가타부타 말이 없이 대문을 걸어 잠가놓고 뽀르르 안으로 들어가고 말았다.

"아니, 이년이?"

영감이 무춤하게 서 있자니까 안에서 뭐라고 쫑알거리는 소리가 나는 것 같더니 다시 신발을 끄는 소리가 났다.

"순자 언니 방문이 잠겨 있는걸요."

계집아이는 다시 아까처럼 족제비눈을 하고 말했다.

"그래도 어디 쪼깐 걸터앉아서 지달러사제 으짜겄냐?"

계집아이는 도둑놈한테 문 열어주듯 조심스럽게 문을 열었다. 계집아이가 여기라고 가리킨 문 앞에 선 영감은 가슴이 철렁했다. 방문 옆에는 올망졸망한 살림살이가 걸려 있고 그 밑에는 백철 솥단지가 하나 걸려 있었다. 도대체 이런 궁상과 돈 구백만원은 너무나 아귀가 맞지 않았다. 그 엄청난 돈을 타가지고 흔전만전 허방하게 후덩거리고 있을 것으로 알았다가 그게 아닌 것 같아 우선 안심이었다. 그러나 이게 예상과 너무 달라 다른 쪽으로 무슨 까탈이 있는 게 아닐까 마음이 조였다.

장난감같이 올망졸망한 세간이 마치 딸 모습이라도 대한 것 같아 덜큰한 감개를 몰아왔으나, 한쪽으로 켕기는 마음에 울가망한 기분이었다. 그런 일 저런 일 없이 꼭 이대로이기만 하다면 얼마나 다행이겠는가? 잃었던 딸이라도 찾은 것 같았다.

달순이와 순자가 돌아온 것은 어두워진 다음이었다. 아버지가 오셨다는 말을 식모아이한테 들은 달순이는 새파랗게 질린 얼굴로 아버지 앞에 그림자처럼 오도마니 멈췄다. 손에 올망졸망 찬거리를 사 들고 들어오다가 주눅이 들어 서 있는 두 소녀의 모습은 그지없이 처량해 보였다. 영감은 딸의 해쓱한 모습을 전깃불 밑에 보자 가슴이 찌르르했다. 귀싸대기부터 올려붙이겠다던 노기는 어느새 눈 녹듯이 사라지고 안쓰런 생각이 복받쳤다.

"몸들이나 성하냐?"

영감은 곰방대를 빼물며 부드럽게 입을 뗐다.

"언제 오셨어요?"

순자가 다가오며 물었다.

"조금 아까 왔다. 느그 집도 다 편하다."

"엄니도 잘……"

달순이가 모깃소리만 하게 입을 뗐다.

"오냐 잘 있다."

두 소녀는 집 나간 행실은 심하게 잡죌 기색이 아니자 얼어붙었던 얼굴이 펴지며 저녁 준비에 부산했다.

"그런디 복권인가 뭣인가를 그런 것을 니가 탔다고 집으로 세금이 나왔던디, 어찌 된 일이냐?"

영감은 밥상을 받아 반주를 한잔 기울이고 나서 지나가는 말처럼 물었다.

"복권이라니요?"

"주택복권인가 뭣을 구백만원짜리를 탔다며?"

"어마, 그것은 나하고는 상관없는 것인디……"

"상관없다니, 니 앞으로 세금이 적잖이 백만원 돈이 넘게 나왔는디, 상관이 없어?"

"아니, 우리 집으로 그런 세금이 나왔어요?"

두 소녀는 밥을 먹다 말고 똥그란 눈으로 서로를 보고 있었다.

"이 옆방에 세 들어 살던 아주머니가 그 구백만원짜리 복권에 당첨되었는데, 주민등록증을 잃어버렸다고 내 주민등록증을 좀 빌려주라고 해서 빌려준 일밖에 없는데 무슨 세금이 나왔을까?"

"그랬디야. 그랬으면 그랬제."

영감은 멋쩍게 너털웃음을 웃었다. 실은 딸 행실에 노발대발하면서도 구백만원이라는 엄청난 돈에 솔깃한 생각이 전혀 없던 것만도 아니어서 행여나 했는데, 이렇게 되고 보니 내 복에 무슨 난리랴 싶어 다시 웃음이 나왔다.

"그 복금 탈 때 세금을 이백만원을 넘게 냈는데 무슨 세금이 또 나왔지?"

달순이가 시르죽은 소리로 뇌었다.

"여깄다. 종합소득세라디야 뭐라디야."

영감은 고지서를 딸에게 건넸다.

"이 고지서를 갖다줘얄 텐데, 그 아주머니 이사 간 데는 아니?"

"몰라."

두 소녀는 다시 무뜨름한 표정으로 서로를 건너다봤다.

"얼른 반장 댁에 가서 물어보고 올게."

순자는 뛰어나갔다. 그 아주머니는 복금을 타가지고 당장 변두리로 집을 사서 나가고 달순이는 그것을 타주고 오천원인가 얻어서 신 한켤레 사 신었다고 했다.

"반장 댁에서도 모른대."

순자는 썰렁한 표정으로 들어오며 말했다.

"여기서 이사 갈 때까지 미처 이리 주민등록을 옮기지 않고 살다가 이사를 갔기 때문에 동에 가봐도 뭐가 아무것도 없을 거래."

"그럼 이 일을 어쩌지?"

고지서를 들고 있는 달순이 표정은 흙빛이 되었다.

"이사 간 데를 아나 마나 우리가 안 탔으면 그만이제, 애먼 유구 장수도 아니고 그런 적잖은 돈을 우리한테 안다미씌우겠냐? 일백이십만원이 가까운 돈이면 촌 돈으로 논이 너마지기 값 아니냐? 하하."

소주잔에 거나해진 뚱바우영감은 딸이 제대로 있는 것만 대견해서 오랜만에 얼굴을 활짝 펴고 웃고 있었다. 그러나 고지서를 쥐고 있는 달순이 손이 달달 떨고 있었다.

『월간문학』 1978년 8월호(통권 11권 8호); 2007년 7월 개고*

* '물 품는 영감' → '뚱바우영감' 작품명 변경.

청개구리

느닷없는 방문객이 찾아왔다. 고향 청년이었다.

"집이 조옿습니다."

첫 인사가 이것이었다. 나는 오랜만에 만나는 고향 사람이라 반가이 맞아들였다. 이십가호 남짓 살았던 고향 동네에서 도시에 나와 사는 사람이 별로 없었기 때문에 고향 사람이 우리 집에 찾아온 적은 이자가 처음이었다. 우리 동네에서 큰길로 나가는 길처에 사는 삼발영감이라는 영감 손자인데, 이 녀석이 이렇게 장정이 된 게 여간 대견스럽지 않아 그만큼 반가웠다. 우리 동네에서 한참 내려가면 좀 후미진 산굽이에 외따로 집이 하나 있었는데, 그 집에 영감이 지금 인사한 이 손자 하나를 기르며 살고 있었다.

"자네 이름이 성식이지?"

"예. 그렇게 부르지요."

"공장에 취직했다던데 잘 다니나?"

"예, 그럭저럭, 밥이나 먹고 삽니다. 크크."

어렸을 때의 순박하던 모습이 많이 달라진 것 같았다. 좀 껄렁하게도 보이고 실실 웃는 게 사람을 깔보는 버릇이 굳어진 것 같기도 했다. 크크 웃는 웃음부터가 그랬다. 그러나 시골 녀석이 저렇게라도 되바라졌으면, 어디 가든지 쉽게 꿀리지 않고 살겠다 싶어 그런 쪽으로는 조금 안심이 되기도 했다. 그러나 그게 도를 조금 넘은 것 같아 좀 불안하기도 했다. 촌닭같이 늘 썰렁한 얼굴로 지내다가, 어느정도 도시 물정을 익히면 설건방기가 생기기 마련이고, 전에 겁먹었던 만큼 거기서 한술 더 뜨려다 보면 저런 태도가 되겠거니 했다. 그것까지 가라앉아야 할 텐데, 거기까지는 아직 촌티를 벗지 못한 것 같았다.

"그런데, 제가 장가를 좀 가게 됐습니다. 크크"

"아, 그래! 축하하네."

"크크."

아까 이름을 물었을 때 '그렇게 부르지요'라거나 '장가를 좀' 하는 따위 애매하고 엉거주춤한 말투가 도무지 마뜩찮았으나, 그 역시 촌티를 설벗은 말버릇이거니 했다. 겉으로는 내로라 뻔대면서도 매사에 자신이 없는 태도가 그렇게 나타나는 게 아닐까 싶었다.

"형님이 주례를 좀 서주셔야겠습니다."

"뭐, 주례? 내가 어떻게 주례를 서?"

"누구는 못 섭니까? 크크크."

나는 어이가 없어 녀석을 멍청하게 건너다보고 있었다. 이 녀석한테 연거푸 두대나 강타를 당한 꼴이었다. 제 녀석보다 열댓살이나 위인 나더러 형님이라고 부르는 것도 그렇지만, 주례를 서달라는 것도 엉뚱했다.

"자네 지금 나이가 몇인가?"

나보고 형님이라고 부르는 버르장머리부터 고쳐놓으려고 표정을 가다듬고 물었다.

"장가를 꼭 나이만 따져서 갑니까? 크크크"

"그게 아니야."

내 눈꼬리가 치켜 올라가자 녀석은 내가 무얼 잘못했느냐는 듯 여전히 헤실거리며 나를 건너다보고 있었다.

"스물서넛 됩니다."

"스물셋이면 셋이고, 넷이면 넷이지 서넛이 뭐야?"

나는 언성을 높였다.

"허허, 왜 이러십니까. 셋입니다, 셋. 크크크."

"스물셋이면 내 나이는 얼만 줄 아나?"

"제가 어떻게 형님 나이까지 압니까? 크크크."

나는 꼭 돌담이라도 대하고 있는 것같이 칵 막힌 기분이었다.

"내 나이가 서른일곱일세. 자네하고는 열네살 차이야. 그런데 형님이 뭔가? 자네 여태 그런 식으로 세상을 살았어?"

나는 목소리가 높아졌다.

"아, 그겁니까? 크크크. 저는 그렇게 부르는 것이 정다울 것 같고, 또 달리는 부르기에 마땅한 말도 없고 그래서 그랬더니, 크크크, 그러면 뭐라고 할까요?"

녀석은 조금도 무안해하는 기색이 없이 그대로 헤실헤실 웃었다.

"선생 있잖아? 다른 선생이 아니고 내가 학교 선생이니까, 그렇게 부르면 될 게 아냐!"

나는 또 턱없이 목소리가 높아지고 있었다.

"알겠습니다. 그런데, 선생, 그건 쪼깐 크크크."

뭣이 쪼깐 어쨌다는 것인지 이 녀석은 연방 크크크거렸다.

"그리고 주례는……"

나는 화가 나서 견딜 수가 없었다. 감정을 바뤄야겠다고 생각하면서도 쉽게 되지 않았다. 담배를 태워 물며 화를 삭였다.

"나는 주례 자격이 없네."

겨우 토막말이 되고 말았다.

"자격이요? 주례가 다 자격이 있습니까? 허 참."

나는 이 녀석한테 놀림을 당하고 있는 것 같아 따귀라도 갈겨버리고 싶었지만 꾹 눌렀다.

"이 사람아, 주례라면 나이도 지긋하고, 사회적 신분도 어지간해야 할 게 아닌가? 자네 회사 사장 있잖아?"

나는 더 말할 흥미가 없어 한쪽으로 고개를 돌리며 퉁겼다.

"크크크, 우리 사장은 스물댓살밖에 안 된 애송인디라."

나는 또 말이 막혔다. 이 녀석은 연방 헤실거리는 게 기어코 나한테 주례를 떠맡길 배짱이었다.

나는 이 녀석 할아버지 삼밭영감이 떠올랐다. 항상 말없이 혼자 호젓하게 논이나 밭에서 서성거리고 있던 모습이 지금도 눈에 선했다. 그 영감과 나는 특별한 관계가 있는 것은 아니었지만, 그래도 그분에 대한 애틋한 감상이 남아 이 녀석을 그만큼 반갑게 맞았는데, 이 녀석의 뻔뻔스런 태도에 대번에 싫은 정이 들었다. 나는 얼른 쫓아낼 궁리만 하고 있었다.

"신부는 지금 뭘 하고 있는가?"

"뭐, 그냥 저 있는 공장에 다니고 있습니다."

"집은 뭘 하는데?"

"공장에 다니는 계집애 집이라면 뻔할 뻔 자 아니겠습니까? 크크."

"사귄 지는 얼마나 됐고?"

"그저 그렇고 그렇습니다. 크크크."

나는 이 녀석을 쫓아낼 구실을 찾으려고 표정을 가다듬어 몇마디 물었으나, 얼굴에 푼더분하게 웃음을 바르고 계속 껄렁하게 웃기만 했다. 그러나 더 깊이 따지다가는 주례를 승낙한 걸로 오해할 것 같아 잠시 말을 끊었다.

결혼이라면 그만큼 진지해질 수밖에 없는데, 이 녀석 헤실거리는 게 도무지 견딜 수가 없었다. 촌놈다운 수줍음이 이런 식으로 나타나는 게 아닌가 하는 생각도 들었지만, 그런 진지한 구석은 조금도 보이지 않았다.

이 녀석 태도로 보아 껄렁껄렁하게 결혼이라는 미끼로 얼마간 살다가 차 넘겨버리자는 그런 게 아닌가 싶었다. 하필 나 같은 사람한테 주례를 부탁하는 것부터가 그랬다.

"결혼 날은 받았나?"

"예, 다음 일요일입니다."

"아, 그래, 그날은 내가 학교 일로 강원도로 출장 가는구먼."

이 녀석을 감쪽같이 따돌리게 되어 기분이 좋았다.

"그럼 그다음 일요일로 연기하죠, 뭐."

"뭐라고?"

나는 어이가 없어 녀석 얼굴을 빤히 건너다봤다.

"결혼 날이 얼마 남지도 않았는데, 아무렇게나 옮길 수 있단 말인가?"

"결혼이 별것입니까? 크크크."

이 녀석 웃음소리는 당신이 아무리 도망치려 해도 꼼짝 못할 거라는 소리로 들려 더 화가 났다.

"결혼은 인생대산데, 결혼 날을 데이트 날처럼 당겼다 물렸다 한단 말이야?"

나는 이 녀석을 어지간히 닦달해서는 안 되겠다 싶어 버럭 역정을 냈다.

"결혼이 별것입니까?"

"자네 태도를 보니, 인생대사를 놓고 도무지 진지성이라고는 없구먼. 하여간, 나는 주례 자격도 없지만, 자격이 있어도 그런 주례는 못 서겠네."

나는 막말을 해버렸다. 오래 말하고 있다는 것 자체가 그만치 자신을 모욕하고 있는 것 같아 더 상대를 하고 싶지 않았다.

"너무하십니다."

녀석은 뻥한 얼굴로 나를 건너다봤다. 나는 바위벽이라도 대하고 있는 것 같았다.

"너무하는 건 자넬세. 나 같은 사람에게 주례 부탁하는 것부터가 그래."

나는 옆으로 돌아앉으며 더 상대하지 않겠다는 자세를 취했다.

"실은 이게 우리 할아버지 부탁입니다."

"뭣이? 자네 할아버지?"

너무 엉뚱한 말에 어이가 없었다.

"삼년 전에 돌아가신 자네 할아버지가 나더러 자네 주례를 서달라고 했단 말이야?"

나는 눈을 칩떴다.

"그런 거나 마찬가집니다."

녀석은 넉살 좋게 헤실거렸다. 이건 너무 엉뚱한 말이었으나 무슨 그럴 만한 일이 있기는 한 것 같아 녀석의 얼굴을 빤히 보고 있었다.

"할아버지가 돌아가실 적에 하시는 말씀이, 앞으로는 무슨 어려운 일이 있거나 타협할 일이 있으면 꼭 김학수를 찾아가서 의논을 하라고 하시면서 눈을 감았어요. 그렇지만 그동안 의논할 일이 없어서 그냥 지냈는데, 결혼을 하자니까 할아버지 말씀이 생각나서 찾아왔습니다."

나는 얼빠진 꼴로 녀석을 멍청하게 건너다보고 있었다.

"어째서 자네 할아버지가 그런 말씀을 하셨단 말인가?"

"우리 할아버지는 저를 항상 못 미더워하셨거든요. 그런데 할아버지가 살아 계실 적에 김학수란 녀석은 사람이 쓸 만한 놈이라고 늘 칭찬을 하셨거든요. 어렸을 때부터 느자구가 있더니, 될성부른 나무는 떡잎부터 안다고 우리 동네서 싸가지 있는 놈은 김학수뿐이라고 늘 칭찬을 하셨거든요. 크크크."

녀석 말버릇에 다시 화가 치밀어 한대 쥐어박아버리고 싶었지만, 어찌 보면 너무 우직한 것 같아 참았다. 삼밭영감의 나에 대한 신뢰는 고마웠으나, 이런 녀석을 그런 식으로나마 나에게 부탁한 것은 물먹은 갈파래 짐이라도 떠맡긴 것 같은 압박감을 느꼈다.

나는 그 영감에 대한 연민이 가슴을 울려 담배를 물었다. 이 세상에 한점 혈육을 떨구고 가면서, 이 천둥벌거숭이 같은 녀석이 얼마나 못 미더웠으면, 아무 상관도 없는 나한테 그런 부탁을 하고 갔을 것인가 싶기도 했다.

삼밭영감의 과거가 눈앞을 스치고 지나갔다. 우리들이 초등학교 다닐 때 그 집 앞을 지나다니면서 보면 영감은 거의 날마다 밭에 붙어살았다. 여름과 가을에는 농사짓고 겨울에는 떼밭을 일궈 밭을 넓혔다. 우리가 초등학교 다니던 육년 동안 오가는 길처에서 날마다 그렇게 농사를 짓고 떼밭을 일궜다. 우리가 초등학교 졸업할 무렵에는 그 밭이 그 집 주위를 빙 둘러 여남은마지기쯤 되었다. 영감은 그런 곳의 큰 나무처럼 항상 산자락에 하얀 옷을 입고 떼밭을 일구고 농사를 지었다.

그래서 그 영감은 우리들이 학교 갈 때 길에서 마주쳐도 인사도 하지 않았고, 훨씬 자라서야 길에서 마주치면 고개를 꾸벅했지만, 영감은 인사를 받는 둥 마는 둥 하고 지나갔다.

그러다가 대학을 나와 초등학교에 첫 발령을 받은 추석에 집에 가느라 버스에서 택시로 갈아타고 산골 우리 동네로 가다가 그 집에서 하룻밤을 신세를 진 일이 있었다. 평소에는 택시를 타고 동네에 들어가기가 되바라지게 보일 것 같아 그냥 걸어 다녔는데, 그날은 태풍이 험하게 몰아오고 있어 그냥 갈 수가 없었다. 그런데 그 영감 집 앞에 이르자 억수로 쏟아진 비에 길이 무너져 더 갈 수가 없었다. 하는 수 없이 우리 동네를 지척에 두고 그 집에서 하룻밤을 신세를 지게 되었던 것이다.

꼭 무슨 옛날이야기 같은 사연으로 영감과 등잔불을 사이에 두고, 먹다 남은 찐 고구마로 요기하며 이야기를 했다. 영감은 내가 평소에 가졌던 인상과는 달리 의외로 다변이었고 입담도 여간 구수하지 않았다.

그때 이 성식이란 녀석은 열서너살이었는데, 이 녀석이 쌕쌕 자는 곁에서 이런저런 이야기 끝에 자기가 여기까지 흘러온 내력에까지 이야기가 미쳤다.

"허허, 내가 여기 와서 이런 말은 첨이구먼. 어쩌다가 이런 말까지 나왔지? 하하"

영감은 곰방대에다 새로 엽초를 욱여넣어 불을 붙이며 껄껄 웃었다. 그렇지만, 그 이야기는 참담했다.

"왜정 때 젤 험한 녀석들이라면 일본 순사 앞잡이들하고 헌병 보조원 말고는, 일본 지주들 위세를 업고 설친 조선 마름이었네. 헌데, 나는 잘 참고 살다가 결국 객기를 부리고 말았어."

영감은 일본사람 소작논 일곱마지기를 부치고 있었는데, 이 논에서 벼를 얼마나 거둘 것인지 가늠하는 간평(看坪)을 나왔다. 간평 나온 녀석은 악질로 소문난 작자여서 이 녀석 눈에 벗어나면 그대로 소작이 떨어질 판이라 소작인들은 그 작자 앞에서는 고양이 앞에 쥐 꼴이었다. 간평이란 일테면 수확고 조사인데, 제대로 하는 수확고 조사가 아니라 소작료 책정이라는 말이 더 알맞다. 가을에 벼가 익을 무렵 나와서 논에 익어가는 벼를 보며, 이 논에서는 얼마, 이 논에서는 얼마, 이렇게 소작료를 매기는 일이었다. 벼를 논에다 세워놓고 거기서 수확고를 예상한다는 것부터가 터무니없는 짓이었지만, 이 녀석들 입에서 한번 말이 떨어지면 아무리 억울하다고 안달을 해도 말을 거둬들이는 법이 없었다. 만약 너무 많다고 이의를 제기하거나 승복하지 않으면 대번에 다음 해 소작이 날아가고 말았다.

그런데 이 영감 논은 그해 멸구가 심해서 농사가 형편없는데, 다른 논보다 수확고를 더 높이 매겼다. 논두렁이 긴데 저쪽까지 가보지도 않고, 먼 데서 눈대중으로 건둥건둥 소작료를 매긴 것이다.

"멸구가 저렇게 심해서 나락을 훑지 않고 볏가리째 담아도 그 푼수가 못 될 것입니다."

"뭣이 으째?"

"가서 한번 보십시오."

"내가 논으로 들어가란 말이여?"

"제가 업고 가지요."

그래도 명색 간평 나왔다는 작자가 논두렁에 가보지도 않고 수확고를 매긴다는 게 좀 켕기기는 했던지 머뭇거리다 등에 업혔다.

"이 정도면 억울할 것 없잖아?"

등에서 고함을 질렀다.

"저 안에 더 들어가서 보시지요."

논 가운데로 추적추적 들어갔다.

"멸구가 먹어서 벼가 이렇게 내려앉아버렸습니다."

그해사 말고 멸구가 극성을 부려 이틀 사이에 방석 넓이로, 여남은군데나 폭삭폭삭 벼포기를 주저앉혀버렸다. 이렇게 몇사람이 피해를 보는 사이, 멸구의 기습적인 성질을 알고 다른 사람들은 예방을 하여 피해가 덜했다.

"남들은 멸구 잡을 때, 자네는 뭣 하고 있었던가?"

"잠깐 사이에 이 꼴이 되었습니다."

"잠깐이라니, 잠깐 낮잠 잔 새에 그랬단 말인가?"

"아닙니다. 젤 먼저……"

"잔소리 말아! 이 따위로 땅 거두려면 명년에는 논 내놓게."

등에 업혀 내지른 쇳소리가 유난히 귀에 따가웠다.

"명년이야 어쨌든, 금년 농사는 잘 보시고 먹여얄 게 아닙니까!"

녀석을 논 가운데다 훌쩍 부려놨다. 구두에 양말까지 신은 사람을 그대로 논 한가운데다 부려놓은 것이다.

"이 죽일 놈!"

녀석은 엉거주춤 서서 시퍼렇게 악을 썼다.

"똑똑히 보시오. 여기에 알이 붙었습니까?"

악다구니를 쓰며 벼포기를 휘휘 저었다.

"당신들은 손발에 물 안 묻히고 사는 사람들이라 촌사람 농사짓는 속을 모르겠지만, 그래도 난알인지 쭉정인지는 알 거 아니요. 똑똑히 봐요. 똑똑히."

파국을 내다보며 소리를 질렀다.

"이 죽일 놈!"

마름은 악을 쓰며 주먹으로 뒤통수를 갈겼다. 다시 들어오는 주먹을 낚아 논바닥에다 엎어놓고 지근지근 밟아버렸다. 영감은 그때 팔팔한 삼십대였다.

"세상에 나와서 처음으로 시원하게 패줬지. 온몸에 쇠똥같이 너덕너덕 달라붙은 때가 벗어지는 것도 같고, 바위 밑에 눌렸다가 그 바위를 치켜들고 일어난 것도 같더구먼. 하하."

영감은 호탕하게 웃었다.

"그 꼴로 도망쳐 이리 숨으셨습니까?"

"도망치려니 가족들이 문제더구먼. 그길로 내빼면서 어디로 오라고 했는데, 순사들이 우리 가족을 잡아다 족쳤어. 그길로 가서 그 녀석 집에다 불을 질러버리려다가 거기까진 참았지."

영감은 껄껄 웃었다. 영감은 그뒤 고생한 이야기며 마누라와 아들을 잃은 사연으로 밤 가는 줄을 몰랐다.

"할아버지는 그때 많이 앓다 돌아가셨는가?"

나는 그 영감이 돌아가실 때 내 말을 했다는 게 새삼 감동이 되어 그때 이야기를 더 듣고 싶었다.

"실은 할아버지는 괜한 고집을 부리다가 돌아가셨어요."

녀석은 헤실거리던 표정을 좀 뚱하게 고쳐 투정하는 투로 말했다.

"고집이라니?"

말버릇이 돼먹지 않았으나 그대로 보고 있었다.

"내가 다니는 공장을 그만두란 겁니다."

"시골 와서 농사지으라고?"

"아닙니다. 나보고 못된 짓 한다고 그런 겁니다."

"못된 짓이라니?"

"내가 공장 작업감독반에 있는데, 그게 못된 짓이라는 겁니다."

"작업 감독이면, 작업을 어떻게 감독하는 건데?"

"더러 공원들 중에 싸가지 없는 새끼들이 있어요. 그런 녀석일수록 일은 시원찮게 하고 불평이나 하죠. 그런 새끼들은 회사를 위해서 따끔하게 닦달을 해야 하지 않겠습니까?"

그럴 법한 일이었으나, 그걸 못된 짓이라고 한사코 회사를 그만두라 했다는 영감의 태도는 그것으로 설명이 부족한 것 같았다.

"그런데 왜 할아버지가 그만한 일로 회사를 그만두라고 한 거야?"

"크크크. 우리가 그때 일을 하나 신나게 처리해놓고 특별휴가를 얻어 우리 집에 가서 며칠 쉬었는데, 할아버지는 그때 일만 생각하시는 것 같아요, 크크크."

녀석은 또 크크거렸다.

"무슨 일인데?"

"그때 회사에서 싸가지 없는 새끼들이 노조를 만든다고 까불었거든요. 이 녀석들이 어느새 공원들을 몽땅 선동해서 아주 회사를 말아먹을 판이었어요. 그래서 이 새끼들을 사정없이 까버렸던 겁니다. 크크크."

녀석은 한참 크크거리고 나서 말을 이었다.

"따끔하게 맛을 한번 보인다는 게 너무 심했지요. 크크크. 그러자 사장은 고향에 가서 며칠 쉬고 오라고 하대요. 그때 한 패거리였던 녀석 하나하고 고향에 왔는데, 그 녀석이 동네 친구들한테 자랑스럽게 그 말을 했거든요. 그 말이 어떻게 할아버지 귀에 들어갔던지 화를 내신 거예요. 크크크."

녀석은 또 연방 크크거렸다.

"그때는 할아버지는 이미 노망기가 좀 있었던 것 같았어요. 회사까지 쫓아와서 나를 끌어가려고 하시는 바람에 도망쳐 다니느라 혼났어요. 그런데 그뒤로는 아주 사람을 못살게 맨날 편지를 보내는 겁니다. 사람이 노망이 나니까 무섭던데요. 크크크."

나는 아뜩한 기분이었다. 그런데 이 녀석이 그 할아버지 마지막 말을 마음에 새기고 있다가 나를 찾아온 것이다. 그러고 보면 자기 결혼을 그만큼 대단하게 생각하고 있다는 뜻인가? 할아버지 말을 듣지 않다가 마지막 말을 그렇게나마 실천하려는 것이 기특하다면 기특하달 수도 있었다. 꼭 청개구리 같은 작자라는 생각이 들어 혼자 실소를 머금었다.

"장소는 말입니다. 회사 강당에서 하기로 했습니다. 두시쯤 할 테니까 그리 아십시오."

"아냐, 난 정말 못해."

나는 펄쩍 뛰었다. 일어서려는 녀석의 팔을 붙잡았다.

"난 정말 사람들 앞에 나서서 그런 일은 못하네."

나는 사정하듯 했다.

“크크크. 초등학생은 사람 아닙니까? 모두가 시시한 공장 직공들인데 뭘 그렇게 떱니까? 시시하게, 크크크.”

나는 안되겠다고 몇번이나 손을 저으며 말했지만, 녀석은 크크 웃으며 내 말은 더 들으려고도 하지 않고 대문을 열고 도망치듯 가버렸다.

나는 화가 나서 견딜 수가 없지만, 어떻게 빠져나갈 방법이 없었다. 그동안 회사로 두번이나 전화를 걸어 통사정을 했으나 녀석은 막무가내였다. 두번째 전화를 걸었을 때는 기분 나쁜 웃음부터 크크거리며 내 말은 듣는 것 같지도 않았다.

“또 시시하게 그 얘깁니까? 크크크.”

도대체가 나에게는 주례라는 게 너무 걸맞지 않아 답답한 심정을 친구한테 털어놨지만, 동료들은 되레 출세했다고 웃었다. 이 소문은 금방 선생들한테 쫙 퍼져 한잔 사라거니 만나는 사람마다 알은체를 했다. 그러나 그게 반드시 놀리는 것만도 아니어서 화를 낼 수도 없고 사람 미칠 지경이었다. 그 녀석이 험한 녀석이든 그 결혼이 어떤 결혼이든 그런 것보다 내 주제에 꼴 같지 않게 주례라고 근엄한 표정을 짓고 서서 뭐라고 할 일이 죽을 일만 같았다.

일은 이미 당해놓은 것, 기왕 곤욕을 치르려면 주례의 위세로 이 녀석 그 못된 버르장머리나 고칠 방법이 없을까 하는 생각이 들었다. 그 녀석을 사람 만든다고 하기보다 나를 이렇게 곤경에 빠뜨린 복수를 하려는 게 더 솔직한 생각이었다. 하여간 이 녀석을 그냥 둘 수는 없었다.

결혼선서를 시킬 때 이 녀석을 꼼짝 못하게 닦달할 말이 없을까 생각해봤다. 그러나 아무리 그럴듯한 말로 맹세를 시켜도 그 뻔뻔스런 녀석이 그까짓 결혼선서 따위에 구애될 것 같지도 않았다.

"신랑은 신부를 아내로 맞아, 일생 동안 절대로 이혼을 하지 않을 것은 물론이요, 옳은 일과 그른 일을 잘 구별해서 이 사회에 유익한 인간이 되겠다고 하나님 앞에 맹세하겠는가?"

아무리 그럴듯한 말을 한다 해도 요식 절차로 예 하고 잊어버릴 것 같았다. 말이라는 게 무력하기로 하면 이렇게 무력한 것인가 싶었다. 결혼식 전날이었다. 그 녀석한테 전화가 왔다.

"주례를 서기로 작정했네. 그런데 내가 그런 작정을 하게 된 데는 중요한 일이 하나 있으니, 좀 만나세."

나는 그럴듯한 생각이 떠올라 그를 부른 것이다. 녀석은 유들유들한 얼굴에 푼더분한 웃음을 바르고 헤실거리며 왔다. 미리 봐놓은 술상을 가져오라 했다.

"허 참, 묘한 일도 다 있어."

녀석의 잔에 술을 따르며 뜸을 들였다. 녀석은 나를 빤히 건너다봤다.

"무슨 일인데요?"

"글쎄 어젯밤 꿈에 말이야. 자네 할아버지가 나타났어."

"제 할아버지가요?"

녀석은 눈이 둥그레졌다. 내 앞에서 처음 지어보는 진지한 표정이었다.

"음"

"그래 뭐라고 하셨어요?"

녀석은 바싹 긴장했다. 이 녀석이 이렇게 놀라는 것은 처음이었다.

"얼른 들고 잔 넘겨!"

녀석은 대번에 술을 털어 넣고 잔을 넘겼다. 나는 술을 받고도 한참 침통한 표정을 짓고 있었다.

"뭐라고 했어요. 우리 할아버지가?"

나는 술을 반잔쯤 꿀꺽 들이켰다.

"나한테는 하나밖에 없는 손주다. 그 녀석이 못된 짓 하는 것 책임을 지겠냐? 이 결혼도 책임을 지겠으면 주례를 서고 책임지지 못하겠으면 서지 마라 이러지 않아!"

"크크크크크크."

녀석은 또 한참 웃었다.

"나는 또 먼 대단한 일이 있었는가 했네. 크크크."

크크 소리에 나는 온몸에서 힘이 빠진 것 같았다. 서투른 연기를 하고 난 배우처럼 무색했지만, 내색을 않으려 안간힘을 썼다. 나는 정색을 하고 그럴듯하게 뭐라고 더 늘어놨으나, 녀석은 노상 크크크거리기만 했다.

다음 날, 학교에서 말똥말똥 나를 보고 있는 학생들이 모두 그 녀석으로 보였다. 저 녀석들도 자라면 그런 작자가 되지 않을까 한참 보고 있었다. 학생들은 놀란 눈으로 나를 보고 있었고, 나는 한참 만에야 가볍게 웃으며 책을 폈다.

다음 날 나는 끌려가듯 결혼식장에 가서 서투른 주례를 했다. 우리는 결국, 이런 작자들에 끌려 세상을 사는 것이 아닌가 싶어 기분이 떨감 먹은 꼴이었다. 그러나 제발 내가 상상한 것처럼 껄렁한 결혼생활이 아니고 행복한 결혼생활이 될 것을 빌 뿐이었다.

『소설문학』 1979년 2월호(통권 3호); 『재수 없는 錦衣還鄕』 (시인사 1979)

유채꽃 피는 동네

"여길 떠나면 어디로 가려나?"

"대처로 나가서 달리 살 마련을 해야겠어."

"그러니까, 무슨 작정이 있어서 떠나는 것이 아니란 말인가?"

"무슨 작정이랄 것도 없지마는 어디 가면 목구멍 하나 에워가지 못하겠나?"

"그런 배짱이라면, 그동안에 이 험한 노가다판에서 뼛골 뺄 건 뭐람."

"이제 나이도 있잖아."

얼굴이 온통 수염투성이인 털보가 좀 쓸쓸한 표정으로 막걸리잔을 들었다.

"아무래도 무슨 꿍꿍이속이 있는 것 같구먼. 따라붙지 않을 테니

의뭉 떨지 말게. 킁킁."

들창코가 코맹맹이 소리로 핀잔을 주며 웃었다. 따라 웃기는 했으나 털보 표정에는 예사롭지 않은 일이 도사리고 있는 것 같아 그걸 한번 튕겨본 것 같았다.

"그럴 법이 있나?"

털보는 가볍게 받아 넘겼으나 쓸쓸한 표정 밑에 한숨이 깔렸다.

"그렇지만 파수가 끝난 것도 아니고, 일이 한창인데 갑자기 떠난단 말이야?"

"그럴 일이 있어."

털보는 담배를 깊이 빨아 길게 뿜었다. 털보 눈이 멈춘 저쪽 푸른 하늘 밑에는 한없이 푸른 바다가 펼쳐 있고, 그 바다 한가운데로 간척 공사 둑이 길게 뻗어 나가고 있었다. 바다 멀리 서쪽 하늘에는 갈매기들이 날고, 넘어가는 햇살이 갈매기 날개에서 반짝거렸다.

"그럴 일이라니, 그사이 돈 많은 과부라도 하나 꿰찬 거야?"

들창코는 분위기를 부드럽게 하려는 가락으로 웃었다.

"실은 내일이 나로서는 이 세상에 두번 태어난 날일세."

"이 세상에 두번 태어나? 그건 또 무슨 소리야?"

들창코는 입으로 가져가던 잔을 멈추며 무슨 새퉁맞은 소리냐는 표정으로 똥그란 눈을 더 똥그랗게 떴다.

"나는 오늘까지 꼭 이십년을 숨어 살아온 사람일세."

"세상을 이십년이나 숨어 살아? 건 또 무슨 소리야?"

콧구멍이 한껏 치켜 올라간 들창코는 그 똥그란 눈과 함께 그 뺑

한 두 콧구멍까지 털보를 건너다보는 것 같았다.

"살인을 했던 거여."

"엥? 살인? 사람을 죽여?"

들창코는 흠칫 놀라며 들고 있던 잔을 탁자 위에 내려놨다. 마치 털보가 자기를 죽이겠다고나 했던 것 같았다. 똥그란 눈과 코에서도 비명이 쏟아져 나올 것 같았다.

"그래, 사람을 죽였어."

털보는 혼잣말처럼 뇌어놓고 앞에 놓인 잔을 들어 꿀꺽꿀꺽 들이켰다. 무쪽 하나를 집어 와삭와삭 씹으며 솥뚜껑 같은 손으로 술이 허옇게 묻은 수염을 훔쳐 바지에다 문질렀다.

"살인을 했더라도 이십년만 피하면 그뒤로는 잡혀도 징역을 못 살린다고 하더구먼. 그 이십년이 되는 날이 바로 오늘이야. 그러니까 오늘 저녁 자정만 넘기면 나는 이제 죄가 없어진 것이나 다름없게 되는 걸세. 그러니 내일이면 세상을 다시 태어나는 셈이지."

털보는 쓸쓸하게 웃었다.

"하! 이십년! 그 이십년이 되는 날이 바로 오늘이라."

들창코는 지금도 눈을 똥그랗게 뜨고 털보를 건너다보며 코맹맹이 소리로 한껏 감탄을 했다. 저쪽 하늘에다 눈길을 띄운 털보는 그저 쓸쓸하게 웃고 있었다. 털보 표정은 그 이십년 세월이 지금 한꺼번에 다가들고 있는 것 같았다.

"살인이란 게 죄 중에서는 가장 무서운 죄인데, 그래도 오래되면 죄가 없어지는 수도 있구먼. 죄지어놓고 도망친 사람이라면 그것이 몇년이 됐건 더 험하게 닦달할 것 같은데 말이야."

"그게 시효(時效)라던가, 뭐라던가, 법이 그렇게 되어 있다는구먼."

"그 험한 법에도 그런 사정이 있단 말이야? 삼십육계에 줏자가 젤이라더니, 역시나 줏자가 젤은 젤이구먼."

"그때 잡혔더라면 영락없이 사형인데, 지금까지 이렇게 목숨이 붙어 있으니 그렇긴 하지. 허지만, 피해 사는 이십년이란 기막힌 세월이었어."

"그야, 그, 그렇겠지."

들창코는 고개를 크게 끄덕이며 맞장구를 쳤다.

"징역을 살면 그래도 마음 하나는 편하지 않겠나? 그 허구한 날 가슴은 항상 참새가슴이고, 먼발치로 순경 옷자락만 살랑거려도 간에서 쿵 소리가 났어. 세상 사는 것이 도무지 사람 사는 것이 아니었네."

"그래도 이십년 동안이나 용케 잘도 피했군."

"하, 용케? 그래 용케 피했지."

들창코가 털보 잔에 술을 따랐다. 잔이 차다 말았다.

"여기 술! 이 집에는 기름기 있는 안주 좀 없나?"

주모가 술 주전자를 들고 오며 금방 싱싱한 모치가 들어왔다고 했다.

"모치? 거 좋지. 그것 듬성듬성 썰어서 듬뿍 한접시 내와요."

들창코가 호기를 부렸다.

"그런데, 어쩌다가 그런 끔찍한 일을 저질렀었나?"

들창코는 털보 잔에 술을 마저 채우며 물었다.

"객기, 그놈의 객기가 죄였어."

잔을 받으며 털보는 가볍게 한숨을 깔아 쉬었다. 수염투성이 얼굴에는 또 씁쓸한 웃음이 흘렀다.

"객기, 허허. 사람마다 그 객기가 늘 말썽이지."

들창코는 세상을 한껏 달관한 표정으로 맞장구를 쳤다.

"내 고향은 전라도 바닷가 조그마한 읍내 변두리였네. 나는 조실부모하고 작은아버지 집에 곁붙이로 그저 끙끙 땅이나 파던 덤덤한 무지렁이였어. 헌데, 해방이 되자 농지개혁법이란 법이 생겨서 소작논은 오년간 나누어 상환료만 내면 소작인들 것이 된다고 하더구먼."

"그렇지. 오년간 나누어 상환하면 그랬지."

"맞네. 우리 작은아버지 논도 이웃 골 국회의원 놈 소작지였는데, 상환료를 오년간 물자 농림부장관 이름으로 상환증서라는 문서가 나오더군. 우리 동네 소작인들은 모두 그 상환증서를 들고 가서 자기 앞으로 이전등기를 하고, 이제 내 이름 밑에 전답 갖게 되었다고 좋아하던 모습들이 지금도 선하구먼."

"그려. 우리 동네 사람들도 그랬어."

"그런데, 그 국회의원이란 놈이 엉뚱하게 그 논은 농지개혁 대상 농지가 아니라는 거야. 왜 그러냐니까 그 땅은 논이 아니고 갈대밭이었기 때문에 그렇다는 걸세. 터무니없는 말에 모두 넋 나간 꼴이었어."

"갈대밭이라니 그건 무슨 소리야?"

"우리 고장 사람들이 이십여년 동안 농사를 짓고, 해마다 소작료를 꼬박꼬박 자기 집에다 져다 줬는데, 그런 땅이 농토가 아니고 갈대밭이었다는 거야. 소작인들은 터무니없는 말에 멍청하게 작자를 보고 있는데, 작자는 그런 터무니없는 말만 던져놓고 돌아서버리는 거야."

"그래도 그럴 만한 꼬투리가 있었을 게 아닌가?"

"생판 억지였어. 그 땅은 바닷물이 들면 바닷물에 잠겨버리는 갈대밭이었는데, 그 작자 아비가 삼십여년 전에 바닷물이 드나드는 강변을 막은 간척지였어. 그곳 사람들은 그 갈대밭을 돋우기도 하고, 둑을 고치기도 해서 농사를 지으며 그동안 꼬박꼬박 소작료를 냈네. 그 작자 말대로 그게 갈대밭이었다면, 그동안에 그런 갈대밭에서 소작료를 받아먹었다는 소리가 아닌가 말이야."

털보는 말하는 사이 제물에 약이 올라 퉁방울눈이 더 커졌다. 이십년을 삭여온 일이지만, 그때 일을 생각하면 지금도 결이 오르는 모양이었다.

"명색이 한 나라 국회의원이란 작자가 그 꼴이라 말이야? 그래서 그놈을 패 죽여버렸어?"

"아냐. 전부터 그 작자 마름으로 그 작자를 업고 큰소리치던 읍내 대서소방 석가 성 가진 놈이 있었는데, 그 작자 농간인 것 같았어."

주모가 모치를 썰어 왔다. 싱싱한 게 먹음직스러웠다.

"하. 그 생선 한번 싱싱하다. 어서 한점 혀!"

들창코는 침을 꼴깍 삼키며 털보에게 먼저 권했다. 털보는 모치 대가리를 초장에 푹 찍어 와삭와삭 씹었다.

"그때 보니 재판이란 게 멀쩡한 농토를 갈대밭으로 둔갑시키는 짓도 하더구먼."

"소작인들이 졌단 말인가?"

"들어봐."

농지개혁 당시, 농지개혁법 시행령에 따라 농민들이 소작지 신고를 하자, 그 신고를 접수한 읍사무소에서는 직원이 나와 논밭에 말뚝까지 박아가며 지목과 평수를 확인해 갔고, 그것을 근거로 국가는 상환료를 책정하여 고지서를 발부했으며, 소작인들은 오년 동안 꼬박꼬박 상환료를 물었다. 소작인들은 상환료 낸 것만 믿고 지주가 아무리 나는 새를 떨어뜨리는 국회의원이더라도, 용수를 채반 만드는 재주가 없고서야 이 재판은 이길 수 없을 거라고 큰소리를 쳤다.

재판이 붙자 농민들은 그게 틀림없는 자기들 땅이라 그것만 믿고 법원에서 오라면 가서, 그 땅이 농토였다는 말만 되풀이했다. 그렇게 다니는 사이 아무래도 일판이 자기들한테 불리할 것 같은 짐작이 들기 시작했다.

"그 검사란 작자하고 변호사란 작자가 우리들한테 하나하나 묻는 게 아무래도 싹수가 틀린 것 같아. 변호사는 만리장성으로 씨부렁거려도 가만히 앉았던 작자가, 이쪽에서 무슨 말을 하면 그만그만 하고 입을 봉하려고만 하는구먼. 가만 본께 그 판사라는 작자는 진즉 지주 쪽으로 판결을 내려놓고 눈 가리고 아웅 하고 있는 것 같았어. 한쪽 말만 듣고 송사 못한다는 말은 이런 데 쓰는 말인디, 암만해도 이놈의 재판은 싹수머리가 글러먹은 것 같더구먼."

"이 사람아, 자네는 말을 해도 왜 그렇게 재수대가리 없는 소리만 하고 있는가? 아무리 제 놈이 지주 놈 물을 켰더라도 삶은 밤에서 싹을 나게 하는 재주가 없고서야, 그 땅이 농토라는 것은 대교읍내 사람들이 다 알고 있는데. 하늘에 떠 있는 해를 가리는 재주가 없고서야 이 많은 대교 사람들 눈을 속일 수 있단 말이야?"

"아녀. 하나를 보면 열을 안다고, 그 변호사란 놈하고 내놓고 고개 깐닥거리는 것 본께 우리 같은 촌놈들은 안중에도 없는 것 같았어. 가재는 게 편이라고 난놈들은 난놈들끼리 놀지 우리 같은 촌놈들 형편 생각해줄 것 같아?"

"그렇지만, 뻔한 일을 가지고 아무리 국회의원이라고 그런 도둑놈 편만 들겠어?"

"그놈들이 촌사람들 뜯어묵을 적에 체면 차리고 뜯어묵던가?"

"이 사람아, 도둑에도 의리가 있고 땅꾼에도 꼭지가 있더라고, 생사람 골을 내도 유분수제, 그래도 나라에서 입혀준 옷에다 모자를 쓴 판사란 작자가 설마 이렇게 뻔한 일을 놓고 그런 날도둑놈 편을 들겠어?"

"설마가 사람 죽여. 칼 든 도적은 눈앞에 재물만 가져가지만, 그런 너울 쓰고 찬물 퉁기는 도적은 생사람 골도 내고 간도 내."

"허허. 자네는 도적을 옆구리에 끼고 사는가? 세상에는 법도가 있고 하늘에는 천도가 있는데, 아무리 국회의원이고 판사라고 사람 무서운지 모르고, 벼락 무서운지 모르겠어?"

"그래도 대서소 석달곤이란 작자 했다는 말 들어봐. 이 일은 진즉 뒈진 놈 인중 틀어지듯 틀어졌으니, 쓸데없이 나대지 말고 지주한테서 그 논을 새로 살 궁리나 하라고 한다더구먼."

"그 죽일 작자가 뭣이라고? 우리가 농사지어다 바친 소작료를 제 손으로 받아다가 지주한테 가져다준 작자가, 그런 혀 빠질 소리나 나불거리고 있단 말이여?"

"그 작자 행티를 이제 아는가? 촌년이 아전 서방을 얻으면 가재걸음을 걷는다고, 그 작자 왜정 때부터 그 집 마름으로 우리들 골을 얼마나 냈는가?"

소작인들이 이렇게 바글바글 끓고 있을 때 석달곤이는 더 엉뚱한 짓을 하고 나왔다. 그가 내세운 증인이 이 동네 사람이나 근동 사람도 아니고 생판 타관 사람을 증인이라고 내세웠다. 그런데 또 판사는 그런 사람이 하는 말을 증언이라고 듣고 앉아 있었다는 것이다.

"허허. 농사 물정 안다니까 벼는 나락 모가지 뽑는다더니, 그 일을 누구보다도 잘 아는 그 작자가 우리를 지금 죽여도 몇벌로 죽이자는 수작이지?"

"우리도 증인을 세워. 이 대교 읍내 사람들이 다 증인인께 모두 차로 실어다 푸더라고."

동네 사람들은 다섯사람이나 증인으로 데리고 갔다. 그러나 무얼 물어보지도 않고 한참 종이에 써진 내용을 펴고 읽어가더니, 다 읽고 나서 방망이로 땅땅하고 훌쩍 일어나서 나가버렸다.

재판 절차에 깜깜한 사람들이라 그날이 선고 날인 줄도 모르고 떼몰려갔던 것인데, 늦은 밥 먹고 파장 간 꼴이 되고 말았다. 어처구니없는 일이었으나 그게 원고 승소 판결이라는 것은 짐작할 수 있었다. 동네 사람들은 한참 동안 멍청하게 있었다. 동네 와서 그 말을 하자 모두 허허 웃으며 한마디씩 했다.

"허허. 그것이 재판이여, 말이 삼은 소신이여? 강아지새끼도 짖기는 아가리로 짖는데, 그 작자 재판을 입으로 하던가 밑구멍으로 하던가?"

"판사 너울 쓰고 덩실하게 틀거지 틀고 앉았길래 그래도 방불할 줄 알았더니 그렇게 생긴 도적놈도 있었구먼."

동네 사람들은 별의별 험담을 다 쏟아냈다.

"일판은 이미 글러버린 것, 뒷일이나 작정을 해. 이참에는 우리도 변호사를 사서 고등법원으로 가세."

"그래. 전답 넘어가는 것도 넘어가는 것이제마는, 한치 벌레에도 닷푼 결기는 있더라고 이렇게 억울하게 생골을 내고서야 어디 가서 우리가 사람이라고 낯짝 내밀겠어? 조리 장사 체겟돈이라도 내고 중놈 망건 사러 가는 돈이라도 돌려서 변호사를 사세."

"모두들 설마 하고 잔털 하나 안 뽑으려다가 이 꼴이 되었는데, 기와 한장 아끼려다 대들보 썩은 꼴이구먼. 이번에는 단단히 나서야 해. 의논이 맞으면 부처님도 앙군다고 동네 사람들이 모두 다 나서야 혀!"

전에는 빌빌 봐 돌던 사람들도 정작 전답이 넘어간다고 하자 너도나도 주먹을 쥐고 나섰다. 천둥 번개 칠 때는 천하가 한맘 한뜻이라고, 이름 있다는 변호사를 물색해서 사건을 말하자, 어이없다는 표정이었다.

"알겠습니다. 이런 일이라면 문제없습니다. 염려 마십시오."

대교 사람들은 이 말만 들어도 앞뒤로 칵칵 막혔던 숨통이 좀 터지는 것 같았다. 기름 먹을 가죽이라 부드러울 수밖에 없지만, 변호사가 자신 있게 나서자 변호사 다리라도 끌어안고 싶었다.

변호사는 일심 서류를 다 읽고 몇가지를 묻더니, 이런 재판은 눈 감고 해도 이길 수 있으니 안심하고 이다음 공판 때 오라고 했다. 그런데, 그 담에 가보니 어처구니없는 일을 알려 왔다.

지주는 소작인들이 낸 상환료를 도청 농지과에서 이미 가져갔다는 것이다.

"이 못된 작자가 자기 인감증명까지 떼어다가 바로 그 도장을 찍고 상환료를 환불받아 갔어요. 그런 작자가 이런 염치 좋은 짓을 하고 있으니, 세상이 어떻게 돌아가는지 모르겠습니다. 이걸 보십시오. 이 땅이 왜정 때 처음 등기가 될 때 이렇게 밭으로 등기가 났습니다. 여기 '田(전)'이라 씌어 있지 않았습니까?"

변호사는 '田'이라고 쓰인 부분을 가리켰다. 제가 아무리 우겨봐야 등기에까지 이렇게 기록이 되어 있으니 할 말이 없다고 했다. 소작인들은 어이가 없어 멍청하게 변호사만 보고 있었다. 아무런들 백성을 대변하는 국회의원이란 작자가 세상에 이런 날도적질을 할 수가 있단 말인가, 자기들이 당하고 있는 사건이면서도 그것이 얼른 믿어지지 않을 지경이었다.

"허허. 원님하고 꼴뚜기 장수하고 거래를 해도, 꼴뚜기를 받았으면 돈을 주는 법인데, 이 작자는 땅값은 땅값대로 받아먹고, 내 것도 내 것이고, 네 것도 내 것이라는 배짱 아닌가?"

"이담 선거 때는 밥 싸 짊어지고 가서 그놈 얼굴을 한번 똑똑히 봐야 하겠네. 낯짝이 어떻게 생겼으면 백성들을 이렇게 우려먹는 놈이, 백성들한테 자기한테 표를 찍어달라고 하는가, 그 낯짝부터 한번 똑똑히 봐놔야겠어."

동네 사람들은 변호사를 철석같이 믿고 재판 날을 기다리고 있었다. 변호사의 장담도 장담이었지만, 말하는 게 그만큼 믿음직스러웠기 때문이다.

그때 석달곤이가 동네에 나타났다.

"일은 이미 틀린 것이니 지주한테서 이 땅을 살 궁리나 하는 것이 좋을 것이여. 이 재판이 뉘 재판이라고 고등법원에 간다고 별 조화 있을 것 같아? 민사재판 한번에 세 살림이 어긋난다는 소리도 못 들었어? 일판은 뻔할 뻔 자니, 이 동네 사람들이 사겠다면 내가 나서서 흥정을 해볼 테니 액색한 돈 한푼이라도 더 들기 전에 맘 돌리라고."

"야, 뭣이 으짜고 으째? 네놈 손으로 소작료까지 거둬다 준 땅이 갈대밭이라고 가짜 증언까지 한 놈이 지금 무슨 염치로 여기 와서 텍주가리를 놀리고 있냐? 이 자식아, 그럼 너는 갈대밭에서 소작료 거뒀더냐?"

"허허. 이런 생사람 잡을 소리가 어딨어?"

"이놈아, 다 알고 있다. 생사람 잡을 놈은 너다. 아무리 남의 염병은 내 고뿔만 못하다지마는 이 자식아 이제 와서는 노적가리에 불 붙이고 싸라기 주워 먹자고 흥정을 붙이겠단 말이냐?"

"허허. 이 작자들이 지금 나를 뭘로 알고 이러는고?"

"뭘로 알긴? 국회의원 똥강아지 석달곤이제 네가 뭐기는 뭐여? 이놈아, 너만 보면 작년에 묵었던 송편 떡이 고개를 들고 기어 나올라 한다. 여기 얼씬거리지 말고 꺼져. 곡괭이는 흙만 파라고 있는 줄 아냐?"

"허허. 털은 지주한테 뜯기고 애먼 사람한테 분풀이네. 그래도 이웃에 사는 정분으로 일을 좋게 하자 했더니, 종놈 자식을 예뻐하면 상투에 꼬꼬마를 단다는 말이 헛말이 아니구먼."

그때 털보 이름은 민바우였는데, 그는 두엄을 내고 오다가 자기 작은아버지가 석달곤이와 시비를 벌이고 있는 것을 보고 있었다.

"야, 이 새끼야 종놈이 어째?"

민바우가 욱하고 나섰다.

"허허. 이것은 또 뉘 집 새끼여? 일 발라주자고 나섰더니 진날 개 사귄 꼴이네."

"뭣? 진날 개 꼴? 어디 그 말 한번 더 해봐? 네놈 눈에는 이 동네 사람들이 말짱 개로 뵌단 말이냐? 이 날도적놈아, 그 아가리 다시 한번 놀려봐!"

민바우는 작자 턱을 걷어 올리며 다그쳤다.

"허허. 이 자식 너 사람 쳤어. 이 무식한 놈이 법 무서운 줄 모르고."

"법? 말 한번 잘했다. 법이 네놈 법이냐? 아나, 법!"

민바우는 법이 어쩐다는 말에 눈이 뒤집혔다. 들고 있던 지게 작대기로 석달곤이 뒤통수를 호되게 갈겨버렸다.

"윽!"

석가는 윽 소리를 지르며 땅에 고꾸라졌다. 너무도 갑작스런 광경에 동네 사람들은 그대로 한참 멍청하게 서 있었다.

“손에 살이 내리면 그런 모양이야. 두대도 아니고 딱 한대였는데, 그대로 뻗고 말았어. 패악한 사또보다 비장 나리 거드럭거리는 게 더 밉더라고. 그 작자 밟기고 나서는 게 되게 비위가 상한 다음이라, 치기는 모질게 쳤지만, 설마 그렇게 허망하게 맥을 놀 줄은 미처 몰랐어.”

“모질기로 하면 사람같이 모진 것도 없지만, 또 허망하기로 하면 사람같이 허망한 것도 없지. 그러니까 그때부터 이십여년을 이렇게 숨어 살았구먼.”

들창코는 먼지 날리는 소리로 한참 웃었다.

“그래도 그 작자는 그렇게 죽기나 했지만, 내 인생은 얼마나 허망하게 작살이 났나 말이야? 허허허.”

“지금 나이가 마흔일곱이랬지? 처음부터 이만 나이에 세상에 태어났다 생각하고 앞으로 살아갈 궁리나 하는 게야.”

“그렇게 마음을 다져 먹기도 하지마는, 그래도 문득문득 지난 세월을 생각하면 기가 막혀.”

“그렇지만 이제 와서 어쩌겠나? 다 팔자 소관으로 파탈을 할 수밖에 도리가 없잖아?”

“팔자? 글쎄, 그 팔자라는 것이 꼭 있는 건지?”

“그럼, 그동안에 고향에는 한번도 안 갔었나?”

“잡히면 목숨이 왔다갔다하는 판에 거기가 어디라고 얼씬거려?”

“그러니까, 고향 소식을 이십년 동안이나 모르고 살았단 말인가? 부모가 안 계시다고 했었지?”

"그래도 그런 일을 당하고 나니 부모가 안 계시는 게 한결 다행스럽더군. 부모가 계셨더람 얼마나 애를 태웠겠나?"

"그럼 주민등록증 같은 것은 어떻게 했어?"

"이 사람아, 사람 목숨이 왔다갔다하는 판에 주민등록증이 뭐야?"

"그렇지만, 요새 세상에 그것 없이 어떻게 살아왔어?"

"허허. 한가한 소리 하고 있네그려. 주민등록증이란 게 간첩을 잡자는 것이기도 하지만, 나처럼 죄짓는 놈을 불러들여 붙잡는 것인데, 내 발로 걸어가서 그 올가미에다 모가지를 집어넌단 말이야?"

"허허. 그렇구먼."

"그래서, 이렇게 귀 빠진 일자리만 골라 다녔지. 지난번에는 나하고 얼굴 생김새가 비슷한 작자 주민등록증을 훔쳐서 그 녀석 행세하며 살았어. 그런데 이번에 주민등록증이 바뀐 뒤로는 아직 그것이 없어. 그렇지만 이십년 동안이나 남의 눈을 그으며 살다보니 그런 것 둘러대는 데도 이력이 나더구먼."

"그래도 떠돌다 보면 더러 고향 사람을 만나는 수도 있을 게 아닌가?"

"더러 보기도 했지만 실은 고향 소식이 무서웠던 거여."

"건 또 왜?"

잠시 말을 끊은 털보 눈길이 창밖으로 옮겨갔다. 밖에는 어둠이 깔리고 있었다. 털보 얼굴은 그 어둠처럼 쓸쓸한 표정으로 바뀌었다. 들창코는 털보를 잠시 그렇게 놔둔 채 털보 잔에다 술을 따랐다. 털보는 단숨에 술잔을 비웠다.

"고향에 정혼을 하다시피 한 처녀가 있었는데, 고향 소식에 그 처녀 소식이 묻어날 것 같아 겁이 났던 거야."

"뭐라구? 허우대가 그만한 작자가, 아직도 그런 숫기가 있었단 말이야?"

들창코는 한참 깔깔거렸다.

"자네 여자한테 맘 줘본 적 있나?"

"사내가 그런 일이 한두번이겠어?"

"아닐세. 진짜로 맘 준 여자는 그게 아니야. 그런 여자를 두고 나 같은 신세가 되어보게. 간이 밭고 피가 마르는 일은 바로 그거야. 나는 집을 나온 뒤 이십년을 내리 그 처녀가 내 머리에서 한번도 떠난 적이 없네. 헛소리로 들리겠지만 사실이야. 숨어 사는 고통쯤 거기다 대면 아무것도 아냐."

"허허. 사내자식이 계집 하나를 이십년 동안이나 못 잊다니, 덕대값 하게."

"겪어보지 않으면 모르네. 지금도 고향에서 그 처녀가 댕기를 늘어뜨리고 나를 기다리고 있을 것만 같아. 내가 고향을 떠날 때도 요새같이 유채꽃이 잔뜩 피어 들판이 온통 유채꽃으로 노랬어. 나비가 날아다니고 유채꽃이 노란 그 동네로 내가 들어서면 그 처녀가 뛰어나와 반겨줄 것만 같아."

"이 사람아, 그런 꿈같은 생각일랑 깨어나게. 그 여자도 지금은 오십을 바라보는 할망구가 되었을 게 아닌가?"

"그렇겠지. 남의 마누라가 되어, 그때 자기 나이만 한 아들딸이 있을지 모르지."

털보는 한숨을 길게 깔아 쉬고 나서 술을 들이켰다.

"이게 먹음직스럽군."

들창코는 유별나게 크게 썰어진 모치를 털보 앞으로 밀어놨다.

"세월이 약이라더니, 그래도 지금은 그런 생각이 많이 잦아졌지마는, 집을 나와 이삼년 동안은 거의 미친놈이었어. 내 계집이 다른 사내 품에 안겼다고 생각해보게. 피가 졸아들고 뼈가 물러져. 잠을 자다가 뛰쳐 일어나 산으로 들판으로 쏘다니기를 얼마나 했는지 모르네. 그러다가 한때는 그런 소문이 나서, 몽유병이라더나, 뭐라더나, 잠을 자다가 그렇게 정신없이 쏘다니는 정신병이 있는 모양이던데, 그런 병에 걸린 정신병자 취급을 받기도 했네."

털보가 탄 기차가 대교 읍내로 들어서고 있었다. 읍내 한쪽에 털보가 살던 동네가 보이고 그 근방에는 유채꽃이 노랗게 피어 있었다. 털보는 차창으로 동네를 뚫어지게 내려다보고 있었다. 지붕이 파랗고 빨간 슬레이트 지붕으로 바뀐 것이 다를 뿐, 동네 윤곽은 이십년 전이나 별반 달라지지 않았다. 이십년의 세월이 이 동네에서만은 자기를 기다려 멈춰 있는 것 같았다. 자기 작은아버지 집이 어림이 가고, 그 집에서 세집 건너, 몽매에도 그리던 남순이 집의 파란 슬레이트 지붕이 보였다. 자기가 가면 그 안에서 남순이가 튀어나올 것 같았다. 가슴이 두근거리고 있었다.

동네 저쪽에는 논밭이 벌겋게 뒤집히고 있었다. 라디오에 남해고속도로가 난다고 하더니 고속도로가 이리 나는 것 같았다. 자기 어머니가 보리밭을 매다가 그 바위에서 자기를 낳았대서 자기 이름이 그렇게 붙은 민바위가 덤덤히 동네를 내려다보고 있었다. 밤중에 남순이하고 가슴을 두근거리며 여러번 만났던 곳이었다.

털보는 정거장에 내려 잠시 서성거리다가 집들이 뜯기고 있는 큰길을 따라 발을 옮겼다. 그러나 바로 자기 집으로 들어갈 수는 없었다. 만약 오래 전에 이사라도 하고 그 집에 딴 사람이 살고 있다면 간첩으로 오인되어 신고당할 수도 있었다. 어디 주막에라도 들러 동네 형편을 들어보고 자기가 낯을 내밀 형편이 아니면 동네 소식이나 듣고, 그대로 슬그머니 동네를 떠나버릴 생각이었다. 살인을 하고 이십년이나 피했던 작자가 뭐가 잘났다고 내가 누구라 낯짝을 내놓을 것인가?

털보는 등산모를 눌러쓰고 거리를 걸으며 상점 유리창에 비치는 자기 모습을 훔쳐보았다. 아무리 눈썰미가 매운 사람이라도 무성한 수염으로 가린 얼굴에서, 이십년 전의 민바우를 알아낼 사람은 없을 것 같았다. 민바우였던 털보는 집이 반 넘어 뜯긴 술집 앞에서 안을 기웃거렸다. 사내들이 술을 마시고 있었다. 털보는 슬그머니 안으로 들어섰다. 털보 같은 뜨내기가 어디를 가나 스스럼이 없이 들어갈 곳은 이런 허름한 주막이었다. 저쪽으로 등을 두르고 앉았던 사내가 이쪽을 돌아봤다. 털보는 찔끔했다. 키다리라는 별명을 가진 어렸을 때 친구였다.

털보는 돼지고기 한접시하고 두홉들이 소주 한병을 시켰다.

"시장에 갔다는 여편네가 서방 온 줄도 모르고 있는 게야? 이 여편네가 요새 서방 하나 꿰찬 거 아냐?"

"아이고, 생사람 잡을 소리 하고 있네. 우리 언니 새서방 맞을 때까지만 사세요."

"처녀 때부터 지금까지 동네 사내들을 그만큼 애를 닳게 했으면 그만이지, 지가 무슨 춘향이라고 그렇게 도사린다고 누가 열녀비 세워줄 줄 알아?"

"언니 앞에서 그런 소리 하시다가는 없는 수염 뜯겨요. 깔깔."

"허허. 그 석가 놈, 정말 수염 많이 뽑혔나?"

털보는 석가란 성만 들어도 가슴이 철렁했다. 여기에 석가 성 가진 사람이 몇집 살고 있는데, 누가 이 집 여편네한테 선불리 굴었다가 봉변을 당한 모양이다.

"수염만 뽑힌 줄 아세요. 얼굴 한쪽은 독수리한테 할퀸 것같이 골이 세줄이나 패였더래요. 킬킬."

"허허. 그 녀석 어떤 녀석인지 임자 한번 만났었구나."

모두 크게 웃었다.

"이렇게 넓은 땅을 도로로 싸잡아 들이면 보상은 제대로 하는 것입니까?"

술꾼들 웃음이 잦아드는 것을 기다렸다가 털보가 말을 걸었다.

"보상이요? 보상이라는 게 나오기는 나온다는데, 받아 갈 사람이 따로 있어서 말씽입니다."

땅딸보였다.

"왜 그래요?"

"그건 묻지도 마시오. 이 근방 땅은 이 동네 사람들이 옛날 어떤 도둑놈한테 눈 빤히 뜨고 빼앗겨 그 도둑놈 땅이 되어버려 이들은 집이 뜯겨도 땅값은 한푼도 못 받을 형편입니다. 그래서 이 동네 사람들은 집값 몇푼씩 받았습니다."

"여기가 옛날에 재판이 붙었던 땅이라는데, 그러니까 그 재판에 졌던가요?"

"노형이 어째서 그 일을 알고 계시요?"

"그때 이 근방에는 그 소문이 파다했었지요."

"맞습니다. 그때 고등법원에서는 이겼는데, 대법원에서 져서 지금까지 이십 몇년을 지주하고 싸우고 있습니다."

"그게 생판 억지였던 모양이던데, 대법원에서까지 졌군요."

"기막힌 일이 있었습니다."

그들은 차근히 그 이야기를 시작했다.

그때 고등법원에서는 쉽게 이겼다. 소작인들은 환성을 지르며 새삼스럽게 지주한테 욕설을 퍼부었다. 국회의원까지 지내는 놈이 가난하고 무식한 놈들 것 빼앗으려 했던 것에 새삼 분통이 터진 것이다.

지주는 고등법원에서 지자 바로 대법원에 상고했다. 그렇지만, 변호사는 대법원이 아니라 하늘로 가지고 올라가도 마른나무에 꽃 피게 하는 재주 없고서야 어림없는 일이라고 큰소리쳤다. 변호사의 장담도 장담이지만, 그래도 국가의 권위와 법원의 판단을 믿었기 때문이었다. 그들은 모두 마음 놓고 농사를 짓고 땅을 팔고 사기도 하면서 아무 일 없이 살고 있었다. 그런데 어느날, 그러니까, 사건이 대법원으로 올라간 지 삼년도 더 된 어느날이었다. 갑자기 원고 승소 확정 판결 통지서가 소작인들한테 날아들었다. 소작인들은 날벼락 같은 일이어서 서로 한참 얼굴만 보고 있었다.

"나중에 알고 보니 우리 쪽 변호사가 지주한테서 돈을 먹고 지주

하고 배가 맞아버렸던 겁니다."

"변호사가요?"

털보가 들었던 잔을 놓으며 퉁방울눈을 뒤룩거렸다. 대법원은 증거가 불충분하니 재판을 다시 하라고 고등법원으로 되돌려 보냈는데, 변호사가 그 증거 보전을 안 했을 뿐만 아니라 그런 사실조차 소작인들에게 알려주지 않았다. 그러자 사건은 자동적으로 원고 승소 판결이 나버렸다. 소작인들은 기가 막혀 여기저기 돌아다니며 호소했지만, 변론을 맡았던 변호사 처사에만 고개를 갸웃거릴 뿐이었다. 변호사가 지주한테 매수되지 않고서야 이런 일이 있을 수가 없다는 것이다.

"허허, 하늘에서 뇌성벽락이 쿵쿵하기래, 그것이 죄진 놈 어르는 소린 줄 알았더니, 이럴 때 본께 쿵쿵 소리도 말짱 장난이었구먼. 그런 놈한테 벼락을 안 때리려면 하늘은 벼락 뒀다 어디다 쓸 거여?

"아무리 상놈의 살림은 양반의 양식이라고 하지마는 법도가 있고 천도가 있는데 이럴 법이 있단 말이야? 믿는 도끼에 발등 찍혀도 유분수지 이게 뭐야. 밥은 액색한 우리들 밥 묵고 구실은 지주가 했단 말이야?"

"나라 정치를 한다는 국회의원님께서는 상환료는 상환료대로 다 받아먹고 또 땅은 땅대로 뺏어 가고, 간판 걸어놓고 남의 일 봐준다는 변호사 놈은 앞벽 치고 뒷벽 쳐서 지 욕심만 챙기고, 그런께, 그 난놈들이 손발에 흙 안 묻히고도 찬물 퉁기고 잘 사는 이치가 바로 이것이더구먼. 못난 놈들 골을 내고 간 내고 오그리고 쪼그리고 짜고 비틀어서 빼먹을 것 다 빼먹은 다음에는 걷어차도 이렇게 험하게 차버린단 말이야"

소작인들은 단 솥에 메뚜기 꼴이었으나, 대법원 확정 판결이 나버렸으니 이제는 대법원 담벼락에다 대가리를 찧어도 소용없게 되고 말았다.

"그런 죽일 놈들!"

이야기를 듣고 난 털보는 눈에서 불이 이글이글 타고 있었다.

"그뿐인 줄 아쇼? 이쁘다니까 매 한대 더 때린다더니, 그렇게 판결이 나자 이번에는 그동안 집 지어 살고, 농사지어 먹었으니 그 임대룐가 소작룐가 그런 걸 내라고 했습니다."

그러잖아도 동네 사람들은 재판을 하는 동안 크고 작은 소송비용이 이만저만이 아니었다. 지방법원으로 고등법원으로, 길바닥에 깔고 여관에 뿌린 돈만도 적지 않았다. 거의 날품팔이에 지게꾼, 노점상, 리어카꾼 등 그날 벌어 그날 먹기도 팍팍한 형편에 마른나무에서 물 내듯 돈을 모아 재판을 했다. 그렇지만 꿩도 매도 다 놓치고 맨몸뚱이로 쫓겨나게 생긴 판에 임대료라니 억장이 무너졌다.

"더구나 더 기가 막힌 것은 전에 냈던 상환료라도 찾아볼까 했더니 그것도 기한인가 시효인가 그런 것이 지나서 찾을 수가 없다고 합니다그려."

그 판에 지주는 임대료를 내지 않으면 당장 쫓아내겠다고 을러멨다. 소작인들은 기가 막혔지만 힘없는 촌사람들, 법으로 들이밀면 갈 데 없이 쫓겨날 판이라 지주한테 굽실거리며 그 땅을 자기들이 사겠으니 팔라고 사정을 했다. 지주는 시세보다 배나 되는 값을 내라며 배를 퉁기고 나왔다. 떼어놓은 당상 좀 먹으랴, 읍내가 그쪽으로 늘어나면 그 땅이 금값이 될 판이니 그사이 임대료나 받아 먹자는 배짱인 것 같았다.

그래서 지금까지 그 임대료로 티격태격하는 판인데, 이리 고속도로가 나게 되자 문제가 붙고 말았다. 땅값 보상을 못 받은 것은 그런다 치고 집이 뜯긴 사람들이 자기들이 벌고 있는 전답에다 집을 지으려고 하자 그건 안 된다는 것이다. 더구나 집이 반만 뜯긴 사람들이 그 집을 좀 고치려고 해도 그것도 못 하게 했다.

"바로 이 집도 보기 싫은 데를 조금 손을 대려고 하자 시비가 붙었습니다. 그 판에 이 집 주인 여자가 수염을 쥐어뜯었던 모양입니다."

털보는 멍청하게 듣고 있었다.

"이제 우리는 여기서 쫓겨나면 길바닥에 나앉아야 할 판입니다. 길바닥에서 거지꼴로 죽을 바에는 지주든 집달리든 우리 앞에 나와서 설치기만 하면 우리가 들고 나설 것은 곡괭이밖에 없소."

키다리가 주먹을 쥐고 으르자 털보도 덩달아 주먹을 쥐고 이를 악물었다.

"지주란 작자는 간 내고 골 내고, 또 변호사란 작자는 생살까지 뜯어갔소. 이제 더 뜯길 것도 없고, 믿을 것이라고는 곡괭이밖에 없소."

"하여간, 젤 먼저 쳐 죽일 작자는 석달곤이여. 그 작자 또 나서기만 하면 이번에는 수염이 아니라 모가지를 돌려놓자고."

석달곤이란 말에 털보는 마시려던 잔을 내려놨다.

"석, 달, 곤이라니요?"

털보가 멍청한 표정으로 물었다.

"그 작자를 어찌 아시요? 이 읍내서 대서소방 하는 놈인데, 옛날에는 지주 마름으로 소작인들 알겨먹다가, 요새는 임대료니 뭐니 내라고 설치고 있는 놈이요."

"아니, 여기서 대서소방 하는 석달곤이라면 옛날에 죽지 않았습니까?"

"죽다니? 허허. 석달곤이가 죽어요? 그게 무슨 소리요?"

땅딸보가 웃으며 물었다. 순간, 키다리 눈에 갑자기 긴장이 피어오르며 털보 얼굴을 빤히 건너다봤다.

"아니, 그러고 본께 자네가 시방 민바우 아녀?"

키다리는 눈이 주발만 해지며 물었다.

"맞네. 내가 민바우네."

키다리가 멍하게 민바우를 건너다보았다. 마치 몽둥이로 머리라도 얻어맞은 표정이었다.

"자네 시방 어디서 살다가 이러고 왔는가?"

키다리가 일어나며 민바우 손을 덥석 잡았다.

"그런데 석달곤이가 살아 있다는 것은 먼 소리여?"

털보는 멍청하게 손을 내맡기고 앉아서 물었다.

"그럼, 자네는 지금까지 석달곤이가 그때 죽은 줄만 알고 있었다는 말인가?"

"그때 그놈이 죽지 않았단 말이여?"

털보는 꿈속을 헤매듯 어리벙벙한 표정이었다.

"허허. 이런 기막힌 일도 있단 말인가? 그때 그 작자는 병원에서 이틀 만인가 사흘 만인가 정신이 깨나서 지금 시퍼렇게 살아 있어. 살아도 그냥 살아 있는 것이 아니고, 나이가 농간한다더니 지금은 농간이 그때보다 더하네."

"아니, 그 석달곤이가 살아 있다니!"

털보는 무슨 짐승의 신음소리 같은 소리를 흘렸다. 지금까지 피해 살아온 이십년 세월이 벌떡 일어서는 것 같았다. 털보의 멍한 눈이 잠시 허공에 떠 있었다.

"그러니까, 자네는 그때 자네 몽둥이에 석달곤이가 죽어버린 줄만 알고 여태까지 피해 살았단 말인가?"

키다리가 물었다. 털보는 말없이 허공에 눈길을 띄우고 있었다. 키다리와 땅딸보도 말없이 털보 표정을 보고 있었다.

"그러면 배머리댁 소식도 그동안 몰랐단 말인가?"

키다리가 한참 만에 입을 열었다. 털보는 허공에 띄웠던 눈길이 힘없이 키다리한테로 갔다.

"처녀 때 이름이 뭐였더라. 응, 남순이였지."

"그 남순이가 어쨌단 말인가?"

털보 눈에서 빛이 번쩍했다.

"이 집 주인일세."

"뭐? 이 집 주인?"

털보는 술청을 돌아봤다.

"자네가 동네를 나간 뒤, 결혼은 죽어도 않는다고 서른살도 넘게 버티다가, 하는 수 없이 저기 배머리 어느 늙은이 후살이로 들어갔었네. 그 영감이 삼년 전에 죽자 지금은 여기 와서 술장사를 하고 있어."

키다리 말을 듣고 있는 털보 퉁방울눈이 튀어나올 것 같았다.

"지금도 자네를 못 잊는 눈치야. 하필 친정 곁에 와서 이렇게 술장사를 하는 것도 자네를 기다리자는 속셈일 걸세. 으음. 마침 저기 오는구먼."

털보가 밖으로 고개를 돌렸다. 저쪽에서 중년 여인이 시장바구니를 끼고 들어오고 있었다. 사내 수염을 쥐어뜯었다는 깜냥으로는, 그렇게 억척스러워 보이지도 않았다. 그저 덤덤한 여염집 아낙네였다. 얼굴 한군데 반창고가 붙어 있었다.

"허허. 우리 키다리 서방 왔나?"

여인이 들어서며 너스레를 떨었다. 키다리는 웃지 않고 털보와 여인을 번갈아 보았다.

"민바우가 왔어. 민바우가!"

키다리 말에 여인은 그 자리에 우뚝 멈춰 섰다. 두사람은 서로 빤히 건너다보고 있었다. 이십년의 세월 속에서 서로 옛날의 남순이와 민바우 모습을 더듬는 것 같았다.

"당신이 살아 있었구려!"

여인의 손에서 장바구니가 힘없이 땅에 떨어졌다.

『재수 없는 錦衣還鄕』 (시인사 1979)

낙화
落花

바닷가의 외딴 오막살이집에서 하룻밤을 나게 되었다. 옛날이야기에나 나옴직한 오막살이였다. 바다낚시를 갔다가 돌아갈 차를 떨군 것이다. 차 시간과 물때가 어중간해서 조금만 더, 조금만 더, 하다가 그만 차를 놓쳐버렸다.

처음에는 저 안쪽 마을로 가려 했으나, 기왕 하룻밤을 묵기로 하면 아침 물때도 한번 보자며 길처 오막살이집에 방이 있나 알아보자고 했다. 집이 너무 작아 방이 있을까 싶었으나 헛걸음 삼아 한번 가보기로 했다. 바닷가로 길이 나 있는 도린곁에 상엿집같이 초라하게 웅크리고 있어 별로 내키지 않았으나, 김 사장이 끄는 바람에 그냥 따라갔다. 먼 데서 봤을 때와는 달리 제대로 집 구색을 갖추고 있었고, 집단속도 깨끗했다. 주인이 알뜰한 사람이겠다 싶었다.

인기척을 하자 방문이 열리며 마흔살이 조금 넘어 보이는 중년 부인이 내다봤다. 나는 잠시 당황했다. 이런 데서 살 것으로 예상했던 사람치고는 얼굴이 예쁜데다 예사 시골 여자 같지 않게 태깔이 빠져 있었기 때문이었다. 김 사장이 우리 사정을 이야기하며 하룻밤 묵어갈 수 없겠느냐고 하자, 여인은 환하게 웃으며 첫마디에 선선히 그러라고 했다.

"방이 누추합니다마는……"

부엌 옆 고방 문을 열어 보였다.

"아이고, 이만하면 호텔입니다."

김 사장이 너스레를 떨었다.

"식구가 단출한 것 같네요."

"내외뿐입니다. 깔깔."

"내외가 어떻게 이런 외진 데서……"

"조용해서 좋지요. 깔깔."

여인은 좀 경박하다 싶을 만큼 깔깔거렸다.

"기왕 신세 진 김에 밥까지 좀 부탁합시다. 반찬은 여기 잡은 고기가 있으니 이걸 끓이십시오."

"덕분에 우리도 맛있는 고기 한번 먹어보겠네요. 깔깔."

여기 와놓고 보니 여러가지로 뜻밖이었다. 이런 외딴집에서는 으레 가난하고 꾀죄죄한 늙은 부부가 살거나, 젊은 사람들이라도 궁기에 찌들어 말이 없이 덤덤한 사람들일 것으로 생각했었는데, 그런 선입견과 너무 달랐다. 저런 여자가 어떻게 이토록 인적이 드문 데서, 더구나 달랑 내외만 살 수 있을 것인가 도무지 알 수가 없었다.

"아이들도 없이 내외만 사십니까?"

"예. 뭐 그저 그렇게 살아요."

너무 주변머리 없이 물은 게 아닌가 싶었으나, 여인은 대수롭지 않게 받아넘기며 깔깔거렸다.

우리가 방에다 짐을 챙겨놓고 세수를 하는 동안 여인은, 마치 어디서 반가운 친척이라도 찾아온 것같이 비누를 챙겨 온다, 수건을 가져온다, 수선스럽게 나댔다. 이 집에 든 게 사뭇 엉뚱하다보니, 나는 옛날 무슨 괴기담의 주인공이라도 된 게 아닌가 싶을 지경이었다. 깊은 산속이나 이런 외진 곳에 목을 잡아 살고 있던 강도 부부가, 이렇게 찾아드는 손님을 노리고 있다가, 밤중에 강도로 돌변해서 감쪽같이 해치워버리고 돈을 뺏는 따위, 그런 무시무시한 이야기가 떠오르기도 했다. 이런 사람들이 여기서 사는 데는 아무래도 무슨 사연이 있을 것 같은데, 남편을 보면 그런 실마리가 잡힐지 모르겠다는 생각이 들기도 했다.

세수를 하고 들어앉자 바다가 훤하게 트였다. 바다 저쪽에는 두 대박이 돛단배 한척이 한가롭게 떠 있었다. 요새는 좀해 구경하기 어려운 돛단배를 보자, 바다가 한결 한가해 보였다.

이 집은 동네에서 일 킬로쯤 떨어져 있었다. 그물이나 무슨 어구가 눈에 띄지 않는 게, 바닷가에서 살지만 고기잡이를 하는 것 같지도 않고, 집터서리의 밭뙈기와 저쪽 산비탈에 붙어 있는 논을 벌어 먹고사는 모양이었다. 돼지 막에서 돼지가 꿀꿀거리고, 빨간 볏을 늘어뜨린 암탉이 골골 알을 겯고 다니는 거며, 큼직한 두엄 무더기며, 그저 어디서나 볼 수 있는 예사 농가하고 조금도 다른 데가 없었다.

이 집 뒤 산등성이를 위협적으로 넘어와 저쪽 바닷가로 떨어지는 고압선 철탑만 없다면, 문명의 흔적이라고는 찾아볼 수가 없을 것 같았다. 문명은 저 높은 철탑 전신주에 흘러 다니는 전기처럼, 이들은 이렇게 외따로 떼어놓고 이들과는 아무 상관도 없이 아득히 먼 세상에서 벌어지고 있는 것 같았다.

김 사장이 큼직한 도미 두마리를 꺼냈다.

"아이구, 그렇게 큰 놈을 낚았어요?"

"한마리는 국 끓이고 한마리는 사시미를 해 먹읍시다. 도마 좀 빌려주시오."

김 사장은 고기 다루는 솜씨가 능란했다.

어디서 까치 두마리가 날아와 돌담 위에서 꺅꺅거렸다. 이 지방에서는 거의 구경할 수 없던 까치까지도 있었다. 더구나 까치를 이렇게 가까이 보니 더 신기했다. 까치야, 돛단배야, 이 집에 오니 이상하게 한 오십년쯤 시간을 거슬러 올라가 있는 것 같았다.

"여기 오니 까치가 있습니다그려."

"예. 지난 여름에는 저쪽에다 집을 짓고 새끼를 깠어요. 저기 소나무에 까치집 보이지요?"

여인이 초장을 버무리며 말했다. 여인이 가리킨 소나무에 까치집이 얹혀 있었다.

"아, 까치집이 있군. 높게도 지었다."

정말 오랜만에 본 것 같았다. 고속버스를 타고 가노라면, 중부지

방에는 간혹 버드나무에 까치집이 하나씩 있기에 멸종은 되지 않았구나 했는데, 그러니까 여기서도 살아온 것 같았다. 까치는 두어 번 깍깍거리다가 저쪽으로 날아갔다.

"저놈은 어떻게 살아남았을까? 하여간 농약, 이것 큰일입니다."

"농약에 까치가 멸종된 건가?"

내 말에 김 사장이 물었다.

"농약 묻은 벌레를 먹고 죽겠지."

"그렇겠군. 우리 어렸을 때는 까치가 오죽이나 많았어. 없어지고 보니까 저 새는 새삼스럽게 예쁜 새였다는 생각이 들더군."

김 사장은 잽싼 솜씨로 국거리는 속 칼질을 해서 챙겨주고, 굵직굵직 먹음직스럽게 썬 고기 접시를 들고 왔다. 나는 륙색에서 소주병을 꺼냈다. 여인은 소반에다 젓가락과 소주잔 등을 챙겨 들고 나왔다.

"초장이 맛있겠다."

김 사장은 고기 한점을 초장에 듬뿍 찍어 입으로 가져갔다.

"저놈들은 농약이 아니고도 죽을 뻔한 걸, 우리 바깥양반이 살려냈어요. 깔깔."

여인은 지레 한바탕 웃었다.

"어떻게요?"

김 사장이 물었다.

"작년 여름이었어요. 두마리가 죽는다고 깍깍거리며 소나무 위아래를 정신없이 날아다니지 않겠어요. 무슨 일인가 가까이 가봤더니, 아니 글쎄, 저 절굿공이같이 큰 시커먼 먹구렁이가 소나무를 친친 감고 올라가는 거예요."

여인은 절굿공이를 가리키며 몸서리를 쳤다.

"어어, 까치를 잡아먹자는 겁니까?"

"거기 있는 새끼들을 잡아먹으려고 그러는 것 같았어요. 까치들이 밥을 물어 나른 지가 오래됐으니까, 새끼들이 꽤 컸을 거예요."

"그래서요?"

"우리 바깥양반이 그걸 보고 있더니, 아 글쎄, 이 겁 없는 양반이 그 구렁이를 뒤쫓아 나무로 올라가지 않겠어요? 아이고, 그때 일을 생각하면 지금도 징그러워요."

여인은 제물에 몸서리를 쳤다.

"하하. 그래 그놈을 잡았습니까?"

"올라가지 말라고 기를 쓰고 말려도 코를 숙이고 기어코 올라가는 거예요. 나는 밑에서 쳐다보기만 해도 다리가 발발 떨리는데, 내려오라고 아무리 악을 써도 뒤에다 작대기 하나만 차고 부득부득 쫓아 올라갑니다그려."

사내가 소나무로 올라가고 있는 모습이 환하게 보이는 것 같았다.

이 소나무는 생김새가 예사 소나무하고 달랐다. 몸뚱이가 빨간 육송인데, 밑에서부터 저 위까지 가지가 하나도 없이, 아름드리 줄기만 구렁이처럼 몸뚱이를 뒤틀며 이삼십 미터쯤 뻗어 올라가다가, 맨 꼭대기에서 우산처럼 가지를 펴고 있었다. 그 한가운데 까치집이 얹혀 있었다. 나무 몸뚱이가 해송보다 미끄러운데다, 가지가 없으니 붙안고 올라가기도 그만치 어렵겠고, 또 평소에 나무를 올라가본 사람이 아니고는 어림도 없을 것 같았다.

“반쯤 쫓아 올라가니까, 글쎄 이놈의 구렁이가 딱 멈춰서더니, 대가리를 쭉 뻗고 그이를 내려다보지 않겠어요?”

“하하. 거 참, 희한한 광경이었습니다그려.”

김 사장이 한참 웃었다.

“나는 어찌나 겁이 나던지 내려오라고 발을 동동 굴렀지만, 이 양반은 들은 체도 않고 작대기를 뽑았어요. 내려다보고 있는 구렁이를 작대기로 치려고 으르니까, 그 징그러운 짐승이 더 기어올라가지 뭡니까? 구렁이가 까치집 가까이 올라가자, 이번에는 까치들이 죽을 둥 살 둥 모르고 짖어대는 거예요. 마지막에는 더 악이 나서 훽훽 날아다니며 구렁이 몸뚱이를 마구 쪼아대는 겁니다. 까치가 그렇게 사나운 짐승인지 몰랐어요. 새끼 탐이 무섭더라고요. 까치들이 이렇게 쪼아대니까 구렁이는 더 올라가지 못하고, 까치를 향해 이쪽저쪽으로 대가리를 홱홱 내두르며 물려고 하는 거예요. 아가리를 쩍쩍 벌리며 말입니다.”

“하하. 밑에서는 사람이 쫓아 올라가고 이놈이 협공을 받았구먼.”

김 사장은 내 잔을 받아들며 웃었다.

“그래도 사람이 더 무서웠던가, 까치가 쪼는 것을 무시하고 이놈이 막 기어올라가데요. 그놈이 옆으로 뻗은 가지로 기어오르려는 참에 그이가 작대기로 후려쳤어요.”

“죽었나요?”

김 사장이 잔을 꼴깍 털어 넣으며 물었다.

“이 답답한 양반이 그러니까, 구렁이가 가지로 내뻔 다음에 칠 게 아네요. 그걸 거기서 쳐놨으니 뭐가 됐겠어요. 거푸 세대를 치니까 구렁이 몸뚱이가 나무에서 스르르 풀어지면서, 글쎄 그 징그러운 것이 이 양반 가슴으로 떨어졌지 뭐예요."

여인은 두 손을 가슴 앞에 모아 쥐고 발을 동동 굴렀다. 나도 덩달아 몸서리가 쳐졌다.

"그러자, 이 양반이 구렁이를 잡아 밑으로 홱 뿌리쳤어요. 작대기처럼 빙빙 돌며 구렁이가 떨어지는데, 그때 나는 하마터면 그 자리에 기절할 뻔했어요. 이 정신없는 양반이 던진다는 게 나 있는 쪽으로 던졌지 뭐예요."

여인은 다시 발을 동동 굴렀다.

"하하. 평소에 유감이 많았던 모양입니다그려!"

우리는 한참 웃었다.

"세상에 커도 커도 그렇게 큰 구렁이는 첨 봤소."

"그럼, 그것을 어떻게 고아 먹었습니까?"

"아이구, 징그런 말씀도 다 하시네."

"아니, 그럼 그 구렁이를 어쨌어요?"

"동네 늙은이가 가져갔는데 모르겠어요. 아마, 그 늙은이가 과 먹었을 거예요."

"그러면 처음부터 구렁이를 잡으려고 그런 것이 아니고, 까치 새끼들을 살리자고 그랬단 말입니까? 끌끌. 그렇게 큰 놈이면 십만원을 불러도 뉘 돈 받을지 몰랐을 텐데!"

김 사장은 애석해서 못 견뎠다.

"하하. 그걸 과 먹지 않고 노인한테 드리다니 착하신 분입니다그려."

"착하나 마나 그 존 것을 남을 줘? 정력에는 구렁이탕을 덮을 게 없대요."

"평소에는 닭 모가지 하나도 못 비트는 양반이, 그때는 어디서 그런 독기가 나왔는지 모르겠어요."

"옛날이야기처럼 까치들이 은혜를 갚겠습니다."

내가 말하며 웃었다.

"깔깔. 그런 일이야 옛날이야기에나 있는 일이겠지요. 그런데 미물이라도 그런 은혜를 알기는 아는지, 저놈들이 날마다 저렇게 우리 집에 날아와, 어쩔 때는 부엌 앞에까지 와서 꺅꺅거리다가 날아가지요."

이야기를 듣고 나니, 그 남편이 어떤 사람인가 싶었다. 마침 그때 사내가 손에 삽을 들고 들어왔다. 우리는 잠시 사내를 건너다보고 있었다. 이 여자의 나이로 미루어 사십대나 오십대 나이로 짐작했는데, 미처 서른도 못 될 것 같은 나이였다. 빨간 운동모를 써 더 젊어 보였다.

"저쪽 매부리바위에서 낚시질을 하던 분들이에요. 하룻저녁 재워달라길래 방도 비었겠다, 그러라고 했어요."

사내는 무뚝뚝한 표정으로 우리를 한번 훑어봤다. 눈초리가 너무나 냉랭했다. 우리는 괜히 가슴이 싸늘했다.

"신세를 지게 됐습니다."

김 사장이 나서며 꾸벅 고개를 숙였다. 마치 무슨 잘못이라도 저지르고 사과하는 자세였다. 사내는 머리에 운동모를 쓴 채 고개만 끄덕해놓고, 헛간 쪽으로 돌아섰다. 안에다 삽을 던져 넣고 돼지우리께로 갔다. 밥을 떠주고 다시 사립께로 돌아섰다.

"나 동네 좀 갔다 올겨."

"지금 저녁상 차려놓고 있는데요."

"곧 올 거야."

사내는 돌아보지도 않고 휑하니 나가버렸다. 마치 우리들이 무슨 나쁜 사람들로 보여, 닦달하려고 동네로 사람을 부르러 가는 것 같은 서슬이었다. 우리는 가지밭에라도 든 애들처럼 서로 얼굴을 건너다봤다.

"아주머니, 우리를 들였다고 혹시 탓 듣는 것 아닙니까?"

"저 양반 본시 성질이 저래요. 염려 마세요. 깔깔."

그러나 그 냉랭한 눈초리며 인사 받던 태도가 마음에 걸렸다. 넉살이 어지간한 김 사장도 주먹 맞은 꼴로 머쓱한 표정이었다.

우리는 먼저 저녁밥을 먹고 일찍 잠자리에 들었다. 아침에 일찍 일어나야 하기 때문이다. 사내가 들어오기 전에 우리는 잠이 들었고, 아침에 일찍 낚시터에 나갔다가 느지막이 아침밥을 먹으러 왔을 때는 사내는 이미 들에 나가고 없었다. 그러니까, 우리는 그때 그 사내를 얼핏 한번 보고 만 셈이다.

우리는 그다음 주일에도 그리 낚시를 갔다. 차에서 내려 그 동네까지는 이 킬로쯤 걸어 들어가는데, 그날은 그 동네 사람들과 그 집 근처까지 동행을 했다.

"이렇게 늦게 가시면 밤낚시를 하십니까?"

"아닙니다. 매부리 끝에 가는 길처에 집이 하나 있지요? 낚시를 하다가 그 집에서 자고 아침에 다시 나가서 하죠."

"덕주 집에서 자는군. 배머리댁은 손님 접대는 잘할 거야. 하하."

그들은 웬일인지 한참 웃었다.

"왜 웃습니까?"

"그 집 사내가 좀 별난 작자라 웃었습니다."

"그래요. 뚱한 게 도무지 붙임성이 없더군요."

"붙임성이 없는 정도가 아니라, 세상을 제 혼자 살아야 할 놈입니다. 서울 가기 전에는 그렇게까지는 안 했는데, 서울에서 징역 한 번 살고 나서는 사람이 달라져버렸습니다."

마을 사람들은 자기들끼리 또 한참 웃었다.

"징역을 살았나요? 왜요?"

"자세히는 모르겠는데, 사람을 쳤다는 것 같아요. 서울 가기 전에는 지금 거기서 살지 않고 동네 가운데서 살았는데, 그때는 살림도 꽤나 포실했지요. 본인은 싫다는 걸, 그 형님이 우겨서 억지로 살림을 팔아 올렸는데, 그게 병집이었습니다. 그 마누라는 조그마한 구멍가게를 보고, 자기는 그 형하고 집을 지어 파는 집장사를 했더랍니다. 여기서 들어보면 벌이가 꽤나 괜찮은 것 같았는데, 어쩌다가 고향에만 오면 서울서 못 살겠다고 푸념이었어요. 사람이 너무 고지식하고 주변머리가 없어 여기 살 때도 누구하고 깊이 얼리는 일도 없었고, 심지어 장에 가서 물건 하나를 사더라도, 항상 바가지만 쓸 만치 물정에 어두운 작자였지요. 그런 사람이 서울 가서 어떻게 살았겠습니까? 돈을 벌기는 좀 벌었는데, 사기꾼한테 걸려 몽땅 날려버렸던 모양입니다. 그런 까탈로 누굴 팼던지 여섯달이나 징역을 살았다고 합니다. 하하."

"고집이 황소고집에다 또 이만저만 불뚝성이 아닙니다."

곁에서 거들었다.

"으음."

"그뒤로 서울은 죽어도 싫다고 고향엘 내려왔는데, 이 작자가 서울에 얼마나 정이 떨어졌던가, 여편네도 내던져버리고 저렇게 혼자 내려와서 살고 있어요. 하하."

"그러면 집에 있는 부인은 누굽니까?"

"그것은 본부인이 아니고 말하자면 첩이랄까? 하하."

그들은 또 한참 웃었다.

"본처는 또 시골은 죽어도 싫다고 그대로 서울서 가게를 보며 살고, 그러니까 지금 두집 살림을 하는 셈이지요."

그는 집 짓는 데 투자했던 돈을 빼다가 지금 살고 있는 집과 밭을 사서 혼자 살았었는데, 작년부터 지금 여자하고 살게 되었다는 것이다. 본처는 서울서 아이들을 데리고 살면서 이따금 한번씩 다녀간다고 했다.

"그러면 두 여자들 사이는 괜찮았습니까?"

"하하. 연이 닿으면 그러기도 하는지, 처음부터 그렇게 살기로 했던 사람들처럼 아무 일도 없습니다. 여기 아내는 이 안동네 살던 과분데, 남편이 오래 속병을 앓다가 죽었지요. 이 여자가 얼굴값을 하느라고 남편이 누워 있는 동안 행실이 좋지 않아, 지저분한 소문이 그치지 않더니, 그 집에 들어가면서부터 저 여자가 언제부터 저렇게 다소곳했던가 싶게 얌전해졌지요. 남자를 몹시 밝히는 여자라 남편을 두엇 거느려야 할 거라고들 웃었는데, 그러고 보면 지금 남편하고는 궁합이 천생연분인가 봅니다. 그러지 않고서야 그만큼 얼굴 반반한 여자가 그런 데서 그런 답답한 작자와 살겠어요?"

모두 웃었다.

"전 남편한테서는 아이들이 없었습니까?"

"아이를 못 낳는 여자랍니다."

"그래저래 잘됐군요."

"그런 여자들은 잠자리에만 불평이 없으면, 그러기도 하는지 배머리댁이 덕주 따라 사는 것 보면 신통해. 하하."

"그것만도 아닐 거야. 전 남편이란 놈이 오죽 농판이었나? 병까지 얻어걸린 주제에 까다롭기는 얼마나 까다로웠어? 긴 병에 효자 없다고 괜히 여편네 인심만 사나워진데다가, 또 소문이 그런 쪽으로만 나서 그렇지 원체는 착한 여자야. 처음부터 덕주 같은 사람하고 만났어야 할 여자였어."

"그 덕주란 사람은 한번 봤지만 그냥 찬바람이 돕디다."

"원체가 너울가지가 없는 사람인데다 고집은 또 그런 황소고집이 없어요. 원래는 심성이 꽃 같은 사람인데, 징역을 살고 나와서는 한번 비위가 틀렸다 하면, 일년이고 이년이고 말을 않고 그 꼴입니다."

동네 사람들 이야기를 듣고 보니, 그들 부부를 조금은 이해할 수가 있을 것 같았다. 지난번 까치집 이야기를 할 때 그 여자는 그런 터무니없는 짓을 한 남편을 아주 자랑스럽게 생각하고 있는 것 같았다. 우리 바깥양반, 우리 바깥양반, 하며 이야기하는 것이 꼭 어린애 같았다.

이번에는 그 집에 미리 짐을 맡겨놓고 가려고 집에 들어섰더니, 내외가 무슨 일인지 다투고 있는 것 같았다.

"또 왔습니다."

우리가 들어서며 인사를 하자, 사내는 이번에도 전같이 빨간 운동모를 그대로 쓴 채 고개만 까딱해놓고 저쪽으로 얼굴을 거둬가 버렸다. 배머리댁만 얼른 얼굴에 웃음을 띠면서 맞았다.

"세상에 이런 죽일 놈들을 어떻게 하면 좋지요?"

우리가 방에 짐을 챙기는 사이 배머리댁이 밑도 끝도 없는 소리를 했다.

"오시면서 못 봤지요? 저기 들어오는 길처 마늘밭이 우리 밭이거든요. 그런데, 이 죽일 작자들이 저쪽 마을로 가는 전봇대를 세운다고, 한창 자라고 있는 마늘밭을 온통 진창을 만들어놨지 뭐예요. 여덟놈이 그 무거운 전봇대를 메고 진밭을 밟아놨으니 꼴이 뭐가 됐겠어요? 우리 밭이 아니고 그 위 밭에다 세우니까 한발만 돌아가면 될 걸, 그 한발을 아끼느라 그 지경을 만들어놓고도 되레 큰소리만 칩니다그려."

배머리댁은 입에 거품을 물었다.

"밟아도 어지간히 밟아놨으면 말도 안 하겠어요. 그냥 신작로를 만들어놨다니까요. 좋게 마늘 열접은 짓밟아놨어요."

"그런 나쁜 작자들이 어딨어요? 고소라도 하세요."

김 사장이 건성으로 한마디 거들었다.

"도둑이 매 든다더니 이 죽일 놈들이 국가적인 사업이 어쩌고, 우리를 되레 역적 취급이지 뭡니까?"

“나쁜 자식들. 그렇게 뻰뻰스런 놈들이면 읍내 한전 사무소에 가서 물어내라고 정식으로 항의를 하세요.”

“한전이 뭐예요?”

“저런 전기 취급하는 사무솝니다.”

“그러든지 어쩌든지 해야지 그냥 둬서는 안 되겠어요. 마늘이 열 접이면 얼맙니까? 그 죽어서 구렁이나 될 작자들!”

아내가 그렇게 안달을 해도 덕주는 한쪽에 앉아 담배만 빨고 있었다.

다음 날 나오며 보니까 정말 마늘밭이 험하게 짓이겨져 있었다. 조금만 저쪽으로 에워 돌면 될 걸, 발목까지 빠지는 밭을 곤죽으로 이겨버려 한창 땅 맛을 당긴 마늘이 모두 흙 속으로 파묻혀버리고 말았다.

그다음 주에도 또 그리로 낚시를 갔다. 그때 우리는 그 낚시터에 홀딱 반해버렸기 때문에 이번에는 다른 친구들이 두사람 더 끼여 있었다. 물때에 늦어 바쁜 걸음을 치는데, 사람들이 문제의 그 밭 곁에서 전봇대를 세우고 있었고, 그중에서 누가 깡깡 고함을 치고 있었다. 공사감독인 듯한 자가 삿대질까지 하며 덕주를 닦달하고 있었다.

“농촌전화사업이란 것이 이게 보통 사업인 중 아셔? 개인의 영리사업이 아니고 어디까지나 국가적인 견지에서 국민총화적으로 추진하고 있는 중대한 국책사업이다 이 말씀이야. 이런 중대한 사업을 추진하면 어디까지나 우호적으로 협조를 하는 것이 국민의 의무다 이게야. 함에도 불구하고 이런 정도의 일을 가지고 목전의 이익만 생각하고 이렇게 시비나 걸고 나온다는 것은, 반국가적인 행위가 아니고 뭐냐 이게야?"

감독은 거창한 언어들을 몽둥이 휘두르듯 내갈기고 있었다.

"어, 이것이 구, 국가적인 사업이면, 어, 얼마나 구, 국가적인 사업이란 마, 말이요? 구, 국가적인 사업을 하, 하면, 저, 저기를 모, 못 돌아서 저, 저, 저렇게 마, 마늘밭을 바, 밟아요?"

이제 보니 덕주는 말을 몹시 더듬거렸다. 화가 나니 더 더듬거리는 것 같았고, 이런 자리에서 그렇게 더듬거리는 게 더 화가 나는 것 같았다. 얼굴이 시뻘게가지고 더듬거리는 말로 따지는 게, 곁에서 보기에도 민망스러울 지경이었다. 우리는 길을 멈추고 그대로 보고 서 있었다.

"바쁠 때는 그럴 수도 있는 거지 뭐야? 이 농촌전화사업은 국민들의 시급한 숙원사업이고, 우리는 그런 숙원사업을 신속 정확하게 수행하여, 하루빨리 우리 농촌을 근대화시켜야 할 의무가 있다 이 말씀이야. 이런 근대화사업을 총화적으로 추진하는 마당에는 고속도로를 내기 위하여, 덩실한 집도 뜯고 논밭도 뭉개는 걸 당신은 보지도 못했어? 그런 판에 마늘밭 좀 밟았다고 이러고 나오는 당신은 이 나라 국민이 아니란 말이야?"

도대체 중학생 웅변하는 소리도 아니고, 이런 되잖은 소리를 우리들이 곁에서 듣고 있는데도, 이렇게 뻔뻔스럽게 내발기고 있었다. 그걸 보고 있자니, 곁에 있는 우리들이 모욕을 당하는 것 같았다.

"초, 총화고, 지, 지랄이고 마, 마늘 물어내요!"

덕주는 주변머리가 없기도 한 것 같았지만, 말을 더듬기 때문에 그만치 말이 짧은 것 같았다.

"어라, 뭣이? 총화고 지랄이고? 그 소리 한번 더 해봐! 가만히 보니 이 작자 사상을 의심하지 않을 수 없네."

"마, 마늘밭 무, 물어내기 저, 전에는 이, 일 못 해요."

덕주는 성큼 내려가더니 일하는 사람들 손에서 삽을 낚아챘다.

"당신 지금 삽을 뺏었어? 허허. 하룻강아지 범 무서운 줄 모른다더니, 지금 당신 그게 뭔 줄 알아? 공무집행 방해야. 어때? 징역 한 번 살아보겠어?"

작자는 네 녀석 한번 잘 걸렸다는 서슬이었다.

"거 삽 놓고 이리 나오시오!"

우리 일행 속에서 갑자기 김 사장이 나섰다. 덕주는 공무집행 방해란 말에 찔끔했던지 김 사장의 말에 슬그머니 삽을 놨다. 지난번에 징역을 살아서 그런 죄목이 무서운 죄목이라는 것을 알았을 법했다.

"여보시오. 남의 마늘밭을 이 꼴로 만들었으면, 사과를 하든지 배상을 하든지 해야지 그게 뭡니까?"

김 사장이 점잖게 따지고 나섰다.

"당신은 뭐요? 가시는 낚시질이나 가실 일이지, 상관없는 일에 웬 참견이오."

작자는 김 사장의 위아래를 훑어보며 거만스럽게 나왔다.

"참견할 만하니까 참견을 하는 거야. 남의 재산을 이 꼴로 만들어놨으면, 미안하다고 나와야지, 생사람을 놓고 총화가 어떻고 사상이 어떻고, 그래 그런 소리는 이런 데다 쓰라고 있는 줄 알아?"

"허허 참, 별꼴이네."

"별꼴은 지금 당신이 별꼴이야!"

"도대체 당신은 누구요?"

"사상이 당신보다 더 반듯한 대한민국 국민이야. 누가 더 별꼴인가 당신 사장 앞에 가서 한번 따져볼까?"

"허 참!"

김 사장이 드세게 들이대자 작자는 좀 누그러진 눈치였다.

김 사장은 이런 자들을 만나면 자기가 무슨 대단한 권력층에라도 있는 것 같은 거탈로, 이렇게 기를 죽이는 장기가 있었다. 이런 자들일수록 권력에 약하다는 것을 환히 알고 있는 터라, 여기서도 그게 영락없이 맞아떨어진 꼴이었다. 더구나 네사람이나 되는 낚시꾼 가운데는 어떤 사람이 끼어 있을지 모른다는 생각일 거라 이런 공갈이 쉽게 먹혀들었다.

"촌사람들이라고 너무 그렇게 몰아세우지 말고, 잘못한 것을 잘못했다고 사괄 하든지 배상을 하든지 하는 거야!"

김 사장은 가볍게 뒤를 눌러놓고 돌아섰다. 작자는 저쪽으로 고개를 돌리고 있었다. 그런데 한참 가다가 보니, 작자는 또 덕주에게 뭐라 고함을 지르고 있었다.

"저 작자, 정말 보통 악질이 아닌걸!"

김 사장이 다시 돌아봤다.

"더 참견 말아! 이러다가는 낚시 못하겠어. 저런 작자면 그런 공갈이 더 먹혀들지도 않을걸."

김 사장은 그대로 돌아서고 말았다.

그다음 일요일에는 일이 있어 걸렀다가 다음다음 주 일요일에 갔다. 그동안 우리는 그 일은 까맣게 잊어버리고 있다가, 그 마늘밭을 보니 그 일이 생각났다. 그 집에 들어가니 배머리댁은 얼굴에 수심이 끼어 있었고, 전같이 쌉쌉하지도 않았다.

"무슨 일이 있으세요?"

김 사장이 건성으로 물었다.

"그 마늘밭 때문에 속이 상해 죽겠어요."

배머리댁은 한숨부터 쉬었다. 우리는 낚시가 바빴지만, 배머리댁 말을 듣지 않을 수 없었다.

"이 양반이 이러다가는 꼭 무슨 일을 내고 말 것 같아, 이렇게 가슴이 조이고 있네요."

"왜요?"

엉뚱한 소리에 우리는 깜짝 놀랐다.

"그동안 그 책임자란 놈하고 몇번이나 싸우고, 한전 출장소에도 내가 두번이나 갔지요. 그런데 이 도적놈들이 배짱만 부리지 뭡니까? 나는 그만두면 좋겠는데, 우리 집 양반은 그 일을 마음에 끼고 앉아서 요새는 밥도 제대로 안 자실 지경이에요. 오늘 아침 읍내 간다는 게 또 한전에 간 것 같은데, 전에는 나더러 한전에 가라고 하더니 오늘은 자기가 나선 게, 마음이 안 놓여서 이렇게 애가 타네요. 꼭 무슨 일을 저질렀을 것만 같아요."

"설마, 그런 일을 가지고 무슨 일을 저지르면 무슨 일을 저지르겠습니까?"

김 사장이 웃었다. 지난번 삽을 놓으라 할 때 그냥 놓고 나왔던 걸로 미루어보면, 무슨 큰일을 저지르지는 못할 것 같았다.

"아녜요. 이 양반 한번 성질이 나면 무서워요. 물불을 가리지 않는 성미거든요."

여인은 고개를 절레절레 저었다.

"그런 나쁜 작자들이, 그렇게 남의 밭을 망가트려놨으면 보상을 해야지 그렇게 무작정 배짱만 부린단 말입니까?"

"아이고, 못난 백성들이야 언제나 이 꼴이지 뭡니까?"

"아무리 그런다고 밥을 제대로 안 먹을 만큼 화가 났단 말입니까?"

내가 웃으며 물었다.

"밥이 뭡니까? 그 일이 있고부터는 잠자리에서 내 곁에도……"

여인은 무슨 말을 하다가 부끄러웠던지 말꼬리를 흐렸다.

"이거 무슨 방법이 없나?"

김 사장은 웃으며 일행을 돌아봤다.

"글쎄. 한전이나 어디 아는 사람 없어?"

김 사장이 되레 나한테 물었다.

"나야 그런 쪽으로는 깜깜한 사람 아닌가?"

그날 저녁 덕주는 밤이 이슥해서 돌아온 것 같았다.

"왜 이렇게 늦었어요?"

"개새끼들."

덕주는 배머리댁 물음에 욕설부터 했다. 술을 마신 목소리였다. 우리는 자리에 누워 그들의 말에 귀를 기울이고 있었다.

"이제 그만 잊어버려요. 그 자식들 더 상대하다가는 당신 몸 상하겠어요. 우리가 손해 보고 말면 그만 아녜요. 그 죽어서 구렁이나 될 놈들 그냥 잊고 말아요."

배머리댁은 애원하듯 했다.

"그 개, 개새끼들, 손해가 문제가 아냐. 그, 그놈들을 내가 그냥 두, 두고 마, 말 것 같아!"

술을 마셔 그런지 이번에는 말을 별로 더듬거리지 않았다.

"개한테 물렸다 쳐요. 이제 제발 잊어버리고 잠이나 자요."

"머, 먼저 자!"

덕주는 턱없이 크게 소리를 질렀다.

"아니, 그러면 어쩌자는 거예요. 맨날 이게 무슨 꼴이에요."

배머리댁은 앙칼지게 나왔다.

내외는 오래도록 티격이었다. 곁방에 자고 있는 우리를 의식하고 말소리를 죽이는 것 같았으나, 나중에는 배머리댁이 훌쩍훌쩍 눈물을 짜기까지 했다.

우리들은 아침에 일찍 일어나 낚시도구를 챙겨 들고 바삐 밖으로 나갔다.

"이 양반이 새벽부터 어딜 갔을까?"

배머리댁이 나와서 서성거리고 있었다.

"어디 갔지요?"

"글쎄. 새벽에 일어나서 어디를 갔는지 모르겠네요."

"밭에 나간 것 아닙니까?"

"이렇게 일찍 밭에 나갈 리가 없는데……"

우리는 그대로 집을 나왔다. 바삐 비탈을 기어올라 편편한 길에 올라섰다. 바닷바람이 상쾌했다.

"아, 기분 좋다."

"어어, 저게 뭐야?"

앞서 가던 김 사장이 발을 멈췄다. 고압선 전선 두가닥이 끊어져 저쪽 바다로 길게 늘어져 있었다. 산마루에 서 있는 철탑에서 저쪽 바닷가로 내리뻗은 전선이 산마루 철탑에서 끊어졌기 때문에, 그만큼 길게 늘어뜨려진 것 같았다. 이 정도면 상당히 큰 사고였다.

"어떻게 저게 끊어졌지? 바람이 분 것도 아닌데."

"바로 저기서 끊어졌군."

철탑에서 끊어져 나간 부분이 보였다. 두가닥이 다 철탑의 현수애자(懸垂礙子) 연결 부분에서 끊어져, 대여섯개 연이어진 하얀 사기 애자가 밑으로 처져 있었다. 우리는 길게 늘어진 전선과 그게 끊어진 철탑 위를 번갈아 보며 천천히 그쪽으로 다가갔다.

"저게 뭐야?"

앞서 가던 김 사장이 발을 멈추어 철탑을 가리켰다.

"어?"

거기 걸레처럼 늘어져 있는 것이 있었다. 시커멓게 불에 탄 사람 시체였다. 머리가 거꾸로 처박혀 있었다. 우리는 서로 얼굴을 한번 보고 나서 그쪽으로 한발 한발 옮겨갔다. 마치 맹수한테 달려드는 걸음으로 다가갔다.

"아니, 이게?"

시체 곁에 빨간 운동모가 있었다. 시체는 옷이 불에 반이나 타버렸고, 거기서 내비친 살도 시커멓게 타 있었다.

그 곁에는 건축 공사에 쓰이는 손가락 굵기의 철근이 한토막 떨어져 있었다. 한발이 좀 넘을까 한 길이였다. 철근 양쪽에 심하게 불 맞은 흔적이 있었다. 철탑을 쳐다보니 그 불 맞은 부분의 거리는 두 전선 사이의 거리하고 비슷했다.

"이 미련한 작자가 복수를 생각한다는 게 이거였을까?"

김 사장이 나를 돌아보며 이죽거렸다.

"전기에 너무 무식했구먼."

다른 친구가 어이없다는 표정으로 시체를 내려다보며 뇌었다.

까치 두마리가 깍깍거리며 저쪽으로 날아가고 있다.

『현대문학』 1979년 12월호(통권 300호); 2006년 8월 개고

사형장 부근

그는 초등학교 때 선생 이야기를 하면서 첫마디부터 그 새끼라고 했다. 나는 아주 막되어먹은 놈이라는 생각이 들었다. 더구나, 이놈 죄명이 강도였으므로 역시 그렇고 그런 놈이겠거니 생각했다. 생김새도 강도라고 보니 처음부터 강도이게 보였다. 자동차 타이어를 연상시킬 지경으로 앙바틈한 몸집이 몽둥이로 치면 몽둥이가 펑펑 튕겨날 것 같게 단단해 보였다.

동물원에 갇혀 있는 맹수를 보고 겁을 먹는 사람은 없겠지만, 그런 맹수가 산속에서 으르렁거리며 튀어나온다 생각하면 겁이 날 것이다. 이놈도 교도소에 갇혀 있으니까 그렇지 밤중에 시퍼런 칼을 들고 위협을 한다면 얼마나 흉악할 것인가 싶었다. 둥그런 차돌덩어리를 하나 몸뚱이 위에 얹어논 것같이 팽팽하고 단단한 얼굴이 강도의 얼굴로는 맹수보다 더 겁을 줄 것 같았다.

“이 새끼가 미술 시간에 그림을 그리라고 하데. 이 새끼는 원체 농땡이라 공부 가르치기 싫으면 언제든지 학생들보고 그림을 그리라 해놓고, 제 놈은 의자에 기대어 낮잠을 자든지 비실비실 놀든지 하는 거야. 그림 제목은 ‘추석’이었어. 추석 하면 맨 먼저 머리에 척 떠오르는 것이 있을 것이다. 바로 그걸 그려라. 사람은 언제나 솔직해야 한다. 유독 그림을 그리거나 글을 쓸 때는 더 솔직해야 한다. 그려논 그림을 보면 이 사람이 솔직하게 그렸는지 안 그렸는지를 대번에 안다. 솔직하고 양심적인 사람은 이런 그림 하나를 봐도 알 수 있는 거야. 추석 하면 척 떠오르는 것, 그걸 솔직하게 그리라 이 말이다. 이러고 한참 노가릴 깠어. 그런데, 그 새끼가 추석, 할 때 정말 내 머리에도 대번에 떠오른 것이 있었거든. 그래서 그걸 그렸던 거야.”

“뭔데?”

곁엣놈이 물었다.

이 강도는 내가 수감되어 있는 이미(第二未決舍) 아래층 소지였다. 내 방은 이층 맨 끝에 있었고, 그 건너편은 계단이어서 내 창문 앞 복도 끝에는, 위아래 층 소지들이 한가한 시간이면 여기 모여들어 이야기할 때가 많았다.

지금 이야기하고 있는 강도는 아래층 소지로 계단 청소가 제 담당인 모양이어서 이따금 비나 걸레를 들고 와서 이층 소지들과 얼렸다.

“쌀밥이 가득 담긴 밥그릇이야.”

"뭐라구? 제목이 추석인데 밥을 그려?"

"지금 생각하면 좀 창피하긴 했지. 크크"

차돌같이 팽팽한 얼굴 겉가죽이 눈 있는 쪽으로 조금 움츠러들다 말았다. 이 녀석 웃는다는 꼴이었다.

"허지만, 그 선생 새끼가 '추석' 할 때 내 머리에 떠오른 것이 그것인 걸 어쩔 거야."

"하하. 네놈의 집구석도 험했던 모양이구나."

곁에서 와그르 웃었다.

"그때 그 새끼가 솔직이니 지랄이니 그런 공갈만 때리지 않았더라도 그것 말고 다른 것을 그렸을 거야. 그 새끼가 그림을 보면 속을 훤히 안다고 나발대를 불고 나니까, 만약에 내가 그걸 그리지 않으면 내 속을 환히 알고 야단을 칠 것 같았어. 그때 나는 삼학년이었거든."

강도는 곁엣놈들의 웃음에 항변이라도 하듯 뾰꼼한 눈알을 사뭇 빛내며 말했다. 강도의 뾰꼼한 뱁새눈은 얼굴을 싸고 있는 얼굴 가죽이 사뭇 팽팽하게 당기는 바람에 그 부분이 그렇게 뾰꼼하게 미어져서 생긴 것 같았다.

"그런데, 그 선생 새끼가 다음 날, 그 그림을 가지고 학생들 앞에서 나한테 사정없이 창필 줬던 거야. 야, 이 밥그릇 한번 무지하게 크다. 이렇게 큰 밥그릇에다 밥을 또 이렇게 곱빼기로 꾹꾹 눌러 담아놨으면 며칠을 먹어야 다 먹지? 그러니까, 학생들은 배를 쥐고 굴러다니며 웃지 않겠어. 나는 그때 정말 죽어버리고 싶데. 내가 그때 어렸으니까 가만뒀지 지금 같았으면 칵 쑤셔버렸다구."

놈은 뾰꼼한 뱁새눈을 사뭇 번뜩이며 쑤시는 시늉까지 했다. 곁엣놈들은 비실비실 웃고 있었다.

“거기까지만 창필 줬어도 말도 않는다구. 이 새끼가 다음 날 그 그림을 교실 뒷벽에다 떡하니 붙여놓지 않겠어?”

“야, 그 새끼 정말 악질인데.”

“나는 그때부터 학교를 집어치고 말았어.”

“예끼. 그까짓 일로 학교까지 집어쳐?”

“인마. 그뒤로는 학교 건물만 봐도 지긋지긋했어. 지금도 그 그림이 그 학교 교실 뒷벽에 붙어 있을 것 같아.”

“그래서 아까 그 새낄 그렇게 팼니? 그렇지만 그놈은 초등학교 선생이긴 해도 너한테는 아무 죄도 없는 놈 아냐?”

“인마, 나는 초등학교 선생만 보면 이가 갈리는 놈이라구.”

“그러면, 대한민국 안에 있는 초등학교 선생이란 선생은 몽땅 드르륵 해버려야 시원하겠다는 거야?”

“아까 그 새끼는 유독 내 눈에 거슬렸어.”

그때 헬리콥터 한대가 교도소 상공을 지나가고 있었다.

“야, 이 상놈의 새끼들아, 담배나 두어갑 떨쳐놓고 가거라!”

복도 창밖으로 고개를 꼬아 하늘을 쳐다보며 소리를 질렀다.

“야, 너 언제 왔어?”

강도는 고개를 거둬오다가 운동 나와 있는 죄수들 쪽을 보며 소리를 질렀다.

“야, 말 마라. 이번에는 피해자를 재수 없는 새끼를 만나서 환장하겠다.”

"그러기, 접시는 재수치레보다 피해자치렐 하랬지 않아?"

"만나도 더런 새끼를 만나서 지금 속이 팍팍 썩고 있다."

"접시를 돌리려면 제대로 돌리지 서툴게 돌리니까 그렇지."

그사이 위층 소지들은 저쪽으로 가버리고 혼자 남아서 이야기를 하고 있다.

"야, 짜리!"

"형! 거기 있었그만."

강도가 사기꾼하고 이야기를 하다 말고 짜리란 놈을 보더니 반색을 했다. 짜리는 운동 담당 교도관의 눈치를 살폈다. 운동 담당은 저쪽 사형장 곁 담 밑에다 의자를 놓고, 사형수 주철민이하고 노닥거리고 있었다. 짜리는 도둑고양이처럼 이쪽 사동으로 스며들어 이층으로 올라왔다.

"뭐 좀 안 찼니?"

"멍멍이 다섯하고, 알 서른개."

"야, 됐다. 요새는 어찌나 단속이 심해졌던지, 강아지 하나에 런닝 팬티가 하나씩이야. 어제는 주철민이한테 심청이 두개로 런닝 팬티 하날 받았다구."

짜리는 주위를 살피더니, 품속에서 손가락 네개 굵기의 좀 길쭉한 봉지를 하나 꺼내 슬그머니 강도한테 넘겼다.

"그 속에 알도 들었어."

그들은 시치미를 떼고 아래로 내려갔다. 강도는 저쪽으로 가서 교도관 곁에서 사형수 주철민이를 슬쩍 따냈다. 뭐라고 한마디 건네고 다시 저쪽으로 갔다.

"선생님, 심심하죠. 이거나 한번 키워보세요."

다음 날, 강도는 주먹 크기의 마늘장아찌 깡통에 무슨 모종을 하나 심어가지고 와서 나한테 내밀었다.

"뭔데? 꽃인가?"

"금잔화입니다. 전에 방 징역 살 때 하도 심심해서 키워봤더니, 아주 예쁜 꽃이데요. 그늘에서도 잘 자라요."

"고맙네."

"깡통 밑에 구멍도 뚫고 제대로 심었으니까 물만 잘 주세요."

"어제 그건 뭐야?"

나는 깡통 화분을 받아들며 물었다. 그들은 내가 나이도 있는데다 사회적 신분도 어지간한 정치범이기 때문에 엔간한 일은 별로 숨기는 일이 없었다.

"담뱁니다."

"담배를 어떻게 가지고 들어왔지?"

"가죽주머니에다요."

"가죽주머니?"

"하하. 깜깜하시군요. 여깄잖아요?"

그는 손으로 엉덩이께를 가리키며 웃었다.

"담배를 풀어서 비닐주머니에다 소시지처럼 단단히 다져서 넣지요. 그렇게 해서 거기다 최고 아홉갑까지 넣고 오는 놈이 있어요. 크크."

나는 맥없이 웃었다.

"그러니까, 어제 멍멍이 다섯이란 그 소린가?"

“담배 낱가치가 강아지라고 하니까, 온갑은 멍멍이지요.”

“알 서른개란?”

“라이타돌이구요. 포켓 속에 있는 찌꺼기 같은 것을 라이타돌에 대고 유리조각으로 치면 옛날 부싯돌보다 쉽게 불이 붙어요. 심청이는 뭔 줄 아세요?”

“글쎄.”

“물에 빠진 꽁초를 꺼내 말린 거지요.”

“하하. 그렇겠군.”

교도관들이 쓰는 재떨이에는 언제나 물이 담겨 있었다.

“런닝 팬티는 또 뭐구?”

“그것은 그냥 런닝 팬티죠. 여기서는 돈이 없으니까 그것이 돈 대신 사용되는 셈이랄까요. 담배 한가치에 그게 한벌이니까 천사백원이지요.”

사형수 주철민이는 운전사들하고 한방에 있는데, 경제범들 방을 내놓고는 운전사들 방이 제일 푼푼한데다가, 주철민이는 발각이 되더라도 사형수라 교도소에서 함부로 못하니까 가장 안전한 거래선이라는 것이다.

금잔화는 싱싱하게 자라기 시작했다. 강도는 이따금 내 방에 와서 이야기를 했고, 그때마다 금잔화에 관심을 보였다. 날마다 한번씩 볕을 쪼이라거니, 물에다 오줌을 십분의 일로 묽게 타서 간혹 주라거니, 오줌을 줄 때는 이파리에 묻어서는 안 된다거니, 자상하게 요령을 가르쳐주기도 했다.

“선생님, 나는 이번에 나가면 죽여버릴 놈이 하나 있습니다.”

나는 섬찟했다. 초등학교 때의 그 담임선생이 아닌가 했다. 강도는 이 말을 너무 쉽게 했고, 그렇게 쉽게 말을 하듯 누구든지 그만큼 쉽게 죽여버릴 것 같았다. 이놈이 나한테 이 금잔화를 갖다준 호의에는 이런 이야기와 관련된 무슨 뒤가 있는 게 아닌가 하는 좀 새퉁맞은 생각이 들었다.

"죄수들이 무슨 호의를 베풀면 열이면 열, 그 속에는 다른 속셈이 있습니다. 처음부터 냉담하게 대하는 것밖에 수가 없습니다. 여기 수감되어 있는 놈들은 최하가 절돕니다. 한발 잘못 말려들다 보면 나중에는 어떻게 말려들었는지도 모르게 발목을 잡혀요. 특히 사기꾼들은 여기서 얼굴을 알았다는 것만으로도 나가면 그것이 한 밑천이거든요."

교도관들이 귀가 닳도록 일러준 충고였다. 그러나, 나는 여태까지 누구를 경계해본 적이 없었는데, 이놈 하는 소리가 너무 끔찍하다보니 이런 소리를 듣는 것부터가 그런 범죄에 말려드는 게 아닌가 싶어 그런 충고가 떠올랐는지 모른다.

"모처럼 고향엘 갔었지요. 혼담이 있어 선을 보려구요. 그런데 서울서 간혹 만난 일이 있는 후배가 차를 한잔 사데요. 마시고 있는데, 느닷없이 경찰이 우릴 덮쳤어요. 무슨 일인가 했더니, 그 후배 놈이 아는 놈한테 공갈을 쳐서 돈을 울궈냈던 모양이었습니다. 많지도 않아요. 기껏 삼천원인데, 이 새끼들이 그 후배를 강도로 덮어씌우면서 나까지 공범으로 모는 겁니다. 고향에 선보러 온 놈이 그런 짓을 하겠느냐고 뻗댔지만 듣지 않아요. 이놈들이 하도 무지하게 조지는 바람에 하는 수 없이 억지 자백을 하고 말았어요. 나는 검찰에 가면 밝혀질 줄 알았거든요."

"그게 제대로 안 됐던가?"

"변호사를 못 산 게 죄였지요."

"변호사가 없더라도 피해자를 증인으로 불렀으면 될 게 아닌가?"

"증인으로 불렀는데도 그 새끼가 안 나왔지 뭡니까? 그때가 강력범 단속 기간이었던 모양인데, 경찰이 피해자 놈하고 짜고 사건을 만들어버린 겁니다. 제 놈들 실적 올리려구요. 나가면 그 신고한 피해자 놈부터 작살을 낼 참이에요. 술을 잔뜩 마시고 맥주병으로 마빡을 까버리겠어요."

"그럼 다시 들어오게?"

"변호사만 잘 사면 문제없어요. 술이 취해서 아무것도 모르겠다고 오리발 내밀면 그 새끼가 뒈지더라도 길어야 삼년이죠. 여기 들어온 놈들 중에 그런 놈들이 여럿 있어요."

"그렇지만, 원한관계가 있으니까 그렇지도 않을걸."

"방법은 많아요. 그렇지만, 너무 꾀를 잘게 쓰다가 들통이 나면 더 골탕을 먹거든요."

"그렇지. 요새 수사력은 무시 못해."

나는 고개를 끄덕였다.

"선생님, 제 것 좀 맡아주세요. 우리 방에는 사람이 많으니까 이 놈들이 자꾸 손을 대서 이 꼴이에요."

그는 자기 방에서 키우던 금잔화를 나한테 가지고 왔다.

"이건 내 것보다 훨씬 못하군. 왜 또 깡통은 이렇게 큰 것에다 심었지?"

내 것은 깡통이 오 센티미터 직경에 사 센티미터 높이의 아담한 것이어서 꽃의 크기와 어울렸으나, 이놈 것은 높이가 배나 되는 것이어서 볼품이 없었다.

"그때는 존 것이 없어서 그랬어요."

같이 심으면서 나한테 더 좋은 것을 줬던 모양이다.

"요새 멍멍이 장사 잘되나?"

"이 새끼들이 냄새를 맡은 것 같아서 당분간 쉬고 있어요. 개코를 가지고 있는 새끼들이 있어서 자칫하다가는 짜드락나요."

"요새 검방이 심한 걸 보면 그런 일도 조심해야겠더군."

법무부 감사다 뭐다 해서 요사이는 거의 날마다 검방을 했다.

"선생님 방은 검방 않죠?"

"나는 좀 봐주는 모양이야."

나는 대개 십오명 정도가 수용되는 방에 혼자 수용되어 있었는데, 처음부터 그런 자질구레한 범칙물품을 가지고 있지 않을 것으로 생각하는지 거의 검방을 하지 않았다. 사실, 나는 범칙물품이라고는 똑딱연필심 하나를 가지고 있을 뿐이었다.

이 비좁은 깡통 속에서도 꽃은 건강하게 자랐고, 꽃망울을 머금기 시작했다. 처음에는 언제 머물렀는지도 몰랐던 꽃망울이 어느새 팥알만 해지더니, 그때부터 줄기가 쭉쭉 뻗어 오르며 콩알만 해지고, 그 복판이 노래지기 시작했다. 열대여섯 소녀가 볼이 붉어지듯 끝이 노래진 꽃망울은 터질 듯한 망울을 꼭 껴안고 있었다. 이 앙증맞은 모습은 예쁜 꽃을 피워낼 가슴 벅찬 긴장에 싸여 있는 모습 같았다. 꽃줄기는 꽃망울 속에 가득 찬 환희를 되도록 높이 올려 터뜨리려는 듯, 있는 힘을 다해서 꽃망울을 공중으로 높이 뻗어 올리고 있었다.

"자네 이름이 뭐지?"

나는 다섯달 동안이나 그의 이름을 모르고 있었다.

"김세득입니다."

"이제 보니 금잔화 꽃망울이 꼭 자네 같아."

"네?"

"이렇게 단단한 모습이 꼭 자넬 닮았단 말이야. 하하."

세득이는 나를 따라 뱁새눈을 가늘게 뜨며 웃었다.

며칠 후 내 금잔화가 먼저 피었다. 꼭 민들레 모양의 꽃이었다. 잎사귀도 비슷했으나 줄기가 다르고 꽃판이 더 작을 뿐이었다. 그러나 꽃은 더 곱고 야무졌다. 꽃이파리에 힘이라도 주고 있는 듯 수평으로 쭉 펴진 이파리들이 마치 부챗살처럼 고르게 박혀 예쁘다기보다 앙증스럴 만치 단정했다.

"전에 자네가 얘기했던 초등학교 때 선생 말이야."

나는 갑자기 그 이야기가 생각났다.

"아, 예……"

느닷없는 소리에 한참 눈을 씀벅이다 대답했다.

"세득이가 그린 그림을 보고 그 선생님이 했다는 소리가 세득이한테 창피를 주려고 그런 것이 아니고, 그게 칭찬이 아니었던가 싶더군. 나도 선생이지만 선생이 학생한테 그런 창피를 주지는 않아. 더구나, 뒷벽에 붙여논 것도 그렇게 해서 창피를 주려고 그런 것이 아니고 진짜 잘 그렸으니까 붙였을 거야. 아무런들 선생이 되어가지고 그런 짓이야 하겠어?"

그는 뾰꼼한 눈을 번뜩이며 나를 건너다보고 있었다.

"야, 이 밥그릇 한번 무지하게 크다, 한 것도 세득이가 솔직하게 잘 그렸다는 소리를 그렇게 할 수도 얼마든지 있거든."

"아, 아니에요."

그는 모르는 소리 말라는 투로 아 소리를 길게 빼며 고개를 흔들었다. 나는 바위벽이라도 대하고 있는 것같이 느껴졌다. 단단한 얼굴처럼 마음도 그렇게 단단해서 내 말이 전혀 먹혀들지 않을 것 같은 느낌이었다.

"그렇지만, 선생은 학생한테 절대로 그럴 수가 없는 거야."

"선생 중에도 나쁜 놈이 얼마나 많습니까? 이 아래 있는 초등학교 선생 새끼도 사기로 걸려 들어온걸요."

"더러 그런 사람이 있긴 하지만."

"그 선생 새끼는 처음부터 나를 무시했던 거예요."

"왜?"

"우리 아버지가 그 집 머슴을 살았거든요."

"그래도 선생은 머슴 아들이라고 해서 무시하지는 않는 거야."

"선생이 별것인가요?"

"그렇지만 학생한테는 그럴 수가 없는 게 선생이야."

"모르시는 말씀이에요. 이번 사건에 나를 공범으로 고발한 그 피해자 놈의 새끼도 그 선생 아들인걸요."

"아, 그런가?"

"그때 내가 그 후배하고 그놈 곁을 지나면서 한번 째려주기는 했었지요. 그렇지만 그 후배가 그런 짓을 할 때 나는 그 자리에 없었고, 더구나 고향에 선보러 간 놈이 그런 짓을 하겠습니까? 그 새끼들은 처음부터 악질이었다고요."

"그래도 그때 괜히 째린 것은 좀 잘못이지. 그렇다고 그놈이 자네까지 공범으로 고발한 것을 잘했다는 것은 아니지만."

"개새끼들, 그뒤부터는 그 선생놈 새끼들만 봐도 화가 나는 걸 어떡합니까? 전에 한번 패준 일도 있었기 때문에 그 앙심이 겹친 겁니다."

"만약, 그때 그림에 대한 그 선생의 이야기가 내가 말한 것처럼 자네한테 칭찬을 한 것인데, 자네가 오해를 한 것이라면 그 아들까지 미워하게 된 것은 자네 잘못이고, 결국 일이 여기까지 커진 것도……"

그는 고개를 절레절레 저으며 웃었다.

"형!"

운동장 쪽에서 누가 세득이를 불렀다. 짜리가 빗자루를 들고 서 있었다.

"야, 너 벌써 배치 받았냐?"

짜리는 어느새 기결로 넘어가 위생부로 배치를 받은 모양이었다. 세득이는 계단을 뛰어내려가더니 좀 만에 통조림, 과자, 넥타 등속을 한아름 안고 가서 짜리에게 넘겼다. 그 속에는 러닝 팬티도 두벌이나 들어 있었다.

짜리는 먼저 넥타를 하나 트더니 위생 담당 교도관에게 정중하게 건넸다. 쓰레기 수레에다 쓰레기를 싣고 있는 죄수들한테도 고루 하나씩 돌렸다.

"야, 여긴 없냐?"

저쪽에서 사형수 주철민이하고 이야기를 하고 있던 운동 담당 교도관이 소리를 질렀다. 짜리는 넥타 두개를 가지고 달려갔다.

사형수한테는 항상 수갑을 채워놓는데, 넥타를 마실 때 보니 수갑이 끌러져 있었다. 그러니까, 실은 늘 그렇게 풀고 있으면서도 겉으로는 차고 있는 것처럼 두 손만 앞으로 모으고 다녔던 모양이었다. 교도관들이 그걸 모를 리가 없지만 그냥 봐주는 것 같았다. 사실, 사형수는 일반 수감자들이나 교도관들이 그만치 한풀 봐줬다. 운전사 방에 혼방을 시키는 것부터 그랬다. 거기는 먹는 것이 이것저것 푼푼하니까, 그동안 먹기나 잘 먹다 가라는 것일 게다.

"선생님, 짜리 저 새끼 지독한 놈입니다. 저 새끼가 이번에 땡을 한번 잡을 궁리를 하고 있습니다."

"뭔데?"

이들한테는 하도 뜻밖의 일들이 많아 나는 웃으며 물었다.

"저 새끼 생기기는 저렇게 생겼어도 상습 도박꾼이거든요. 살림을 홀랑 날리고 지금은 빨간 난봉인데, 언제든지 그해 12월에는 사형수들 사형 집행이 있잖습니까? 그런데 그 주철민이 여자 공범 말입니다."

"여사(女舍)에 있다는 사형수 말이지?"

어린이 유괴 살인으로 한때 세상을 떠들썩하게 했던 주인공들이다.

"예. 여자 사형수 음모 말입니다."

그는 한참 킬킬거렸다.

"그 털을 몸에 지니고 노름을 하면 돈을 긁는답니다."

"그런 얘기도 있나?"

"저 새끼 이번에 들어온 것이 나간 지 꼭 석달 만인데, 이번에 들어온 것은 처음부터 계획적으로 그것을 구하려고 들어왔는지도 모릅니다. 형도 꼭 팔개월 받았어요. 팔개월이면 12월을 넘기고 며칠 더 살거든요."

"하하."

"시체는 청소하는 위생부들이 처리하기 때문에 어떻게 약을 썼는지 기결에 넘어가자 바로 저렇게 위생부로 들어간 거지요."

"아, 그러고 보니 사람도 죽으면 쓰레기하고 마찬가지니 쓰레기 치우는 사람들이 치우는 모양이군."

"저 새끼 이번에 들어와서는 꼭 환장한 놈처럼 그 일에만 미쳐 있어요. 짚신 삼는 연습은 그동안 또 얼마나 했는지 아세요. 저놈이 연습으로 삼은 짚신 한번 구경하시겠습니까?"

그는 이야기를 하다 말고 뛰어내려갔다. 나는 쓰레기장 쪽을 돌아봤다. 사형수 주철민이는 몇달 뒤면 자기들의 시체를 쓰레기 치우듯 치워갈 위생 담당 교도관과 뭐라 노닥거리며 웃고 있었다. 좀 만에 세득이가 돌아왔다.

"이겁니다."

그는 내 손바닥에 담배꽁초만 한 것을 놓았다.

"야!"

이 센티미터 크기 미투리였다. 그 정교무비한 솜씨에 내 입에서는 나도 모르게 탄성이 나왔다. 비닐 끈을 모시 가닥 째듯 가늘게 째서 만든 것이었다.

"이 검은 건 뭐야?"

"그건 머리카락이죠. 그때 뽑아봐서 재료가 부족하면 신총만 이렇게 여자의 그것으로 삼겠다는 겁니다."

바닥은 노랑과 빨강을 색색으로 섞어 예쁘게 모양을 냈다.

"이보다 더 작은 것도 있는데, 그것은 다른 놈한테 빼앗기고 말았어요. 이건 선생님이 기념으로 가지세요."

나는 꼭 무슨 미라라도 보는 것같이 끔찍하기도 했으나, 어쩌면 좋은 기념이 될 것도 같았다.

나는 그뒤로부터 그 짜리란 자를 유심히 봤다. 쓰레기장은 내 방에서 바로 내려다보이는 곳에 있었고, 위생부들은 날마다 오전이면 와서 쓰레기를 쳐 갔다. 기결사와 미결사를 가로막고 있는 담장에는 이쪽으로 통용문이 하나 있는데, 그것은 쓰레기 수레와 오물차의 전용문이었다. 그 문 저쪽으로 담장에 사형장 건물이 있었다. 성냥갑 모양으로 멋없이 지어논 십오평가량의 단층 슬라브 건물이었다.

짜리는 여기 올 때마다 이 방 저 방에서 과자며 넥타 등 먹을 것을 많이 얻어냈다. 그것은 세득이가 나눠준 담배와 관련이 있는 것임에 틀림없었다. 그러지 않아도 미결사의 가장 중요한 부정거래선이 이발부와 위생부 아이들이었기 때문에 그들은 전에도 올 때마다 먹을 것을 많이 얻어갔지만, 이 근래 와서는 짜리의 거래 규모가 가장 컸다. 짜리는 그 떠세로 그러는지 지도나 반장이 아니면서도 빗자루 하나만 들고 건둥거리면서 항상 교도관 주변에서 시시덕거렸다. 주철민이는 낮에는 거의 밖에 나와 있다시피 했기 때문에 자연히 이들과 얼려 노닥거렸다.

금잔화는 거의 보름이 지나도 꽃 모양이 그대로 화려했다.

"어데서 고무신을 그렇게 많이 가져왔어?"

위아래 층 소지들이 어디서 고무신을 잔뜩 가져와 신장에다 재고 있었다.

요 며칠 사이 고무신이 부족해서 쩔쩔맸는데, 신장이 좁을 만큼 헌 고무신을 많이 가져다 정리를 하고 있었다.

"기결에서요."

"기결에서?"

"형기 마치고 나간 녀석들이 벗어놓고 간 것이지요."

"아, 그렇군."

미결에서 기결로 넘어갈 때는 이쪽 신을 신고 그대로 넘어가니까, 여기는 그 넘어가는 수만큼 고무신이 줄어들고 기결에서는 나가는 수만큼 고무신이 남아돌 것이다. 그사이 닳아 없어진 것은 그때그때 바꿔 신을 것이니, 저 신들은 오년, 십년, 더러는 이십년을 살다 나간 사람들이 그렇게 긴 세월을 신다가 벗어놓고 나간 셈이고, 그것을 가져다가 새로 들어온 사람들이 신고 또 그만치씩의 형을 사는 것이다. 교도소 안에서 고무신은 그렇게 긴 회전을 끊임없이 계속하고 있는 셈이다.

"선생님, 저는 일주일쯤 뒤면 외소로 나갈 겁니다."

"외소라니?"

“농장이나 바깥에 나가 일하는 것을 외소라고 해요.”

외부 소지를 줄여서 외소라 하는 모양이었다.

“형기가 보통 한달 정도 남으면 외소로 나가거든요.”

“아, 자네도 벌써 그렇게 됐나?”

나는 그의 말을 듣자 초조했다. 기회를 보아 그 그림 사건의 선생 이야기를 좀더 차분하게 다시 한번 하려 했는데, 그사이 한가한 시간을 얻지 못했던 것이다. 곧 그런 시간을 내야겠다고 생각했다.

그런데 그는 바로 그다음 날 외소로 나가버렸다. 수감자들의 전방이나 이런 이동은 언제나 예고 없이 갑자기 해버리고, 짐을 싸라고 한 다음부터는 일체 다른 사람과 접촉을 못하게 했다.

나는 무슨 큰일을 하나 낭패 본 것 같은 허탈한 심정이었다. 그가 남기고 간 두개의 금잔화를 보면서 허탈한 기분을 어루만지고 있었다.

그런데 이삼일 뒤 짜리가 언제 왔는지 내 창에 붙어 주변을 두리번거리며 나를 불렀다.

“저 깡통 세득이 거지요?”

그는 도둑놈처럼 이쪽저쪽을 희번덕거리며 다급하게 물었다.

“그래. 세득이는 잘 있나?”

“저 깡통 얼른 주세요.”

“이걸 가져오라던가?”

“빨리요.”

나는 이 녀석이 너무 서두는 바람에 어리둥절해서 세득이 금잔화를 얼른 가져다주었다. 끔찍이도 꽃을 사랑하는 놈이다 싶었다.

"세득이 보고 잘 지내다 나가라더라고 전해주게."

그는 내 말을 들은 척도 않고 계단을 내려가더니 계단 중간에서 깡통을 뒤집어 시멘트 바닥에다 캉 때렸다. 꽃대가 일그러지며 안에 든 흙이 쏟아졌다. 그는 흙을 헤집었다. 그 속에서 달걀 크기의 비닐봉지가 하나 나왔다. 흙 범벅이 된 비닐봉지를 얼른 집어 품속에 간수했다. 쏟았던 흙을 일그러진 꽃과 함께 깡통에 쓸어 넣었다. 다시 도둑고양이처럼 사동을 빠져나갔다.

그동안 세득이가 화분을 몇번 가져갔었던 것과, 금잔화 성장이 좋지 않았던 일이 생각났다. 그러니까, 그 금잔화 화분이 담배창고였던 셈이다. 짜리는 날마다 쓰레기를 치러 왔고, 내 금잔화도 시들어 쓰레기통에 버렸다.

서너달 뒤 겨울이 접어들 무렵 나는 기결로 넘어가게 되었다. 짐을 싸 들고 교도관을 따라가다 경찰에서 넘어온 신입자들 쪽으로 무심히 눈이 간 나는 그 자리에 우뚝 멈춰 서고 말았다. 거기 세득이가 끼여 있었기 때문이다.

1978년 12월에는 대통령 취임이 있어 사형수들 사형 집행을 하지 않고 넘어갔다. 다음 해 12월로 미뤄진 것이다.

『실천문학』 1980년 봄호(통권 1호); 2007년 7월 개고

살구꽃이
필 때까지

"금년에는 형님도 시제(時祭)에 오셔야겠습니다."

이웃 동네 동생이 좀 새퉁맞은 말을 했다.

"하하. 시제에 참례한 지도 오래됐군. 자네는 계속 참례했겠지?"

"고향으로 전근 온 뒤로는 늘 나갔지요."

사실 우리 나이 또래 사람들이 칠팔대 아득한 조상들 시제에 가기란 어설프기 짝이 없었다. 시제는 말하자면 우리가 한 조상 후손이라는 걸 확인하고, 일가들의 우의를 다지는 자리라, 문중 사람들은 신문사 간부라면 꽤나 출세했다고 생각하는 터라, 그런 자리에 나가지 않으면 출세했다는 사람들 규탄하는 자리가 되기 십상이었다. 태수도 어쩌다 한번 나갔다가 나오지 않은 사람 규탄이 어찌나 서릿발이던지, 여태 나도 이런 규탄의 대상이었구나 싶었다.

그 규탄은 거기에 참례하지 않은 녀석들 규탄이라기보다, 거기 나온 젊은이들에게 너는 이번에는 싸가지가 좀 있는 것 같지만, 다음에 안 나오면 이런 꼴이 된다는 경고 같아 그뒤부터 시제 때가 되면 지레 귀가 근질근질했다.

"이번에는 시제도 시제지만 꼭 오셔야 할 일이 한가지 있습니다."

"꼭 가야 할 일이라니?"

"문중 유사(有司)를 도맡아오시던 방호영감 돌아가신 거 아시죠?"

"그이가, 돌아가셨나? 언제?"

태수는 바짝 정신이 드는 것 같았다.

"지난 겨울에 돌아가셔서 유사를 학산영감이 맡았거든요."

"학산영감? 그런 흉물이 어떻게 유사를 맡아?"

태수는 대번에 툭 쏘았다.

"바로 보셨습니다. 유사 맡을 때부터 일을 제대로 할까 했더니 벌써 본색을 드러내고 있습니다. 방호영감 식구들더러 제각에서 나가라고 한다지 않습니까?"

"나가라니? 어디서?"

태수는 깜짝 놀라 눈을 크게 떴다.

"이쪽 사정이 그렇게 깜깜하십니까? 방호영감이 오년 전부터 제각으로 들어가서 제위답에 얹혀살고 있어요."

"아, 그랬어? 왜?"

태수는 깜짝 놀라 담뱃불을 재떨이에 비벼 끄며 다그쳤다.

"방호영감님 며느리가 오래 앓는데다 우환이 겹쳐 살림을 거의 탕진해버렸어요."

태수는 방호영감 며느리 말이 나오자 가슴이 쿵 하는 충격을 느꼈다.

"위 수술을 했다는데 암은 아니었다는데, 두번이나 수술을 하는 바람에 살림이 거의 기울었어요."

태수는 눈앞에 방호영감 며느리 안순이 어렸을 때 기억이 떠오르며 삼십여년의 세월이 벌떡 일어서는 것 같았다.

"그래서?"

태수는 다시 담배를 빼물며 다그쳤다.

"그래서 방호영감이 제각에서 살다가 돌아가셨는데, 영감이 돌아가시자 학산영감이 유사를 맡았지요. 그러자 이 영감이 그 방호영감 아들 내외한테 괜히 이것저것 시망스럽게 까탈을 부리더니, 이번에는 그 제각에서 나가라고 한다는 것입니다."

"방호영감에게 복수하자는 것인가?"

"그런 것 같아요. 방호영감이 살아 계셨을 때는 학산영감을 사람 취급 안 했거든요."

"그야 방호영감 한사람뿐이었나?"

"돌아가시기 얼마 전만 하더라도 시제를 모시고 나서, 일가들 앞에서 학산영감을 쥐 잡듯이 닦달을 했었습니다. 왜정시대부터 허구한 날 못된 짓을 그만큼 했으면, 이제 저승사자가 눈앞에 어른거릴 때도 됐으니, 문중 체면도 좀 생각하고 염려대왕 앞에 나설 차비도 하라고 면박을 했지요."

"그래도 싸지."

"그때는 그렇게 험하게 다잡아도 고양이 앞에 쥐 꼴이었는데, 방호영감이 돌아가시자마자 그 복수를 하는 꼴입니다."
"기막힌 일이구먼."
"내외는 나가기는 나가겠으니 아버지 삼년상까지 여섯달만 기다려달래도 막무가내랍니다. 당장 이슬 가릴 데가 없는 사람들이 더구나 영호(靈戶)까지 모시고 어디로 가겠습니까?"
"이거 가만있을 일이 아니구먼."
"그 내외가 오죽이나 착한 사람들입니까?"
"허허 참!"
그 마누라를 들먹이자 태수는 다시 가슴이 미어지는 것 같았다.
"하여간, 이번에는 형님처럼 말발이 서는 분들이 나서서 단단히 잡도리를 해야겠어요."
태수는 말발 어쩌고 하는 말에 아뜩한 기분이었다. 사실 자기는 문중 일이라면 일년에 한번 있는 시제에도 참례한 기억이 까마득한데다, 얼마 전 족보 만든다고 종친회에서 돈을 내라고 사람이 찾아왔을 때도 마뜩찮게 대했다. 문중 일이라면 말발은 고사하고 그런 일에 참견하는 것부터가 터무니없는 일로 느껴졌다. 문중 유사라면 문중 일 일체를 처리하고, 더구나 선산 관리는 물론이고 제지기 들이고 내보내는 것까지 그에게 전권이 있는 셈이었다. 이런 판에 일년에 한번 시제에도 나오지 않다가 그런 일을 따진다는 것은, 더구나 학산영감 같은 흉물을 상대로는 만만한 일이 아니었다.
"엊그제는 삼식이 마누라가 우리 집사람하고 이야기하다가 눈물을 찔끔거리는 걸 보고 나니 열이 나서 견딜 수가 있어야지요. 그래서 우리 젊은이 몇사람이 가서 따졌더니 뭐가 어쩌고저쩌고 되잖은 소리만 늘어놓으며 우리들 말은 들은 척도 안 해요. 그래서 이렇게 찾아왔습니다. 도대체 삼식이 내외가 얼마 착한 사람들입니까?"

눈물을 짜더라는 삼식이 아내, 안순이 어렸을 때 모습이 눈앞에 선하게 다가오며 태수는 가슴속에 불덩이가 치밀었다.

선산이 있는 큰 메실은 태수 고향이 아니었다. 태수와는 촌수가 좀 먼 일가들이 살고 있었고, 그 동네와 행정구역상으로는 한 마을이고 작은 메실에 태수 외가가 있었기 때문에, 태수는 일가나 선산 때문이 아니라 외가 때문에 메실과는 연이 깊었다. 메실에서 태수 동네는 십리쯤 떨어져 있는데, 태수는 어렸을 때 방학은 거의 거기 외가에 가서 보냈다.

6·25가 난 바로 그 이듬해 일이었다. 그해 여름 태수는 외갓집에 갔다가 처음으로 안순이를 봤다. 그때 안순이는 읍내와 작은 메실 중간에 있는 고아원에 있었고, 그 할머니는 태수 외갓집에서 식모 비슷하게 살고 있었다.

6·25 때 좌익이었던 안순이 아버지는 동네 부자들 처단에 앞장을 섰기 때문에, 그 보복으로 안순이 아버지는 말할 것도 없고, 안순이 어머니도 죽었으며, 집까지 깡그리 불태워졌고 일곱살이던 안순이와 늙은 할머니 두사람만 살아남았다. 학살당한 가족들 서슬이 너무 시퍼레서 그들은 큰 메실에서는 살 수가 없었고, 그렇다고 그 근처에는 찾아갈 만한 친척 한집도 없었다.

할머니는 안순이를 고아원에 맡기고 자기는 먼 사돈이 되는 태수 외가에서 식모 비슷하게 얹혀살았다. 자기 혼자 목구멍도 어려운 판에 손녀까지 달고 들어오기는 염치없어 할 수 없이 고아원에 넣었던 것이다. 외가에서도 그런 사정을 알고 있었지만, 전쟁 뒤라 군식구 하나가 수월치 않아 모른 듯이 그냥 두고 있는 것 같았다.

큰 메실 사람들은 모두 투철하게 좌익이다 우익이다 할 만큼 무슨 사상이란 것을 가진 것도 아니면서, 전부터 쌓여온 감정이 엉뚱하게 좌익이니 우익이니 하고 험하게 폭발했던 것이다. 그때 학산영감도 좌익들이 끌고 갔는데, 어쩌다가 용케 도망쳐서 목숨을 건졌다. 실은 이 동네서 응징해야 할 사람은 왜정시대 군청 노무계장으로 기세가 서릿발이던 학산영감이었다. 그러니까, 그는 굳이 좌익이 아니었더라도 이미 응징을 받았어야 할 인물인데, 그런 사람이 살아나자 그뒤가 또 그만큼 시끄러워 사람들이 많이 상했고, 종적을 감춰버린 사람도 한둘이 아니었다.

고아원에 있는 안순이는 그에게 할머니가 있다는 사실이 알려지면 고아원에서 쫓겨나기 때문에 어쩌다가 외갓집 사람들이 안순이를 입에 올릴 때는 귓속말로 쉬쉬하며 속삭였다. 태수는 어른들이 쉬쉬하며 하는 말을 곁에서 듣고 안순이라는 소녀가 고아원에 있다는 것을 처음 알았다. 그때 태수는 아홉살이어서 어지간히 철이 들었을 때라 항상 안순이가 몹시 불쌍하다는 생각이었다.

여름이라 고아원에서는 하루에 한번씩 원아들을 데리고 저쪽에 있는 냇가로 목욕을 하러 다녔는데, 그때마다 태수 외갓집 앞을 지나다녔다. 태수는 저 속에 안순이라는 소녀가 있을 거라 생각하며 아이들 하나하나를 유심히 살폈다. 태수는 안순이 얼굴을 모르기 때문에 더구나 백명도 넘는 원아들 속에서 안순이를 찾아낼 수는 없었다. 그러면서도 태수는 하루에 두번씩 고아들이 집 앞을 지날 때마다 그들 얼굴 하나하나를 유심히 살펴봤다. 그러다가 하루는 안순이 할머니가 사립문께 서 있는 걸 발견하고 그때부터 그쪽으로 가서 아이들을 살폈다.

그러던 어느날 재잘거리며 지나가던 고아들 속에서 눈 하나가 번쩍 빛나며 힐끔 할머니를 보고 나서 얼른 눈을 거둬갔다. 할머니를 보던 눈이 유별나게 빛나던 것이며, 고개를 얼른 거둬가는 게 틀림없는 안순이라고 생각했다.

할머니는 저만치 멀어지는 손녀를 물끄러미 보고 섰다가 치맛자락으로 눈물을 훔치며 돌아섰다. 초등학교 일학년짜리가 할머니를 보고도 알은체를 하지 않고 지나가는 것을 보자 태수는 가슴이 가시에라도 찔리는 것 같았다. 만약에 자기를 돌볼 할머니가 있다는 사실이 친구들 사이에 소문이 나서 그것이 고아원에 알려지면 고아원에서 쫓겨난다는 것을 알고 있기 때문에 그런 깜찍스런 짓을 하는 것 같았다.

안순이 할머니는 늙은 나이도 돌보지 않고 되도록 진일만 골라 부지런히 일을 했다. 그렇게 일을 하다가도 고아원 아이들이 집 앞을 지나갈 시간이 되면 사립께 나와 있었다. 일을 하면서도 그들이 떠들고 오는 소리를 듣고 나오는 모양이었다.

그렇게 기다리고 있다가 손녀와 남모르게 눈을 한번 마주치고 나서는 또 치맛귀로 눈물을 훔치며 돌아섰다. 할머니는 주인 눈치 보느라고 눈물도 마음껏 짜지 못하고 얼른 눈자위를 수습하고 하던 일을 계속했다. 태수는 안순이 못지않게 그런 할머니 모습이 더

불쌍해 보였다. 날마다 태수는 그 시간이면 할머니와 안순이의 그 은밀한 상봉을 멀찍이서 훔쳐보는 것이 일과처럼 되어버렸다. 그들의 비밀을 훔쳐보는 게 미안하기도 하여 할머니나 안순이 눈에 띄지 않게 가슴을 두근거리며 훔쳐보았다.

원아들이 나올 시간이면 할머니는 어김없이 사립께 나와 있었고, 안순이는 안순이대로 그냥 걸을 때는 예사롭게 걷다가 태수 외갓집 사립께만 오면 똥그랗고 까만 눈을 들어 할머니를 한번 흘낏 건너다보았고, 그러고 나서는 못 볼 것을 보기라도 한 듯 얼른 눈을 거두어다 아래로 떨어뜨렸다.

태수는 여러번 보는 사이 안순이 태도에서 이상한 점을 하나 발견했다. 안순이는 할머니를 건너다볼 때 말고는 항상 눈을 아래로 떨어뜨리고 다니고, 다른 아이들과 말을 하지도 않았으며, 또 세줄로 서서 다니는 줄 가운데서 항상 맨 가운데 줄에만 서서 다녔다.

처음에는 눈을 아래로 떨어뜨린 게 다른 애들과 제대로 얼리지 못한 게 슬퍼서 그런 줄 알았다. 그러나 할머니에게 눈을 들었을 때 보면 눈물을 흘린 눈이 아니었고, 또 매양 그렇게 슬픔에 싸여 있는 표정도 아니었다. 태수는 안순이 그런 태도가 궁금했는데 한참 만에야 그 까닭을 알 수 있었다. 여기 작은 메실 동네와 큰 메실 동네는 두어마장 떨어져 있지만, 양쪽 동네 사람들 왕래가 잦고, 아이들도 놀러 오기 때문에 혹시 그들에게 발견될까 싶어 그런 것 같았다.

태수는 방학이 끝나 자기 집에 돌아왔다. 그러나 안순이 그 까만 눈은 그대로 따라와 눈앞에 자꾸 아른거렸다. 공부 시간에도 멍청하게 밖을 보고 앉아 있을 때도 많았다. 어째서 어른들은 사람을 죽이고, 집을 불태우고 그런 무서운 짓을 할까? 내가 어른이 되면 아무도 그런 짓을 못하게 해야겠다고 결심하며, 그러자면 공부를 열심히 해야 한다고 마음을 다졌다. 그렇지만, 책을 보고 있으면 어느새 안순이 생각을 하고 있었다.

태수는 내가 자라서 장가갈 나이가 되면 안순이를 아내로 맞아 그 할머니까지 자기 집에 데려다 같이 살아야겠다는 생각을 하기도 했다. 그는 일요일에 또 외갓집에 갔다. 그렇지만, 그때는 이미 여름이 지나버려 고아원에서는 고아들을 목욕시키러 다니지 않았다. 자기가 안순이를 못 보는 것도 그렇지만, 안순이도 할머니를 보지 못할 것이 안타까웠다. 태수는 먼발치로나마 안순이를 보려고 고아원 뒤 언덕배기로 올라갔다. 운동장에는 원아들이 놀고 있었고, 미끄럼틀이나 그네에도 아이들이 매달려 있었다. 그러나 너무 거리가 멀어 누가 누군지 알 수가 없었다.

그러다가 저만치서 겨드랑이에 바구니를 끼고 오는 안순이 할머니를 발견했다. 할머니는 바로 고아원 철조망 곁에 있는 태수 외갓집 텃밭으로 들어갔다. 고추나 가지를 심어놓은 밭이었다. 할머니는 고추밭에서 고추를 천천히 따는 것 같더니 주위를 한번 살피고 나서 철조망 곁으로 다가갔다. 철조망 밑에다 무얼 슬쩍 디밀어 놓은 것 같았다. 그러고 나서 다시 흔연스럽게 고추를 따다가 조금 만에 집으로 갔다.

할머니가 그렇게 가고 나자 안순이가 꽃이라도 찾는 척 천연스럽게 풀밭을 두리번거리며 철조망 곁으로 갔다. 안순이는 아까 할머니가 디밀어놓고 간 것을 집어 슬쩍 치마 밑에 감추었다. 삶은 옥수수 같았다. 안순이는 그 근방을 천연스럽게 서성거리다가 저쪽 외딴 건물 뒤로 사라졌다.

태수는 그다음 번 외갓집에 갈 때 얼마 전에 아버지가 사다 준 오뚝이를 가지고 갔다. 색깔이 고운 탁구공 크기의 예쁜 오뚝이였다. 태수는 안순이 할머니가 전처럼 바구니를 들고 텃밭에 가는 것을 기다렸다가 할머니 앞에 오뚝이를 내밀었다.

"이거 안순이한테 주세요."

안순이 할머니는 태수가 자기들의 비밀을 알고 있다는 것에는 별로 놀라지 않았다. 고맙다고 태수 손을 꼭 쥐며 함께 가자고 했다. 할머니는 텃밭에 들어가자 전처럼 조심스럽게 철조망 곁으로 다가가 삶은 고구마 하나와 오뚝이를 거기 풀밭에 디밀어놨다. 그러고 나서 이번에는 고추밭을 이리저리 서성거리며 자꾸 고아원 운동장을 살폈다. 그러다가 고개를 끄덕했다. 저쪽에서 안순이가 보고 있었던 것이다.

안순이는 지난번처럼 꽃이라도 찾는 척 여기저기 서성거리며 다가오고 있었고, 할머니는 고추를 따는 척하고 있었다. 태수도 고추를 따는 척했다. 안순이는 이쪽으로 가까이 다가오더니 자기 할머니 곁에 낯모르는 사내아이가 있는 것을 보고 주춤하더니 주변을 한번 살폈다.

"거기 풀밭에 뭐가 있을 것이다."

할머니는 고추를 따는 자세로 고개를 숙이고 말했다.

"어마, 이게 뭐야?"

안순이는 오뚝이를 주워 들며 온 얼굴이 꽃봉오리처럼 활짝 벌어졌다.

"쉿!"

소녀는 깜짝 놀랐다. 솔개 뜬 마당에 병아리새끼 꼴이었다.

"이 아이는 내가 살고 있는 집 외손주인데 이 아이가 준 것이다."

안순이는 태수와 눈을 마주쳤다. 태수는 안순이 똥그랗고 까만 눈을 한참 보고 있었다.

"할머니, 나 언제 데려가?"

안순이는 눈길을 저쪽으로 한 채 응석을 부렸다.

"좀만 참아라. 저기 살구나무 있지? 저 살구나무에 꽃이 필 때 할머니가 데리러 갈게."

"살구꽃이 언제 피는데?"

"겨울이 가고 따뜻한 봄이 오면 핀다."

"지금 할머니하고 살고 싶어. 어제는 미자하고 싸웠어. 괜히 날 때렸단 말이야."

"좀만 더 참아라. 살구꽃이 피면 꼭 데려가마."

할머니는 눈물을 참느라 안간힘을 쓰는 것 같았다.

안순이는 더 칭얼거렸으나, 할머니가 달래자 그럼 내일 또 오겠다는 다짐을 받고, 오뚝이를 만지작거리며, 올 때와 같은 천연스런 걸음걸이로 갔다.

그렇지만, 안순이 할머니는 살구꽃이 피기 전에 태수 외갓집, 불도 제대로 때지 않은 골방에서 시름시름 앓다가 세상을 뜨고 말았다.

안순이는 큰 메실 방호영감이 데려갔다. 그런데 그때 방호영감의 그런 처사는 근동에 크게 소문이 났다. 영감은 안순이 아버지 등 좌익들에게 자식을 둘이나 잃은 사람이었기 때문이었다. 방호영감은 아들만 둘을 두었다가 그렇게 어이없이 잃고 달랑 내외만 남았는데, 그는 안순이 말고도 역시 6·25 때 고아가 된 안순이 또래 사내아이도 같이 데려다 기르고 있었다. 공교롭게도 안순이는 좌익의 자식이고 사내는 우익 자식이어서 더 화제가 되었다.

그 무시무시한 전쟁의 회오리바람이 휩쓸고 간 다음, 그 회오리바람에 말려 제정신이 아니었던 사람들이 어느만치 제정신을 차리기 시작한 것이다. 자신들 처사를 뉘우치기도 하고 부끄러워하기도 하던 때라 방호영감의 이런 일은 칭송의 대상이 되었던 것이다.

그렇지만, 모두가 그런 것은 아니었다. 특히 한동네서 살고 있는 사람들은 자신들의 그때 처사가 직접 비교가 되기 때문에 방호영감이 아니꼬운 것 같았다. 방호영감에게 핀잔을 주기도 하고, 내놓고 불만을 터뜨리는 사람도 있었다. 특히 학산영감이 그랬다.

"자네는 이번에 안 죽은 것만 감사하고 가만히 좀 있게."

"지금도 그놈들을 생각하면 눈에 생목이 오르는데 뭣이 어쨰요?"

"허허. 망둥이가 뛰니까 절간 빗자루도 뛴다더니, 지금 판이 어느 판이라고 나설 데나 안 나설 데나 분수없이 덤벙거리는가?"

"아니, 원수들 대하는 데도 분수가 있단 말이요?"

"원수는 누가 원수란 말인가?"

"저년 애비가 우리 원수지 누굽니까?"

"그래. 저애 아비가 원수니까 저앨 어쩌겠다는 것인가?"

"눈에 안 뵈게 내쫓기라도 해야지요."

"왜?"

"왜라니요? 형님은 얼마나 부처님 속을 가졌는지 모르겠습니다마는, 나는 속이 잠잠하다가도 저런 것들만 보면 창자가 뒤틀립니다."

"속이 노래기 속이라 그러네."

"형님은 부처님 속이라 빨갱이 새끼를 거둔단 말입니까?"

"제 아비가 빨갱인지 노랑인지 모르겠네마는, 이 아이들은 빨갱이도 아니고 노랑이도 아니고 그냥 사람의 새끼들이네. 내 말이 지금 무슨 말인지 알겠는가?"

"하여간, 빨갱이 새끼들은 싹 쓸어버려야 해요."

"세상 일이 그렇게 쉽다면 원자탄이라도 터뜨려 자네 같은 사람 시원하게 싹 쓸었으면 좋겠지만, 그러다가는 너나없이 다 죽어. 지금 여기 이 아이들 꼴 안 뵈는가? 그렇게들 싸워서 죽이고 죽고 나니 이 죄 없는 것들이 이게 무슨 꼴인가? 동네서 갈데올데없는 것들 주워다 놓고 보니, 하나는 자네 말대로 빨갱이 새끼고, 하나는 그런 말이 있는가 모르겠네마는 흰갱이 새끼였네. 그렇지만 이것들이야 어디 빨갱이고 흰갱인가? 우리가 이제 제정신 차리고 할 일은 이런 불쌍한 것들을 너나없이 거두는 일일세."

"빨갱이들을 상대로 그런 부처님 같은 말씀이 통할 것 같습니까? 나는 빨갱이들을 생각하면 그것들이 떨어뜨리고 간 저런 새끼들만 봐도 치가 떨립니다."

"뭣이? 지금 내 말을 어디로 듣고 하는 소린가? 보자 보자 한께 자네가 지금 뉘 앞에서 그따위 아가릴 놀리고 있어. 나는 생때같은 자식을 둘이나 잃은 사람이야. 못된 놈을 죽이기로 한다면 좌우익 이전에 젤 먼저 죽였어야 할 놈은 누구였는지 아는가? 설쳐도 분수를 알고 설쳐. 좌익들이 자네를 죽이려 했으니까 지금 자네가 우익이라고 설치는가? 자네는 좌익도 아니고 우익도 아니고, 우리 민족을 왜놈한테 팔아먹은 민족반역자야. 자네를 죽이려 했던 것은 처음부터 왜놈들의 똥개였으니까 죽이려 했던 거야. 그런 죄는 시렁에다 얹어놓고 뭣이 어쩌고 어째? 지금까지 목숨이 붙어 있는 것만도 천지신명께 조석으로 감사하고 국으로 가만히 엎뎌 있어. 한번만 더 설치고 나섰다가는 이번에는 내가 가만두지 않을 터!"

작자가 왜정 때 군청 노무계장으로 얼마나 험하게 설쳤는지 이 지방 사람이면 모르는 사람이 없을 지경이었다. 그러나 제 버릇 개 못 준다고 6·25 때 그렇게 죽을 고비를 넘기고 나서도 금방 권력에 끈을 대고 설쳤다.

"그 늙은이 아직도 그 상아파이프 물고 다니냐?"

"하하. 그 파이프 한가지뿐인 줄 아십니까? 지난번에 봤더니 왜정 때 도지사한테서 상으로 받았다는 그 회중시계까지 방 안에다 신주 모시듯 걸어놓고 있던걸요."

"허허."

집안 동생의 말을 듣고 태수는 허탈하게 웃었다.

그 회중시계는 그가 군청 노무계장으로 있을 때 상으로 탔다는 상품이었고, 상아파이프는 지난번 국회의원 선거 때 활동한 공으로 국회의원이 준 선물이었다. 그때 그 지방이 전국에서 표본적인 부정선거 지역이었으니, 선거에 공이라면 바로 그 부정선거 공이었을 것이다. 그는 그 상아파이프와 그 회중시계를 신주 모시듯 모셨는데, 무슨 나들이라도 할 때면 그 파이프를 지니고 다니며 거기다 궐련을 끼어 삐딱하게 물고 거드름을 피웠다.

"그뿐인 줄 아슈. 요즈음에는 권력기관의 장이 선사한 라이터라며, 뭐라더라, 영국제 '던힐'이라던가, 그런 라이터로 찰칵찰칵 불을 켜서 상아파이프에 담배를 태워 물고 거드름이 한껏 더 요란해졌습니다."

"그런 사기꾼이 어떻게 그런 사람한테서 그런 선물을 받았지? 그것도 사기 아냐?"

"아닙니다. 바로 그 장본인이 학산영감 집에 두번이나 온 일이 있거든요."

"그런 사람이 뭣 하러 그런 데까지 갔어?"

"하여간, 그런 데 줄 하나 대는 데는 천잽니다. 요새 돈 많은 사람들이 뱀탕 좋아하잖습니까? 그걸 교묘하게 이용해서 꼬여 들인 겁니다."

"그러니까 뱀탕으로 꼬였단 말인가?"

"그 집에 능구렁이가 두꺼비를 물고 있는 섬사주(蟾蛇酒)가 한병 있었던 모양입니다. 그런데 한번은 이웃 동네까지 돈을 풀어 뱀을 사 모았어요. 그렇게 한 이백마리쯤 모아가지고, 한말들이 유리 장병 보셨죠? 그 장병 세개에다 독사, 꽃뱀, 능구렁이를 따로따로 오륙십마리씩 넣어 뱀술을 담갔어요. 이래놨으니 그 섬사주가 금상첨화가 되었지요. 그걸 미끼로 그 기관에 근무하고 있는 자기 생질을 통해서 그 장을 집으로 꼬여 들인 것입니다. 십년 묵은 섬사주가 있다고 그럴듯하게 사길 쳤겠죠. 뱀이 이백마리나 들어 있으니 눈이 뒤집혔겠지요."

"허허. 그 흉물이 그 떠세로 유세깨나 부렸겠군."

"유세 정도가 아닙니다. 우리 학교 어떤 선생은 그 영감을 통해서 도시 학교로 전근했을 정돕니다."

"자유당 부정선거 공로로 받은 상아파이프에 권력층이 선사한 라이터로 담배를 태워 물고, 일제 때 주구 노릇 한 상으로 탄 시계로 시간을 보내고 있는 사람, 일제의 그 시계로 흘러가는 시간은 이 영감에게 어느 시대의 시간일까? 하하하."

세상 모습을 황당무계하게만 그려내는 만화가의 상상으로도 쉽게 상상할 수 없는 일이었다.

"문중에서는 왜 하필 그런 사람을 유사로 뽑았어?"

"지금 큰 메실에 누가 있습니까? 더구나 자기가 맡겠다고 나서는 데야 말릴 수도 없었지요."

"자기가 문중 일을 맡겠다고 자청하고 나선 것은 뭐야? 방호영감한테 복수하자는 건가?"

"글쎄요. 모르긴 해도 지금 행티로 보면 그게 중요한 이유인지 모르지요."

"못된 늙은이."

"이런 흉물한테 문중 일을 맡겨뒀다가는 선산도 팔아먹을는지 모르겠어요. 하여간, 삼식이 이번 일은 삼식이 형편도 형편이지만, 집안 우세입니다."

"염려 말게. 내가 이번에는 일가들을 동원할 대로 동원해서 내려가겠네. 그 영감을 아주 갈아치우는 것밖에는 방법이 없겠어."

태수는 옛날 안순이 얼굴이 떠올랐다. 안순이가 방호영감 집으로 들어간 이듬해 태수는 방학 때 외갓집에 갔다가 일부러 안순이를 보려고 큰 메실까지 간 적이 있었다. 그러나 삼식이란 애 손을 잡고 다니는 것을 보고 마치 배신이라도 당한 것 같아 다시는 가지 않았다.

그러나 까만 눈의 안순이는 태수 기억에 오래오래 남아 있었고, 그가 삼식이와 결혼했다는 소식을 들었을 때는 그러려니 했으면서도 가슴 한쪽이 텅 빈 것같이 허전했다.

태수는 여기 나와 살고 있는 칠팔명의 일가들에게 연락해서 네댓사람의 호응을 얻었다. 마침 그날이 일요일이어서 놀러가는 셈치고 다녀오자고 권유했던 것이다.

시제를 며칠 앞둔 어느날 지난번에 왔던 일가 동생이 또 찾아왔다. 그는 대문에 들어서면서부터 숨넘어가는 소리를 했다.

"형님 큰일났습니다. 학산영감이 죽게 됐습니다."

"뭐라고?"

"그 일로 삼식이와 입다툼이 벌어졌던 모양인데, 삼식이가 학산영감을 언덕에서 밀어버려 뇌진탕입니다. 지금 병원에 입원시켜놓고 달려왔습니다. 이 일을 어쩌면 좋지요?"

"의사는 뭐라던가?"

"죽을지 살아날지 반반이랍니다."

그 길로 학산영감은 죽고 말았다.

태수는 교도소 면회실에서 철망을 사이에 두고 울고 있을 삼식이와 안순이 영상이 떠오르며 어렸을 때 안순이의 그 까만 눈이 유독 또렷하게 눈앞을 지나갔다.

"언덕이 반길도 못 되는 높인데, 못된 늙은이가 뒈지려면 곱게 뒈지는 게 아니고, 죽으면서도 흉물답게 생사람을 끌고 가며 죽었구먼. 하늘은 벼락 두었다가 어디다 쓰려는 거지?"

『한국문학』 1980년 6월호(통권 8권 6호); 2006년 8월 개고

당제
堂祭

1

용두산 머리 먹구름장의 성긴 사이로 끼룩끼룩 기러기가 날아간다. 한몰영감은 봉창 문을 열고 내다본다. 끼룩끼룩 얼음장 깨지는 소리만 날 뿐 기러기 떼는 보이지 않는다. 눈이라도 쏟아질 듯 구름발이 시커멓게 퍼지고 있다.

"저런 미물도 때가 되면 제 살던 데를 찾아오는디……"

물에 우린 도라지를 째고 있던 한몰댁이 길게 한숨을 쉰다.

"웬수 놈의 세상, 달나라도 왔다갔다하고, 수만리 타국도 이웃동네 드나들듯 하는 세상에, 같은 땅덩어리에서 부모 자식 간에 삼십년을 내리 소식 한장 모르고 살다니……"

할멈 넋두리에 영감 담배연기도 한껏 길어진다.

"계집이라도 얻어 씨라도 받았는지……"

해마다 섣달그믐이면 정해놓고 하는 넋두리다. 한몰댁은 이내 치맛귀를 말아 눈으로 가져간다. 다른 집에는 외지에 나갔던 자식들이 돌아와 웃음꽃이 피지만, 이 집은 항상 한숨이 땅이 꺼졌다. 내리 삼십여년을 그랬다.

"이번에는 멀쩡하던 동네까장 물에 잠기다니 먼 세상이 이런 세상도 있는지……"

"메밀묵은 지대로 쒔는가?"

"예, 타란 대로 서되 탔소."

금년 감내골 세모는 다른 집도 전과 달랐다. 이번 설 쇠고 나면 이 동네 사람들이 모두 동네를 떠나기 때문이다. 여러해 전에 시작한 댐 공사가 마무리되어 오는 봄부터 물을 싣게 된다. 집도, 전답도, 동네 앞에 오백년 묵었다는 당산나무도 모두 물속으로 가라앉을 판이다.

여기에 댐을 막는다는 말을 처음 들었을 때, 감내골 사람들은 누구도 그 말을 얼른 곧이들으려 하지 않았다. 이 동네뿐만 아니라 이 면이 다 들어간다니 도무지 말이 말 같지 않았기 때문이다. 천지개벽도 유분수지 댐을 막으면 얼마나 크게 막기에 그런 터무니없는 소리를 하느냐고 핀잔을 주기까지 했다.

얼마 뒤 수몰지구 고시가 나붙더니 면장이 관계 직원들을 앞세우고 왔다. 동네 사람들을 모아놓고, 조국 근대화니, 지역사회 개발이니, 거창한 소리를 한참 늘어놓다가 엉뚱한 소리를 했다. 얼마 전에 댐 건설 계획이 더 커져서 면이 서너개나 들어간다는 것이다. 동네 사람들은 입이 떡 벌어졌다. 면이 서너개나 들어간다면 삼십여 가호 남짓한 이 동네 하나쯤 공사판에 자갈 한무더기 꼴도 아닐 것 같았다. 남의 논에 물 대자고 멀쩡한 동네를 물속으로 집어넣다니 그게 말이 되느냐고, 떵떵 큰소리치던 사람들도 뚝배기에 든 두꺼비 꼴로 눈만 말똥거리고 있었다.

며칠 뒤 보상금 이야기가 들려오자 동네 사람들은 그제야 잠에서 깨어난 사람들처럼 보상을 하면 어떻게 하며, 땅값이나 집값은 얼마씩이나 매긴다더냐고 눈을 밝히기 시작했다. 동네 운수는 이미 뒈진 놈 인중 틀어지듯 글러버린 것, 물에 빠질 것은 빠지더라도 보따리나 제대로 챙기자는 심사들인 것 같았다.

수자원공사 직원들이 나와 피해조사를 하기 시작했다. 동네가 온통 물에 잠기는 판이라 그런 심사를 쓰다듬자고 그런지, 공무원들도 예사 때의 그 까다롭고 데데하던 행티를 싹 버리고, 뇌물 먹은 고지기 환자 받듯 장독대 곁의 회초리만 한 앵두나무도 두말없이 유실수로 치부해주었고, 값을 매기는 데도 목비 온 뒤 부자 마님 못밥 인심이었다. 상전벽해(桑田碧海)라더니, 일이 그런 터무니없는 말 그대로 한번 되어보자고 그랬던지 이 동네는 잠업단지라 뽕나무가 많았는데, 이 뽕나무도 크고 작은 것을 가리지 않고 낱낱이 세어 값을 매겼다. 뽕나무라면 밭에 심어 김매고 거름 주어 가꾼 참뽕나무는 말할 것도 없고, 밭둑에서 좀스럽게 자라 몇낱 열리는 오디로나 개구쟁이들 눈길을 끌던 개뽕나무까지 온전한 뽕나무 대접을 해주었다.

관청이 하는 일이라면 땅값이든 집값이든 파장에 떨이 홍정하듯 후릴 줄 알았다가, 이만하면 방불하다 싶은지 동네 사람들은 느긋한 표정들이었다. 공무원들이 이렇게 친절하기는 선거철 말고는 없던 일이었다. 다른 일도 까다로운 일이 한두가지가 아니었으나, 아무리 까다로워도 내색하지 않고 선선히 처리해주었고, 더러 사뭇 엉뚱한 소리를 해도 막내둥이 응석 받듯 받자해주었다. 나중에 들어보니 다른 데서 크게 말썽이 있어 위에서 단단히 명령을 내린 모양이라고 했다.

동네 사람들이 이렇게 먹구름장 밑에 대목 장꾼 싸대듯 제정신들이 아니었으나, 그중 딱 한집, 한몰영감 내외는 그게 아니었다. 공무원들이 드나들어도 남의 집 사위 보듯 본 둥 만 둥 하다가 다 그쳐 묻는 말에나 마지못해 대꾸를 했다. 내외는 낮이면 낮대로 먼산바라기고, 밤이면 밤대로 한숨이 땅이 꺼졌다. 달랑 내외만 사는 집이라 예사 때도 불 꺼진 아궁이처럼 고즈넉했으나, 내외가 이 꼴이자 집안이, 나간 절간 같았다.

“저쪽에 살아 있더래도 지금 나이가 오십이 넘었은께 그 나이에 설마 그런 일로 보내지는 않을 것도 같기는 한디……”

담배를 빠끔거리던 영감이 지나가는 말처럼 한마디 한다.

“아니라우. 원체 뼈대가 강단진 녀석이라 지금도 젊은이들 뺨칠 것이요. 나는 꼭 오늘 저녁에라도 어무니, 하고 들어올 성만 부르요.”

“하여간, 장구목재에서 목을 지키는 수밖에 달리는 방도가 없어.”

“누가 아니래요마는 동네로 들어오는 길이 한나가 아니라서 나는 걱정이 그 걱정이요.”

영감은 담배연기를 한발이나 길게 뿜는다.

"오늘도 동네 회관 벼람박에 새로 붙인 표때기도 그런 표때기 같습디다."

"요새는 먼 일인지 부쩍 더 야단이구만."

동네 회관 벽에 새로 간첩 표어가 붙은 것이다. '이웃에 오신 손님 간첩인가 다시 보자' '숨겨주는 인정보다 신고하는 애국정신'.

영감은 새로 붙은 그 표어를 보자 가슴에서 쿵 소리가 났지만 그런 내색을 하지 않았는데, 한몰댁은 동네 개구쟁이들이 읽는 소리를 들었던 모양이다.

또 기러기 한 떼가 끼룩끼룩 울고 간다.

"멥쌀은 얼마나 떠놨는고?"

"전맨키로 서되 떠놨소."

"두어되 더 떠!"

"두되나 더 떠라우?"

"이번에는 도깨비 밥을 더 푸짐하게 줘야겄어."

"메밀묵이야 뭐야, 으째서 이번에는 자꾸 도깨비 밥만 채근하시요?"

"그럴 일이 있어."

감내골은 해마다 섣달그믐날 저녁에 당제(堂祭)를 지낸다. 금년에는 한몰영감이 자청하여 제주를 맡았다. 당제는 제지내는 절차가 여간 까다롭지 않아 노인들은 어지간하면 이 핑계 저 핑계로 꽁무니를 뺐다. 제주를 맡으면 늙은이나 젊은이나 한달 동안은 아내와 한방에서 자도 안 되고, 초상난 데 조문을 가도 안 되고, 메를 지을 때는 한겨울 한밤중에 도랑에서 목욕을 하고 지어야 한다.

감내골은 예전부터 당제를 정성스럽게 지내기로 소문난 동네였다. 동네 사람들 관심도 많고 제주에 대한 대접도 그만큼 알뜰했다. 더구나 당제를 지낼 때는 젊은이들이 동구 앞 다리 아래 도깨비들한테 밥을 내다 주는 풍속까지 있어, 세모가 다가오면 젊은이들은 젊은이들대로 신이 났다. 더구나 옛날 도깨비 밥을 주다가 제주를 맡은 녀석이 다리 밑으로 굴러떨어진 적이 있었는데, 그게 도깨비가 다리를 잡아 다리 밑으로 끌고 갔다는 말로 전해오고 있어, 그러저런 이야기로 떠들썩했다.

영감은 다시 담배를 태워 물고 용두산 중턱을 건너다본다. 거기 의병굴이 입을 벌리고 있다. 옛날에는 범굴 또는 미륵굴로 불렀다는데, 조선왕조 말기 이 근방에서 일어난 의병들이 이 굴에서 몰살당한 뒤부터 의병굴이라 부르기 시작했다.

범굴은 거기 범이 살았대서 붙은 이름이겠지만, 미륵굴로 부른 데는 그럴싸한 이야기가 전해오고 있다.

아득한 옛날 이 동네에 근동을 울리는 부자가 한집 살고 있었다. 그 집 종이 주인 딸과 눈이 맞아 딸이 애를 배고 말았다. 종 목숨은 파리 목숨일 때라 상전 딸을 범하고 살기를 바랄 수 없었다. 종은 걸음아 나 살려라 도망쳐버리고, 처녀가 난 아이는 산에 내다 버렸다. 그 굴에서 살고 있던 호랑이가 이 아이한테 젖을 먹여 길렀다. 아이는 나중에 스님이 되어 지극정성으로 도를 닦아 생불(生佛)이 되었다. 그 소문이 퍼지자 근동 사람들이 시도 때도 없이 몰려들어 설법을 들었다. 그 부자는 그사이 시나브로 가세가 기울어 논밭은 그 집 종들과 드난꾼들 차지가 되고, 그 스님도 머리가 하얗게 세어 파파노인이 되었다. 그 무렵 갑자기 뇌성벽력이 우광쾅 하늘을 찢더니 스님은 온데간데없고, 그 굴 곁에 난데없는 바위가 하나 우뚝 솟아 있었다. 그래서 그 바위를 미륵바위, 그 굴을 미륵굴이라 했다는 것이다.

의병굴이라 부르기 시작한 것은 얼마 되지 않았다. 조선왕조 말기 일본이 우리나라를 병탄하려 할 때 농민들이 들고일어났다. 이 동네서도 열댓명이 일어나 이웃 서너 동네 사람들과 합쳐 오십여 명이 한 부대를 이루었고, 의병장은 한몰영감 아버지였다. 무기라고는 모두 대창뿐이었지만, 일본사람들을 몰아내자는 기세는 하늘을 찔렀다. 그때 한몰영감은 돌이 갓 지난 어린애였고, 그 아버지는 스물다섯 청년이었다.

그때 일어난 의병들은 거의가 을미사변(1895)과 을사보호조약(1905) 때도 일어났던 사람들이었다. 그 두번의 봉기 때는 선비들이 의병장이었다. 그러나 의병장이랍시고 나선 선비들은 꼬락서니부터가 말이 아니었다. 의병을 지휘한다는 의병장이란 사람들이, 홑이불을 뒤집어쓴 것 같은 도포에다, 갓양태가 멍석만 한 통영갓에 지팡이만큼 긴 장죽을 물고, 시골 좁은 길을 다 차지하고 두 활개를 할랑거렸다. 그러다가 일본군이 총 한방만 쏘면 갓이고 담뱃대고 내던지고 논두렁 밑에다 고개를 처박았다.

그러나 농민들이 의병장으로 나서자 딴판이었다. 모두가 똑같은 바지저고리에 너나없이 머리에 수건을 질근질근 동여매고, 밥도 함께 먹고 담배도 너나없이 곰방대에 막불겅이였다. 의병들은 눈치 보고 굽실거릴 사람이 없어지자 천하가 그들 세상이었고, 기세가 하늘을 찌를 듯했다.

이런 정보를 낱낱이 수집하고 있던 일본군은 바짝 긴장했다. 다음해(1910)에 대한제국을 병탄하려고 모든 절차를 하나하나 치밀하게 진행하고 있던 일본군은 대대적인 토벌계획을 세웠다. 군대를 이개 연대나 동원하고 작전 이름도 '남조선대토벌작전'이었다.

일본군 씨를 말릴 것 같은 기세로 북쪽으로 치닫던 이곳 의병들은 이틀째 되는 날 고개를 넘다가 우뚝 멈추고 말았다. 고개 아래 동네가 불바다가 되어 훨훨 타고 있었고, 일본군은 길목에다 기관총을 차려놓고 도망치는 사람들을 갈겨대고 있었다. 그때 먼저 갔던 의병들이 고개 아래서 헉헉거리며 올라오고 있었다.

"도대체 어찌 된 일이요?"

그들은 보면 모르겠느냐는 듯 손사래만 치며 정신없이 내달았다. 또 한패가 똑같은 꼴로 헉헉거리며 몰려오고 있었고, 아래서는 일본군들이 총을 갈기며 쫓아오고 있었다. 몇년 전과는 딴판이었다. 무작정 갈겨대는 기관총과 신식 소총 앞에 대창 들고 대드는 것은 버마재비가 수레바퀴에 대드는 꼴이었다. 모처럼 제대로 한번 싸워보겠다고 들떴던 다음이라 도망치는 심사는 더 처참했다.

이 근방에서 나간 의병들은 감내골로 몰려들어 미륵굴로 내달았다. 굴속에 숨어 미처 숨도 제대로 고르지 못할 때였다. 일본군들이 들이닥쳤다. 그들은 손들고 나오라 마라 소리도 없었다. 굴 앞에 기관총을 차려놓고 갈겨대기 시작했다. 이건 달걀 섬에 절구질도 아니고, 콩마당에 도리깨질도 아니었다. 의병들은 안으로 안으로만 기어들며 서로 머리를 처박고 섭산적이 되고 말았다. 그때 일본군들이 이렇게 결이 났던 것은 그 며칠 전 안중근 의사가 중국 하얼빈역에서 이등박문(이또오 히로부미)을 쏘았기 때문이었다고 했다.

그 때문에 이 동네 사람들은 왜정시대 내내 숨도 크게 쉬지 못하고 살았다. 그러나 8·15 뒤 우리 정부가 들어섰지만 그런 일을 기리기는커녕, 누가 죽고 누가 병신이 되었는지 그런 조사조차 하지 않았다. 동네 사람들은 그게 한이 되어 한숨만 쉬다가 8·15 한참 뒤에야 푼전을 모아 동구 짬에 조그마한 창의비를 하나 시늉을 냈다. 그 비는 조선시대 감역인가 뭔가 하는 벼슬아치의 훤칠한 비 곁에 지금도 초라하게 서 있다. 실팍한 농대석에 비갓을 쓰고 의젓하게 서 있는 그 벼슬아치의 비석에 비하면, 의병비는 양반 차림에 맨상투 바람의 배행꾼 꼴이었다.

의병굴은 이런 일 말고도 한몰영감 내외하고는 연이 깊었다. 한몰댁이 이 굴에서 호랑이가 나오는 꿈을 꾸고 아들을 낳았다. 황소만 한 호랑이가 잡아먹을 듯이 아가리를 벌리고 뛰쳐나오더니, 그만 자기 입으로 쑥 들어오더라는 것이다. 호랑이 꿈을 꾸고 낳은 아이답게 몸도 튼튼하고 하는 짓도 의젓했다. 틀림없이 큰 인물이 될 거라며 곱게 길렀다. 그런데 6·25가 터지자 덜렁 의용군에 나가고 말았다. 함께 갔다 돌아온 이웃 동네 친구는, 그가 지리산 전투에서 죽었다고 했다. 한몰영감은 며칠 동안 숟가락을 들지 않았지만 한몰댁은 눈물 한방울 흘리지 않았다.

“그 아이는 안 죽었소. 누가 내린 자식이라고 그리 쉽게 죽을 것 같소? 틀림없이 미륵보살님이 지켜주고 계실 것이요.”

"뭣이라고? 함께 갔던 친구가 하는 말인데, 그러면 그 녀석이 거짓말을 했단 말이여?"

"어젯밤 꿈에도 그 아이가 저 건너 미륵바위 곁에 서 있습디다. 꼭 옛날 당신이 징용 가셨을 때 미륵바위 곁에 서 계셨던 것맨키로 의젓하게 서서 웃고 있습디다."

한몰댁은 마치 남의 이야기하듯 차근하게 말했다.

"뭣이? 옛날 징용 갔을 적에 임자 꿈에 내가 미륵바위 곁에 서 있었던 것맨키로?"

영감은 눈을 끔벅이며 할멈을 건너다봤다. 그때 일은 너무도 신통했다. 탄광에서 갱도가 무너져 죽었다고 집에 사망통지서까지 온 영감이 죽지 않고 살아 왔던 것이다.

왜정 때 북해도(홋까이도오) 탄광에 징용으로 끌려갔을 때였다. 교대를 하러 갱으로 들어가려는데 갑자기 배탈이 났다. 평소 그를 곱게 보던 십장이 함바에서 쉬라고 했다. 그뒤 한시간도 채 못 되어 탄광은 수라장이 되고 말았다. 낙반 사고였다. 구조를 하느라 탄광은 벌집을 쑤셔놓은 꼴이었다. 그러나 갱 사정을 손바닥 보듯 알고 있던 영감은 그들을 구출할 수 없다는 걸 잘 알고 있었다. 순간, 도망치자는 생각이 번개처럼 머리를 쳤다. 도둑놈은 시끄러울 때가 좋더라고 도망치기에는 이보다 좋은 기회가 없을 것 같았다. 더구나 자기가 갱 속에 들어가지 않았다는 것은 십장만 알고 있는데, 그도 갱 속에 들어갔으므로 자기가 없으면 갱에서 죽은 걸로 치부할 게 틀림없었다.

주먹을 사려쥐었다. 그러나 탈주는 목숨을 거는 일이었다. 잡히면 그대로 총살이었다. 광부였지만 전시동원령에 따라 끌려왔기 때문에 그들의 탈주도 군인들 탈영하고 똑같이 취급됐다. 그렇지만 여기 있으면 자기도 언제 죽을지 몰랐다. 전시물자 수급이 달리자 목표량 채우기에만 눈이 뒤집혀 안전 따위는 안중에도 없고, 몽둥이로 소 몰듯 몰아치기만 했다. 작업조건도 조건이지만 우선 밥이 적어 견딜 수가 없었다. 이판사판이었다. 예사 때도 지나새나 궁리가 그 궁리였으므로 도망칠 길목은 웬만큼 어림잡고 있었다. 밤이 이슥하기를 기다려 철조망을 뛰어넘었다.

집에는 사망통지서와 함께 유골이 왔다. 무슨 일인가 하고 나간 시어머니는 그 자리에서 짚단 무너지듯 까무러쳤다. 그러나 한몰댁은 어리벙벙한 표정으로 서 있었다. 아무래도 그게 자기 남편 유골 같지 않았고, 죽었다는 실감도 들지 않았다. 그 순간 전날 밤 꿈에 나타난 미륵보살이 떠올랐다. 미륵보살이 인자하게 웃고 있었고, 그 곁에 남편이 의젓하게 서 있었다.

"그이는 안 죽었소."

한몰댁은 시어머니에게 꿈 이야기를 하며 틀림없이 미륵보살님이 지켜주고 계실 거라 했다. 그러나 시어머니는 그런 소리는 귀여겨듣지도 않고 시름시름 앓다가 그 길로 세상을 뜨고 말았다. 그렇지만 한몰댁은 눈물 한방울 흘리지 않고, 그때까지 그래왔듯이 새벽마다 미륵바위 앞에서 더 정성스레 치성을 드렸다. 8·15가 되었다. 꿈결에 싸여 온 듯 남편이 살아 왔다. 한몰댁은 그제야 비 오듯 눈물을 쏟으며, 그 길로 미륵바위로 달려가 무릎에 피가 배도록 절을 했다. 그전에 가져온 유골은 갱 속에서 꺼낸 시체를 한꺼번에 태워서 그때 없어진 사람 수대로 조금씩 나눠 보냈던 모양이라 했다.

그런 일이 있었던 터라 영감도 자기 아들이 죽지 않았다는 걸, 옛날 사망통지서까지 왔던 자기가 지금 살아 숨을 쉬고 있는 것만큼이나 확실하게 믿고 있었다.

그런데 한몰댁 아들이 지리산에서 죽었다는 소문이 나고 얼마 되지 않아서였다. 그 무렵 이 동네서 병으로 죽은 처녀 집에서 두 남녀 저승혼사를 시키자는 청혼이 들어왔다. 이 지방에는 처녀나 총각이 결혼하지 못하고 죽으면, 역시 결혼을 못하고 죽은 처녀나 총각을 찾아 저승혼사를 시키는 풍속이 있었다. 산 사람이 시집가고 장가가듯 납채며 혼서며 갖출 예 다 갖추고, 이불이며 옷이며 갖가지 혼수까지 제대로 장만해서, 사람이 없으므로 무당이 묘에 가서 신랑 신부 혼을 불러다가 무당들 격식대로 혼례를 치른다.

"젊은것들이 꽃다운 나이에 죽은 것도 원통한디, 이름까지 몽달귀신으로 부지거처 이리저리 떠돌아댕기자면 얼마나 서럽고 원통하겄소? 저 집 처자는 부모들 꿈에 나타날 때마다 머리 풀어 산발하고 손에 상여 꽃만 한송이 달랑 들고 이리저리 쏘다니더라요. 젊어서 죽은 거야 팔자라 치더라도 젯밥 한술 못 얻어먹고 뜬귀신으로 중천을 헤매자니 얼마나 한이 맺혔으면 그러겄소?"

중매쟁이는 자기가 보기라도 한 듯 주워섬겼다. 그 부모들은 전쟁 통이라 약 한첩 변변히 써보지 못해 그게 더 한이 되어, 저승혼사라도 시켜 한을 풀어주자는 것 같았다.

"이런 혼사자리는 산 사람 혼사보다 혼처 찾기가 이만저만 어렵잖은디……"

혼기를 앞둔 처녀나 총각이 죽는 일은 드물기 때문에 혼처 찾기가 어려워 혼사를 시켜주고 싶어도 혼처가 없어 혼사를 못 치른다며, 한동네서 이런 혼처가 났으니 이런 데도 그런 말을 쓰자면 천생연분 아니냐는 것이다. 중매쟁이는 이런 일이라면 점심 싸가지고 나설 지경으로 오지랖이 넓은 사람이라 설레발에 기름이 잘잘 흘렀다.

영감 내외는 멍청하게 중매쟁이만 보고 있었다. 뭐라 그럴싸하게 핑계를 대어 거절해야 하겠는데 마땅한 구실이 잡히지 않았다.

"우리 집 아이는 시체도 못 거둬 묏등도 없는디, 혼을 부르면 어디서 불러다가 혼사를 치르겄소?"

"그것은 염려 노시요. 혼을 불러오는 데는 묏등이 있든 없든 상관없다고 합디다."

어렵사리 비벼낸 핑계가 한발짝도 못 가서 막히고 말았다. 내외가 멍청하게 보고만 있자 중매쟁이는 이제 날 받는 일만 남았다는 듯이 또 한참 엉너리를 치다가 자리를 떴다. 내외는 그저 눈만 끔벅이고 있었다. 이런 일이라면 여자들이 나서서 있는 말 없는 말 끌어다가 방색을 해야 할 텐데, 한몰댁은 쥐여주는 말도 제대로 비벼내지 못하는 주변머리이고, 한몰영감도 고지식하고 무뚝뚝하기가 절간 절구통이었다.

그사이 중매쟁이는 문턱이 닳게 들락거렸으나, 그때마다 말 한마디 그럴싸하게 빗어 얹지 못하고 안 하겠다고 토막말만 했다. 그럴 만한 까닭도 없이 무작정 거절을 하자 저쪽에서는 오해를 하고 말았다. 살았을 때 키가 토막키에다 인물이 못났기 때문에 그런 게 아닌가, 엉뚱한 오해를 한 것이다. 영감 내외는 도무지 막막하기만 했다.

"허허 참. 죽은 처녀가 산 사람을 이렇게 곤경에 몰아넣다니, 귀신이나 도깨비가 있기는 있는 모양이구먼."

한몰영감은 멍청하게 저 건너 미륵바위를 건너다보며 헛웃음을 쳤다. 죽은 사람들 이야기를 하다보니 옛날 자기가 도깨비들한테 겪은 일이 떠올랐던 것이다.

이십여년 전이었다. 이웃 동네 혼사집에 부조를 갔다가 오랜만에 가까운 친구들을 만나, 자리를 몇번 돌아앉다보니 술이 곤드레만드레가 되고 말았다. 그 나이토록 그렇게 취한 것은 처음이었다. 아침에 눈을 떠보니 나무하러 가던 나무꾼들이 튀어나올 것 같은 눈으로 자기를 내려다보고 있었고, 자기는 엉뚱하게 미륵바위 아래 잔디밭에 누워 있었다. 몸을 움직이려 했으나 몸뚱이가 달구지에 실어도 못 실을 지경으로 천근만근이고, 옷은 갈기갈기 찢어지고 팔다리며 온몸이 가시에 긁혀 도무지 말이 아니었다. 나무꾼들이 집에까지 업어 왔다. 새벽부터 여기저기 정신없이 영감을 찾아다니던 한몰댁은 죽은 사람이 살아난 것처럼 멍청하게 보고 있었다.

"허허."

영감은 힘없이 웃으며 술부터 찾았다. 소주를 두어잔 마시자 정신이 돌아오며 어젯밤 기억이 토막토막 떠올랐다. 그때 동네 영감들이 몰려왔다.

"어젯밤에 자네가 도깨비한테 홀렸다는데 참말인가?"

영감들은 눈알이 튀어나올 것 같았다.

"도깨비한테 홀렸다면 장구목재에서 홀렸던가?"

장구목재는 옛날부터 동네 앞 다리께와 함께 도깨비가 자주 나기로 소문난 곳이었다. 날씨가 끄무레할 때는 대낮에도 도깨비가 난다고 했다. 그러나 이 재를 넘으면 이웃 고을 읍내가 십리밖에 되지 않아, 감내골 사람들은 장도 자기 읍내 장보다 이곳 장을 봤다.

"도깨비를 만나기는 만난 것 같은디, 그것이 꿈인 것도 같고, 생시인 것도 같고 가물가물하구만."

한몰영감은 맥살없이 웃었다.

"술이 잔뜩 취해갖고 장구목재를 넘어오는디, 키가 장승만 한 녀석들이 대여섯놈이나 나타나등마는 한녀석이 내 허리통을 가볍게 들어서 어깨에다 훌떡 떠메지 않겄어?"

"도깨비들이 자네를 어깨에다 떠메더란 말이여?"

"그려. 도깨비들은 제 놈들끼리 뭐라 속닥이고 킬킬거림시로, 발에 날개라도 단 것맨키로 휘휘 숲을 헤치고 내닫지 않는가? 젊었을 적에 난장판을 휘젓던 내가 이 녀석들한테는 도무지 꼼짝달싹할 수가 없더만."

"자네를 그렇게 떠메고 댕겼다면 영락없이 도깨비들이구먼."

한몰영감은 이야기를 계속한다.

"묏벌이 푹신하구나. 여기서 씨름 한번 하자."

도깨비는 영감을 잔디밭에다 턱 내려놓고 대번에 씨름손을 잡았다. 그 순간 영감은 번쩍 머리를 스치는 게 있었다. 이 녀석들하고 씨름을 하다가 지면 녀석들이 이리저리 멋대로 끌고 다니다가, 날이 새면 내일 밤에 다시 놀자고 바위틈에다 꼼짝 못하게 끼워놓는다는데, 그렇게 끼워놓고 그걸 금방 잊어버리기 때문에 바위에 낀 채 하릴없이 죽고 만다는 것이다.

녀석들은 씨름손을 잡고 킬킬거리며 나댔다. 영감은 가물거리는 정신에도 녀석들 나대는 게, 자기를 떠메고 내달았던 깐으로는 여간 만만하지 않았다. 더구나 도깨비는 다리가 길어 아랫도리가 약하다는데 자기 장기는 앞무릎치기였다. 허리를 죽 뻗고 상체를 밀어 베거리질을 한번 해봤다. 쉽게 뒤로 밀려갔다. 자신이 생겼다. 이번에는 뒤로 밀고 가다가 도깨비가 버티는 힘을 받아 앞으로 홱 잡아당기며 오른손으로 왼쪽 다리를 훌쩍 걷어 올렸다. 녀석은 왼쪽 다리를 오줌 누는 강아지처럼 공중으로 치켜들고 저만큼 나가떨어졌다.

"또 덤벼라!"

영감은 어깨판을 쩍쩍 벌리며 큰소리를 쳤다.

"이 녀석 봐라."

또 한녀석이 덤볐다. 이 녀석도 앞무릎치기로 눕히고 나머지도 줄줄이 눕혔다.

"이 녀석이 제법이네. 이 녀석을 용두산 꼭대기로 떠메고 가서 아래로 굴려버리자."

도깨비들은 킬킬거리며 다시 떠메고 내달았다. 영감은 용두산 꼭대기에서 굴려버린다는 말에 정신이 번쩍했다.

"이 녀석들아, 너희들이 그런 못된 짓 하면 그 아래 미륵보살님이 가만두실 것 같으냐?"

영감은 있는 힘을 다해서 악을 썼다.

“미륵보살님? 아이고, 큰일나겠다.”

도깨비들은 깜짝 놀라 거기다 영감을 쿵 부려놓고 킬킬거리며 도망치더라는 것이다.

“그러고 나서 집으로 온 것 같은디, 아침에 나무꾼들이 깨워서 일어나본께 집이 아니고 미륵바위 아래잖아?”

한몰영감은 이야기를 마치며 어리벙벙한 눈으로 영감들을 보고 있었다.

“이 사람아, 요새 세상에 무슨 도깨비가 있어? 자네가 길을 잃고 산속을 헤매다가 잠들어서 도깨비 꿈을 꾼 것 같네.”

“씨름을 했다니 말인데, 잔치판에서 씨름하자고 아무나 붙잡고 나댔던 기억은 있는가?”

그런 것 같기도 했으나 자세한 기억은 떠오르지 않았다.

“허허. 그 생각도 안 난단 말인가? 씨름 한번 하자고 늙은이든 젊은이든 아무나 끌어안지를 않나, 어깨판을 쩍쩍 벌리며 힘자랑을 않나, 볼 만하더만.”

모두 한참 웃었다.

영감은 닷새 동안이나 끙끙 앓고 누워 있었다. 그사이 동네 여자들은 겁먹은 소리로 수군거리기 시작했다. 도깨비한테 홀린 사람은 사흘 만에 죽는다는 것이다. 사흘 만에 안 죽으면 석달 만에, 석달 만에 안 죽으면 삼년 만에, 삼년 만에 안 죽으면 삼십년 만에 죽는다는데, 대부분 석달 만에 죽는다고 했다. 그 소리를 들은 한몰댁은 날마다 미륵바위에 가서 밤낮으로 치성을 드렸다. 그 효험이었던지 석달도 넘기고 삼년도 넘겼다. 삼년을 넘기자 동네 사람들은 이제 삼십년은 영락없다고 웃었다.

2

“눈이 올 것 같소.”

자리실영감 내외가 사립문을 밀치고 들어온다.

“어서 오겨.”

영감은 봉창 문을 열고 반긴다. 옛날 자기 딸과 저승혼사를 시키자고 했던 사람들이다. 자리실댁은 마루방으로 들어가고 자리실영감은 안방으로 들어온다.

“젊은 녀석들한테 다녀오느라 회관에 갔다 오는 길이요.”

“많이들 왔던가?”

“마지막 설이라 올 만한 녀석들은 다 온 것 같습디다. 놀다가 이따 당집으로 오라고 했소.”

그때 한몰댁이 마루문을 열고 술상을 들여온다.

“웃국 질러놨은께 한잔씩 드시요.”

두 영감은 요사이 아주 가깝게 지내고 있었다. 자리실영감은 혼담 일이 있은 뒤 한몰영감이라면 항상 딩딩한 상판으로 눈을 아래로 떠보았고, 동네 회의 자리든 어디든 한몰영감 말이라면 무슨 말이든지 어깃장부터 놓고 나왔다. 원체 데설궂고 꼬장꼬장한 성미라 자기 사날로 자기 딸의 흠집을 곱새겨 오기를 끓였던 것이다. 한몰영감은 그때마다 신칙하지 않고 말을 숙여줬다.

지금은 모두 옛날 일이라 그런 감정도 진즉 삭여진데다 이번 설쇠고 나면 헤어질 판이라 한때 버성겼던 만큼 더 살뜰하게 지내고 있었다. 이번 당제만 하더라도 한몰영감이 제주로 나서자 자리실영감은 부제주를 자청했다. 제주에 부제주라면 말이 부제주지, 제물 짐을 져 나르는 따위 허드렛일만 하는 잔심부름꾼이나 마찬가지라 젊은 축들도 핑계를 대고 꽁무니를 빼기 일쑤였다.

"엊저녁에 다리 밑에 도깨비불 썼더라는디, 자네도 봤던가?"

한몰영감이 자리실영감한테 잔을 넘기며 묻는다.

"나는 보들 못했소마는, 도깨비불이라거니 전짓불이라거니, 아까 젊은 녀석들도 그 얘기로 떠들썩합디다."

"그 다리도 물에 잠기는 판이라 그것들도 발동을 할 모냥이제."

"세멘또로 다리 논 뒤로는 그것들이 불 썼다는 소리 못 들은 것 같은디, 그런께 불은 안 썼어도 여태 그런 데 박혀 있었으께라?"

"아녀, 내가 도깨비불을 본 것도 십년 안쪽 같어."

"맞소. 그러고 본께 유신(維新)핵맹인가 멋인가 그런 일 났을 적에도 썼다는 말이 있었던 것 같고, 영감님께서 말씀하신 그때도 그런 말이 있었던 것 같소. 그것들은 전깃불하고 세멘또를 무서워한다등마는 그런 것도 헛소리께라?"

"우리 동네 도깨비들은 원체 드센 녀석들이라 그런 것에도 무섬을 안 타는 모냥이제."

이 동네 동구 앞 다리께는 장구목재와 함께 옛날부터 도깨비가 자주 나기로 소문난 곳이었다. 그래서 당제 지내고 나면 오쟁이에다 도깨비 밥을 그득하게 담아 다리 밑에 내다 주었다. 그 일은 예

전부터 젊은이들이 맡았는데, 앞장서서 다리 밑에다 밥 내려주는 젊은이를 도깨비 제주라 했다.

밥 담은 오쟁이를 떠메고 다리께로 가서 도깨비 제주가 다리 밑에다 밥을 줄 때는 괴상스런 꼴로 내려준다. 오쟁이를 든 제주가 맨 앞에 서고, 나머지는 제주 허리를 단단히 잡고 마치 어린이들이 말타기 놀이하듯 길게 늘어서서 제주가 다리 밑으로 밥을 내려놓는다. 옛날, 제주가 밥을 내려주다가 도깨비한테 발목을 잡혀 다리 밑으로 끌려갔다고 한 뒤부터 생긴 일이다.

한몰영감이 열댓살 때였다. 다리께로 몰려간 젊은이들이 축대에 늘어서서 밥을 내려주고 있을 때였다. 멀쩡하게 오쟁이를 내리던 도깨비 제주가 어쿠 하며 다리 밑으로 나가떨어지고 말았다. 순간, 모두 오금아 나 살려라 동네로 도망쳤다. 그런데 아무리 기다려도 제주가 오지 않았다. 동네 사람들은 횃불을 잡고 꽹과리를 치며 몰려갔다. 그때는 다리가 나무다리였는데, 도깨비 제주는 나무다리 지주목 하나를 부처님 다리 안듯 꽉 붙안고 거기다 고개를 처박고 있었다. 동네 사람들이 일어나라고 흔들자 그제야 고개를 들고 멀뚱멀뚱 쳐다봤다. 이 사람들이 지금 저승에서 몰려온 저승사자들인가 이승 사람들인가, 그런 눈으로 한참 눈을 씀벅이고 있었다.

“조심조심 오쟁이를 내려주고 있는디 말이여, 중간쯤 내려줬을 때여. 느닷없이 시커먼 손이 한나 쑥 올라오등마는 내 발목을 확 낚아채잖겄어?”

정신을 차린 도깨비 제주는 눈알을 뒤룩거리며 낚아채는 시늉까지 했다.

“예끼, 말도 안 되는 소리 말어. 오쟁이 끈이 발목에 감겨서 그랬을 거여.”

오쟁이 끈이 발목에 감긴 줄 모르고 오쟁이를 턱 내려놓자, 그 끈이 발목을 훌쳤을 거라는 것이다.

“내가 시커먼 손이 올라오는 것을 똑똑히 봤는디 뭣이 으짜고 으째?”

“그 캄캄한 속에서 똑똑히 보기는 뭣을 똑똑히 봐?”

“허허, 시방 서울 안 가본 사람이 서울 가본 사람을 이길라고 하네.”

정말 서울 가본 사람과 안 가본 사람의 우김질이었다. 그러나 그것은 그때뿐이고 그 이야기는 도깨비가 발목을 채갔다는 것으로만 전해오고 있었다.

그뒤부터 도깨비 밥 주는 일은 그만큼 무서우면서도 이만저만 신나는 일이 아니었다. 그래서 당제가 가까워지면 젊은이들은 누가 도깨비 제주를 서느냐로 떠들썩했다. 요새 세상에 무슨 도깨비가 있냐고 큰소리치던 녀석들도 정작 제주를 서라면, 앗 뜨거라 손을 저었다. 어떨 때는 서로 나서겠다고 덤비는 바람에 제비를 뽑기도 했다. 도깨비 제주를 선다는 건 그만큼 담이 크다는 자랑거리가 되기 때문에 제주가 되고 나면 마치 영웅이라도 된 것처럼 으쓱거렸다.

도깨비가 대들면 씨름부터 한바탕 하겠다고 큰소리치며 제주를 맡은 녀석들도 정작 다리께로 갈 때는 상판이 노래졌다. 뒤에서 허리를 붙잡고 있으므로 다리 밑으로 떨어질 염려는 없지만, 밥을 내려주고 동네로 뛸 때는 하릴없이 맨 꽁무니라, 시커먼 도깨비 손이 덮치는 것 같아 목덜미가 스멀스멀했다. 더구나 어떤 녀석은 밥을 다 내려주기도 전에 손을 놓고 달아나버리기도 했다. 밥을 주러 가기 전에, 제일 먼저 달아나는 녀석은 죽인다고 벼르지만, 어떨 때는 제주 녀석이 다리 밑에다 오쟁이를 후딱 내던져놓고 먼저 달아나기도 했다. 그때는 되레 꽁무니에 섰던 녀석들이 경을 쳤다.

근래는 색다른 풍속이 생겨 무섬증이 덜했다. 그냥 밥만 내려주는 게 아니고 도깨비를 불러 몇가지 부탁을 하는 것이다.

"다리 밑에 도깨비들!"

"어이."

제주가 큰 소리로 부르면 다리 저쪽에서 대답한다. 미리 뽑아 거기 보내놓은 녀석들이 도깨비 목소리로 가성을 써서 대답하는 것이다.

"그동안 잘들 있었는가?"

"어이, 잘 있었네. 동네도 별일 없는가?"

"덕분에 동네도 별 탈이 없네. 금년에도 당제 지내고, 자네들 밥을 가져왔은께 차린 것은 없네마는 밥은 많이 가져왔은께 싸우지들 말고 오손도손 나눠 묵소."

"고맙네. 맛있게 묵을라네. 킬킬."

"요새 와서는 자네들도 철이 들었는가 으쨌는가, 다리 밑에 불도 안 쓰고 사람 홀려 가는 일도 없고, 그런 일은 영판 잘한 일이네. 이 뒤로도 그런 짓은 하지 말게."

"어이, 잘 알았네. 그렇지만 동네일에 삐딱하게 구는 녀석이 있으면 옛날 한몰영감 끗고 댕기대끼 산으로 들로 끗고 댕기다가 바위틈에다 꼼짝 못하게 끼워놀 것인께 안심하지 말게. 킬킬킬.”

“어이, 우리도 조심할란께 그런 짓은 함부로 하지 말게. 그런디 이번에도 자네들한테 몇가지 부탁이 있네. 이런 말은 자네들한테 할 말이 아니네마는, 금년에도 쌀값이 말이 아니라 농촌 사람들은 죽을 맛이네. 그 쌀값 매기는 작자들 말이여, 그 작자들이 어떤 작자들인가 쪼깐 알아갖고, 그 작자들을 옛날 한몰영감 끗고 댕기대끼 방방곡곡 끗고 댕김시로 농촌 실정이 으짠가 한번 구경을 시켜. 그 작자들 눈텡이를 칵 쥐어박아불란께 끗고 댕길 적에는 우리 동네도 꼭 한번 끗고 오게.”

“알았네. 그 작자 끗고 댕김시롱 반 죽여놓든지, 바위틈에 끼워놓든지 할 것인께, 그리 알게.”

“이 작자들이 농촌 사람들하고는 무슨 웬수가 졌는가 으쨌는가, 즈그덜이 맨드는 텔레비·냉장고·전기다마·농약, 이런 것은 즈그들 기분 내키는 대로 값을 매김시로 말이여, 으째서 촌놈들 쌀값은 농사짓는 사람 따로, 값 매기는 사람 따로냐 이 말이여? 무식한 놈 문자 속은 몰라도 말귀 돌아가는 짐작은 있더라고, 우리도 테레비를 본께 알 만한 것은 대충 짐작을 하는디 말이여, 즈그들이 맨드는 그런 물건들은 수출까지 해서 재미를 보고, 또 다른 나라 것을 절대로 수입을 못하게 해놓고 즈그들 것만 폴아서 두벌 시벌로 재미를 보거든. 그런디 으째서 쌀값이나 쇠고기값은 그것이 쪼깐 올라서 촌놈들이 재미를 볼라고 하면 그런 것은 수입을 하냐 이 말이여?”

"허허, 그러고 본께 혼낼 녀석들이 한두녀석이 아니구만. 하여간 그 녀석들을 잡아다가 귀싸대기부터 허벌나게 올려붙여놓고, 닦달을 해도 할란께 염려 말소. 킬킬킬."

"고추나 마늘 같은 것도 마찬가지여. 그런 소소한 것도 값이 쪼깐 올랐다 하면 수입을 하는구만. 작년에는 고추를 수입하는 바람에 농촌 사람들이 으짠 줄 안가?"

"허허. 듣자 듣자 한께 밥 한오쟁이 갖고 와서 내중에는 개나발 같은 소리까지 늘어놓고 앉았구만잉. 아무리 도깨비라고 우리는 할 일 없간디, 자네들 고추값 마늘값까지 참견하란 말이여? 사람 너울 뒤집어썼다는 것들이, 아무리 촌놈들이라고 그런 앞도 못 개리고 못난 도깨비들한테 그런 부탁까지 하고 자빠졌어? 그럴라면 우리들이 사람질 할란께 사람 너울 벗어서 우리들한테 냉기소. 킬킬킬."

"허허. 참말로 말을 하다 본께 개나발 같은 소리까지 하고 앉았기는 앉았었네. 그러제마는 오죽했으면 오뉴월 닭의 새끼가 지붕을 허비겄는가? 촌놈들 이런 냉가슴 앓는 속사정을 어뜬 녀석 한나 붙잡고 말할 녀석이 없어논께, 말을 한다는 것이 거그까장 나왔네. 멋하게 생각 말고 밥이나 묵소."

"어이, 알았네. 우리도 말이 쪼깐 과했은께 멋하게 생각 말소. 킬킬킬."

그들은 동네로 돌아오면 걸퍽지게 술판을 벌인다. 외지에 나갔던 친구들과 모처럼 얼리는 판이라 술판도 도깨비판으로 시끌벅적했다.

수몰지구 고시가 나붙은 뒤 이 당제도 파란을 한번 겪었다. 꼭 당제를 어쩌자는 것이 아니고 당나무 때문이었다. 고시가 나붙은 얼마 뒤 당나무를 사겠다고 나선 작자가 있었다. 서울서 목물점을 내고 있는 사람으로 딱 잘라 오십만원을 내겠다는 것이다.

감내골에는 윗당나무와 아랫당나무가 있다. 윗당나무에는 동네 사람들 안위를 맡아 동네를 지켜준다는 당할아버지가 계시고, 아랫당나무에는 비 내려주고 바람 불어준다는 당할머니가 계시다는 것이다. 윗당나무는 동네 뒤 산자락에 있어 물에 잠기지 않지만, 아랫당나무는 물에 잠길 판이다.

이 작자가 욕심내는 것은 물론 아랫당나무였다. 그걸 베어다가 탁자며 뭐며 기기괴괴한 목물을 만들자는 것일 게다. 오백년 묵었다는 이 당나무는 장정들 두사람이 껴안아도 서너뼘이 남을 만큼 아랫도리가 굵은데다 몸통이 비비 꼬여 올라갔으며, 더구나 밑동 한쪽은 그게 뿌리인지 줄기인지 모르게 거의 멍석만 한 넓이로 거북등처럼 뭉쳐 있어 목물 하는 사람들이 군침을 삼킬 만했다.

“집구석이 망할라면 제석항아리에 말×이 들어온다등마는 아무리 동네가 물에 잠긴다고 뭣이 으째? 조상 대대로 제지내오던 당나무를 폴라고? 임자는 집구석이 거덜나면 조상 위패도 폴아묵을 작정인가?”

자리실영감이 얀정머리 없이 갈기고 나섰다.

“제지내오시던 걸 몰라서 드리는 말씀이 아닙니다. 댐에 물이 차면 그때는 사람들이 집을 버리고 떠나듯이 당산 할머니도 떠나시지 않겠습니까? 그러면 당나무도 빈집이나 마찬가지로 물속에서 썩고 말 텐데, 그냥 그렇게 썩는 것보다 목물이라도 만들어놓으면 오래 남을 테니 당나무로 보더라도 그게 한결 낫겠지요."

"허허. 남의 동네 당나무를 그렇게 염려해주다가는 이 동네 강아지도 낼부터 금목걸이 걸고 나서겄구만."

"꼭 그렇게 핀잔만 주실 일이 아닙니다. 호랑이도 죽으면 박제를 해서 잘 보이는 데다 진열해놓지 않던가요. 그런 이치라 생각하면 그렇게 섭섭하게 생각하실 것도 없습니다."

"그럼 자네는 자네 할무니도 돌아가시면 호랭이맨키로……"

다음 말은 너무 심하다 싶었던지 영감은 말을 삼키며 끙 매듭힘만 썼다. 목물 장수도 허허 웃었다.

"어서 가게. 그런 입 더 놀렸다가는 지벌을 맞아도 크게 맞아. 장사하는 사람이 괜한 지벌 입지 말고 어서 돌아서!"

"수몰지구에서 당나무를 많이 사와봤으니 말씀입니다마는, 오십만원이면 적은 돈이 아닙니다. 섭섭하시다면 이십만원 더 얹겠습니다. 잘 생각해보십시오."

"저 사람이 가라면 갈 일이제 지벌을 못 맞아서 어디가 많이 근질근질한 모냥이네. 지벌을 때리기로 하면 못 때리는 데가 없어. 자동차 바쿠는 그것이 쇠고 고문께 거기는 못 때릴 것 같아?"

낮짝이 양푼 밑바닥으로 유들유들하던 목물 장수도 이 악담에는 눈을 흘겼다.

며칠 뒤 또 한사람이 왔다. 이 작자는 동백나무나 모과나무 같은 나무만 보고 다니는 게 목물 장수가 아니고 정원수 장수인 듯했다. 한참 동네를 싸대고 다니더니 이 작자도 당나무에 군침을 삼켰다.

자기는 삼십만원을 더 얹어 백만원에 귀를 채우겠다는 것이다. 그걸 파 가자는 것은 아니겠고 역시 그런 속으로 목물점에 되팔아넘기자는 수작인 듯했다.

"허허. 말 죽은 원통보다 체 장수 몰려드는 것이 더 속상하다등마는, 동네가 망조가 든께 체 장수에 갖바치에 벼라별 종자들이 다 꾀어드는구만."

이 작자는 더 몰풍스럽게 내쫓았다.

"돈이 백만원이면 그 돈이 얼만디 그러시요? 거기다가 윗당나무도 끼워 팔면, 그것도 칠팔십만원은 받을 텐께 그러면 이백만원 가까운 돈인디, 저절로 굴러들어온 돈을 발로 차 넘기잔 말이구만이라."

삼식이라는 젊은이였다.

"뭣이 으짜고 으째? 물에 안 잠기는 윗당나무까지 폴아묵자고?"

자리실영감이 담뱃대를 내지르며 고함을 질렀다.

"이런 일은 그렇게 외곬으로만 생각하실 일이 아닐 것 같습니다."

이장도 덩달아 삼식이 편을 들고 나섰다.

"당나무가 물에 잠기면 당산 할무니도 나무에서 떠나고 말 텐께 아랫당나무는 말할 것도 없고, 윗당나무도 동네 있고 당나무 있제 동네 사람들은 다 떠나고 없는디, 당산 할아부지는 거기서 무얼 하실 것이요? 동네도 없는 당집에서 당산 할아버지가 무슨 중이라고 염불을 하실 것이요, 강태공이라고 낚시질을 하실 것이요?"

"허허. 아무리 동네가 망조가 들었다고 이것이 시방 먼 소리여? 인사불성도 유분수제 물에 안 잠기는 쌩 당나무까지 폴아묵자니,

이러다가는 조상 묏등 폴아묵자는 소리는 안 나올는지 모르겄구만. 허허."

자리실영감은 기가 막혀 말이 안 나온다는 표정이었다.

"까놓고 말해서 묏등에는 조상 유골이나 있제마는, 당나무에 귀신이 붙었다고 한께 그런가부다 하제, 당산 할아버지나 할머니가 있는지 없는지 누가 봤소?"

삼식이는 말을 해놓고 눈길을 돌렸다.

"그래, 당산 할아버지나 할머니가 눈에 안 뵌다고, 시방 그런 아가리를 놀려도 무사할 것 같냐? 무사할 것 같아?"

"동네가 이 꼴이 되었으면 그만이제 무사 안 하면 얼마나 안 할 것이요?"

"무사한가 안 한가 잘들 씨불여봐라! 얼마 전에는 당제 지내는 당집에서 계집 껴안고 ×몽댕이 놀리는 놈이 있등마는, 이번에는 당나무를 폴아묵자고? 당집에서 그 짓거리 한 그놈의 종자를 잡기만 잡으면 그 자리에서 ×몽댕이를 쑥 뽑아놀라다 못 뽑아놨는디, 모두들 두고 봐! 무사한가 안 한가 두고 보라고!"

영감은 고래고래 악을 썼다. 당집에서 계집 껴안고 어쨌다는 말은 삼식이한테 울려가라는 소리였다. 그 말이 나오자 삼식이는 켕기는 눈치였지만, 그렇다고 당나무 문제에 의견을 숙인 것 같지는 않았다.

삼식이는 요사이 동네 처녀하고 눈이 맞아 죽자 사자 한다는데, 그들은 만나도 밤이면 윗당나무 아래서 만난다는 것이다. 그 소문을 들은 자리실영감은 설마 당집에서 그 짓까지야 하랴 싶으면서도, 혹시 모르겠다 싶어 밭에 다녀오는 길에 당집 방문을 열어봤다. 먼지가 허옇게 낀 비닐 장판에 사람 뒹군 흔적이 뚜렷했다. 화가 머리끝까지 치솟은 영감은 연놈들을 현장에서 붙잡아 요절을 내려고 밤중에 몽둥이를 들고 당집 담 뒤에 쭈그려 앉아 기다리고 있었다. 사흘 밤이나 지키고 있었지만 허탕이었다.

이런 티격 판에서도 한몰영감은 꿀 먹은 벙어리였다. 눈 오는 날 외양간 황소처럼 눈만 끔벅일 뿐 한마디도 거들지 않았다. 옛날 같으면 이런 일에 맨 먼저 호통을 치고 나설 사람이 한몰영감이었지만, 영감은 곰방대만 빨며 먼 산만 건너다보고 있었다.

한몰영감이 동네일에 이렇게 입을 다문 것은 몇년 전 동네 안길을 넓히자는 데 반대한 뒤부터였다. 새마을사업으로 동네 안길에 리어카가 쑥쑥 들어 다니게 길을 넓히고 포장을 하자는 일이었다. 더구나 거기 들어갈 시멘트는, 동네 젊은이들이 면 주최 풀베기 대회에서 우승하여 우승기와 함께 부상으로 적잖이 오백포대나 타왔던 것이다. 우승의 열기에 들뜬 동네 사람들은, 영감의 터무니없는 고집에 처음에는 저 영감이 노망하지 않았나 찬찬히 건너다볼 지경이었다.

삼십가호 남짓한 이 동네는 집집마다 사립문이 동네 안길로 나 있지만 한몰영감 집을 포함한 세집은 저쪽으로 따로 나 있었다. 맨 안쪽에 있는 한몰영감 집은 돌담이 동네 안길에 접해 있어 안길을 넓히려면 돌담을 안으로 들여쌓아야 하고, 사립문을 낼 곳은 경사진 지형이 묘하게 생겨 저쪽으로 나 있는 사립을 안길로 내야 할 형편이었다. 그러자면 일감이 많았으나 동네 사람들은 그런 일은 두말할 것도 없고 쓰러져가는 헛간까지 새로 지어주겠다고 했다.

"사립을 동네 안길로 내버리면 큰일나겄는디라우."

한몰댁이 눈을 크게 뜨고 속삭였다.

"그려. 나도 생각이 그 생각인께 염려 말어."

아들이 만약 간첩으로 내려오면 틀림없이 자기 집에 들를 것인데, 있어야 할 곳에 사립이 없으면 무슨 꼴이 되겠느냐는 생각이었다.

"별일이 있어도 그 일은 막아야겄소."

영감은 염려 말라며 곰방대에 담배를 꾹꾹 욱여넣었다. 다음 날도 동네 사람들이 몰려왔다.

"이것이 모두 좋자고 하는 일인께 영감님께서 선심 한번 쓰십시요."

"선심이고 뭣이고 그대로 살제 동네 골목으로 리어카가 댕기면 얼마나 댕긴다고 골목을 넓히고 말고 하냔 말이여?"

"다른 동네서는 살돈을 내서도 골목을 넓히고 포장을 하는디, 우리는 공짜로 하는 일입니다. 사립을 이쪽으로 내도 남향에 동문인께 풍수들이 봐도 탓할 것이 없을 것 같고……"

그러나 영감은 한사코 고개를 저었다. 나중에는 동네 젊은이들이 몰려와서 깔깔거리며 엉너리를 쳤지만, 영감은 제대로 듣지도 않고 고개만 내둘렀다. 꼭 옛날 동네 처녀하고 저승혼사 시키자고 할 때처럼 답답했다. 동네 사람들은 투덜거리며 하는 수 없이 그 부분은 생긴 대로 포장을 하고 말았다.

그런데 영감은 다음 날부터 엉뚱한 일로 주눅이 들었다. 당산나무에 매단 스피커에서 아침마다 왕왕거리던 '새마을 노래'가 갑자기 자기를 향해서 내지르는 소리로 들린 것이다.

새벽종이 울렸네 새 아침이 밝았네. 너도나도 일어나 새마을을 가꾸세…… 초가집도 없애고 마을길도 넓히고 푸른 동산 만들어 알뜰살뜰 다듬세.

그렇지 않아도 날이면 날마다, 날만 샜다 하면 높일 대로 높인 노랫소리가 귀를 찢더니 이번에는 그 노랫소리가 느닷없이 자기를 향해 박자를 맞춰 손가락질을 하며 비아냥거리는 소리 같았다. 이게 하루 이틀이 아니고, 허구한 날 날만 샜다 하면 귀를 찢었다. 그때부터 영감은 그 노랫소리가 울릴 때는 논밭에도 나가지 않았다. 전에는 누구보다 일찍 일어나 논틀밭틀 부지런히 싸댔지만, 그 왕왕거리는 소리가 날 때 동네 사람들 앞에 얼씬거리고 다니기가 끔찍했던 것이다.

"내가 전생에 무슨 죄를 짓고 태어났을꼬?"

그때부터 영감은 회관에도 나가지 않았고, 동네일이라면 무슨 일이든지 길 아래 돌부처였다.

3

당산나무 문제는 돈이 적잖은 일이라 나중에는 나이 먹은 축들도 젊은이들 쪽으로 기울고 있었다. 그런데 저게 정말 당산 할아버지 지벌이 아닐까 싶은 일이 벌어지고 말았다.

이 동네는 해마다 백중날이면 퇴비 증산왕 뽑기 풀베기 대회를 열었다. 처음에는 면에서 주최하는 대회의 대표를 뽑느라 시작한 일인데, 면 대회는 없어졌지만 이 동네에서는 해마다 계속하여 일 년 일 가운데 가장 신나는 일이 되었다. 이번에는 수몰지구 고시가 나붙은 다음이라, 군수가 텔레비전을 한대 보내 그게 증산왕에게 돌아가는 상품으로 걸리자 대회 열기는 어느 때보다 뜨거웠다.

안골 들머리 널찍한 뫼벌이 대회장이었다. 태극기와 새마을기, 면 주최 풀베기 대회 우승기, '농자천하지대본'의 농기를 내걸고, 스피커까지 옮겨왔다. 본부석에는 텔레비전을 비롯해서 전기믹서·보온밥통·석유곤로·알루미늄솥 따위 상품들이 자태를 뽐내고 있고, 앉은뱅이저울이며 꽹과리도 내다 놨다.

동네 사람들은 모두 구경 나왔다. 개구쟁이들은 말할 것도 없고, 꼬부랑 할머니에 처녀들이며, 방학 때라 국민학생 중학생들까지 다 나왔다.

이장이 마이크를 들고 스위치를 넣는다.

"이 대회 고문이신 동네 원로 노인들께서는 앞으로 나오셔서 여기 본부석에 앉아주십시오."

이장은 자기 뒤를 가리킨다. 본부석이랬자 상품을 진열해놨을 뿐 의자가 놓인 것도 아니고 그냥 잔디밭이다. 노인들 여남은명이 본부석으로 나가 아까와는 달리 새삼스레 꼿꼿한 자세로 늘어앉았다.

"출전 선수들도 집합해주십시오."

머리에 수건을 질근질근 동여맨 선수들이 지게를 지고 앞으로 나온다. 전에는 뒷전에서 굿이나 보던 오십대들도 나오는 바람에 출전 선수가 어느 해보다 많았다.

"지금으로부터, 뭣이냐, 감천리 퇴비 증산왕 뽑기 풀베기 대회를 성대하게 거행하겄습다. 금일 이 경사스러운 풀베기 대회에 즈음하여, 뭣이냐, 이렇게 많이 참가해주신 출전 선수 여러분과, 뭣이냐, 이 대회 고문이신 동네 원로 노인 여러분, 또 뭣이냐, 어디까지나 협조적이고 우호적인 견지에서 이렇게 많이 나와주신 내빈 여러분에 대하여 본 이장은, 이 동네 이장으로서, 또 이 대회 대회장으로서 뭣이냐, 심심한 감사의 말씀을 드리는 동시에, 겸하여, 무쌍의 영광으로 생각하는 바임다."

이장은 사뭇 정중하게 고개를 숙인다.

"내빈? 동네 사람들뿐인데 동네 사람도 내빈인가?"

중학생 녀석들이 킬킬거린다.

"특히나, 이번 대회에 즈음하여서는 뭣이냐, 본 군의 군수 영감님께서, 어디까지나 협조적이고 우호적이고 대민적인 견지에서, 뭣이냐, 테레비를 한대 하사하셨습다. 이 테레비는 어디까지나 본 이장이 군청 산업과장을 직접 단독으로 면담을 요청하여, 뭣이냐, 수몰지구 주민들의 제반 애로사항과 협조사항을 어디까지나 건설적인 견지에서 건의한 결과, 뭣이냐, 군수 영감님께서 본 이장의 건의를 전폭적으로 받아들여 하사하신 것이라 이 말씀임다."

"하사? 군수가 임금인가? 히히."

중학생들이 킬킬거린다. 이장이 험한 상판으로 중학생들을 노려본다.

“이와 같은 영광에 즈음하여 우리 동민 일동은 앞으로 이 동네를 떠남에 있어서, 최후의 일인까지 최후의 일각까지, 뭣이냐, 국민총화적인 견지에서 어디까지나 협조적이고 우호적인 정신으로 총 매진하지 아니하면 절대로 아니 되겠다, 이 말씀임다.”

이장은 주먹을 휘두르며 입에 거품을 문다. 만약 국민총화적인 견지에서 협조하지 않는 사람이 있으면 가만두지 않겠다는 서슬이다.

“다음으로 이번 대회 상품에 대하여 말씀드릴 것 같으면, 이번 상품은 보시는 바와 같이 전부를 어디까지나 문화적인 시설로 준비를 했다는 사실을 말씀드리지 않을 수 없습다. 그 이유는 무엇이냐? 작년까지는 우리가 이 동네서 영구적으로 생존할 것이라는 견지에서, 뭣이냐, 돼지 새끼·솥·삽 등등 어디까지나 생산적인 시설로 준비했습다. 그러나 이 동네가 수몰이 되는 동시에는 많은 동민들이 도시로 떠난다는 견지에서, 모두 일률적으로 전부 문화적인 시설로 준비하게 된 것이라 이 말씀임다.”

중학생들은 웃음을 참느라 안간힘을 쓰는 것 같고, 조무래기들은 상품을 만지고 다닌다. 이장이 그쪽을 노려본다.

“야, 이 싸가지 없는 새끼들아, 쩌리 쪼깐 안 갈래. 이 동네 새끼들은 하여간.”

조무래기들이 쪼르르 도망친다. 그때 이장 손에서 마이크가 공중으로 휙 날아간다. 맨 뒤에 도망치던 녀석이 마이크 줄을 걸고 넘어진 것이다.

“참말로 사람 환장하겄그만잉.”

근엄하던 얼굴이 대번에 똥 집어먹은 곰 상판이 된다. 마이크를 집어 후후 불어본다. 고장은 아니다. 이장은 조무래기들을 다시 노려보며 가까스로 감정을 수습한다.

"다음으로 심사 요령에 대하여 말씀드리겠습다. 뭣이냐, 풀 베는 시간은 작년과 마찬가지로 한시간 즉, 뭣이냐, 육십분임다. 장소는 저쪽 말림갓인디, 뭣이냐, 시간이 늦은 자에 대하여는 일분 늦은데 오키로구라무씩 감점을 함과 동시에, 뭣이냐, 일초만 늦어도 일분으로 취급을 함다. 뿐만 아니라 저울에다 무게를 단 다음 풀짐을 검사하여, 뭣이냐, 거름이 되지 아니하는 나무 깡탱이나 기타 불순적인 물품이 색출되는 동시에는, 뭣이냐, 무조건 등외로 취급한다는 사실을 엄중하게 통고하는 바임다. 그러면 심사위원님들을 소개하겠습다. 심사위원장님에는 자리실영감……"

이장은 심사위원 다섯사람을 소개한다.

"심사위원장님이신 자리실영감께서 제반 주의사항을 말씀드리겠습다."

자리실영감이 엉거주춤 앞으로 나가 마이크를 건네받는다. 영감은 쥐구멍에 들어온 벌처럼 덩둘하게 서서 마이크를 뜨거운 것 잡듯 어색하게 잡고 헤벌쭉 웃는다.

"이장이 다 말했은께 내가 따로 더 말할 것은 없고, 그 나무 깡탱이 같은 것은 작년에도 말썽이 났은께 말인디, 그런 말썽날 일은 미리 조심하는 것이 좋을 것 같어. 풀짐을 풀어서 검사하는 것이 쪼깐 야박하기는 하제마는, 그래도 풀어놓고 본다 치라면 이것이 퇴비하자고 비어 온 풀짐인지, 말려서 불 때자고 걸터듬어 온 물거린지 모르게 생긴 풀짐이 있더라 이 말이여. 그런 것만 조심하면 쓸 것 같구만."

영감은 또 헤벌쭉 웃으며 이장한테 마이크를 넘긴다.

"지금부터 시작할란께 출전 선수들은 저쪽으로 가서 늘어서시요."

출전 선수들은 밭둑으로 뛰어간다. 구경꾼들도 전부 일어서고, 나이 든 축들은 솜씨 따라 꽹과리며 징이며 풍물을 한가지씩 골라잡는다. 꽹과리를 든 이장이 시계를 보고, 선수들은 출발점에 선 백미터 달리기 선수들처럼 숨을 죽이고 있다.

"준비!"

—깡

선수들은 소나기 만난 소 뛰듯 쿵쿵 땅을 울리며 산으로 올라붙는다. 풍물 소리가 요란스럽게 쏟아진다. 노란 셔츠를 입은 삼식이가 맨 앞이다. 삼식이 애인 둘레는 팔짝팔짝 뛰며 악을 쓴다. 삼식이는 이번 대회에 증산왕이 되려고 이만저만 벼른 게 아닌 모양이었다. 삼을 넣어 닭까지 한마리 고아 먹었다는 소문이었다. 기어코 텔레비전을 안아다 신방에 놓으려고 단단히 작정을 한 것 같았다.

—깨갱 깽깽 징징.

막걸리에 거나해진 노인들은 신나게 꽹과리를 두들겨댄다. 한참만에 이장이 시계를 보며 마이크 스위치를 누른다.

"앞으로 남은 시간 십분임다. 남은 시간 십분임다!"

얼마 뒤 다시 오분을 예고하고, 삼분을 알리자 모두 풀 깍지를 나르기 시작한다.

"남은 시간 일분!"

거의 풀짐을 지고 일어선다. 줄줄이 달려온다. 삼식이 노란 셔츠는 보이지 않는다. 풀짐을 짊어진 장정들은 마파람 만난 아궁이에 삭정이 불 쏠리듯 대회장으로 쏠려든다. 그제야 내려오기 시작하는 풀짐이 있다. 세사람이다. 그 가운데서도 노란 셔츠가 맨 꼴찌다. 그러나 풀짐은 어느 풀짐보다 큰 것 같다.

"십초, 오초, 영초."

끝내 두사람이 걸리고 말았다. 삼식이는 이십초나 늦었다. 갈데없이 오 킬로 감점이다. 삼식이는 후후 대장간 풀무질 소리로 거친 숨을 내뿜으며 대회장으로 들어선다. 비 오듯 땀을 쏟으며 지게 받칠 자리를 두리번거린다. 자리가 없다. 연방 풀무질 소리를 내뿜으며 뫼벌 위쪽으로 올라간다. 한참 올라가도 자리가 없다. 뫼벌 밖으로 올라가 지게를 받쳐놓고 작대기로 괸다. 후유, 증기차 화통 내뿜는 소리를 낸다. 풀짐 뒤로 돌아가 아랫도리를 까고 철철철 오줌을 갈긴다.

"무게를 달 때는 작년과 똑같이 뭣이냐, 지게를 진 채로 저울로 올라서서 무게를 단 다음, 뭣이냐, 다시 맨몸으로 무게를……"

"어쿠."

오줌을 갈기던 삼식이가 느닷없이 사타구니를 싸안고 아래로 뛴다. 한 손은 사타구니를 싸안고 한 손은 허공을 내저으며 내닫는다. 머리 위에 벌떼가 시커멓게 따라온다. 땅벌이다. 땅벌 구멍에다 오줌을 갈겼던 모양이다. 구경하던 사람들도 도망친다. 여자들도 비명소리가 찢어진다. 오빠시라고도 하는 땅벌은 벌 가운데서 독이 무섭기로 소문난 벌이다. 오줌 벼락을 맞고 가만있을 까닭이 없다.

크기는 일 센티가 조금 넘지만 독은 그보다 몇배나 큰 말벌보다 배나 독하다.

저만큼 달아나던 삼식이가 무릎을 꿇고 고의춤을 깐다. 벌을 집어내고 다시 사타구니를 싸안으며 오만상을 찌푸린다. 삼식이 말고도 세사람이나 쏘였다. 이장도 한방 쏘이고, 삼식이 애인 둘례와 다른 처녀도 쏘였다. 대여섯방을 쏘인 삼식이는 거기도 두방이나 쏘였다. 난데없는 오줌 벼락을 맞은 벌들이 오줌 줄기를 따라가 벼락이 쏟아지고 있는 데다 직방으로 갈겨버린 모양이었다.

이장은 아랫입술을 쏘였고, 삼식이 애인 둘례는 눈두덩을, 다른 처녀는 목덜미를 쏘였다. 사타구니를 싸안고 오만상을 찌푸리던 삼식이가 다시 아래를 들여다본다. 뒤에서 넘어다보던 녀석들이 킬킬거린다. 벌써 방망이만 하게 부어올랐다. 이장은 유독 벌을 타는지 입술이 소 지라처럼 아래로 처져 잇몸이 허옇게 드러났다. 왼쪽 눈을 쏘인 둘례는 그렇지 않아도 너부데데한 얼굴이 주물러놓은 메주 꼴에, 한쪽 눈은 제자리에서 한참 올라간 곳에 설익은 토마토 골처럼 한일자만 하나 그어져 있다. 삼식이는 다행히 얼굴은 쏘이지 않았다.

싸개통에 그쪽 풀짐들은 엉망이 되고 말았다. 삼식이가 풀짐을 하나 들이받는 바람에 줄줄이 늘어섰던 짐들이 연거푸 넘어진 것이다. 풀짐 임자들은 욕설을 퍼부으며 짐을 풀어 새로 가든그린다. 그게 쉬운 일이 아니라서 삼식이를 노려보는 도끼눈에 독이 시퍼렇다.

난장판이 어느만치 수습되자 이장이 마이크를 잡는다.

"지음으로부어, 호, 멋이냐, 무에를 달겄습다. 호."

모두 소리를 죽이고 웃는다. 그러지 않아도 부어오른 입술에서 되다 만 소리가 스피커에서 한번 더 부풀자 스피커가 혼자 왕왕거리는 것 같다. 한사람씩 풀짐을 지고 가서 무게를 달기 시작한다. 삼식이는 아랫도리를 붙안고 경황 중에도 눈을 밝히고 있다. 둘례도 하나 남은 눈을 크게 뜨고 보고 있다.

한짐 한짐 무게를 재자 대회장에 새로 긴장이 살아난다. 삼식이 풀짐은 다른 사람이 져다 쟀다. 삼식이는 이십초 때문에 등수에서 밀려나고 말았다. 삼식이 우거지상은 한껏 험하게 일그러진다. 그러나 감투상은 갈데없다고 곁에서 킬킬거린다. 입상한 사람들은 기고만장이다. 다시 술판이 벌어진다.

"야, 삼식아, 떡 본 짐에 지사 지내더라고 연장이 그렇게 부푼 짐에 그 연장으로 오늘 저녁에 애기나 한나 맨들어라. 대번에 드럼통만 한 레슬링 선수가 한나 폭 튀어나오겄다."

삼식이 또래 또철이다. 모두 와 웃는다. 한때 서울에서 이발소 견습으로 일을 배우다가 돌아온 녀석이다.

"맞다. 튀어나오자마자, 폴딱폴딱 뜀시로 홍코나 하고 손을 흔들 것이다."

폭소가 터진다.

"정말로 약 올리기냐?"

삼식이는 주먹을 으르지만 쫓아가지는 못한다.

"인마, 그런 놈 한나만 나봐. 올림픽 레슬링 금메달 한나는 떼어놓은 당상이다. 잡것, 금메달만 타봐라. 애비 된 너도 대통령하고 악수하고, 아들하고 함께 차 타고 서울 시내 퍼레이드 한다구."

"그 아들은 눈 하나는 애꾸겄구만."

"이름은 땅벌이라고 지어. 박땅벌."

또 폭소가 터진다.

"애꾸눈·땅벌. 이름 한번 좋다. 우리 한국이 낳은 애꾸눈·땅벌 선수가 레슬링 금메달을 목에 걸었습니다. 국민 여러분 기뻐해주십시오."

또철이가 거듭 익살을 부린다. 서울서 만날 그런 흉내나 냈던지 말솜씨가 아나운서 뺨칠 지경이다.

"지금부터 88올림픽 레슬링 경기 헤비급 결승전 중계방송을 시작하겄습다. 호."

호 소리는 아까 이장이 말하며 냈던 소리 같다.

"너 이놈의 새끼, 정말 죽고 싶냐?"

삼식이는 주먹을 으르며 이를 악문다.

"상대는 미국 선수 조지 시드니올습다. 호. 조지 시드니 선수로 말할 것 같으면 그동안 무지막지한 선수들을 줄줄이 눕히고 결승에 올라온 선숩다. 호. 독일 선수 칼 막 휘둘러, 일본 선수 도끼로 이마까라, 인도 선수 깐디 또 까 등등, 흉악하기 짝이 없는 선수들을 눕히고 올라왔습다. 호. 금방 공이 울리겄습니다. 호. 레슬링 헤비급 금메달이 비행기를 타고 태평양을 건너 미국으로 가느냐, 한국에 잡아놓느냐, 숨가쁜 순간이올습다. 호. 선생님, 한국의 애꾸눈·땅벌 선수와 미국 조지 시드니 선수의 경기를 어떻게 보심까? 어디까지나 공명정대한 견지에서 한 말씀 해주십쇼. 호."

사람들은 배를 쥐고 웃고, 아랫도리를 싸안은 삼식이는 환장하겠다는 상판이다.

"예, 내가 보는 견지에서는 두말할 것도 없이 애꾸눈·땅벌의 승립니다. 아, 그렇슴까? 왜 그렇게 보심까? 호. 그 이유는 명백함다. 조지 시드니 선수는 이미 그게 시들어버렸기 때문입니다. 아, 그렇군요. 감사함다. 호. 드디어 공이 울렸슴다. 호. 막상막하의 경기, 이기느냐 지느냐, 지느냐 이기느냐, 애꾸눈·땅벌, 조지 시드니 선수를 째려봄시롱 빙빙 돌고 있슴다. 호. 애꾸눈·땅벌이 조지 시드니 허리를 껴안슴다. 눕혔슴다. 쪄눌렀슴다. 땅, 땅. 아이고, 다시 뒤집혔슴다. 땅벌이 밑에 깔렸슴다. 위기일발의 순간, 아, 다시 뒤집혔슴다. 또 뒤집혔슴다. 호. 다시 뒤집혔슴다. 눌렀슴다. 땅, 땅, 땅. 드디어 애꾸눈·땅벌의 승립니다. 호. 국민 여러분 기뻐하십시오. 호. 우리 한국이 낳은 애꾸눈·땅벌이 드디어 목에 금메달을 걸게 되었슴다. 호. 애꾸눈·땅벌 선수 이리 오고 있슴다. 그 모습도 늠름함다. 호. 축하함다. 이 영광을 누구에게 돌리겠슴까? 호. 어디까지나 국민총화적 견지에서 응원해주신 국민 여러분과 나를 낳아주신 우리 아부지 박삼식 씨와 어머니 김둘레 여사에게 영광을 돌리겠슴다."

"저 쌍놈의 자식."

참다 못한 삼식이가 쫓아간다. 그러나 몇발짝 쫓지 못하고 아래를 싸안는다.

"시청자 여러분, 죄송함다. 애꾸눈·땅벌 아버지가 흥분한 바람에 잠시 방송이 중단됐슴다. 호. 애꾸눈·땅벌 선수, 오늘 무슨 작전을 썼길래 그 무지막지한 미국 선수를 눌렀슴까? 호. 예, 나비같이 날아가서 땅벌같이 팍 쏘았습니다. 아하, 그랬군요. 감사함다. 호."

삼식이는 환장하겠다는 상판이고 곁엣녀석들은 배를 쥐고 웃는다.

동네로 돌아온 자리실영감은 그이대로 기고만장이다.

"내가 뭐랬어? 내가 육십 평생 벌 쐰 사람을 많이 봤제마는 쏘여도 거기 쏘인 사람은 내 생전 첨 봤어. 그것이 그냥 있는 일이겄어? 옷 속에 두벌 시벌 숨겨논 물건을 제 손으로 끄집어내라 해갖고 쏘아도 두방이나 쏘는 걸 봐. 이래도 당산나무에 당산 할아부지가 계신지 안 계신지 모른다고 할 것이여?"

자리실영감은 기고만장이다. 와, 웃는다.

"삼식이 거기 쏜 이치는 알겄는디, 이장은 왜 하필 입을 쐈으까라우?"

"그걸 몰라서 물어? 당산나무 폴아묵자는 말을 어디로 했어? 밑구멍으로 했간디?"

"그럼 영자는 왜 쐈다요?"

"거기까지사 낸들 어뜨코 알어? 그럴 만한 일이 있었는가 으쨌는가, 그것은 당산 할아부지한테 가서 물어봐."

모두 웃는다.

이 사건이 있고 나서도 젊은이들 사이에서는 귓속말로 당산나무 이야기가 오갔다. 그런데 엉뚱한 일로 또 벌 사건이 벌어졌다. 이번에는 동네 젊은이들이 거의 쏘였다. 온 몸뚱이를 전부 쏘여 마치 양돈장 살찐 돼지들처럼 퉁퉁 부어 끙끙 눕고 말았다.

이 동네는 거의 집집마다 벌을 치고 있다. 모두 한봉(韓蜂)으로 적은 집은 한두통, 많은 집은 여남은통이다. 한봉은 사육방법이 개발되지 않아 걸핏하면 나가버리고, 시나브로 수가 줄어 저절로 없어져버리는 등 치기가 여간 까다롭지 않다. 그러나 삼식이는 무슨 일에나 그렇듯 벌 치는 데도 억척이어서 꿀은 꿀대로 따고, 벌통도 한해 사이에 세통을 열통으로 늘려놓고 있었다.

땅벌 사건으로 아직도 동네 사람들이 그 이야기만 나오면 웃음판이 벌어지고 있을 때였다. 느닷없이 어디서 양봉(洋蜂)이 날아와 한봉 통을 습격했다. 한나절 사이에 여남은마리씩 벌통 앞에 나동그라졌다. 트럭에다 벌통을 싣고 다니는 양봉업자가 동네 가까이 벌통을 가져다 놓은 것 같았다.

이장을 앞세우고 삼식이와 또철이 등 동네 젊은이들이 좇아갔다. 아니나 다를까, 장구목재 아래 양봉 통이 오십여통이나 늘늘히 놓여 있다.

"여보시오. 이 윗동네서 한봉을 치고 있는디, 여그다 양봉을 갖다 노면 어떻게 합니까?"

이장이 고함을 지른다.

"어떻게 하다니, 그게 무슨 말씀이오?"

상판이 깡마르고 눈이 쥐눈으로 툭 튀어나온 작자가, 눈을 한껏 똥그랗게 뜨고 무슨 뚱딴지같은 소리냐는 표정이다.

"이 양봉이 날아와서 우리 동네 한봉을 막 물어 죽이는디, 무슨 말이냐고?"

이장이 삿대질을 하며 내지른다.

"하하. 나는 또 무슨 소린가 했더니 그런 얘깁니까? 처음 한두번

그러다 맙니다. 한봉이 얼마나 앙칼지다고 양봉한테 당하고만 있겠습니까?”

양봉업자는 금방 얼굴에 웃음을 바르며 엉너리를 친다.

“지금도 막 물어 죽이고 있는디, 멋이 으짜고 으째요?”

“강아지들도 첫 얼릴 때는 으르렁거리지 않던가요? 처음에만 조금 그러다 맙니다. 소나 말이라면 고삐라도 잡아당기겠지만, 천지가 내 세상이라고 날아다니는 것이 벌인데 낸들 어찌하겠습니까?”

“소나 말이 아니어서 고삐를 잡아당길 수 없으면 싣고 나가얄 게 아니요?”

코를 씩씩 불고 있던 삼식이가 버럭 내지른다.

“가만있자, 지금 나보고 벌통을 싣고 나가라 했소?”

“알아들었으면 트럭에 벌통이나 실을 일이지, 얌생이 종자간디 되새기기는?”

삼식이가 위아래를 째리며 퉁긴다.

“허허. 벌통 떠메고 팔도강산을 무른 메주 밟듯 하고 다녔어도 벌통 자리 가지고 텃세하는 것 못 봤더니, 오늘 별 희한한 소리 한번 들어보겠네. 여기는 대한민국 땅덩어리고 나는 대한민국 축산법의 보호를 받는 양봉업자입니다. 그런 걸 따지려면 축산조합에 가서 축산법이 어떻게 생겼는지 그것이나 알아보고 따지시오.”

작자는 배짱 좋게 나온다.

“축산법의 보호를 받는 양봉업자? 그래, 그 축산법은 당신네 양봉업자들 법이간디. 축산법에 알아보면 양봉업자 벌은 남의 벌 물어 죽여도 상관없다고 쓰여 있단 말이요?”

삼식이가 삿대질을 하며 대든다.

"벌을 물어 죽이라 마라 소리는 안 쓰여 있지만, 나가라 마라 소리는 못하게 쓰여 있습니다. 허지만 멀리 있는 법보다 가까이 있는 사리로 따져도 그렇습니다. 내가 벌을 오래 쳐봤으니 말입니다만, 양봉이 처음에는 한봉한테 겁 없이 덤비지만 몇번 앙칼지게 당하고 나면 그뒤로는 얼씬도 못합니다."

"뭣이 으짜고 으째?"

"고정하시고, 내 말 더 들으세요."

작자는 손으로 다독거리는 시늉까지 하며 말을 잇는다.

"양봉이 밀원을 침해한다고 하실지 모르지만 그것도 염려할 것 없습니다. 포수도 꿩 사냥꾼 따로, 호랑이 사냥꾼 따로듯이 벌도 사냥하는 길속이 다릅니다. 한봉은 꿀을 빨아도 진국만 빨아 가지만, 양봉은 한봉이 빨다 남긴 우거지나 빨아다 쑤셔 박습니다. 꿀값만 봐도 그게 환하지 않습니까? 사리가 이러니 너무 염려 마십시오."

"허허, 그 사리 한번 간 녹여주네. 이놈의 양봉이 지금 우리 한봉통에 와서 벌을 막 물어 죽이고, 벌통 안까지 쑥쑥 들어가서 꿀을 도둑질해 가는 판인디 멋이 으짜고 으째?"

삼식이가 삿대질을 하며 소리를 지른다.

"꿀을 도둑질해 온다고요? 도둑질하는 걸 보셨습니까?"

"중놈 과부 방에 들어갔다 나오면 뻰한 속이지, 벌이 지게 지고 댕김시로 꿀을 짊어지고 나오간디, 꼭 봐야 안단 말이여?"

"그 말씀은 너무 과하십니다. 벌이 벌통에 조금 들어갔다 나온 걸 도둑질해 온다고 하시면, 하느님이 아무리 콧구멍을 둘이나 뚫어놨지만 나는 어떻게 숨을 쉬라고 그런 말씀을 하십니까?"

"벌을 그렇게 오래 쳤다는 사람이 양봉이 한봉 통에 들어갔다 나오는 속을 정말 모른단 말이요? 날만 새면 꿀 사냥에 들숨 날숨 없는 것이 벌인데, 그 녀석들이 이 동네 관광여행 왔다고 관광객 절간 들어가듯 남의 벌통을 쑥쑥 들어 다닌단 말이여?"

이번에는 또철이가 내지른다.

"꿀 훔쳐 온다는 것은 터무니없는 소립니다. 사람도 남의 동네 처음 가면 여기저기 기웃거리는 것쯤 예산데, 천지를 거침없이 날아다니는 벌들이야 오죽하겠습니까? 그걸 가지고 도둑으로 몰다니 그건 너무하신 말씀입니다."

"나잇살이나 철떡거린 주제에 언구럭 피우는 꼬락서니라니. 우리가 산골에서 산께 간밤에 나서 이슬 받아먹고 자란 줄 알아? 어서 나가! 벌통을 칵 뒤엎고 말 텐께 당장 나가!"

삼식이가 벌통을 걷어찰 듯이 으르며 이를 악문다.

"어디, 그럴 배짱 있으면 한번 차보시지."

"차라면 못 찰 줄 알아?"

삼식이는 제 성미를 못 이기고 냅다 벌통을 하나 걷어차버린다. 거푸 한통을 더 차버린다.

—왕

뒤집힌 벌통에서 벌떼가 쏟아져 나온다. 성난 벌떼가 얼굴에 시커멓게 붙는다. 집이 송두리째 뒤집힌 벌들은, 오줌 벼락 맞은 땅벌 정도가 아니었다. 벌을 터느라 두 손을 내저으며 죽어라 도망친다. 벌 한통에 이삼만마리, 그러니까 오륙만 대군이다.

몇방씩 쏘였는지 알 수도 없었다. 얼굴, 목덜미, 팔, 다리, 살이 나온 곳은 안 쏘인 데가 없었다. 부어오르기 시작하자 도무지 말이 아니었다. 모두 끙끙 앓고 누웠다.

"거 봐. 내가 뭐랬어? 저런 일이 그냥 있는 일인 중 알어? 지난번에 그만치 말했으면 알아채리고 아가리를 닥치고 있을 일이제, 그 못된 아가리를 또 놀렸으니 그런 녀석들을 가만두겄어? 이번에는 모두 저렇게 눈하고 입을 닫아서 차분히 눕혀논 것이 무슨 이친 줄 알어? 당산나무 폴아묵자는 소리가 가당한 소린가 아닌가, 눈감고 누워서 곰곰이 한번 생각해보란 소리여. 그따위 아가리를 또 한번만 놀려봐라. 그때는 벌만 나서지 않을 것이다. 두고 보라구, 두고 봐."

자리실영감은 자기가 마치 당산 할아버지 대변인이라도 된 것처럼 떵떵 을러멨다.

4

"나무새랑 죄다 챙겼소."

한몰댁이 마루방 문을 열고 영감들을 본다. 파리똥 낀 벽시계가 아홉시를 가리키고 있다. 영감들은 잔을 비우고 일어선다. 자리실영감은 나물이며 생선이며 과일 따위 제물을 담은 알루미늄 함지를 들고 나간다. 지게에 얹고 지게꼬리로 단단히 묶는다. 한몰영감은 창호지 몇장만 말아 들고 호롱불을 비추며 앞장선다. 지금부터

제를 마칠 때까지는 무슨 일이 있어도 말을 해서는 안 된다.

동네를 벗어나자 멀리 당나무에 걸린 호롱불이 어서 오라고 손짓하는 것 같다. 저 호롱불도 낮에 미리 켜놨고, 메 지을 쌀도 낮에 가져다 놨다. 비좁은 산길인데다 지덕이 사나워 한몰영감은 호롱불을 앞뒤로 비추며 조심조심 간다.

서너평이 될까 말까 한 당집은 돌담 속에 파묻혀 있고, 당나무는 오늘 따라 더 덩실해 보인다. 널찍한 마당은 나뭇잎 하나 없이 정갈하고, 마당가에는 드문드문 황토가 깔려 있다. 당나무 앞 상석 곁에는 큼직한 도끼가 시퍼렇게 날을 번득이고 있고, 하얀 지전을 걸친 신대는 당나무와 키라도 겨루듯 당나무 가지 사이로 높이 솟아 있다. 상석 곁에는 도깨비 밥 담을 오쟁이가 입을 벌리고 있다.

그들은 당집으로 간다. 당집은 비좁게 포개 앉으면 여남은사람이 앉을 수 있는 방 한칸과, 까대기로 시늉을 내놓은 부엌이 있다. 예전에는 당집 지붕을 너와로 이었으나 십여년 전에 슬레이트를 얹었다. 자리실영감은 제물 함지를 방안에 들여놓고 제상에 촛불을 켠다.

한몰영감은 여기저기 둘러본 다음 수건을 챙겨 들고 자리실영감을 보며 산자락 쪽을 향해 턱짓을 한다. 자리실영감은 쌀이 치면한 자배기를 옆에 끼고 뒤따른다. 눈발이 뿌리기 시작한다. 두사람은 한참 가다가 길을 버리고 수풀을 헤치며 개울로 내려간다. 한몰영감은 호롱불을 나뭇가지에 걸고, 자리실영감은 자배기를 풀밭에 놓는다. 두 영감은 개울가에서 옷을 벗고 돌멩이로 얼음을 깬다. 젊었을 때 씨름판을 누볐던 한몰영감은 살집이 어지간했지만, 자리실영감은 뼈가 앙상하다. 두 영감은 손으로 몸에 물을 끼얹는다. 입을 꾹 다물고 거푸 끼얹는다.

"으으으."

자리실영감 이 부딪치는 소리가 고장난 기계 마찰음 같다. 그들은 옷을 입고 다시 길로 올라 아까 가던 길을 다시 간다.

"어쿠!"

뒤따르던 자리실영감이 길바닥에 무릎을 꿇는다. 다행히 쌀을 쏟지는 않았다. 자리실영감은 무안한 듯 한몰영감을 쳐다본다. 영감은 가볍게 웃어주며 오던 길을 향해 턱짓을 한다. 아까 목욕했던 데로 다시 내려가서 또 옷을 벗고 몸에 물을 끼얹는다. 이번에는 둘이 다 으으으 이 부딪치는 소리를 낸다.

그들은 가던 길을 다시 한참 간다. 큰 바위 아래서 옹달샘이 졸졸 소리를 내고 있다. 등불에 비친 샘 바닥에는 낙엽 하나 없고 주변도 말끔하다. 여기도 낮에 미리 손을 봐놨던 것 같다. 한몰영감이 자배기를 받아 물을 떠 붓고 쌀을 씻는다. 뜨물을 따라내고 씻고 또 씻고, 세번을 씻는다. 두 영감들은 머리에 하얗게 눈을 이고 왔던 길을 되짚는다.

당집에 이르자 한몰영감이 자배기를 받아 솥에다 쌀을 쏟고 물을 붓는다. 바로 곁에 있는 작은 솥 자리에도 집에서 국거리를 앉혀 온 냄비를 놓는다. 자리실영감은 양쪽 아궁이에 불을 때고 한몰영감은 방으로 들어간다.

영감은 '당산신령지위(堂山神靈之位)'라 쓰여 있는 위패를 제자리에 놓고 그 앞에 제물을 차리기 시작한다. 홍동백서(紅東白西) 어동육서(魚東肉西)로 하나하나 제자리를 찾아 놓는다. 사과나 대추 같은 붉은 제물은 맨 동쪽, 깎은 밤이나 도라지나물 같은 흰 제물은 맨 서쪽, 민어나 명태 같은 생선은 동쪽, 육포나 편육 같은 육류는 서쪽에 놓는다. 영감은 정성스레 제물을 놓고 나서 몇가지는 자리를 옮겨 놓는다. 다시 한참 동안 보고 나서 안심한 듯 밖으로 나간다.

한참 만에 밥이 다 됐다. 방에 차려놓은 제상에 밥 세그릇과 국 세그릇씩을 놓는다. 가져온 소주병을 트고 역시 석잔을 따라 밥그릇 곁에 놓는다. 산신 한분과 두 당산 신, 세 몫인 것 같다. 두사람은 곱게 절을 두자리씩 한다. 절을 하고 난 한몰영감은 아까 가져온 창호지를 풀어 손수건 너비의 창호지를 촛불에 대어 불을 당긴다. 창호지가 훨훨 타며 천장으로 올라가다가 중간에서 재가 되어 허옇게 고스러진다. 두장을 더 올린다.

"빠진 일 없제?"

"없는 것 같소."

두 영감들은 비로소 입이 열렸다. 여태 칵 막혔던 숨통이 터진 것 같다. 그들은 따로 챙겨놨던 밥과 나물 그릇을 들고 밖으로 나간다. 눈발이 그쳤다. 그들은 당산나무 상석이 아니고, 마당 들머리 황토 무더기 곁에 짚을 깔고 아무렇게나 제물을 늘어놓는다. 여기 당산 할아버지 밥은 방에 차려놨으므로 이것은 뜬귀신들 몫이다. 두 영감은 당나무 아래서 서성거리다가 한참 만에 당집으로 다시 들어간다.

"음복하세."

한몰영감이 상에 놨던 술잔을 가져다 하나를 자리실영감에게 넘긴다. 두 영감은 조심스레 잔을 기울인다.

"영감님, 감기나 안 걸릴란가 모르겄소. 조심한다는 것이, 거 참."

자리실영감은 아까 실수한 걸 변명하듯 말한다.

"내가 언제 감기 걸리는 것 봤어? 그래도 아닌 게 아니라, 그 물 한번 되게 차더만. 뼈를 찌른다등마는 그게 그냥 하는 소리가 아녀. 허허."

영감이 잔을 건네며 웃는다.

"그래도 소지가 곱게 오른 것 본께 맘이 툭 놓입디다."

"자네가 엉뚱한 고생까지 하고 정성을 드린 탓이네. 하하."

한몰영감 말에 자리실영감도 소리내어 웃는다. 엉뚱한 고생을 했다는 건 제물을 사러 장에 두번이나 다녀왔기 때문이다. 당제 제물을 살 때는 무엇이든 값을 부른 대로 줘야지 깎아서는 안 된다. 그런데 다른 것은 모두 제대로 샀으면서 맨 나중에 미역을 사며 실수를 했던 것이다. 시골 장에서 으레 그렇듯 미역값에 얼마 안 되는 꼬리가 붙어 있어 깎자 말자 말도 없이 그걸 떼어버리고 돈을 내밀었고, 미역 장수도 두말없이 그대로 받았다. 그런데 돌아오다가 장구목재에 쉬어 앉았을 때야 그게 생각났던 것이다.

"망신을 할라면 제 아비 이름도 안 떠오른다등마는 내가 시방 그 짝이었소. 허허."

자리실영감은 그 자리에서 벌떡 일어나 혼자 장으로 달려가 새로 미역을 사왔던 것이다. 왕복 시오리 길이었다.

그때 저 아래서 왁자글 사람 소리가 난다. 제가 끝날 시간을 짐작하고 동네 사람들이 몰려오고 있었다. 이 근래 제주 섰던 노인들 네댓명과 도깨비 밥을 줄 젊은이들이었다.

"야, 금년에는 도깨비 밥 오쟁이가 무지하게 크구나."

젊은이들은 이미 술이 거나한 것 같았다. 나이 든 축들은 당집 방으로 들어가고 젊은이들은 당산나무 앞에서 깔깔거린다.

"야, 이 도끼 날 한번 시원하다. 그동안 못된 짓 한 녀석들은 이 도끼 보고 반성해."

또철이가 도끼를 들어 호롱불에 날을 비춰 보이며 을러멘다.

"도깨비 제주는 누군고?"

그때 자리실영감이 음식을 가득 담은 채반과 되들이 소주병을 들고 오며 묻는다.

"박삼식이 놔두고 누구겠소?"

"애꾸눈·땅벌 아버지가 오늘 도깨비들하고 한판 붙을 참이랍니다."

또철이 말에 폭소가 터진다.

"너, 오늘도 삐딱하게 굴었단 봐라. 저 오쟁이에 담아서 다리 밑에다 던져버릴 것이다."

"그럼 너도 함께 끌고 가서 도깨비들하고 씨름 붙여놓고 중계방송하지 뭐. 지금으로부터 멧이냐, 호, 88올림픽 금메달리스트 애꾸눈·땅벌 아버지 박삼식 선수와 도깨비들의 조선 씨름 실황을 중계하겄습다. 호."

또철이 익살에 폭소가 터진다.

"도깨비 제주로 나섰으면, 당산 할아부지께 인사부터 하잖고 뭐하고 있어?"

자리실영감 말에, 삼식이는 그렇잖아도 그럴 참이라며 모두 비키라고 설레발을 친다.

"내가 절하고 나서 당산 할아버지께 한 말씀 드릴 텐께 잘 들어. 그때 웃는 놈은 내 아들놈이다."

삼식이는 미리 방색을 하며 옷에 흙이 덜 묻을 데를 골라 자리를 잡아 선다. 읍을 하고 정중하게 절을 두자리 한다.

"히히, 절 한번 곱다."

"당산 할아버지, 저는 이 동네 박삼식이옵니다. 땅에다 무르팍을 꿇고 말씀 올릴라먼 무르팍이 아픈께 그냥 신식으로 서서 하겠습니다. 동네 사람들이 떠나먼 당산 할아버지께서는 제사도 못 받아 잡수시게 생겼으니 참말로 섭섭하게 되았습니다."

삼식이가 근엄하게 나오자 모두 배실거리며 귀를 기울이고 있다.

"저는 누구보다도 당산 할아버지께 죄송합니다. 당산 할아버지께서 거처하고 계시는 이 당나무를 폴아묵자는 데 앞장섰고, 더구나 당집에서 못된 짓까지 했습니다. 그런 못된 짓을 했는데도 벌을 주시기는커녕 아들까지 내려주셨으니 정말 감사합니다. 날짜를 곱아봤더니 바로 그날 아이가 들어섰더만요."

축들은 눈이 똥그래지며 서로 돌아본다.

"지금은 아무도 당산나무 팔자는 사람은 없습니다. 혹시 그런 작자가 있으면 그때는 제가 앞장서서 그냥 저 도끼로, 아니 그것은 너무 지독하고, 주먹으로 턱주가리를 쥐어박아불랍니다. 동네 사람들이 떠나고 댐에 물이 차먼 그때도 여기 이렇게 천년만년 사시면서 댐을 지켜주십시요. 저도 어디로 이사를 가든 우리 아이 손잡고 와서 멀리서나마 인사를 드리겄습니다. 안녕히 계십시요."

"워매, 그러고 본께 저 자식이 당산나무 이야기에 입을 딱 봉했던 게 까닭이 있었구나. 예끼, 도적놈."

또철이 말에 모두 와크르 웃는다.

"당산 할아버지가 너그럽기는 하늘같이 너그러우신 분이여. 허허."

자리실영감은 한마디 하며 고개를 몇번이나 끄덕인다.

젊은이들이 떠들썩하게 술을 마시고, 자리실영감과 삼식이는 솥에 남은 밥을 오쟁이에 푸고 메밀묵과 나물을 담는다. 자리실영감은 예사 때는 그렇게 괄괄하던 사람이 이럴 때는 전혀 딴사람이 된 것 같았다.

"금년에는 도깨비들도 배가 터지겄다."

젊은이들은 배가 빵빵한 오쟁이를 보며 웃는다. 그때 노인들이 당집에서 나온다.

"우리들은 의병굴에 제 올리고 집으로 갈 텐께, 자네들도 도깨비 접대 잘들 하고 가게."

호롱불을 든 한몰영감이 젊은이들에게 말한다. 젊은이들은 염려 말라며 도깨비 밥 오쟁이에다 작대기를 질러 떠메고 뒤따른다. 노인들은 동네 쪽으로 가고 젊은이들은 들길로 간다.

당제는 오늘 저녁으로 끝나지 않는다. 당제하고는 상관없지만 오늘밤에 의병굴에도 제를 지내고, 다음 보름날 낮에는 집집마다 제물을 한상씩 차려다가 동네 당산나무 아래 늘어놓고 풍물을 치며 판을 벌인다.

영감 일행이 동네 당산나무 아래 이르자 한몰댁과 자리실댁이 함지를 이고 나온다. 당집에서 등불이 내려오는 걸 보고 나선 것 같았다. 일행은 들길을 건너 앞산으로 올라간다. 미륵바위가 껑충하게 서서 일행을 맞는다. 위로 등불을 비추자 미륵바위가 한층 아득하게 쳐다보인다.

조금 더 올라가자 의병굴이 시커멓게 입을 벌리고 있다. 굴 안은 스무남은사람이 앉을 만큼 넓다. 한몰영감은 초를 들고 다니며 여기저기 여남은군데 불을 켜고, 한몰댁은 밥함지를 굴 한가운데 놓고 함지 안쪽 주위에 빙 둘러 숟가락을 꽂는다. 제상을 차린 것도 아니고 다른 제물도 없이 그냥 숟가락만 삼십여개를 꽂을 뿐이다. 한몰영감은 잔에 소주를 따라 밥함지 앞에 줄줄이 늘어놓는다. 영감이 함지 앞에 서자 다른 영감들도 나란히 선다. 절을 두자리씩 하고 다시 제자리에 앉는다. 한몰댁은 따로 가져온 밥 한그릇을 안고 밖으로 나가고, 자리실댁은 굴 한쪽에 앉아 있다. 한몰댁은 미륵바위로 가는 것 같다.

여기서 죽은 의병들도 후손들이 자기 집에서 제사를 지내겠지만, 그때 의병 나간 집이라면 집집마다 불을 지르고 식구들도 닥치는 대로 죽였기 때문에 대가 끊긴 뜬귀신이 많을 것 같았다.

이 근래 의병 관계 연구를 한다고 조사 나온 교수 말을 들어보니, 그때 일본군 토벌록에 총살과 타살(打殺)로 이름이 적혀 있는, 전라남도 한 지역의 의병장만 일백구명이라는데, 그 가운데 지금까지 신원이 제대로 밝혀진 의병장은 열명도 안 된다는 것이다. 그때는 거의 동네마다 다 의병으로 나갔고 의병장도 옷차림이 일반 의병들과 똑같았으므로, 신원이 밝혀지지 않은 의병장은 그 몇배는 되었을 것 같고, 그때 죽은 일반 의병들 수는 짐작도 할 수 없다는 것이다.

담배를 태워 문 영감들은 말이 없고 시커먼 천장에서 물방울 떨어지는 소리만 유난히 크게 들린다. 물방울 소리는 맑은 쇳소리로 영롱하다. 그치는가 하면 또 나고, 그치는가 하면 또 난다. 저 물방울 소리 하나하나는 흘러가는 역사의 한 순간 한 순간을 정확한 간격으로 쪼개고 있는 것 같고, 여기서 산화한 영혼들은 숨을 죽이고 저 물방울 소리를 한방울 한방울 세고 있을 듯했다.

"이제 운감들 하세."

한몰영감이 침묵을 깨며 함지 앞에 늘어놨던 잔을 들어서 건넨다. 영감들은 소리나지 않게 술잔을 비우고 역시 말없이 잔을 넘긴다. 물방울 소리는 그대로 영롱하고, 다리께서는 와하는 함성이 터진다. 함성소리는 한참 조용하다가 또 터진다.

"저 녀석들도 도깨비들하고 마지막 작별이라 신바람이 났구만."

자리실영감 말에 모두 배시시 웃는다. 자기들이 어렸을 때 저기서 설치던 모습이 떠오르는 것 같았다. 한참 만에 함성소리가 그친다.

"이제 우리도 가볼까?"

한몰영감 말에 모두 일어선다. 그들이 내려오자 한몰댁은 지금까지 미륵바위에 절을 하고 있었다. 하얀 소복을 한 한몰댁 모습은 촛불에 한결 경건해 보인다. 댓돌 아래 흰 고무신도 주인처럼 정갈하다. 한몰댁도 절을 그치고 따라나선다. 모두 동네 골목에서 헤어진다.

"나는 잠깐 다녀올 데가 있어. 먼저 들어가!"

한몰영감은, 영감들이 골목으로 사라지자 할멈한테 등불을 건넨다. 무슨 일이냐고 물어도 금방 오겠다는 말만 남기고 돌아선다. 영감은 동네 골목으로 가지 않고, 저쪽 동구 밖으로 길을 잡아 선다. 등불도 없이 껌껌한 밤길을 한참 가다가 젊은이들이 도깨비 밥을 주고 간 다리께서 멈춘다. 영감은 다리 곁 석축에 쭈그리고 앉아 다리 밑을 들여다본다.

"모두 음식들 잘 묵고 있는가? 채린 것은 없네마는 메밀묵이야 뭐야 전보다는 많이 가져왔을 것인께 고루들 나눠 묵소."

영감은 껌껌한 다리 밑을 들여다보며 말한다.

"저 아래 댐 공사 하는 것을 봤을 것인께 자네들도 짐작할 것이네마는, 오는 봄부터 댐에 물이 찬다니 자네들도 여기서 밥 얻어묵기는 이것이 마지막인 성부르네. 오가다가 하룻밤 자고 가는 여각도 떠날라면 섭섭한 것인디, 오래 은신하던 데를 떠나는 마음이사 자네들도 사람들하고 다를 것이 없을 것이네. 엊저녁에는 자네들이 여기서 불을 썼더라는디, 근자에 없던 일을 하는 걸 보면 자네들도 은신하던 데가 없어진께 그런 것 같네. 그런디, 시방 내가 여그 온 것은 달래 온 것이 아니고, 자네들한테 한가지 긴한 부탁이 있어서 왔네."

영감은 고개를 한껏 다리 밑으로 처박으며 계속한다.

"이런 소리는 사람이란 종자들하고는 입도 짝할 수 없는 소리라,

우리 내외만 벙어리 냉가슴 앓듯 끙끙 앓고 있다가 아무리 생각해도 달리는 길이 없길래 자네들을 찾아왔어. 내 말 귀넘어듣지 말고 깊이 새겨들어주게. 6·25 때 의용군에 나갔다가 지금까지 소식이 없는 우리 집 아들 녀석 이얘기네. 함께 갔던 친구는 지리산에서 죽었다고 하데마는, 그 녀석은 지금 틀림없이 살아 있네. 저 건너 미륵보살님이 즈그 엄씨 꿈에 선몽을 하더라는디, 옛날 내가 징용 갔을 적에 선몽했던 걸 보더래도 즈그 엄씨 꿈이 예사 꿈이 아니네. 그런디 그 녀석이 살아 있다면 지금 어디 있겄는가? 6·25 때 그자들이 북쪽으로 쫓겨 갈 적에 한물에 싸여 갔을 테니 뻔하지 않은가?"

영감은 후 한숨을 내쉰다.

"자네들은 불을 싫어한단께 쪼깐 미안스럽네마는 나 담배 한대 필라네. 그동안 는 것이라고는 담배뿐이라 할 수 없그만."

영감은 담배를 한개비 빼물고 돌아앉는다. 몸을 잔뜩 웅크리고 불을 붙여 나팔 손을 하고 두어모금 깊이 빤다.

"그 녀석이 어디에 살아 있든 목숨 한나만 붙어 있다면 그것만도 천만다행이네마는, 즈그 엄씨나 나나 한가지 걱정이 있네. 그 녀석이 혹간에 간첩으로 뽑혀서 겁 없이 이쪽으로 내려오지 않을까 걱정이 그 걱정이여. 그 녀석은 어렸을 적부텀 몸이 날래고 강단진데다, 눈썰미야 뭐야 흠 잡을 데가 없는 녀석이라, 저쪽 사람들이 맘묵고 간첩 보낼 사람을 찾기로 하면 그만한 사람 찾기도 쉽잖을 거여. 그런디 그 사람들이 간첩을 보낼 적에는 꼭 이쪽에 연줄 있는 사람을 뽑아 보내는 모냥인디, 만당 간에 그 녀석이 간첩으로 내려온다면 이것은 이만저만 큰일이 아니네. 처음에는 나 혼자만 그 걱정을 하고 있는 중 알았등마는 알고 본께 즈그 엄씨도 걱정이 그 걱정이었네."

영감은 담배연기를 길게 뿜는다.

"그동안 우리 내외가 애달게 살아온 심정은 말로도 다 이를 수가 없고 책으로도 다 엮을 수가 없네. 간첩 잡으라고 여그저그 붙어 있는 표때기만 봐도 실없이 간이 오그라붙고, 한밤중 달 보고 허발로 짖는 강아지새끼 소리에도 가슴속에서 쿵쿵 쥐덫이 내려앉아. 그 허구한 날 부등가리 안 옆 죄듯 하루도 맘 놓고 살아본 날이 없네. 그 일로 엉뚱한 오해를 받은 것만도 한두가지가 아녀. 옛날 동네 사람이 저승혼사를 시키자고 할 적에도 그랬네마는, 동네 골목을 넓히자고 할 적에는 더 죽을 맛이었네. 그 녀석이 만약에 간첩으로 내려온다면 남의 눈을 긋잔께 밤을 타서 올 것은 정한 이친디, 한밤중에 즈그 집을 찾아왔다가 있어야 곳에 골목이 없으면 으짜겄는가? 이리 기웃 저리 기웃, 개 짖기고 댕기다가 들통이 나는 날에는 무슨 꼴이 되겄어? 그렇지만 그런 것도 모두 옛날 일이고, 이번에는 동네 골목이 아니고, 동네가 몽땅 물속으로 들어가게 되았으니 이 일을 으쨌으면 좋겄는가? 그 녀석이 어떻게 찾아오든 내 집만 찾아오면 지가 공산당이 아니라 공산당 할애비가 되았더래도 자수를 시킬 작정이네마는, 그전에 잡힐까 싶어 시방 걱정이 그 걱정이네."

영감은 또 담배를 깊이 빨아 후유 내뱉는다.

"그래서 시방 동네 사람들이 다 떠나도 우리 내외는 여그서 안 떠날 작정이네. 저 장구목재 넘에다 오두막을 짓고 내외가 거그서 목을 지키고 살 참이여. 서울 사는 딸년이 살림이 방불해서 제 집 곁에다 집을 장만해준다고 올라오라 하네마는 우리 내외는 진작부터 저 재 너머서 살기로 작정을 했네. 시방 그 작자들이 여그 있는가 모르겄네마는, 전에 나하고 씨름했던 작자들이 나를 처음 만났던 바로 그 아래여. 그 산비탈에 네댓마지기 밭뙈기가 있길래 수몰보상금으로 진작 그 밭을 사놨네. 그리고 여태까지 쳐봤은께 말이네마는 벌 여남은통만 치면 우리 내외 목구멍에 풀칠은 할 것이네. 그런디, 거그다 집을 짓고 살더래도 큰 걱정이 두가지나 있네."

영감은 담배를 바꿔 물고 계속한다.

"한가지는, 그 녀석이 제 얼굴 아는 동네를 올라면 밤에 올 것은 정한 이친디, 제 어미 아비가 그 집에서 사는 줄을 어뜨코 알 것이냐 이것이고, 또 한가지는 자네들도 알다시피 동네로 들어오는 길이 그 길 말고도 이쪽으로 한나가 더 있는디, 이 길로 오면 으짤 것이냐, 이것이네. 그 집에서 우리가 살고 있다는 걸 알리는 데는 한가지 방도가 없지 않네마는, 이 길로 올지 몰라 그것이 걱정이네. 그래서 시방 내가 자네들한테 그 부탁을 하자는 것이여. 우리 집 녀석이 다른 길로 오거든 자네들이 우리 집을 쪼깐 지시해주게. 그것이 쉽잖거든 옛날 나를 떠메고 댕기대끼 무작정 붙잡아서 훌쩍 떠메다가 우리 집 토방에다 칵 꼰져놔!"

영감은 두 손으로 꼰지는 시늉까지 한다.

"시방 내가 이런 어려운 부탁을 맨입으로 하자는 것이 아니네. 가는 정 오는 정이더라고 나도 그만한 작정이 있네. 이 동네가 없어진 뒤에는 당제도 내가 혼자 지낼 것이고, 자네들 밥도 내가 줄 참이네. 그때는 이 다리도 물속에 잠길 것인께 자네들 밥은 우리 집 앞에다 내놓겄네. 자네들은 메밀묵을 좋아한다길래 오늘도 메밀을 서되나 타서 메밀묵을 쒔네마는, 그때는 더 많이 쑤겄네. 거그 있는 밭에다 반은 메밀을 갈 작정이여. 요새는 자네들도 밥 얻어묵기가 쉽잖을 것인께 자네들뿐만 아니라 다른 친구들도 모두 데리고 오게. 그 움막에는 자네들이 싫어한다는 세멘토도 안 바를 것이고, 전깃불도 안 쓸 것인께 안심하고 오라구. 해토머리부터 집을 짓기 시작하면 한식께는 일이 끝날 것이네. 집을 다 지으면 우선 자네들 밥부터 내놀 것인께 잊지 말고 꼭 오게. 자네들을 불러서 집들이를 하자는 것이여. 세상이 우습게 되아논께 자네들하고 집들이를 하게 생겼네그랴. 허허."

영감은 맥살없이 웃는다.

"그런디, 시방 내가 자네들한테 이런 말을 하기는 해도 여간 미덥지가 않네. 자네들은 원체 매인 데 없이 기분 내키는 대로 신명에만 띄어 싸대는 성미들이라, 이런 부탁을 해도 꼭 강아지한테 예장 징긴 것 같어. 그렇지만 옛날 나하고 씨름했던 정분도 생각하고, 또 내가 자네들 접대할 정성도 생각해서 이런 말은 쪼깐 깊이 새겨듣게. 아무리 대중없이 떠돌아댕기는 성미들이제마는, 사람한테서 밥 얻어묵을 적에는 그래도 쪼깐 맺힌 데가 방불해야지 기분 내키는 대로 싸대고 댕기다가, 내논 밥이나 홀딱 묵고 달아나면 밥 내논 사람은 무슨 멋으로 밥을 내놓겄는가? 그만한 인사치레는 있어야 하는 것인께 내 말 깊이들 새겨듣게."

영감은 나무라다 타이르다 한다.

"그러고 기왕에 말이 나왔은께 한가지만 더 부탁하세. 자네들은 금방 여기 있다가도 맘만 묵으면 천리 길도 이웃 동네 가듯 하는 것 같던디, 그렇게 싸대고 댕기느라면 혹간에 북한 친구들하고 얼려 휴전선을 넘는 일도 없잖을 것 같어. 자네들 사는 길속을 내가 잘 몰라서 하는 말인디, 만당 간에 그런 일이 있으면 우리 집 녀석한테 말을 전할 방도를 한번 생각해보게. 천행으로 그런 방도가 있거든 그 녀석한테 이렇게 쪼깐 전해주게. 자네 부모들은 둘이 다 무탈한께 그것은 한나도 걱정 말고, 혹간에 그쪽에서 간첩으로 내려가라고 하거든 죽으면 거그서 죽제 간첩으로는 절대로 내려오지 말라더라고 전해줘. 이쪽 남한에는 어디를 가나 골목골목 간첩 잡으라는 표때기 안 붙은 데가 없고, 군인이야, 경찰이야, 예비군이야, 더구나 삼천만원, 오천만원 상금까지 걸려 어느 한구석 발붙일 데가 없다고 저저이 일러줘. 아무리 지가 홍길동이라 하더라도 여그 와서야 어느 골목에 발을 붙일 것이며, 어느 그늘에 은신을 할 것인가? 없네, 없어. 발붙일 데가 없어."

영감은 손사래까지 치며 절레절레 고개를 젓는다.

"자네들한테 이런 말이라도 하고 난께 속이 쪼깐 터진 것 같네. 사상이 뭣인가 모르겄네마는, 그 사상이란 것도 사람이 살자는 사상이제 죽자는 사상은 아닐 것인디, 피붙이들이 생나무 가지 찢어지듯 찢어져서 삼십년을 내리 소식 한번 듣지 못하고 산대서야 그것이 지대로 된 사상이겄어? 아무리 이빨 감시로 총 겨누고 있어도 이 꼴이라면 이제는 피차에 쪼깐……"

영감은 말을 뚝 그친다. 저쪽에서 플래시 불이 나타났다. 서울서 밤차를 타고 온 사람들 같았다.

“아이고, 사람이 오네. 나 가야겄네. 그럼 돌아온 한식날 보세.”

영감은 담배꽁초를 짓이겨 끄고 부랴부랴 동네로 내닫는다.

5

이듬해 봄부터 댐에 물이 차기 시작했다. 산중턱까지 물이 찬 댐은 물빛이 유난히 푸르렀다. 멀리 바다로 날아가던 물새들도 푸른 물빛에 끌려 여기 내려앉아 자맥질을 하다 떠나고, 하늘에 떠 있는 흰 구름도 제 아름다운 자태를 수면에 비춰 보며 한가롭게 멈춰 있기도 했다.

감내골 가는 장구목재 잿길은 재를 넘어 조금 내려가다가 물속으로 들어가버린다. 동네가 없어졌으므로 댐을 막은 뒤부터 이 길을 다니는 사람은 거의 없다. 이따금 극성스런 낚시꾼들이나 바쁜 걸음을 칠 뿐이다. 새벽 장꾼들처럼 바삐 나대던 낚시꾼들은 느닷없이 앞을 가로막는 큼직한 안내판 앞에 우뚝 걸음을 멈춘다. 관광지 안내판 크기의 이 안내판을 읽고 난 낚시꾼들은 어리둥절한 표정으로 고개를 갸웃거리다가 눈을 옆으로 돌린다.

거기 오두막집이 한채 있다. 싸리나무 울타리가 가지런하고 마당이며 토방이 여간 정갈하지 않다. 토방과 집터서리에는 벌통이 여남은통 놓여 있고, 집 근처 네댓마지기 밭에는 조그마한 남새밭을 내놓고는 모두 메밀을 갈아, 가을이면 하얗게 핀 메밀꽃이 따가운 햇살에 눈이 부실 지경이다.

발길이 바쁜 낚시꾼들이지만, 이 집을 보고 나면 고개를 갸웃거리다가 다시 안내판으로 눈이 간다. 안내판 한쪽 귀퉁이에는 호롱불이 걸려 위쪽이 시커멓게 그을려 있고, 그 곁에는 끄트머리에 창의비라 쓰인 비석도 하나 서 있다. 그들은 서툰 글씨지만 정성 들여 또박또박 쓰여 있는 안내판을 다시 읽는다.

"이 재 너매 잇뜬 감내골 동내는 저수지 땜을 마거서 한집도 업씨 모두 다 업써저불고, 거그 살든 부님이 어매 한몰댁하고 아배 한몰영감은 이 집서 산다. 부님이 아배 이름은 김진구다."

『공동체문화』 1983년 6월호(통권 1호); 2005년 10월 개고

어머니의 길발

1

"평화고물상입니다. 김개만(金介萬)씨요? 여기 사장님이십니다. 지금 가벼운 교통사골 당해서 잠깐 입원 중입니다. 이산가족 찾기 관곕니까? 예, 여기는 고물 수집 회삽니다. 저는 이 회사 총뭅니다. 이리 오시겠다고요? 거기가 어딥니까? 대전이요? 예. 예. 텔레비전에 나간 것하고 같습니까? 오후 네시경이요? 그럼 여기 오셔서 전화하십시요. 기다리겠습니다."

인걸이는 전화기를 놓고 저쪽 고철더미 쪽으로 뛰어갔다.

"단장님, 대전서 어떤 여자가 전화를 했는데요, 테레비에 난 것하고 비슷하답니다. 네시에 이리 오겠대요. 이 여자는 감이 좀 다른

걸요."

인걸이는 지레 흥분했다. 고철을 분류하고 있던 단장은 손을 멈추고 인걸을 쳐다봤다.

"오시면 단장님께서 말씀 잘 하십시요. 무엇보다도 사장님이 교도소에 계시는 걸 말씀 잘 해얄 겁니다. 그리고 수염이나 좀 깎으시고 옷도 좀 갈아입으세요."

인걸이는 돌아서며 저쪽에서 일하고 있는 인부를 향해 소리를 질렀다.

"김씨, 지금 이산가족 찾기 관계로 누가 오니까요, 작업장 좀 깨끗이 치웁시다. 저기 막지하고 비료포대는 저게 뭡니까? 저쪽 하고 철도 좀 제대로 쌓고, 오색지하고 판지(板紙)는 그대로 미수꾸릴 해버리시오. 빨리 해요."

인걸이는 돌아서며 또 소리를 쳤다.

"호도장, 너는 말이야, 저쪽에서부터 여기까지 깨끗이 쓸어."

"비가 있어야죠?"

호도장은 박박 얽은 얼굴을 찌푸리며 퉁겼다.

"그럼 얼른 가서 하나 사와!"

인걸이는 뒤 포켓에서 천원짜리 한장을 뽑아 내밀었다.

"형님, 쓸긴 뭘 쓸어요. 고물상하고 대사 치는 집은 지저분한 게 제격인데, 청소한다고 애기통이 삐까번쩍하는 백화점 됩니까?"

호도장이 늘어진 소리로 헤실거렸다. 애기통은 고물상 작업장이나 쓰레기통을 일컫는 말이다.

"새꺄, 여물통 닥치고 시킨 대로 해!"

"제길, 애기통을 청소하다니 이건 또 무슨 청승이야."

호도장은 투덜거리며 돌아섰다.

"야, 인마."

인걸이는 돌아서는 호도장을 다시 불렀다.

"나보고 총무님이라고 부르라니까 왜 자꾸 형님, 형님이야. 점잖은 손님 앞에서는 말씨부터 조심해야 하고, 그러자면 미리부터 입에 익어야 돼. 개 버릇 남 못 준다고 그런 사람 앞에서 양아치 말버릇이 나오면 우리는 갈데없이 조마리(고물 작업장 주인), 시라이(넝마주이)가 되고 만단 말이야."

"허지만 총무님, 총무님? 에이, 그건 그냥 형님이라 합시다. 갑자기 꼴복(양복) 입고 나선 것처럼 어색해서 영 입이 안 벌어지네요."

호도장이 누런 이빨을 있는 대로 내놓고 웃었다.

"새꺄, 시킨 대로 하라면 하지 왜 말이 많아. 깡냉이(옥수수: 이빨)를 칵 뭉개버려야 정신 차리겠어?"

"총무님은 그럼 깡냉이가 뭐요?"

"개새끼."

인걸이가 주먹을 을렀다. 호도장은 웃으며 내뺐다. 호도는 얼굴이 얽었대서 호도였는데, 전에 여기 장가 성 가진 인부가 있어 그 사람과 구별하느라 성 앞에 호도를 붙인 것이다.

"자전거는 누가 또 들여놨어? 손님 앞에서 찍자 붙으면 꼴좋겠다."

저쪽에 세워놓은 자전거를 보고 인걸이가 또 화를 냈다. 김씨가 얼른 가서 자전거를 저만큼 밖으로 끌어다 세웠다.

고물상에서 제일 말썽 많은 게 자전거였다. 고물로 분해해서 팔면 기껏 칠팔백원 꼴인데, 그게 도둑 물건이어서 장물로 취급되면 이만저만 골칫거리가 아니었다. 그래서 처음부터 자전거가 들어오면 주민등록증을 확인하고, 그래도 안심이 안 되면 미리 파출소에 신고한다. 이삼백원 알겨먹으려다 저런 헌털뱅이에 말썽이 붙으면 송장 치고 살인내는 꼴이었다. 그래서 조금만 미심쩍으면 아예 사립문 앞에다 세워 광고를 했다. 주인이 있으면 가져가라는 것이다.

평화고물상은 김개만 사장 이산가족 찾기 텔레비전 광고가 나가면서부터, 고물상 식구들은 고물 일보다 그 일에 정신을 더 쏟고 있었다. 김개만 사장이 교도소에 있기 때문에 인걸이가 대신 나가 광고를 했다.

〈광주: 507. 찾는 사람: 어머니(이름 모름. 지금 60여세). 6·25 당시 5세였던 본인은 어머니가 어느 강가 나루터 같은 데서 군인들한테 강제로 끌려가는 것을 본 것이 어머니를 보았던 마지막 기억임. 고향에 대한 기억은 미륵보살 앞에서 동네 사람들이 절을 하고 있던 기억과, 또 동네 어머니들이 얼굴에 탈바가지를 쓰고 양철통 같은 것을 요란스럽게 두들기고 다닐 때 공포에 질려 구경했던 기억이 있음. 그때부터 본인은 부랑아로 떠돌다가 지금은 조그마한 회사를 운영하고 있음. 김개만(아명: 개똥이) 광주·362.6×77〉

이 광고가 나간 뒤 여러군데서 확인전화가 왔다. 그러나 본인이 없으니 저쪽에서 묻는 말에 제대로 대답할 수 없어 안타까웠다. 그때마다 꼼꼼히 적어 교도소에 가서 확인한 다음 그쪽으로 전화를 해주었다. 인걸이는 그 광고가 나간 뒤부터는 그 일에 거의 매달리듯 했다. 그러나 그런 전화도 차츰 뜸해지더니 그게 책자로 나온 뒤부터 다시 전화가 오기 시작했다. 그렇지만, 이렇게 직접 이리 찾아오겠다는 전화는 이번이 처음이었다.

평화고물상 식구들은 사장이 어머니를 찾는 게 아닌가 흥분했다. 그들은 모두가 아예 찾을 가족이 없는 외톨이들이라 마치 자기들 가족이라도 만나는 것처럼 흥분하고 있었다.

인걸이는 철들 무렵 양친이 죽어 고아가 됐고, 호도장은 그 어머니나 아버지 얼굴도 모르는 고아원 출신이며, 옛날 곡마단 단장이어서 지금도 단장이라 부르는 단장은 가족이 몽땅 북한에 있다. 그리고 김씨는 어머니를 모시고 있지만, 이 세상에서는 아무도 찾을 사람이 없었다.

그러니까, 이 고물상 식구들은 모두가 고물 같은 허름한 인생들이었다. 주제꼴도 그랬고, 여기까지 흘러들어온 경위도 그랬다. 세상 사람들이 쓰다 버린 것이 고물이듯이, 이 고물상 식구들도 제대로 사람 사는 꼴 갖춰 이 세상 어느 구석에 제대로 박혀 들지 못하고, 그들이 두고 쓰는 말마따나 몰리고 쏠리다가 고물처럼 여기까지 흘러온 사람들이었다.

그래도 그들 사는 모양이 신통한 것은, 세상 사람들이 쓰다 버린 고물을 주워다가 그걸 분류하고 가든그려놓으면, 그게 돈으로 바꿔지는 어엿한 상품이 되고, 그들은 그것으로 예사 세상 사람들이 사는 것과 똑같이 식은밥이 아닌 더운밥을 먹을 수 있었다. 그뿐만 아니었다. 더러는 새물내 나는 양복으로 꼴을 갖춰 다방 같은 데

들어가 커피잔을 앞에 놓고 제법 인품을 잡기도 했으며, 또 이곳 사장 김개만이처럼 돈을 모아 사장 소리 듣는 사람도 있었다.

작업장 한쪽에 있는 탁자 위에서 또 전화벨이 울렸다.

"예예. 시멘지하고 박스가 십톤은 싣겠습니다. 모노요? 그것은 얘기 맙시다. 상하철은 상이 오톤, 하가 십톤쯤 되지만, 모노는 사장님 허락 없이는 낼 수 없어요. 상하철은 상이 사, 하가 삼, 그대로지요? 내일이요? 그렇게 하세요."

인걸이는 전화를 끊고 단장한테로 갔다.

"단장님, 제일회사에서 철을 상·하 다 싣겠답니다. 값은 사, 삼, 그대로고요. 내일 싣기로 했어요."

단장은 고개를 끄덕이고 손은 손대로 고철을 분류하고 있다. 고철더미에서 고철을 분류하는 단장은 그렇게 생긴 커다란 고철덩어리가 하나 움직이고 있는 것 같았다. 칠십세 가까운 나이니까 예사 사람도 그 나이면 고물이나 다름없지만, 단장은 유독 얼굴이 시커메서 더 고물 같았다. 그러나 꾹 다문 입이며 빛을 발하는 눈이며, 그 얼굴에서는 쉽게 범접할 수 없는 기품이 있었다.

단장은 한때는 곡마단 단장으로 전국을 누비고 다녔다. 그렇지만, 지금은 군자 말년에 배추씨장사로 옛날 곡마단 단원이었던 김개만 사장한테 얹혀 이렇게 고물 분류로 기껏 밥벌이나 하고 있었다. 오륙년 전까지만 하더라도 김개만이 돈으로 곡마단을 한번 새로 조직해볼 꿈을 품고 있는 것 같았으나, 그 꿈을 버린 뒤로는 더 늙어버린 것 같았다.

단장은 고철을 세가지로 분류하고 있었다. 발동기 같은 기계인

기철(機鐵)과 솥단지 같은 것이 고철 중에서는 가장 윗등급인 모노고, 다음은 상고철(上古鐵)과 하고철(下古鐵)인데, 상고철은 의자 파이프나 철근 같은 것이며, 철사, 깡통, 양철 등 가벼운 경철이 하고철이다. 상고철과 하고철은 사들이는 값이 일 킬로에 삼십원과 이십원이지만, 모노는 그 배나 되는 육십원인데다 가격 변동이 심해 투기성까지 있었다. 모노를 눌러놓는 것은 요사이 미국에서 고철이 많이 들어와서 값이 형편없기 때문이다.

개만이가 오늘 같은 기반을 다진 것도 이 모노 때문이었다. 옛날 곡마단 친구가 인천 제철공장 과장이라 그가 정보를 빼주기 때문에 몇탕 사재기를 해서 크게 재미를 봤던 것이다.

이런 큰 재미 말고도 고물상에는 머리 쓰기에 따라 잔재미가 쏠쏠했다. 일테면 호도장은 종이를 관리하는데, 그는 그 속에서 쓸만한 책을 추려내어 이따금 옹골진 재미를 봤다. 종이류를 고물로 살 때는 근으로 달아 오는데, 그 가운데서 중·고등학교 교과서를 추려내서 헌 책방에 파는 것은 누구나 보는 재미지만, 이따금 엉뚱한 책이 나와 횡재를 하는 수도 있었다. 한번은 8·15 전의 시집(詩集)을 한집에서 삼십권이나 근으로 달아 와 땡을 잡았던 일도 있었다.

호도장은 하룻저녁에 웬만한 소설책은 한권을 너끈하게 읽어내는 비범한 재주를 지니고 있다. 그래서 인걸이는 그를 양아치 학삐리, 곧 학생이라 놀리는데, 그는 할 일이 없으면 고물 종이더미 속에 묻혀 신문지 쪼가리든 무슨 교과서든 닥치는 대로 읽는 것이 유일한 취미였다.

"김씨 형님, 저쪽 기수집에 삼삼한 푼 하나 들었습디다."

비질을 하던 호도장이 주접을 떨었다. 기수집은 술집, 푼은 계집이다.

"몇푼 모아논 까네 못 씹어서 근질근질하냐?"

"형님 똘똘이 생각해서 하는 얘기지 내 똘똘이 식성이야 오직 고급인가요?"

까네는 돈, 똘똘이는 성기다.

그때 인걸이가 호도장을 불렀다.

"너 빨리 리어카 끌고 가서 오색화원 있지? 거기 가서 화분 실어와. 말해놨으니까 열개 줄 거다."

"뭐요? 화분이요?"

"그래 빨리 갔다 와!"

"빈집에다 화분을 놓겠다는 얘긴가? 제길, 이산가족 찾기 두번만 했다가는 뼁기통에 금 멕기 하게 생겼네. 변변한 살림 하나 없는 집구석에 화분은 무슨 맛으로 간 맞춘 취미야."

호도장이 비를 던지고 리어카를 챙기며 핀잔이었다. 뼁기통은 변소의 변말이다.

인걸이는 어디다 또 전화를 했다.

"마담이요? 나 인걸이요. 대전에서 어떤 여자가 이산가족 일로 여길 오겠다고 전화를 했는데, 오후 네시경에 도착할 것 같다고 합니다. 마담이 그때 안집에 좀 오셔서 계셔야겠습니다. 그러지 않아도 썰렁한 집에 여자가 없으니까 이건 그냥 빈집이나 마찬가집니다. 그리고 오실 때 말이지요, 다방에 걸다 남은 그림 같은 것 있지요? 그런 것 있으면 몇개 가져오시요. 집안이 너무 썰렁해서 화분은 몇개 빌려오기로 했습니다마는, 방에는 농짝 하나도 없으니 이건 그냥 상자 속이지 뭡니까? 뭐라고요, 그런 그림 하나에 몇십만원이라고요? 제길, 인품 잡기 두루 어렵네. 그럼 그런 것은 관두고 커피 내놀 잔이랑 그런 거나 좀 챙겨 오세요."

이 집은 이산가족 찾기 광고를 내면서 인걸이가 우겨서 며칠만 빌린 집이다. 전에는 개만이까지 모두 작업장 움막에서 살았지만, 만약 김개만 사장이 찾는 어머니가 나타난다면 그러지 않아도 작업장부터가 거지꼴인데, 이 험한 움막을 어떻게 사람 사는 집이라고 거기서 밥 한끼인들 대접할 수 있겠느냐며, 인걸이가 작업장 근처에 내놓은 집이 있어 사정을 말하고 잠시 빌린 것이다.

그런데 집을 얻어놓고 나니 여기 들여놓을 살림이 없었다. 개만은 삼년 전에 아내와 사별한 뒤 초등학교 일학년짜리 딸과 함께 살림을 몽땅 처가로 옮겨버렸고, 김씨 모자는 처음부터 살림이라면 헌 농짝 하나도 가진 것이 없는 사람들이고, 나머지 세사람은 처음부터 살림하고는 연이 없는 사람들이었다.

작업장과 이 집은 담 하나를 사이에 두고 있어, 나중에 나가면 다시 쌓아주기로 하고 그 담을 헐어 통용문을 내고, 그 안집에서는 김씨 어머니가 부엌방을, 그리고 인걸이와 단장이 함께 방 하나를 차지하고, 호도장과 김씨는 전대로 작업장 움막에서 물건을 지키며 그대로 지내고 있었다.

화분을 여기저기 골라놓으니 집 안이 그래도 생기가 도는 것 같았다. 인걸이는 제가 무슨 정원사라도 된 것같이 화분을 여기다 놨다 저기다 놨다 야단이었다.

그때 순경이 작업장으로 들어왔다.

"찾을 게 있으니 잠깐 실례합시다."

"뭔데요?"

인걸이가 작업장으로 나가며 툭 쏘았다.

"그건 알 것 없고 잠깐이면 돼요."

"여보시요. 잠깐이나 마나 여기가 장물아비 곳간이요, 뚜룩잡이 꿀림방이요? 어째서 건듯하면 괜한 사람 해골 복잡하게 이러시요."

인걸이가 감때사납게 쏘았다.

"장물하고는 상관이 없는 일이오."

순경이 눈을 흘겼다.

"장물하고 상관없다니, 그럼 언제는 우리 집에서 장물 나왔단 말이오?"

"정말 왜 이러시요. 오늘 보고 낼 짐 쌀 거요?"

"낼 짐을 싸든 풀든, 남의 집을 뒤지려면 수색영장은 몰라도 용건이나 제대로 말을 해얄 게 아니요. 아무리 고물상이지만 여기도 서류에 도장 찍어 허가받은 당당한 사업장이요. 이런 것이 모두 시라이들이 애기통 뒤져 온 넝만 줄 알지만, 저울 가지고 다니면서 제대로 근 달아 한국은행권 지폐 주고 사온 어엿한 상품입니다. 아무리 경찰이라고 남의 사업장을 열어논 절간 들어오듯 맘대로 들어와서 들쑤시겠다는 거요?"

인걸이는 요란스럽게 대들었다.

"허허, 정말 왜 이러십니까?"

"왜라니? 당신 하는 게 경위가 틀리지 않았소."

"허허. 미안합니다. 강도사건인데, 아크릴 간판 떨어진 것으로 주인을 쳤어요. 그 간판 쪼가리에 지문이 남았을 것 같은데, 누가 그걸 주워 가버려 그걸 찾고 있어요."

"진작 그렇게 말했으면 서로 좋잖습니까?"

인걸이는 아크릴더미로 순경을 데리고 가서 김씨더러 아크릴을 뒤지라 했다.

"여기도 없는걸. 전화 좀 씁시다."

순경은 저쪽 탁자로 갔다. 순경이 전화기를 들려는 순간 따르르 벨이 울렸다.

"김개만 씨요? 안 계신데요."

"인 주세요."

인걸이가 순경 손에서 전화기를 낚아챘다.

"여보세요. 어어, 끊어졌네. 에이 참."

인걸이가 순경을 노려보며 혀를 찼다.

"왜 오늘은 자꾸 이러시요. 나하고 무슨 유감 있소?"

순경이 눈살을 찌푸렸다.

"사장님 찾는 것은 이산가족 찾기 전화란 말이에요."

"이산가족? 그러면 김개만 사장님이 이산가족이란 말이요? 테레비에 났소?"

"그래요."

"가만있자, 그러면 좀 이상한 일이 있는걸."

순경이 눈을 가늘게 떴다.

"뭐가요?"

"잠깐, 먼저 보고 좀 하고."

순경은 전화를 걸어 여기도 없다고 했다.

"얼마 전에 파출소로 김개만 씨 신상을 묻는 전화가 왔습니다. 다른 기관에서 무슨 수사 관계로 묻는 것이 아닌가 하고 대답을 하다보니 좀 이상했어요. 그래도 기왕 이야기하던 것이라 그대로 대답을 해주었는데, 이제 생각해보니 그게 이산가족 찾기 전화가 아닌가 싶네요."

"그 일이라면 이리 전화를 하지 어째서 파출소로 했지요?"

"글쎄, 그거야 알 수 없지요."

"그럼 김 사장이 지금 교도소에 계신다는 말도 했나요?"

"우리가 알고 있는 것은 다 말했죠."

"그 전화가 왔던 게 언제쯤입니까?"

"가만있자. 지난번 비상 걸렸을 때이니까 꼭 일주일쯤 됐네요."

"누굴까? 오늘 찾아오겠다는 여자는 아닌 것 같고, 하여간 앞으로도 그런 전화 오거든 말씀 좀 잘 해주세요. 특히 교도소에 계시는 얘기 말이요."

"허허. 아까는 상대 안 할 사람 같더니 벌써 부탁이요? 하하."

사람 좋아 보이는 순경은 어린애처럼 웃었다.

"조금 있으면 이산가족 관계로 대전서 여기까지 확인하러 옵니다. 그런 사람 앞에서 경찰이 왔다갔다하면 무슨 꼴이 되겠소?"

인걸이가 웃으며 말했다. 그때 대문 앞에서 택시가 멎었다.

"여기가 김개만 씨 회사인가요?"

육십세쯤 되어 보이는 수더분한 여자였다. 막일은 하지 않고 사는지 나이치고는 살결도 고왔다. 인걸이는 그이를 안집으로 안내했다. 단장과 이 마담이 맞았다.

"원로에 오시느라 수고하셨습니다. 먼저 사실을 말씀드리면 김개만 사장은 지금 병원에 있지 않습니다. 별일이 아니라 금방 나올 것입니다마는, 조그마한 일이 있어 본의 아니게 지금 교도소에 있습니다."

단장이 담담하게 말했다.

"교도소요?"

여인은 눈을 크게 떴다.

"교도소에 있다니 놀라실 것입니다마는, 들어보시면 백번 이해하실 일이니 그걸로 선입견은 갖지 마시기 바랍니다. 주먹 쓰는 아이들이 이 근처에서 설치자 버릇 고치느라고 몇대 때렸는데, 맞은 작자가 악질이어서 잘못 걸려든 겁니다. 며칠 뒤에 재판이 있는데 그때 나올 겁니다."

단장은 말이 침착했고 무게가 있었다.

"그래요. 나는 가슴이 철렁했네요."

여인이 가볍게 웃었다.

"헌데 찾는 이가 테레비에 난 것하고 같습니까?"

"우선 나이가 같고 개똥이란 어렸을 때 이름이 같아요. 그리고 개를 잃을 때 나루에서 검문을 받느라고 그 앨 곁에 있는 사람들한테 잠깐 맡겼는데, 하필 그때 비행기 폭격이 있었지 뭡니까? 폭격을 피하고 나서 찾아보니 애가 없어져버렸어요. 나는 그 애가 죽은 줄만 알았는데, 몇년 뒤에야 그때 애를 맡겼던 동네 사람들한테 들으니 살았었다고 하잖습니까?"

"폭격 이야기는 못 들었습니다마는, 그럼 군인 같은 사람들한테 끌려갔다고 하던데 검문당하는 걸 잘못 안 것이 아닐까요?"

단장이 물었다.

"예. 나도 그렇게 생각합니다."

"그럼 그 미륵 얘기는 어떻습니까?"

"우리 동네 뒷산에 조그마한 절이 있었는데, 그 절 부처님을 그렇게 기억하고 있는 게 아닌가 싶네요."

"어렸을 때 이야기 하던 걸 들어보면 부처님이 아니고 틀림없이 미륵인 것 같았습니다. 처음에는 메주를 주물러놓은 것같이 못생긴 부처님이라고 하더니, 나중에 어디서 미륵을 봤던지 그게 부처님이 아니고 미륵이라고 하더군요."

"우리 이웃 동네 가는 길처에 미륵이 있었는데 그것을 말한 걸까요?"

여인은 고개를 갸웃거렸다. 그러다가 단장을 봤다.

"아저씨는 그 아이하고 어떤 사인데, 그 아이를 그렇게 자세히 알고 계시지요?"

"하하. 저는 옛날에 곡마단을 끌고 다녔던 사람입니다."

"곡마단? 써커스 말씀입니까?"

"그렇습니다. 그 아이가 여덟살 때쯤이었을 것입니다. 포장 밑으로 기어들어온 공짜 손님이었는데, 잡아놓고 보니 이 녀석이 부랑아였어요. 얼굴이 잘 생긴데다 말하는 게 여간 똑똑하지 않아 곡마단에, 말하자면 입단을 시켰지요."

“아, 그랬었군요.”

“그건 그렇고 그 양철통 두들기고 다닌 것 같다는 기억은 뭘까요?”

“글쎄. 그건 모르겠습니다. 어디서 푸닥거리하는 걸 보고 하는 말이 아닐까요?”

마담은 커피를 타 내고 사과도 깎았다.

“단장님께서는 이것보다 소주를 한잔 드시지요.”

인걸이가 두홉들이 소주병과 잔을 가지고 왔다. 마담이 술을 따랐다.

“이이는?”

대전 여자가 이 마담을 가리키며 물었다.

“앞으로 개만이 부인 될 사람입니다.”

단장이 웃으며 소개했다.

“이상미라고 합니다.”

상미가 고개를 숙였다.

“그러면 아직까지 결혼을 안 했었나요?”

“삼년 전에 사별했습니다.”

“저는 아까 전화 받았던 이 회사 총뭅니다.”

인걸이가 초등학생처럼 허리를 깊숙이 굽히며 이 회사 총무란 말에 힘을 주어 자기소개를 했다.

“면회는 되겠지요?”

“되다마다요. 그런데 오늘은 토요일이라 늦었고 월요일 날 재판이 있으니 공판정에서 볼 수 있겠습니다. 공판은 언제든지 오전 열시에 개정하니까 오늘은 그냥 가셨다가 월요일 첫차로 오셔도 되겠군요."

"그렇게 하겠습니다. 그런데 어렸을 때 사진 없나요?"

"아 참."

인걸이가 벌떡 일어나 저쪽 방으로 가서 사진첩을 가져왔다.

"이 앤데, 이게 열다섯살쯤 때일 것입니다."

단장은 이십여명쯤 찍은 단체사진 가운데서 맨 앞줄에 앉은 아이를 가리켰다. 여인은 유심히 들여다봤다.

"어때요?"

"닮았어요."

여인의 눈이 빛났다.

"틀림없습니까?"

"글쎄요. 아직은 모르겠지만 많이 닮았어요."

"이것은 스무살 때쯤 사진입니다."

여인은 역시 닮았다며 형제들 물색이라고 했다. 그때 호도장이 언제 왔는지 마루에 앉아 안을 들여다보고 있었다.

"야, 넌 뭣 하러 왔어?"

인걸이가 호도장을 노려봤다. 호도장은 들은 척도 않고 대전 여자를 보고 있었다.

"인마, 작업장에 나가 있어!"

인걸이가 낮으나 위압적인 소리로 말했다. 호도장은 인걸이를 아니꼬운 눈초리로 노려보며 어슬렁어슬렁 나갔다. 인걸이는 뒤따라가서 통용문 문고리를 걸어버렸다.

"다른 얘기는 못 들었습니까? 가족 얘기나 고향 얘기 같은 것 말입니다."

"그런 얘기는 못 들었습니다. 곡마단에는 그런 고아들이 많이 스쳐가는데, 그런 애들치고는 그 애처럼 어머니를 못 잊어 하는 애는 첨 봤습니다. 그런데, 좀 묘한 것은 어머니 생각만 하면 귀가 아프다고 했어요. 오른쪽 귀가 아파 아무리 병원엘 다녀도 낫지 않았는데, 어머니 생각만 하면 그 귀가 더 아려온다는 것입니다. 다른 일에는 매사에 이만저만 똑똑한 아이가 아닌데, 어쩌다가 어머니 얘기가 나오기만 하면 금방 우울해졌지요. 상당히 나이를 먹을 때까지 귀가 말썽을 부리다가 낫긴 했는데, 오른쪽 귀 하나는 끝내 멀고 말았지요."

"어머나."

"치료된 뒤에도 어머니 생각만 하면 멀쩡한 귀에 통증이 느껴진다고 하더군요."

"얼마나 그리웠으면 그랬을까?"

"곡마단에 있을 때도 틈만 있으면 관객들에게 어머니 찾는 광고를 했지요. 처음 들어왔을 때는 관객들 사이를 다니며 껌이나 과자 같은 걸 팔았는데, 그런 걸 팔면서도 관객들을 웃기면서 교묘하게 어머니 찾는 말을 끼워 넣어 은근히 광고를 했지요."

단장은 너털웃음을 웃었다. 술이 거나해진 단장은 목소리에 카랑카랑 힘이 꼬이고 있었다. 고물더미에서 꾸물거리고 있을 때와는 딴판이었다. 단장은 언제나 옛날 곡마단 얘기만 나오면 신명이 났고, 더구나 이렇게 한잔 걸치고 나면 얘기가 끝이 없었다.

"그 녀석은 곡마단에 들어온 다음 날부터 제 밥벌이를 했습니다.

얼굴이 원체 반반해서 그것만으로도 관객들 귀염을 받아 과자나 음료 같은 걸 잘 팔았습니다. 그러는 사이 덤블링을 배워 일년 뒤부터는 무대에 섰는데, 이 녀석이 재담 솜씨도 대단해서 관객들 인기를 독차지했습니다. 더러는 쥐덫을 팔기도 했는데 그때 그 녀석 흉내 한번 내볼까요?"

단장은 웃으며 남은 소주를 털어 넣었다.

"오늘 우리 평화곡마단을 찾아주신 신사, 숙녀, 할머니, 할아버지, 그리고 할머니 손목을 잡고 따라온 꼬마 손님까지 모두 안녕하셨습니까? 오늘도 잊지 않고 우리 곡마단을 찾아주신 여러분의 뜨거운 성원에 보답하기 위해서 오늘은 여러분께 철커덕 쥐덫을 소개해 올리겠습니다."

단장은 음조까지 넣어 흉내를 냈다. 모두 웃었다.

"여러분 앞에서 이 쥐덫을 소개해 올리는 이 꼬마로 말할 것 같으면, 대한민국에서는 둘째가라면 서러워할 애국지사의 가문에서 태어난 귀공자올시다. 임진왜란 때는 할아버지가 용약 출전하시어 전사하시고, 병자호란 때는 아버지가 되놈들과 싸우다가 전사하셨으며, 6·25 때는 형님마저 조국에 몸을 바치셨고, '야 인마 공갈 작작 쳐라. 임진왜란·병자호란이 일어난 지가 사백년이 지났는데, 네놈 할아버지 아버지가 어쨌다고? 쬐만한 새끼가 쥐덫 하나 팔아먹으려고 싸가지 없이 노네.' 아 들켰군요. 죄송합니다."

그는 정중하게 절을 하며 관중들의 박수를 유도했다.

"지금까지 말씀드린 것은 모두 공갈이고 사실을 말씀드리면, 저는 임진강 나루터인가 무슨 나루터에서 우리 어머니를 군인들이 강제로 끌어가버린 바람에, 오늘날까지 찬바람 모진 서리 맞으면서도 보시다시피 이렇게 출세를 했사옵니다. 우리 동네 뒷산에는 메주를 주물러논 것같이 못 생긴 미륵이 있었사온데, 우리 어머니는 그 미륵과는 달리 굉장한 미인이었습니다. 제가 여러분들께 부탁드리고 싶은 말씀은, 지금 여기 오신 여러분들께서 혹시 못 생긴 미륵이 있는 동네 출신의 미인을 보시거든, 여보시요, 지금 당신 아들이 평화곡마단에서 출세했습디다, 이 말씀 한마디만 해주시기 바랍니다. 그럼 노가리는 이만 까고 철거덕 쥐덫을 소개해 올리겠습니다."

단장은 쥐덫 선전하는 익살이 왕년의 곡마단 단장답게 구성졌다. 모두 배를 잡고 웃었다.

여인은 모레 오겠다며 돌아갔다. 인걸이는 문밖에까지 바래다주었다.

"그 여자 재벌이 아닌 것 같던데 유감이요."

탁자에 앉았던 호도장이 삐딱한 가락으로 퉁겼다.

"그게 무슨 소리야?"

인걸이가 호도장을 쏘아봤다.

"테레비에 보면 이산가족으로 만나는 사람들은 거개가 꾀죄죄한 가난뱅이들이던데, 그러다가 남의 집 빨래나 해주고 다니는 파출부나 길거리에 화덕 놓고 빈대떡 굽는 여자가 나타나면 어쩔려우?"

"야, 이 새끼 너 어디 아프냐?"

인걸이 눈꼬리가 대번에 치켜 올라갔다.

"그런 사람들이 나타나도 화분으로 장식해서 맞아들이겠소? 그런 사람이면 또 좋지만, 거지가 나타나지 말라는 법도 없지요. 히히.”

“뭐 이 새끼, 거지가 어째? 그 소리 한번 더 해봐!”

인걸이가 주먹을 으르며 씨근거렸다.

“그런 사람이 나타나면 어떤 꼴을 할는지 한번 구경하고 싶소.”

호도장은 어긋하게 이마 밑으로 눈을 뜨며 피식 웃었다.

“너 못 먹을 것 처먹었냐?”

“같은 값이면 다홍치마라고 재벌 어머니가 나타났으면 좋겠지만, 거지가 나타날 수도 있으니 그 준비도 하라, 이 말이요.”

호도장은 조금도 숙이지 않고 어긋하게 뇌까렸다.

“이 새끼가 못 뒈져 환장한 거야, 뭐야?”

인걸이는 호도장에게 주먹을 날렸다. 호도장은 인걸이 주먹을 그대로 맞고 있었다.

“야, 이 새끼, 아가리 더 놀려봐. 거지가 어째?”

인걸이는 숨을 헐떡거리며 다시 칠 기세였다. 그때 단장이 안집에서 나왔다.

“뭐야?”

“이 새끼가, 형님 어머니가 거지 어쩌고 괜히 깡을 씹지 않습니까?”

인걸이는 주먹을 으르며 호도장한테로 욱 달려들었다. 김씨가 인걸이를 막았다.

그때 전화벨이 울렸다.

“데리고 나가!”

단장이 전화기를 들며 김씨한테 소리를 질렀다.

“내가 괜히 깡을 씹은 게 아니요. 잘 생각해보슈.”

호도장은 김씨한테 끌려가며 인걸이를 향해 어긋한 표정으로 한마디 던졌다.

“저 새끼가 정말 사람 미치게 만드네.”

그러나 인걸이는 쫓아가지는 않았다.

“예. 예. 김 사장님은 조그마한 교통사고를 당해서 병원에 잠깐 입원 중입니다. 전화를 하시는 분은 누구십니까? 옛날이라면? 괜찮습니다. 곡마단? 평화곡마단? 너 누구냐? 나 단장이다.”

단장은 다급하게 수화기를 다른 쪽 귀로 옮겼다.

“인실이? 줄 타던 인실이? 아이고, 어디냐, 지금 어디서 전화하냐?”

단장은 당장 쫓아가기라도 할 것 같은 자세로 거푸 물었다. 단장은 전화기를 다른 쪽 귀로 옮겼다.

“서울? 이리 오겠다고? 그래 당장 오너라. 오늘 오겠냐? 그래 알았다. 그 시간에 터미널로 나가겠다. 응 응.”

전화기를 놓은 단장은 허탈한 표정이었다.

“모두 이렇게 살아 있었구나.”

단장은 혼자 뇌었다.

“누굽니까?”

“옛날 곡마단에 있던 아가씨다. 줄을 타던 애야. 개만이가 좋아해서 오래오래 못 잊었다던 바로 그 애다.”

“사장님이 처음으로 빵깐에 가게 됐다던, 그 사건의 그 여자 말입니까?"

"그래, 망할 것 같으니라고. 그때 나타나지 않고."

단장은 혼자 탄식을 했다.

김씨는 호도장을 끌고 집 앞에 있는 술집으로 갔다.

"도대체, 뭐냐? 나는 이럴 때 보면 너 정말 모르겠어."

김씨가 막걸리를 시키며 말했다.

"형님, 내가 제일 싫어하는 말이 무슨 말인 줄 아시요?"

"싫어하는 소리?"

호도장은 담배연기를 멀리 내뿜었다.

"애기통 뒤져 시다이 쪼아온(쓰레기통 뒤져 밥 먹고 살아온) 옛날이야기를 새삼스럽게 영화 돌리고 싶은 생각은 없습니다만, 나는 찻을뭉치(어머니)도 모르고 개비(아버지)도 모릅니다. 어렸을 때 내 기억이란 밥을 얻으러 갔다가 임집(중산층 집) 문간에서 쫓겨나며 뒤에서 철대문 닫히는 꽝꽝 소리뿐입니다. 그런데, 아까 인걸이 그 새끼가 어쩐 줄 압니까?"

순간 호도장의 눈에는 살기가 어린 것 같았다. 호도장은 아까 인걸이가 안집 통용문을 닫고 안에서 고리를 걸어버린 말을 했다. 김씨는 호도장만 보고 있었다.

"내 첫번째 빵깐행도 그 대문 닫치는 소리 때문이었습니다. 열다섯살 때니까 꼬지(그냥 거지) 때지요. 세살쯤 된 애새끼가 물이 흐르는 진창에 빠져 있길래 그놈을 건져내서 집이 어디냐고 물었습니다. 그냥 울기만 하길래 그 옆집 대문 뽀꼼이(초인종)를 눌렀지요. 다급하니 거세게 누를 수밖에요. 헌데 걔 집이 그 집이 아니고 그

옆집이었던 모양입디다. 고등학생 녀석이 내 몰골을 보더니 아침부터 거지새끼가 초인종을 누르고 지랄한다고 철대문을 꽝 닫고 들어가버리지 않겠습니까? 보면 알 텐데 이 새끼가 신경질을 낸 겁니다. 가지고 다니던 필(칼)을 꺼내들고 다시 뾰꼼이를 눌렀지요. 뭐냐고 악을 쓰며 문을 열데요. 그대로 그어버렸죠. 킬킬킬."

호도장은 앞에 놓인 막걸리잔을 들어 벌컥벌컥 들이켰다.

"경찰에 붙잡혔죠. 경찰서 빵에 넣고 철문을 닫고 열쇠로 철문을 잠갔습니다. 그렇지만, 나에게는 그게 이 세상의 안이 아니라 이 세상의 밖이었지요."

호도장은 멀겋게 웃었다.

"처음에는 좀 답답하더니 감방 생활에 익숙해지니까, 나한테는 거기가 천국입디다. 밥 걱정, 잠자리 걱정 없는 것도 그렇지만, 무엇보다 나는 거기 들어가서 처음으로 글이란 걸 배웠습니다. 곁의 놈들한테 배워 보름 만에 동화책을 읽기 시작했지요. 대학 다니다 들어온 녀석이 속독법을 하는 작자여서 그것까지 배웠어요. 육개월쯤 돼서는 동화책 한권을 오분에 읽을 정도였습니다. 너무도 재미가 있어 나는 닥치는 대로 책을 읽었습니다."

"어지간한 임집에서 팔자 좋게 태어났더라면 세상 한번 울리는 건데……"

김씨가 애석하다는 표정이었다.

"내가 책 읽는 걸 보고 마개비(교도관)들 눈이 휘둥그레집디다. 그 때문에 한바퀴(징역 일년)도 제대로 돌지 않고 나왔는데, 그때 웃기는 일이 있었습니다. 내가 나가려면 반성문을 쓰라고 볼펜을 줍디다. 그런데, 볼펜이란 걸 잡아본 것도 귀빠지고 처음인데 어떻게 글씨를 씁니까? 내가 글씨랍시고 한자씩 한자씩 그리고 있는 걸 마개비가 보더니 또 한심하다는 표정들을 짓습디다."

김씨는 한참 웃었다. 소년원이나 교도소에서는 밖으로 비둘기(비밀편지) 날릴 걸 염려해서 재소자에게 필기구는 금기 중에서도 금기였다.

"헌데, 내가 교도소에 있는 책 삼사백권을 읽고 나서 느낀 게 뭔 줄 압니까."

"뭐야, 도통이라도 했단 말이냐?"

"도통했지요. 그 책들 읽고 나서 내가 느낀 것은 나는 별수 없는 양아치라는 것이었습니다. 그런 책에서 보니까 인품(정상적인 인격을 갖춘 사람)들은 까리한 푼(예쁜 여자)을 보면 사랑인가 뭔가 하는 고상한 감정을 느끼는 모양인데, 나는 그런 것들을 보면 짝숭이(성기)만 벌떡 고래가 되니 이게 뭡니까?"

"허허. 너는 천생 양아치구나. 킬킬킬"

김씨는 한참 웃었다.

"그 때문에 그런 건 아니지만, 그뒤부터 임집 학삐리 푼(여학생)들을 노리기 시작했습니다. 으슥한 골목에 미리 물을 봐뒀다가(살폈다가) 어두워지면 골목 전봇대 같은 데다 짱(잠복)을 박고 있지요. 불쑥 나서며 필을 들이댑니다. 야시(겁) 먹잖은 년 없습니다."

"그러니까, 아무 동네 골목에서나 그랬단 말이냐?"

김씨가 놀라 물었다.

"그렇죠. 스무남은년을 조졌는데, 나중에는 그것도 김샙디다.

어느 여고에서 여학생 하나가 나 같은 놈한테 그렇게 물총(강간)을 맞고 애를 뱄던 모양인데, 학교에서는 그 애를 퇴학을 시켰다지 않습니까? 힘없는 여학생이 강제로 물총을 맞았으면, 그 물총 쏜 놈을 잡아다 족치고 여학생은 위로해야지, 위로는커녕 퇴학을 시키다니, 제길 그런 선생질이나 교장질은 나도 해먹겠습디다. 그뒤부터 개들 조지는 게 꼭 젖먹이 어린애들한테 필 들이대는 것 같더군요."

"그럼 지금은 모니 형님(석가모니) 가운데 토막 됐냐?"

"내가 임집 골목에서 시퍼런 필을 들이대어 까리한 푼들이 발발 떨며 시키는 대로 하면, 꼭 그 깡깡 닫혀놓은 대문을 열고 안방으로 들어가는 기분이었습니다. 야, 이 새끼들아, 네놈들은 나를 쫓아냈지만, 나는 바로 네 놈들 대문 앞에서 이렇게 놀아준다, 이랬지요. 히히히."

"그러니까, 지금은 그런 짓 않는다는 얘기냐?"

"상대가 애송이들이 아니고 나이 먹은 년으로 바뀌었지요."

"인마, 조심해! 요새 물총 한방이면, 더구나 너 같은 떳바방(부랑아)이 필까지 들이댔다면, 징역이 최소한 다섯바퀴(오년)야."

"헌데, 그것이 버릇이 됐는지, 지금도 무심결에 어딜 가다가도 철대문 닫히는 쇳소리만 나면 짝숭이가 벌떡 일어서는 걸 어떡합니까? 뚜룩잡이(도둑놈) 본 개가 왕 하는 꼴이지요."

"그래서 아까 인걸이가 대문을 닫았을 때도 짝숭이가 왕 했던 거냐?"

"아니죠. 그땐 짝숭이가 아니고 야마(머리)가 왕 했지요."

김씨는 소리내어 웃었다. 그러나 호도장은 웃지 않고 술잔을 기울였다.

"형님, 내가 여기 너무 오래 박혀 있었습니다. 이제 떠날 때가 된 것 같아요."

"무슨 소리야, 인마. 큰형님이 교도소에 계시는데, 그만한 일로 떠나다니 말이 돼?"

"그건 그렇습니다마는, 난 원래 어디 오래 짱박고 있는 성질이 못되거든요."

그때 고물을 실은 리어카들이 들어오기 시작했다.

"나, 기분 안 나니까 오늘은 좀 봐주시요."

"그래. 헌데 큰형님 일판 돼가는 것 봐서 딴소릴 해도 해라. 빵깐에 저러고 계시는데, 네들이 찌거리 붙었다면 기분이 좋겠냐?"

"알았소. 어서 가보슈."

호도장은 어슬렁어슬렁 거리로 나갔고, 김씨는 작업장으로 고물 리어카를 따라 들어갔다.

고물도 계절을 타기 때문에 여름철에는 별로 재미가 없었다. 늦가을부터 봄까지 이사철이라야 고물이 쏟아져 나왔다. 그래서 요사이는 고물 장수들이 공사판으로 자리를 옮기기 때문에, 고물을 실어오는 사람들은 하루에 열다섯명이 될까 말까였다. 김씨나 호도장 같은 붙박이들도 요사이는 자기 일 나가지 않고, 작업장에서 고물을 받고 실어주는 등 잡역으로 하루 밥벌이나 하는 날이 많았다.

저녁참이 되어도 호도장은 돌아오지 않았다. 김씨는 시렁에서 큼직한 나무토막 하나를 끌어내렸다. 조각도로 깎기 시작했다. 소대가리 모양이 되어가고 있었다. 김씨는 관광지 같은 데서 사온 듯한 소 목각제품을 앞에 놓고 그것을 보아가며 칼질을 하고 있었다. 그가 만지고 있는 것은 그가 모델로 하고 있는 기성품보다 훨씬 컸지만 솜씨는 거칠고 서툴렀다. 목 부분까지 드러난 소는 눈을 유난스럽게 크게 부릅뜨고 있었다.

"이 애는 어디 갔냐?"

김씨 어머니가 들어오며 호도장이 없는 것을 보고 물었다.

"잠깐 나갔어요."

김씨는 나무토막에 눈을 박은 채 대답했다.

"그것은 깎아서 뭘 하자고 날마다 붙들고 그 정성이냐?"

"그냥 심심해서요."

코 있는 데를 오비작거리던 김씨는 손을 멈추고 소대가리를 이윽히 노려봤다.

"그 뿔은 지난번 우리 소 뿔을 닮았구나."

어머니 말에 김씨는 그냥 웃기만 했다.

"여기서 시골로 내려갈 때는 소부터 먼저 장만해야겠지요."

"글쎄 말이다. 나도 하루면 열두번도 그 생각이다마는, 돈이 그렇게 쉽지가 않으니 어느 세월에 돌아가겠느냐?"

"이를 물고 이년만 모으면 무슨 계획이 서지 않을까 싶어요."

"그랬으면 오죽 좋으랴만."

김씨 어머니는 길게 한숨을 내쉬었다.

"단장님은 터미널에 가셨나요?"

"인걸이하고 같이 갔다. 그 여자가 아홉시에 도착하는가보더라."

"어머니!"

김씨가 손을 멈추고 어머니를 향했다.

"전혀 생각도 않았던 사람들까지 이렇게 만나는 것을 보니, 우리도 가만히 있을 일이 아닌가봐요."

"또 외삼촌 이야기냐?"

"달리 누가 있습니까?"

"살붙이 만나보고 싶은 심정이야 낸들 오죽하겠느냐마는, 덩덩한다고 거기 덩달아 함부로 나설 일이 아니더라."

"허지만, 이럴 때 안 찾으면 언제 또 이런 기회가 오겠습니까?"

"아니다. 크게 염려되는 것이 있어 그런다."

"염려되는 것이라뇨?"

"너의 큰삼촌 때문이야."

"북한에 계신다는 큰삼촌 말인가요? 그이가 어떻다는 겁니까?"

김씨는 눈을 크게 뜨며 물었다.

"너의 큰외삼촌은 대학 다닐 때부터 골수 사회주의자였다. 지금 저쪽에서 크게 출세를 했을 것이야. 그런데 테레비에 난 것을 책으로까지 만들어낸다니, 저 사람들이 얼마나 무서운 사람들이라고 그런 것 한권 구하지 못하겠느냐? 간첩을 내려보낼 때는 꼭 이쪽에 연비하는 사람을 찾아 보낸다는데, 그 책을 보고 네 삼촌을 간첩으로 보내는 날에는 꼴이 뭐가 되겠느냐?"

김씨는 멍청한 눈으로 어머니를 빤히 건너다봤다.

"그렇게 되면, 가족을 찾다가 호랑이를 불러들이는 꼴이 아니고 무엇이겠느냐? 네 작은삼촌은 지금 남한 어디엔가 살고 계실 것이다마는, 그도 그것이 두려워 나를 찾는 광고를 내지 않고 있는 것이 아닌가 싶다."

"설마."

"설마가 사람 죽이는 법이다. 물에 빠져 죽으려면 접시 물에도 빠져 죽는다는 말이 무슨 말이냐? 나 혼자만이라면 또 모르겠다마는, 너를 생각하면 털끝만큼도 그런 위험한 짓을 하고 싶은 생각이 없다."

어머니는 단호하게 말을 맺었다.

호도장은 밤이 이슥해서야 돌아왔다. 술이 거나했다. 손에는 오징어 한마리와 소주병이 들려 있었다.

"술 마셨구나. 인걸이도 미안한 모양이더라. 낼 사과할 테니 받아줘라. 다 같은 떳바방 처지에 우리끼리 아웅다웅할 게 뭐냐?"

"그 새낀, 내가 언제 봐도 봐버릴 거요."

호도장은 이빨로 술병을 까 들고 김씨한테 잔을 내밀었다.

"인마, 오늘 무슨 일이 있었는지 아냐?"

"무슨 일이라니요?"

"이산가족 찾는 여자가 또 한사람 왔는데, 이 사람은 예사 여자가 아니고 옛날 큰형님 푼이래. 네가 고상하다고 했던 그 사랑 중에서도 첫사랑 여자라는 거야."

"그러니까, 옛날 곡마단에서 둘이 좋아하다가 다른 사람한테 물총을 맞아, 정존가 순결인가 그걸 빼앗기고 영영 사라져버렸다던 그 여자 말인가요?"

"맞다. 단장님 만나서 반가워하는 걸 보니 꼭 요사이 테레비에서 잃었던 가족 만난 것하고 똑같더라. 어려울 때 함께 고생하고 살았던 사람들은 그때 고생했던 만큼 정도 깊은 법이다. 인걸이 그 녀석 제멋대로 설치는 게 탈이지 인정도 있고 의리도 있는 놈이다."

김씨는 호도장에게 술잔을 넘기면서 말했다.

"그러니까, 그때 정조를 잃었다고 눈물 콧물 짜며 사라졌던 여자가 그동안 큰형님을 못 잊고 있다가 이십년 만에 찾아왔다, 이 말씀입니까? 오랜만에 춘향이 하나 구경하겠네요.

"인마, 그게 지금 무슨 소리야?"

김씨가 발끈했다.

"생각해보슈. 곡마단인가 써커슨가 그런 걸로 돌아다녔다면 보나 마나 뻔한 떳바방인데, 그 주제에 순결이 뭐고 정조가 뭡니까? 양아치 손가락에 반짝이(보석)도 유분수지, 더구나 그 처지에 정조를 챙겼다니 하품 나오지 않습니까? 공중에서 줄 타고 노니까 자기가 무슨 천사인 줄 알았던 모양이죠."

"자식, 책줄깨나 읽길래 사람 되는 줄 알았더니, 책을 읽어도 헛읽었구나."

"허허. 생각해보슈. 그런 허망한 것에다 인생을 걸고 허영을 부렸으니 썩은 줄에 매달려 써커스 한 것하고 뭐가 다릅니까? 뺵마개(처녀막) 나갔다고 인생을 스스로 작살냈었다는데 어때요? 누가 열녀라고 비라도 세워줬습니까? 여기까지 찾아온 걸 보면 지금 형편도 뻔할 뻔 잔데, 이제 형님 만나서 앵두 따봤자 서로 해골이나 복잡하지 어쩌자는 겁니까?"

"너는 어째서 일일마다 항상 그 모양이냐?"

“나보고 양아치 학삐리라고들 하니까 유식한 말 하나 하겠소. 옛날 북아메리카 지역에 뿔이 길고 화려한 사슴이 살고 있었답니다. 그런데 뿔이 너무 거추장스러워 맹수한테 쫓기면 뿔이 나뭇가지에 걸려 결국 뿔 때문에 멸종되었다는 겁니다. 옛날에는 여자들이 자기 마음 하나만 단단히 먹으면 춘향이가 될 수 있었지만, 지금 세상은 변학도는 양반이고 나같이 필을 들고 골목에서 노리는 놈이 수두룩합니다. 어때요? 아까 그 여학교 교장이란 작자는 그런 일이 생기면 계속 퇴학이나 시키고, 또 큰형님 첫사랑인가 하는 그런 여자들은 모두 얼굴 싸매고 도망만 쳐야 합니까?”

“그러면 이 세상에서 너 같은 놈들을 싹 쓸어 없애야 한다는 얘기가 되는구나.”

김씨가 웃으며 잔을 넘겼다.

“나 같은 놈을 싹 쓸어버리고 나면 이 세상에 짝숭이 찬 놈 하나도 남지 않을 거요. 전쟁이라도 나보슈. 형님은 어떻겠소? 무법천지 세상에 총을 들고 있겠다, 까리한 픈들이 눈앞에 얼씬거리면 가만두겠소?”

호도장이 다그치자 김씨는 커다란 입을 헤벌리고 웃었다.

“전쟁 얘기가 났으니 말인데, 오늘 테레비 봤더니 기막힌 이산가족 모자가 서로 만났더라.”

김씨가 호도장에게 잔을 건네며 말머리를 돌렸다.

“어제 이 앞 기수집에서 들은 얘긴데, 여기 출신 땡감(군수)이 어머니를 찾았다는 거야. 어느 시골에서 그 지방 군수 영감하고 중학교 교장이 인품들끼리 사돈을 맺었던 모양이야. 6·25가 터지자 그 교장 딸이 세살짜리 어린애를 데리고 친정으로 피난 왔는데, 누구한테 맞았는지 모르지만, 물총을 맞아 앨 뱄었다는 거야. 남몰래 애를 떼긴 했는데, 그 남편이 눈치채고 그 여잘 쫓아냈었다는구나. 그런데 이번 이산가족 찾기가 시작되자 그 군수 영감이 죽으면서 그 손자, 그러니까 그때 세살짜리가 땡감이 되었는데, 그 손자에게 너의 어머니는 따로 있으니 찾으라고 하여 염탐 끝에 찾았다는구먼."

김씨는 원체 말주변이 없어 이야기가 싱거웠다.

"거 보슈. 임진왜란이나 병자호란 같은 때도 사내자식들이 못나서 나라 땅덩어리도 짓밟히고 안방까지 침노를 당했으면서, 전쟁이 끝나자 약한 여자들더러 정조를 못 지켰다고 소박을 했다니 그것들이 사람이요? 사내다운 오기라도 있는 놈이라면 제 놈 짝숭이부터 잘라 개한테 던져줄 일이지, 약한 여자한테 항거를 못했다고 쫓아내요?"

"야, 그렇게 흥분하는 걸 보니 인품 난다. 스도 형님 빰치겠어."

"예수님 말도 마시요. 그이는 간음하지 말라가 아니고, 여자를 보고 마음만 동해도 마찬가지라고 했어요. 그런데 여자가 아니고 대문 소리만 들어도 짝숭이가 왕 하는 나는 뭡니까? 지옥이 백개라도 모자라겠지요. 히히히."

두사람은 호들갑스럽게 웃었다.

공판은 월요일 날 열시에 개정이었다. 재판받는 사람이 많은지 방청객으로 보이는 사람들이 법정 뒷문 앞에도 이십여명이나 서성거리고 있었다.

개만이 방청객은, 아침 일찍 온 대전 여자와 서울서 온 인실이라는 여자, 그리고 상미 등 여자들 세사람이고, 증인으로 채택된 단장과 인걸이, 호도장 들이었다. 호도장은 아직도 인걸이를 보면 지르퉁한 표정이었다.

"야, 너 말이야."

인걸이가 호도장을 가리켰다.

"저쪽에 서 있다가 형님이 법정으로 오시거든, 지금 대전서 형님 어머님 같은 분이 나타났다고 미리 귀띔을 해줘! 알았지? 어서 가봐!"

그때 벌써 저쪽에서 수갑 찬 죄수들이 나오고 있었다. 개만이가 호도장을 봤다.

"형님!"

호도장이 개만이 곁으로 가까이 가자 교도관들이 막았다.

"우리들이 낸 이산가족 광고를 보고 말이죠, 지금 대전서 어떤 여자가 왔습니다. 틀림없이 형님 어머님 같아요."

호도장이 교도관한테 떼밀려나며 소리를 질렀다.

"뭐라고, 대전서?"

개만이가 눈이 둥그레졌다.

"지금 방청 왔어요. 이따 방청석에서 제가 손가락으로 가리킬게요."

교도관들은 개만이를 대기실로 밀어넣었다. 호도장이 법정 뒷문으로 들어가자 비좁은 방청석이 이미 가득 차버렸다. 단장과 대전 여자는 맨 앞에 앉아 있었다. 호도장은 사람들을 비집고 들어갈 수가 없어 맨 뒷자리에 앉았다.

좀 만에 피고인들이 들어오고 있었다. 호도장이 일어서서 개만이더러 저 앞이라고 손짓을 했다.

"이분입니다."

그쪽에서 인걸이도 말했다. 개만은 그 여자를 보더니 엉뚱하게 호도장 곁에 앉아 있는, 색안경 쓴 여자한테로 눈이 갔다. 개만이 방청객들은 모두 꾀죄죄한 몰골들인데, 이 여인은 색안경을 쓴 것부터가 월등 돋보였다.

"여기에요."

인걸이가 다시 소리를 질러서야 개만은 그쪽을 봤다.

"이분입니다."

인걸이가 자기 옆에 앉아 있는 대전 여자를 가리켰다. 두사람은 한참 동안 서로 보고 있었다. 개만은 다시 색안경 쓴 여자를 봤다. 한참 보고 있다가 다시 대전 여자를 봤다.

"아니, 당신은?"

개만은 서울서 온 인실이란 여자를 보고 깜짝 놀랐다.

"예. 인실이에요. 하지만 먼저 이분과."

인실이는 대전 여자를 가리키며 손수건 속에 얼굴을 파묻었다.

"제자리에 앉아요."

교도관이 개만을 피고석으로 밀었다.

"여보시요. 지금 이산가족이 상봉 중이란 말예요. 이분 어머니가 나타났어요."

인걸이가 소리를 질렀다.

"뭐요, 이산가족?"

제지하던 교도관이 깜짝 놀랐다. 이산가족이란 바람에 방청석은 잠시 웅성거렸다. 그때 변호사가 들어오며 인걸이를 봤다.

"만나봤나요? 틀림없어요?"

"예. 예."

이내 검사가 들어오고 판사가 들어왔다.

"일동 차렷!"

정리가 소리를 질렀다. 모두 일어섰다. 판사가 자리에 앉았다.

"일동 착석!"

이내 공판이 시작되었다. 검찰 측 증인을 불러냈다. 증인은 양성파 폭력조직 두목이었다. 그는 증인석에서 증인선서를 한 다음 자리에 앉았다.

"심문하시오!"

판사가 검사에게 말했다.

"증인은 피고 김개만이 세기다방에서 김갑식을 구타할 때 현장에 있었지요?"

"예."

"김개만이가 김갑식을 구타할 때 김개만의 부하들이 몇사람이나 가세했지요?"

"칠팔명쯤 되는 것 같았습니다."

"김개만은 당수가 삼단으로 이 지방에서는 일대일로 상대할 사람이 없다는데, 사실입니까?"

"그렇게 알려졌습니다."

검사는 김개만이가 김갑식을 어디를 어떻게 몇대 때렸는가, 김갑식이가 제대로 대항을 했는가 등 몇가지만 묻고 싱겁게 심문을 끝냈다. 변호사가 반대심문을 했다.

"증인 오만동 씨는 경찰의 폭력배 리스트에도 그렇게 나타나 있고, 세상에도 양성파 두목으로 알려져 있는데, 사실입니까?"

"한때는 그랬지만, 지금은 단속이 심하기 때문에 조직폭력 자체가 있을 수 없습니다. 그래서 저는 이미 오년 전에 그런 활동을 일체 청산하고 사업에만 열중하고 있습니다."

"증인은 그날 싸움의 직접적인 원인이 된 세기다방 이상미씨를 알고 있지요?"

"가끔 그 다방에 가니까 얼굴은 알고 있습니다."

"김개만과 이상미 마담이 결혼을 약속한 사이란 것은?"

"그런 건 모릅니다."

"김개만이 그날 술을 마신 것은 결혼을 앞두고 속칭 댕기풀이로 친구들한테 한턱을 내고 그 친구들과 그 다방으로 몰려왔었는데, 그런 사정도 몰랐습니까?"

"몰랐습니다."

"증인은 요사이 평화고물상 부지 임대 관계를 놓고 피고와 몹시 사이가 나빴다는데 사실입니까?"

"사이가 나쁘고 좋고 할 만큼 깊은 관계가 없습니다."

"피해자 김갑식 씨는 전에도 피고 김개만의 폭력을 유발할 목적으로 여러차례 시비를 걸었으나, 김개만 씨가 상대를 않자 기회를 노려오다가 그날 피고 김개만이 보는 앞에서 그 약혼자인 이상미씨에게 모욕을 주어 김개만의 폭력을 유발했다는데, 그것은 모두 증인이 뒤에서 조종한 것이라고 김개만 씨는 주장합니다. 이 점 어떻게 생각합니까?"

"전혀 근거 없는 말입니다."

"김갑식이 이상미 마담에게 폭언을 할 때 곁에 있던 피고의 친구들이 격분하여 김갑식에게 몰매를 가하려 하자, 피고인이 말린 다음 김갑식을 구타했습니다. 피고 친구들이 격분했던 정도로 보아 그때 피고가 말리지 않았더라면, 김갑식은 그 자리에서 맞아 죽었을는지도 모른다고 피고는 말하고 있습니다. 증인이 보기에는 그 분위기가 어느 정도였습니까?"

"먼 데 있었기 때문에 잘 모르겠습니다."

"그 다방은 좌석이 이십여석밖에 안 되는 작은 다방인데, 멀어야 불과 오 미터 거리에 앉아 있던 증인이 그것을 모른단 말입니까?"

오만동은 대답하지 않았다.

"피고는 그때 그 친구들을 진정시키려면 그 정도 구타는 하지 않을 수 없었다고 하는데, 그 점은 어떻게 생각합니까?"

"모르겠습니다."

"모르겠다는 것은 판단이 안 간다는 말입니까? 그 진의가 의심스럽다는 말입니까?"

"진의가 의심스럽습니다."

"증인은 한때 폭력조직 두목이었고, 또 기록에 남아 있는 폭력 전과도 많습니다. 이런 점을 생각해서 폭력으로 고소된 이 사건에 대하여 김갑식을 설득시켜 고소를 취하시킬 생각은 없습니까?"

“저는 김갑식이를 설득시킬 능력이 없습니다.”

“증인!”

변호사가 큰 소리로 불렀다.

“수십명의 부하를 거느리고 의리를 앞세워 거리를 주름잡던 양성파 두목쯤 되는 사람이, 똘마니 하나 설득시킬 수 없다면 그것은 당신 위신 문제고, 이런 정도의 일을 가지고 하필 폭력으로 다른 사람을 교도소에 집어넣은 것은 체통 문젭니다. 잘 생각해보시오! 이상입니다.”

“피고 물으시오.”

“물을 것 없습니다.”

판사의 말에 개만은 침착하게 대답했다.

오만동이 증인석에서 내려오고 변호인 측 증인으로 단장이 증인석에 앉았다.

“이만재 씨는 직업이 무엇이며, 김개만과는 어떤 관계입니까?”

변호사가 물었다.

“본인은 6·25 뒤에 평화곡마단이란 곡마단을 운영했는데, 김개만 사장은 팔세 때 곡마단에 입단하여 곡마단 구성원으로 함께 지내왔습니다. 그러다가 텔레비전이 보급되어 곡마단 인기가 없어지자 곡마단을 해산하고, 지금은 김개만 사장 사업을 거들고 있습니다.”

“피고는 경찰 폭력배 리스트에 올라 있는데, 증인은 요사이 피고가 폭력을 사용하는 것을 본 일이 있습니까?”

“십여년 전에는 한두번 본 일이 있지만, 근래는 전혀 본 일이 없습니다."

"전에는 어떤 경우에 폭력을 썼습니까?"

"김개만 사장은 아시다시피, 이 지역에서는 규모가 가장 큰 고물 수집 회사를 운영하고 있습니다. 그렇지만, 김 사장은 일반 고물 수집 회사와는 달리 고물 수집원이 두가지입니다. 하나는 자기 집에서 살며 고물을 수집해서 우리 고물상에 파는 사람들이고, 하나는 올데갈데없는 부랑아들을 수용하여 고물 수집으로 돈을 모아 경제적으로 자립시키려는 사람들이 있습니다. 부랑아들 가운데는 부랑생활이 습성이 되어 무슨 일이든지 폭력을 앞세운 일이 많기 때문에, 그들은 폭력으로 다스릴 수밖에 없습니다. 김개만 사장이 그런 일로 몇번 문제가 되었던 일이 있는데, 다른 부랑아들하고 싸움이 벌어졌을 때 싸움을 말리느라 몇대씩 때린 일이었습니다. 그걸 상대방이 악의적으로 과장해서 이렇게 고발을 했습니다."

또박또박 말하는 단장의 말은 무게가 있었다. 마치 옛날 곡마단 단장 때의 기품이 살아나는 것 같았다.

"피고인에게는 이십여년 전 이회의 폭력 전과가 있는데, 증인은 그 내용을 알고 있습니까?"

그때 판사가 제지하고 나섰다.

"전과 사실은 그것이 유죄판결을 받았다는 것으로 족하므로 여기서 그 내용을 거론할 필요가 없습니다."

판사 말에 변호사는 자리에서 일어섰다.

"전과 사실에 대한 그 말씀 본 변호인도 잘 알고 있습니다. 그런데, 그 이회의 전과 사실이 지금부터 이십년 전 소년 시절의 일이므로 그 점 충분히 참작해달라는 것도 재판부에 바라는 것이지만, 그보다도 이회의 폭력사건과 이번 사건은 대단히 중요한 공통점이 있습니다. 그 공통점은 이 사건의 근본적인 성격을 볼 수 있는 단서가 들어 있습니다. 그 이회의 사건을 심리할 때는 이런 중요한 점이 드러나지 않아 그 점이 심판에 고려되지 않았습니다. 그러므로 그 사건의 내용을 들어보면 전과 사실의 참작에도 도움이 될 뿐만 아니라, 본건 심의에도 크게 참고가 될 것입니다. 이 점 고려해주시기 바랍니다."

"간단히 물으시오."

"감사합니다. 피고인은 지금 삼십팔세이며 첫번째 폭력사건은 피고인이 십구세 때인데, 그 사건도 이번 사건과 마찬가지로 그 직접적인 동기가 여자관계였지요?"

"그렇습니다. 그때 곡마단에는 십칠세 소녀가 있었습니다. 이 소녀는 얼굴이 예쁘고 상냥했을 뿐만 아니라 줄타기에 발군의 기량을 지녀 관객들의 인기를 독차지했으며, 곡마단 단원들한테서도 그만큼 사랑을 받아 곡마단의 마스코트라 할 수 있었습니다. 피고인은 당시 십구세로 기계체조를 했는데, 그 소녀와 피고인은 서로 은밀하게 사랑을 속삭이는 사이였습니다."

그때 땅속으로 잦아드는 듯한 흐느낌 소리가 삐져나왔다. 물을 뿌린 듯한 방청석의 침묵 속에서 방청객들 눈이 그리 쏠렸다. 인실이였다. 그는 손수건에다 얼굴을 파묻고 흐느끼고 있었다.

"그런데, 곡마단의 총무 격으로 단원들을 감독하던 자가 어느날 강제로 그 소녀를 능욕한 사건이 벌어졌습니다. 그때 피고인은 제

정신이 아니었습니다. 칼을 휘둘러 총무에게 크게 상처를 입혔습니다. 피고는 법정 진술이 미숙하여 살인미수죄가 적용되어 삼년 징역형을 받았습니다. 여기서 한가지 참고로 말씀드리고 싶은 것은 곡마단은 생활 자체가 안전성이 없기 때문에 질서를 유지하려면 엄한 규율이 필요합니다. 그때 우리 곡마단은 유독 남녀관계 규율이 엄격했는데, 그 규율을 범한 사람이 있어 규칙대로 그 자의 양물을 잘라 쫓아낸 적이 있을 정도였습니다."

"두번째 사건도 간단히 말씀해주시오."

"김 사장은 그때 이년을 복역했습니다. 그런데, 그 소녀는 사건 당시 종적을 감춰버렸기 때문에 김 사장은 그 소녀를 찾으려고 전국을 유랑했습니다. 그렇게 부지거처로 유랑하다가 서울 어디 뒷골목에서 여자를 희롱하는 폭력배들과 시비가 붙어 상대방이 심한 상처를 입어 또 실형을 받았습니다."

"이상입니다."

변호사가 이상이라고 하자 모두 멍한 눈으로 변호사를 봤다. 처음에 거창하게 나왔던 것에 비하면 너무 싱겁게 심문을 끝내버렸기 때문이다.

검사의 반대심문이 시작되었다.

"증인은 요사이 피고가 폭력을 사용한 적이 없다고 했는데, 그럼 경찰의 폭력배 리스트는 십년 전 것이란 말입니까?"

"요사이는 폭력을 사용한 적이 없으며, 당시도 경찰에 고발되었지만 입건되지 않았던 것은 그것이 직업적인 폭력배들의 폭력과는 목적이 달랐다는 사실이 밝혀졌기 때문입니다. 그것은 부랑아 선도에 대한 공로로 관할 경찰서장의 표창을 세번이나 받았다는 사실이 증명하고 있습니다."

변호사가 표창장을 내보였다.

"이번 김갑식에게 폭력을 휘두를 때 그와 함께 있었던 자들은 대부분 폭력 전과자로 거의 날마다 김개만의 고물상에 드나든다는데 사실입니까?"

"날마다는 아니고 간혹 한번씩 들르지만, 그것은 어디까지나 순수한 인간관계입니다."

"순수한 인간관계란 어떤 관계입니까?"

"폭력이나 폭력조직과는 아무 상관이 없는 일로 드나든다는 뜻으로 말했습니다."

"평소 형님 동생 하면서 순수한 인간관계를 맺어두었다가, 일단 유사시에는 형님의 명령이라면 물불 가리지 않고 달려들겠지요?"

"여태까지 그런 일은 한번도 없었으며, 이번에도 그 아이들을 모두 타일러 말렸습니다. 그들과 그런 목적으로 인간관계를 맺어왔다면 이번 같은 때야말로 본인이 나서지 않고 뒤에서 칼질을 시켰을 것입니다."

단장은 담담하게 말했다. 검사는 더 따지지 않았다.

판사는 김개만에게 할 말이 있으면 하라고 했으나 할 말이 없다고 했다.

"구형하시오."

검사가 일어섰다.

"피고인은 평소에 음성적으로 폭력배를 조직·관리하여오던 중,

김갑식과 시비가 붙자 폭력배들의 위세를 빌려 김갑식을 항거 불능케 한 다음, 잔인하게 폭력을 가했습니다."

검사는 사건내용을 요약해서 말한 다음 한껏 목소리를 높였다.

"지금 선진조국 창조라는 민족적 과제를 달성하기 위하여 모든 국민이 화합·단결, 새 사회 건설에 적극적으로 참여하고 있는 이때, 이런 화합과 단결을 파괴하는 폭력은 우리 사회에서 영원히 추방해야 할 공적입니다. 그럼에도 불구하고 피고인은 폭력조직을 이용하여 공공연히 폭력을 행사했음에도 불구하고 개전의 정이 없는바, 본 검찰은 피고인을 장기간 이 사회에서 격리시켜 교화·감호함이 마땅하다고 판단, 징역 오년을 구형합니다."

검사는 무슨 개인적인 유감이라도 있는 사람 규탄하듯 추상같은 소리로 오년을 구형해놓고 자리를 떠버렸다. 검사의 서슬에 압도되어 법정 안은 무거운 침묵 속에 싸늘한 냉기마저 감돌았다.

"변론하십시오."

재판장 말에 변호사가 앞으로 나갔다.

변호사는 먼저 이 사건이 조직폭력이 아니었다는 점을 강조했다. 피고가 폭력조직을 거느리고 있었다는 증거가 없을 뿐만 아니라, 그날 정황으로 보더라도 집단 구타를 되레 방지했다는 점을 들어 장황하게 설명했다. 변호사가 이 점을 강조한 것은 조직폭력은 '특정범죄가중처벌법'의 대상이라, 단순폭력과는 형량이 크게 차이가 있기 때문인 것 같았다. 더구나 전과가 있기 때문에 아무리 정상을 참작한다 하더라도 실형이 떨어질 가능성이 높으며, 만약 실형이 떨어진다면 이삼년 징역살이가 문제가 아니었다. 동일 범

죄 삼회 이상이면 자동적으로 감호처분이 병과되는데, 감호처분은 칠년과 십년 두가지뿐이라, 판사는 두가지 가운데서 한가지를 선택할 권한밖에 없다. 그러니까, 실형이 떨어지면 실제로는 십년 이상을 살아야 한다.

"아까 증인 심문 과정에서 잠깐 언급한 바 있습니다마는, 본 변호인은 과거 두번의 폭력사건과 이번 사건에 중요한 사실 한가지를 밝히고자 합니다."

변호사는 미리 준비해두었던 널찍한 종이를 한장 펴들었다. 이산가족 찾는 내용을 적은 광고지였다.

"지금 우리나라에서는 이산가족 찾기 운동이 벌어져 온 국민이 자기 일처럼 손에 땀을 쥐고 지켜보고 있습니다. 그런데 보시다시피 피고인도 다섯살 때 잃어버린, 이름도 성도 모르는 어머니를 찾고 있습니다. 이 사실을 구태여 이 자리에서 말씀드리는 것은 이것으로 정상을 참작해달라는 것이 아닙니다. 피고가 어머니를 찾는 바로 여기에 쓰여 있는 이 간단한 사연 속에는 피고인이 이따금 폭력을 휘두른 원인을 규명할 수 있는 중요한 단서가 들어 있기 때문입니다. 여기 보면."

변호사는 종이를 들어 다시 판사 쪽으로 향했다.

"피고인의 어머니에 대한 마지막 기억은 어머니를 어떤 군인들이 강제로 끌고 갔다는 것입니다. 이것은 어머니에 대한 유일한 기억이자 피고인이 자기 전 생애 가운데서 기억할 수 있는 최초의 기억 중에 하나입니다. 여기서 중요한 것은 그 어머니가 젊은 남자들에게 강제로 끌려갔다는 것인데, 무법천지인 전쟁판에서 젊은 여자가 젊은 남자들한테 강제로 끌려갔습니다. 그 나이에는 어머니를 빼앗긴 것만도 하늘이 무너지는 일이었을 것인데, 나이를 먹어가면서 어머니가 그때 어떤 일을 당했을 것인가에 대한 자각이 머리를 들 때 그 충격은 어떠했겠습니까? 따라서 이 사건은 피고를 천애고아로 만들었을 뿐만 아니라, 피고의 정신적 바탕에 치명적인 상처까지 안겨준 사건입니다. 성적 충격과 결부된 이런 사건이 피고의 인격 형성에 어떤 영향을 끼쳤을 것인가에 대한 정신분석학적 지식을 본 변호인은 가지고 있지 못합니다. 그러나 그것이 얼마나 큰 영향을 주었을 것인가는 굳이 정신분석학이 아니더라도 상식으로 충분히 추측할 수 있다고 생각합니다."

법정 안은 꺼질 듯 조용했다.

"폭군 연산군의 폭거가 성적 도착의 형태로 나타났던 것은, 그 어머니로 말미암아 입은 성적인 충격 때문이었다고 합니다. 피고가 행한 세번의 폭력사건은 모두 여자들이 강간이나 심한 모욕 등 학대를 당할 때 일어났습니다. 그런데 여기서 피고의 행위를 주목해야 할 점은 자기 어머니에 대한 대사회적 복수로 연산군처럼 강간을 하는 따위 반사회적인 행위를 하는 것이 아니고, 오히려 그런 자에 대한 응징의 형태로, 다시 말하면 법의 의지와 일치되어 나타났다는 사실입니다. 폭력행위를 금지하는 단순한 법률조항을 떠나서 보더라도 이 행위가 사회의 비난을 받을 수 있는지 고려해야 할 것이고, 법률규범 안에서 본다 하더라도 폭력이 유발된 동기가 보다 깊은 심리적 뿌리를 가지고 있다는 점을 생각할 때 그에 대한 처벌은 심사숙고의 대상이 아닐 수 없습니다. 피고인이 어렸을 때 입은 상처의 크기에 비추어 본다면 설사 그 폭력이 살인 강간 등 지극히 반사회적인 행위로 나타났다 하더라도 그에 대한 처벌은 다툼의 여지가 크다 할 것입니다. 더구나, 그 상처가 민족적 비극인 6·25 때 입은 상처를 아물리자는 점을 생각할 때 더욱 그렇다 할 것입니다."

변호사는 목소리를 낮추었다.

"이상의 사실과 관련하여 참고로 한가지 더 말씀드리고자 하는 것이 있습니다. 이산가족 찾기 운동이 전개되자, 피고인도 다른 사람을 내세워 앞에서 말씀드린 바와 같은 광고를 텔레비전에 냈습니다. 그런데 피고가 그렇게 애타게 찾는 그 어머니가 지금 이 법정에 나타나 그들 모자의 슬픈 이별의 결과라 할 수 있는, 이 비극적인 재판을 지금 지켜보고 있습니다. 부인 잠깐!"

변호사가 대전 여자에게 손짓을 했다. 여인이 일어섰다. 판사는 눈이 휘둥그레지고 방청석에서도 웅성거렸다. 그때 개만이가 뒤를 돌아봤다. 그러나 개만의 눈은 이번에는 대전 여자가 아니고 호도장 옆에 앉아 있는 색안경 쓴 여자였다.

"이 사람이 아들이 틀림없지요?"

변호사가 대전 여인에게 물었다.

"그렇습니다."

여인은 손수건을 눈으로 가져가며 대답했다. 순간, 방청석에서 박수가 쏟아졌다. 박수 소리는 요란스러웠다.

"조용히 하세요. 이러면 안 됩니다."

정리가 제지했다. 박수 소리가 그치고 여인은 제자리에 앉았다.

변호사는 계속했다.

"앞에서도 말한 바와 같이 요사이 이산가족 찾기는 헤어졌던 가족들의 단순한 상봉이 아닙니다. 6·25라는 비극이 낳은 민족의 상처를 아물리는 일이며, 그러기 때문에 아무 상관도 없는 사람들이 밤을 새워 텔레비전 앞에서 감격의 눈물을 흘리고 있습니다. 그런데 피고인 김개만 씨는, 어머니를 빼앗기고 그동안 천애고아로 살아온 것만 가지고도 가슴 아프다 하겠거늘, 그때 입은 정신적 상처가 동기가 되어 세번이나 영어의 몸이 되었으니, 그 비극을 이중 삼중으로 겪고 있다 할 것입니다. 그렇지만, 다행히 그가 찾는 어머니가 나타나서 이제 과거의 상처를 씻고 새 출발 할 수 있는 계기가 마련되었습니다. 비록 피고인이 이보다 더 극악한 범죄를 저질렀다 하더라도 이런 정황에서는 법이 관용을 베푸는 것이 합당한 일이라 보며, 보다 큰 의미에서 사회정의의 실현이라 할 수 있을 것입니다. 부디 너그럽게 보시고, 불행했던 모자가 자유로운 몸으로 실질적인 상봉을 할 수 있도록 관대한 처분을 내려주시기 바라면서 변론을 마칩니다."

순간 방청객에서 박수가 쏟아졌다.

"안 됩니다. 법정에서 이러면 안 돼요."

정리가 당황하여 소리를 질렀다.

"선고는 다음 달, 17일입니다."

판사가 나가자, 대전 여자와 단장이 개만이 곁으로 갔다.

"여기서 말하시면 안 됩니다. 교도소에 가서 정식으로 접견신청을 하시오."

교도관들이 개만이 등을 밀어 밖으로 데리고 나갔다.

뒤에 앉았던 색안경을 쓴 여자도 법정을 나갔다. 호도장이 그 여자를 따라갔다. 그 여자는 바삐 가서 법원 뜰에 세워둔 차에 탔다. 미끄러지듯 법원을 빠져나갔다. 차는 외제 같았고 서울 넘버였다.

“바로 교도소로 갑시다.”

인걸이가 서둘렀다.

“나는 교도소에는 다음에 가겠어요. 저까지 끼면 그이가 너무 헷갈릴 것 같아요.”

인실이었다.

“댁도 저하고 이야기나 좀 하지요.”

인실이 말에 상미가 그러자고 했다. 교도소에는 세사람만 갔다.

“그러니까, 그때 헤어져 지금 처음 만나신 모양이죠?”

상미가 인실을 식당으로 데리고 가며 물었다.

“그렇죠. 허지만, 아득한 옛날이야긴걸요. 단장님한테 들었습니다만, 댁은 달린 아이도 없다죠?”

“예, 다행히 달린 게 없어 그 점은 홀가분합니다. 남편은 결혼하고 석달 만에 월남전에 나가 전사했지요. 여태 홀로 살아왔는데, 여자 팔자는 한번 그르치면 바로잡기가 좀체 어려운 것 같아요.”

“허지만, 달린 것 없겠다, 그런 조건이라면 초혼과 뭐가 다르겠어요?”

“세상을 외톨이로 떠돌다보니 세상을 빗보는 버릇이 생겨 그런지, 무슨 일에나 자신이 없고, 더구나 결혼은 내키지 않아요.”

“나이 탓이겠죠. 들떠서 덤비는 것보다 그런 차근한 기분으로 새

출발 하시는 게 훨씬 미덥게 느껴지는군요."

"글쎄요. 댁은 애들이 몇이나 되는가요?"

"둘입니다."

"음식점을 경영하신다고 들었는데, 일은 애 아버지가 보시나요?"

"젊은 여자한테 빠져 따로 살림을 차렸어요. 처음에는 속이 상했지만, 지금은 팔자거니 싶어요."

"아니 댁 같은 미인을 두고 다른 여자한테 빠지다니 믿어지지가 않네요. 역시 남자들이란 모르겠군요."

"내가 못나 그렇지요."

"연분이니 팔자니, 예전에 어머니들이 그런 말씀을 하시면 어째서 저런 답답한 소리들을 하실까 했더니, 나도 남편 잃은 뒤로는 자꾸 그런 말에 실감이 가더군요."

"서로 처지가 비슷하니 생각도 비슷하네요."

두사람은 조용히 웃었다.

"실은 댁을 뵙자고 한 것은 드릴 말씀이 있어서입니다. 내가 여기 와서 단장님을 만난 것만도 친정아버지를 만난 것같이 반가웠습니다. 그렇지만, 아까 법정에서 묘하게 옛날이야기가 나오고 보니 여기 온 게 좀 경솔했다는 생각이 드네요."

"경솔하다니요?"

"이산가족 찾기 분위기에 들떠 옛정만 생각하고 달려왔더니 그게 실수였어요. 남자와 여자란 그런 옛정만으로 함부로 만나고 반기고 할 수 없는 거지요."

인실이는 웃으며 말했으나, 표정은 몹시 씁쓸했다.

"저희들 사이를 너무 의식하는 것 같은데, 이런 경우 뭐가 그게 흉이 되겠어요?"

"그렇지 않아요. 점심 먹고 떠나겠어요. 이건 아까 법정에서 작정한 생각입니다. 올 때는 이십년이란 세월이 덮씌운 감격이 너무 커서 그만 앞뒤를 분간 못했어요."

"우리는 사춘기 젊은이들도 아닌데, 너무 신경을 쓰시는 것 같습니다."

"아닙니다. 그분과 나는 이산가족이 아니고 남남인 여자와 남자인걸요. 헤어진 사람들 가운데는 꼭 만나야 할 사람이 있고, 만나서는 안 될 사람들이 있지요."

그들은 식당을 나왔다. 빈 택시가 오고 있었다.

"이 길로 가겠어요."

"그럼 터미널까지라도 바래다 드리죠."

상미도 택시에 함께 탔다.

"단장님이 너무 섭섭해하시겠는걸요."

"말씀 잘 해주세요. 단장님은 뵙고 싶지만……"

잠시 침묵이 흘렀다. 터미널은 붐비지 않았다. 바로 서울 가는 차가 있었다. 인실이는 표를 사가지고 차에 올랐고 차는 금방 떠났다. 서로 손을 흔들었다. 차가 저만큼 멀어졌을 때 인실이는 손수건에 얼굴을 파묻었다. 상미는 멀어져가는 차를 한참 동안 바라보고 있었다.

2

개만은 바로 출감했다. 친구들이 몰려와 축하하느라 밤늦게까지 북적거렸다.

“형님, 대전 여자하고 교도소에서 면담할 때 말입니다. 나는 형님이 우리 어머니가 아닌 것 같다고 해버릴까 싶어 얼마나 조마조마했는지 모릅니다.”

손님들이 모두 돌아가자 인걸이가 웃으며 말했다. 면회장에 나온 개만은 그 여자하고 이야기가 여러가지로 위각이 나자 지금은 어리둥절해서 잘 모르겠으니, 출감하면 찾아가서 조용히 뵙겠다고 얼버무렸던 것이다. 특별면회까지 허가해주며 극적인 장면을 기대하고 있는 교도관들을 의식하고 둘러댄 말이었다.

“이번에 석방된 것은 대전 여자 역할이 반은 되는 셈인데, 그이를 이용만 한 것 같아 미안하구먼.”

개만이가 멋쩍게 웃었다.

“일부러 이용하자는 게 아니고, 일이 묘하게 그렇게 맞아떨어진 걸 어떡합니까? 굳이 내칠 필요는 없었지요.”

“헌데, 네 곁에 앉았던 그 여자 말이야.”

개만이가 호도장을 보며 말했다. 호도장은 얼마 전에 이 집을 나갔는데, 개만이가 출감하자 다니러 온 것이다.

“너도 유심히 본 것 같던데, 혹시 뒤따라가보지 않았냐?”

“따라갔지요. 거기 온 방청객들은 모두 꾀죄죄한 사람뿐인데, 그런 인품이 하나 끼어 처음부터 이상하다 하고 있다가 형님 눈치가 이상하기에 더 유심히 봤지요. 그런데 공판이 끝나자마자 곧장 일어서더군요. 역시 뭐가 있구나 하고 따라갔더니, 법원 뜰에 세워둔 차를 타고 사라졌습니다. 차는 날씬한 외제였고 서울 넘버였어요."

"서울 넘버?"

"예. 그 근처에 있는 운전사들한테 물어봤더니 엄청나게 비싼 외제 찬데, 세금만도 운전사 월급보다 많을 거라더군요."

"여기 파출소로 나를 알아본 사람이 있었다고 했었지?"

이번에는 인걸이한테 물었다.

"예. 아주 꼬치꼬치 묻더라고 하더군요. 처음에는 무슨 기관에서 수사 목적으로 묻는 줄 알았는데, 그게 아닌 것 같아 이상하다 했더랍니다. 틀림없이 이산가족 찾기 관계 같다고 하더군요."

개만은 혼자 고개를 끄덕이며 미간을 모았다. 한참 침묵이 흘렀다.

"그 여자가 바로 내가 찾는 여잡니다."

개만은 웃으며 단장에게 말했다.

"뭐라고? 네가 찾는 여자라니? 그러면 그 색안경 쓰고 법정에 나타났던 여자가 네 어머니란 말이냐?"

단장은 그게 무슨 소리냐는 표정으로 물었다. 모두 놀라는 표정이었다.

"그렇습니다."

개만은 담배연기를 길게 내뿜었다.

"그렇다면 여기까지 왔다가 어째서 자식 앞에 나타나지도 않고 그냥 돌아갈 수 있단 말이냐?"

"저도 그게 수수께낍니다. 그렇지만, 그 여자가 틀림없습니다. 색안경을 쓰고 있었지만 얼굴 윤곽이 어렸을 때 기억 그대로였습니다. 그 여자를 보는 순간, 나는 감전이라도 된 것 같은 아찔한 충격을 느꼈지요."

모두 멍하니 입을 벌리고 있었다.

"그럼 어떻게 찾아볼 방법이 없을까요?"

인걸이가 성급하게 물었다. 개만은 말없이 담배연기만 내뿜고 있었다.

"아무런들 자식을 두고 그럴 수도 있을까?"

상미가 고개를 갸웃거렸다. 모두 말없이 개만이만 보고 있었다.

"하여간, 더 두고 봅시다."

개만이가 좀 공허하게 웃으며 침묵을 깼다.

다음 날 아침이었다. 개만이 눈을 뜨자, 상미가 이불 속에서 입을 열었다.

"오늘 무슨 계획 있으세요?"

"왜?"

"오늘은 모처럼 쉬는 날이니까 어디로 바람이나 쏘였으면 해서요."

"그래. 나도 오랜만에 어디 조용한 데 가서 좀 쉬고 싶군."

그때 인걸이가 왔다.

"어제는 깜빡 잊었는데요. 그 여자를 찾아보고 싶으시면 찾을 방법 있을 것 같습니다."

"찾을 방법이라니?"

"처음 테레비에 나가자 여기 대학에 있다는 어느 교수가 전화를 걸어왔어요. 자기는 우리나라 민속을 연구하는 사람인데, 양철통 같은 걸 두들기고 다녔다는 말을 듣고 보니 도움이 될까 해서 전화를 한다고 하더군요. 그러면서 그게 혹시 진도 도깨비굿 하는 걸 보고 하는 말인지 모르겠다고 하더군요."

"뭐, 진도 도깨비굿?"

"예. 진도에는 설 쇠고 정월 보름이면, 여자들이 양철통 같은 것을 두들기고 다니면서 액막이하는 풍속이 있답니다. 자기도 이산가족이라 혹시나 싶은 생각에 알려준다고 하더군요. 이게 그 교수 전화번홉니다."

인걸이는 그 교수 전화번호를 내밀었다.

"진도?"

개만은 고개를 갸웃거리며 전화통을 당겼다.

"안녕하십니까? 며칠 전에 전화하셨다는데 저는 김개만이란 사람입니다. 지난번에 진도 도깨비굿 때문에 일부러 전화를 주셨더라고 해서 전화를 합니다."

"아, 출감하셨습니까?"

"네. 그런데, 그 도깨비굿이란 게 어떻게 하는 굿이지요?"

"그게 그 진도에만 있는 독특한 풍속입니다. 여자들이 가면을 쓰고 양철통이나 솥뚜껑, 놋쇠 밥그릇, 하여간 쇳소리 나는 것이면 무엇이든지 두들기며 동네를 돌아다닙니다. 일종의 액막이굿인데, 그때 남자들은 절대로 밖에 나오지 못하게 하지요."

"그런 풍속이 진도 말고 다른 지방에는 없습니까? 북한이라든가, 하여간 위쪽에."

"저는 우리나라 민속 전공이라 대강 압니다마는, 다른 지방에는 그런 풍속이 없습니다."

"그럼, 교수님을 직접 뵙고 얘길 듣고 싶습니다. 시간을 좀 내주시겠습니까?"

교수는 지금 출근하는 참이라며 대학 연구실로 오면 어떻겠느냐고 했다. 그는 바로 연구실로 갔다. 연구실에 가자 학생들과 이야기하고 있던 교수는 우선 이걸 읽어보라고 조그마한 책자를 하나 주었다. 도깨비굿 조사보고서 별쇄 책자였다.

교수가 학생들과 이야기하는 사이 개만은 그 책자를 읽기 시작했다. 현지 사람들의 구술을 사투리 그대로 받아서 적어놓은 것이라 읽기가 까다로웠다.

저런 간짓대 끝에다 여자들 피 속곳을 달아매서 들고 댕김시로 굿을 쳤지라. 징이나 꽹매기 그런 것 말고, 놋 밥그릇도 들고 나오고, 놋대야도 들고 나오고, 솥뚜껑·양철때기 그런 것도 들고 나와서 뚜들겨 쳤지라. 장단도 없고, 가락도 없고 무작정 땡깡땡깡 치지라. 장단 맞춰 치면 도깨비가 따라 장단 맞춰 친다고 안 맞춰라. 그렇게 도깨비굿을 침시로 집집마다 돌았지라. 그때 남정네들은 방안에서 절대로 못 나오게 하요. 방법(액막이) 하는데, 남자들이 보면 못 쓴다고, 방정이라고, 암 못 보게 했제, 못 보게 했어.

얼굴에는 종우때기로 가면 맨들어 쓰고 쳐. 예전에는 도깨비가 무선께, 징한께, 정월 보름에 도깨비굿 쳐서 도깨비 가둔다고, 옛날이얘기가 그래. 가실에 농사지어놓고 나면 홍역도 하고 손님(마마)도 해서 얼굴이 얽고, 전염병이 돌아서 애기덜이 죽고 어른도 죽고, 그런께, 도깨비굿을 쳐. 이 근방에서 어째서 도깨비가 많이 나냐 하면 바다에 빠져 죽은 사람도 많고, 동학난리 때랑, 왜정시대 징용 가서도 많이 죽고, 6·25 때도 많이 죽었제. 그래서 도깨비굿을 쳤어. 그렇게 치다가 일본 놈들이 못 치게 했어. 전쟁이 일어났는데 시끄럽게 하면 못쓴다고 못 치게 했제. 그뒤로 해방되고 나서 6·25 전에 다시 쳤어. 한두번 친 것 같구먼.

채록을 읽는 사이 개만은 어렸을 때 기억이 아스라하게 살아나는 것 같았다. 양철통이며 솥뚜껑 같은 것을 마구잡이로 두들기던 그 요란한 쇳소리가 무슨 환청처럼 들려오는 것 같았다. 여자들이 그렇게 굿을 할 때 방 안에서 벌벌 떨고 있었던 기억은, 밖에 나가지 못한 남자 식구들 사이에 끼여서 떨고 있었던 게 아닌가 싶었다. 여자들이 도깨비굿을 치며 골목을 돌고 있는 광경이 아스라하게 떠올랐다.

이내 교수가 나왔다.

"저는 제 고향이 북한 어딘 줄만 알고 있기 때문에 진도는 좀 엉뚱합니다. 그렇지만, 여자들이 쳤다는 도깨비굿은 어슴푸레한 제 기억하고 비슷합니다."

"북한에 이런 굿이 있다는 자료는 접하지 못해서 알 수 없습니다다마는, 제가 알기로는 남한에서는 여기 진도에만 있는, 아주 특이한 민속입니다."

"그 동네 뒷산이나 그 근처에 혹시 미륵이 없었습니까?"

"미륵? 그 근처에서 미륵은 못 봤습니다."

"이 도깨비굿은 6·25 전에 한두번 쳤다는데, 만약 여기가 제 고향이라면 제 기억에 남아 있는 굿은 그때 본 굿 같습니다. 그러니까, 그뒤로는 없어진 풍속이군요."

"아닙니다. 작년에 내가 조사할 때까지는 그랬는데, 그뒤로 한바탕 신나게 쳤답니다."

교수는 이야기를 해놓고 혼자 한참 웃었다. 개만은 교수 얼굴만 보고 있었다.

"그 면에는 옛날부터 조그맣게 장이 섰는데, 그 장을 면사무소에서 관리하다가 버스가 다니기 시작하면서 장세 수입도 줄고 관리도 점점 번거로워 그 관리권을 개인한테 팔아버렸답니다. 그런데 그뒤부터 장날마다 비가 오는 바람에 장이 제대로 서지 않아 관리인은 큰 손해를 봤습니다. 장세를 못 받으니 그럴밖에요. 그래서 그 관리인이 비 오지 마라고, 그러니까 기우제(祈雨祭)가 아니고 지우제(止雨祭)랄까, 하여간 그런 제를 지냈습니다. 그러자, 그뒤부터 비가 오지 않아 수입이 좋았는데, 비가 안 와도 장날만 안 오는 게 아니라 무싯날까지 계속 안 오더니, 모내기할 때까지 비가 오지 않았답니다. 그러자 이 동네 여자들이 들고 일어났던 것입니다."

교수는 웃으며 이야기를 계속했다.

"여자들이 그 볼썽사나운 깃대를 앞세우고 쇠붙이를 두들기며 나선 것입니다. 그대로 면사무소로 몰려가서 그 계약을 취소하고 기우제를 지내라고 윽박질렀다는 것입니다. 깃대에 매단 그 깃발을 면장 얼굴 앞에다 휘두르며 정신없이 양철통을 두들기자 기절초풍한 면장은 당장 기우제를 지내겠다고 절절맸답니다. 그래도 물러나지 않고 자기들 보는 앞에서 그 계약서를 찢어 계약을 파기하라고 윽박질렀답니다."

그때는 그 관리인도 없고 면장만 혼자 절절맸는데, 그사이 엉뚱한 루머가 나돌았던 것이다. 지난번 지우제 지낼 때 그 계약서를 태워 면장 책상 밑 땅속에다 묻었다는 것이다. 이 소문이 나자 여자들은 화가 머리끝까지 치솟아 이번에는 곡괭이를 울러메고 가서 면장 책상 밑을 파겠다고 면사무소로 몰려들었다. 면장이 뭐라 말을 하려 하면 그 깃대를 면장 얼굴에다 휘두르며 악을 쓰는 바람에 속수무책이었다.

"다행히 면장 책상 밑을 파는 데까지는 가지 않고 수습이 됐었다고 합니다."

교수는 웃고 나서 계속했다.

"그 계약을 파기하라는 데는 다른 불만도 있었습니다. 신임 관리인이 들어서면서 장세를 올려 받은데다, 그 수입이 모두 자기 수입이라 예전처럼 조금도 봐주지 않고 푸성귀 한다발을 내다 팔아도 촘촘히 장세를 받았답니다. 말썽이 생기자 장세를 예전대로 낮춰 받고 기우제도 거창하게 지내겠다는 조건으로 타협을 본 겁니다. 그런데 기우제를 지내고 나자 비가 억수로 쏟아져 제대로 모내기를 했다지 않습니까."

두사람은 한참 웃었다.

개만은 그 보고서 별쇄 책자 한권을 얻어가지고 돌아왔다. 상미와 교외로 나들이하자는 계획을 바꾸어 함께 진도에 가기로 했다.

개만은 버스에 올라앉아서도 줄곧 도깨비굿에 대한 상념에 빠져 있었다. 진도 그 동네가 자기 고향이라면, 피 속곳을 달아매고 동네를 휘젓던 여자들 가운데는 자기 어머니도 분명히 끼여 있었을 것 같았다.

'색안경을 쓰고 외제 차를 타고 다니는 여자와 가면을 쓰고 도깨비굿을 치는 여자.' 이 두 인상은 너무도 동떨어졌다.

"그 인실이라는 여자는 아주 미인이던걸요."

상미가 좀 장난스럽게 웃으며 돌아봤다.

"질투?"

개남이도 웃으며 상미를 돌아봤다.

"지금도 못 잊나보죠?"

"누가?"

"둘이 다요."

"모두 다 옛날 얘기지."

"정직하지 못한 대답 같은걸요."

"허허. 갑자기 피의자가 된 기분인걸."

개만은 웃었지만 그 웃음이 좀 공허한 것 같았다.

"솔직히 말하면 충격이 컸지요. 그렇지만, 그 여자는 다시 나타나지 않을 거요. 다감한 여자지만 매몰찰 때는 찬바람이 이는 성격이지요."

"나한테도 그렇게 말했어요. 그렇지만, 바로 그 점이 마음에 걸려요."

“걸리다니? 걸리지 말라고 한 말인데 되레 걸린단 말이요?”

“그렇게 결심을 하고 또 그렇게 다짐을 하는 건 그만큼 못 잊고 있다는 얘기가 되지 않나요? 그 여자는 두번이나 눈물을 흘렸어요. 버스가 터미널을 떠날 때 내가 안 보일 만한 거리가 되자 손수건에 얼굴을 파묻더군요. 나하고 얘기할 때는 그런 감정을 보이지 않으려고 그만큼 안간힘을 썼겠지요. 내가 터미널까지 갔던 것도 지금 생각해보면 그런 감정을 확인하자고 갔던 것 같아요.”

“왜 그런 얘길 나한테 하는 거지?”

“그 여자가 가엾다고 할까, 고맙다고 할까?”

“동정치고는 좀 잔인하구먼.”

“동정이라기보다 내 위치가 어디인지 어리둥절해서 그랬지요. 그 여자는 자기 위치가 어딘가를 확인하고 돌아갔는데, 그렇게 깨끗하게 돌아서는 것을 보고 나니, 내 위치가 굳어진 것도 같고 그렇지 않은 것도 같고.”

“말이 어렵구먼.”

“그때 우리들은 점심을 먹으며 팔자니 연분이니 그런 말을 많이 했지요.”

“갑자기 그건 또 무슨 할망구들 같은 소리를?”

“요사이 이산가족 찾기 하면서 이십년, 삼십년 해싸니까, 일이십년은 쉬운 것같이 느껴지는지, 이 얼마 동안 나도 한 십년쯤 살아버린 것 같아요. 그래서 할망구가 돼버린 모양이죠.”

개만은 소리내어 웃었다.

“그 여자는 지금도 당신을 못 잊고 있더군요. 당신이 어머니를 찾는다는 것을 알자 마치 자기라도 찾는 것처럼 뛰어왔던 것 같았어요. 그런데 와서 보니 자기가 있어야 할 자리에 내가 있었던 거지요. 그에게 내 처지는 당신한테 전 부인이 있어서 아들딸 낳아 살고 있는 것과는 전혀 다른 처지지요. 그래서 그 여자는 두말하지 않고 돌아가버렸던 것인데……"

상미는 잠시 말을 끊었다. 개만이가 상미를 돌아봤다.

"결혼이란 남자 한사람과 여자 한사람 둘이만 하는 거지요?"

상미가 웃으며 물었다.

"그런 맹물 같은 소린 또 뭐요?"

"부부 둘이 자는 방에 다른 사람이 끼여 있으면 정상적인 부부생활이 안될 건 뻔한 일이지요. 그런데 우리 방에는 그 인실이라는 여자가 끼어들었어요."

"뭐라고?"

개만은 놀라는 눈으로 상미를 돌아봤다. 상미는 다시 창밖을 내다봤다.

"그렇게 충격이 컸던가?"

"충격이라기보다 그 여자를 놓고 여러가지로 생각을 해봤지요. 그러는 사이 그 여자가 당신과 나 사이에 너무 크게 자리를 잡고 있다는 걸 알았지요."

"너무 지나치게 생각하는 것 같아. 그 이야기는 따로 조용히 하지."

"그래요. 머리가 복잡한 줄 알면서도 이 이야길 꺼낸 것은 한가지씩 정리하는 것이 좋지 않을까 싶어서였어요."

"정리라니? 설마 그 여자에게 자리를 내주고 물러서겠다는 얘기는 아니겠지?"

개만이 웃으며 말꼬리에 힘을 주었다. 상미는 웃지 않고 창밖만 내다보고 있었다.

하늘에 흰 구름이 유난히 탐스러웠다. 초가을 들판이 누렇게 익어가고 있었다. 상미가 오늘 교회에 나가자고 했던 것은 이 이야기를 하자는 것이었던가 생각하자 개만은 마음이 무거웠다. 인실이와 상미, 개만은 이 두 여자를 무슨 면접하는 사람처럼, 저만큼 놓고 생각해봤다. 팔자와 연분을 이야기하는 여자들, 그 위에 갑자기 대전 여자와 색안경 여자 영상이 겹쳤다.

"자나?"

등받이에 기대고 있던 상미가 눈을 떴다.

"그 대전 여자 말이오. 난 그 여자한테 너무 큰 빚을 진 것 같소. 그 많은 방청객들 앞에서 엉뚱하게 강간까지 당한 사람을 만들어버렸으니……"

"고마운 여자였어요. 사실은, 재판정에 들어가기 전에 인걸이가 혹시 아들이 아니더라도 아들인 것으로 해달라고 미리 부탁을 했더래요."

"뭐라구?"

개만은 깜짝 놀랐다.

"그뒤에 호도장이 뭐라고 한 줄 아세요. 그건, 이 세상의 어머니들이 이 세상의 아들들에게 베푼 애정이래요. 역시 양아치 학삐리다운 말이지요?"

두사람은 한참 웃었다.

“그런데, 그 색안경 쓴 여자는 정말 어머니 같아요?”

“틀림없어.”

“그렇다면, 여기까지 왔던 것은 뭐고, 안경으로 자기를 가리고 있다가 아무 말도 없이 돌아선 건 또 뭐지요?”

“여자가 외제 차를 타고 다닌다면 재벌 부인이겠지. 이 광고를 낸 작자는 옛날 내가 잃어버린 아들이 틀림없다. 그렇지만, 내 아들이 될 만한 자격이 있나 없나 직접 보아야겠다, 이러고 여기까지 왔던 것 같아요. 그런데 폭력 전과 삼범에다 기껏 애기통 조마리니 엑스 자를 여남은개나 그어놓고 돌아갔을 것입니다. 하하하.”

개만은 한참 웃었다.

“사실은 아침 교수님한테 가신 사이에 호도장하고 상당히 길게 그 이야기를 했어요. 호도장도 당신과 똑같이 말하며, 이미 대문 걸어 잠그고 들어가버렸는데, 뭣 하러 찾아 나서는지 모르겠다고 하더군요. 대문을 아무리 거세게 두들겨봤자 쉽게 열어주지도 않을 것이고, 열어줘도 내칠 것은 뻔한데, 괜히 사서 속을 상하려고 나댄다는 거예요. 그래서 나는 부모 자식 사이는 그렇게 쉽게 말할 수 없는 거라고 했지요.”

“쉽게 이야기할 수 없다는 건?”

“그 여자한테 그만큼 복잡한 사정이 있을 수 있다는 얘기지요. 이런 일에는 걸리는 것이 많은 게 여자들이거든요.”

“부모와 자식 사이를 가로막을 만한 복잡한 사정이란 뭘까?”

“얘기가 결국 같아지는데, 혈육, 혈육 하지만 그게 다가 아닌 것 같아요. 나보고 비정한 여자랄까 싶어 호도장의 이야기를 빌리겠는데요, 애를 낳아서 버리거나 자식을 떼어놓고 시집가는 여자들 보세요. 그런 여자들이 요사이는 점점 늘어가고 있어요."

"그것은 버리는 쪽 이야기고 버림을 받은 쪽에서는 어쩌지?"

"그럼 지금 찾으려고 하는 것은 복수라도 하겠다는 건가요?"

상미가 웃으며 개만의 눈치를 살폈다.

"글쎄. 그런 심사도 없지 않군. 대전 여자하고 자꾸 비교가 되고, 특히 그 색안경에 기분이 상해요. 나는 지금 그 여자를 기어코 찾아서 제대로 한번 맞닥뜨려보고 싶어요. 그 색안경을 벗은 모습으로 이야기를 하고 싶다 할까?"

버스는 두시간을 달려 비포장도로를 한참 가서 진도로 건너가는 도선장에 도착했다. 바다를 보니 기분이 툭 틔었다. 갯냄새가 물씬했다. 이차대전 때의 상륙전을 본떠 만든 철선은 한꺼번에 트럭 세대를 싣고 사람들을 태웠다. 먼저 온 차들이 밀려 한참 기다려야 할 것 같았다.

"서울 딸네 집에 갔다등마는 서울 가서 존 귀갱 많이 했는가?"

먼저 와서 기다리고 있던 완행버스 손님이 늙은이한테 물었다.

"귀갱이나 마나 귀갱 따라 댕기다가 별 방정맞은 꼴을 다 봤네. 개붕알 속으로 들어갔다 나왔제 으쨌단가?"

"뭣이, 개붕알 속을 들어갔다 나와? 그것이 먼 소리여?"

"사람을 싣고 산꼭대기까지 공중으로 오르락내리락하는 것이 있어. 그것이 뭣이냐 하면 개불카란 것인디, 개불카를 이쪽 말로 새기면 개붕알카 아닌가 말이야. 그런디 그 개붕알카 속으로 들어가서 산꼭대기까지 오르락내리락하고 댕겼은께 개봉알 속에 들어갔다 나온 것이제 뭣이겄는가?"

늙은이 익살에 곁에 있던 사람들이 와크르 웃었다.

"그 이름을 듣고 그것을 본께, 대차나 그것이 영락없이 개봉알같이 생기기는 생겼어. 그러지마는, 아무리 생기기를 그렇게 생겼다고 사람이 타고 댕기는 것에다 이름을 꼭 그렇게 지어사 쓸 것이여. 점잖은 처지에 여편네들까지 그 개봉알 속에 실렸으니 그것이 꼴이 꼴이겄어?"

늙은이의 호들갑스런 익살에 곁에 있던 사람들도 한참 웃었다. 바다를 건너다보고 있던 상미가 개만을 한쪽으로 끌었다. 외설스런 소리를 함께 듣고 있기가 민망스런 모양이었다. 상점 앞 비치파라솔 아래 의자에 앉았다.

"한잔하세요. 산 낙지 좋아하시잖아요?"

물통에 낙지가 헤엄쳐 다니고 있었다. 낙지 한접시하고 소주 한 병을 시켰다. 알맞은 자리에서 술을 권하는 상미의 자상한 성격이 새삼 푸근하게 느껴졌다. 산 낙지를 한입 물고 우물거리는 사이 상미가 잔에 술을 따랐다. 잔을 비우고 상미한테로 넘겼다.

"조금만 주세요."

반쯤 따랐다. 쭉 들이켰다.

"뭐라더라. 자기 노래하고 싶어서 동서 권한다더니, 실은 자기가 한잔 생각이 있었던 게로군."

"숙녀한테 그렇게 덮어씌우긴가요?"

그때 개불카 사내가 친구하고 이들 옆자리에 앉았다.

"저게 목포 가는 배겠죠?"

상미가 연락선을 가리키며 물었다.

"그럴 거요. 아마 여기서 조금만 올라가면 울돌목이 있을 겁니다. 이순신 장군이 왜군을 무찔렀던……"

"맞소. 시방 그 울돌목에다 다리를 놓고 있소. 그 다리만 놓으면 진도 사람들도 말짱 육지 사람이 되지라."

개불카가 끼어들었다. 어지간히 오지랖이 넓은 사람이었다.

"다리가 언제 완공됩니까?"

"명년이면 끝나요. 그때는 아무도 진도 사람들 보고 섬놈이란 소리 못할 것이요."

개불카는 그동안 섬사람으로 멸시당한 게 몹시 억울했던 것 같았고, 그래서 다리 놓는 것이 그만큼 대견스런 모양이었다.

"진도 어디 사십니까?"

"××면 사요. 댁네들은 진도 사람은 아닌 것 같은디, 어디 뭣 하러 가시요?"

"저희들도 그 면 상갈리란 동네 갑니다."

"뭣이, 상갈리? 상갈리라면 바로 우리 동넨디, 거기는 뭣 하러 가시요?"

"아, 그러십니까? 그 동네 혹시 미륵 있습니까?"

"미륵이요? 그럼 당신은 대학괴수요?"

"교수는 아닙니다마는 좀 알고 싶은 것이 있어 갑니다."

"미륵 알아볼라면 잘못 가요. 우리 동네도 전에는 미륵이 있었는디, 지금은 없소."

"전에는 있었는데 없다니요?"

"그 미륵이 돌로 맨들어놨은께 그냥 돌인 성불러도 그게 아니요. 자리를 옮기고 싶으면 하룻밤 사이에 감쪽같이 옮겨가버리지라. 우리 동네 있던 미륵도 얼마 전에 그렇게 어디로 옮겨가부렀소. 6·25 나고 몇년 뒤에 일어난 일이지요. 그 전날까지 그 자리에 떡 버티고 있던 미륵이 하룻밤 자고 난께 온데간데없이 사라져부렀제 어쨌담쟈? 앉았던 자리를 소지까지 싹 해놓고 가부렀지라."

"미륵이 하룻밤 사이에 없어져버리다니 그게 무슨 말씀입니까?"

개만은 멍청한 표정으로 사내를 건너다봤다.

"무슨 말씀이 아니라 그냥 그렇게 없어져부렀지라. 아침에 눈을 뜨고 본께 어제까지 있던 미륵이 없어져불고 그 자리는 민틋합디다."

"그걸 영감님께서도 보셨습니까?"

"보다마다. 내가 서른살 때 일인디, 우리 동네서 일어난 일을 내가 안 봤겠소?"

"미륵이 그렇게 없어졌다면 그게 어디로 갔단 말씀입니까?"

"그런께 그것이 조화치고도 무서운 조화지라. 제주도 한라산으로 갔다는 말도 있고, 지리산으로 갔다는 말도 있소. 내 눈으로 안 봤은께 거기까지는 모르겠소마는, 그렇게 갔다가 세상이 좋아질라면 다시 제자리로 돌아오기도 한답디다."

그때 버스가 철선으로 들어가고 있었다. 개만은 그들 술값까지 계산했다.

"그 미륵이 크기는 얼마나 컸습니까?"

"앉은키가 우리들 키로 한질은 되고 펑퍼짐하게 앉았은께 얼마나 크다고 해야 할는지?"

"그렇게 큰 미륵이 하룻밤 사이에 없어져버리다니, 믿어지지 않는군요."

개만이가 웃으며 말했다.

"예끼. 여보시요. 장난으로 할 소리가 따로 있제, 내가 그렇게 실없는 사람으로 보이요? 저기 저이가 우리 동네 사람인께 물어봅시다."

개불카는 무슨 모욕이라도 당한 것처럼 눈을 흘기다가 저쪽을 향해 소리를 질렀다.

"어야, 끝만이!"

곁의 사람과 이야기하고 있던 사내가 돌아봤다.

"우리 동네 그 미륵 이얘긴디 말이여, 그 말을 시방 안 믿어서 하는 소린디……"

"그것 참말이요. 얼마 전에 땅속으로 들어갔다가 바로 그저께 땅속에서 나왔소."

"뭣이, 그 미륵이 다시 땅속에서 나와?"

사뭇 엉뚱한 소리에 이번에는 개불카가 입이 떡 벌어졌다.

"서울서 온 사람이 부루도저로 파냈는디, 그러고 본께 그 미륵이 한라산인가 지리산인가로 갔다는 말은 말짱 헛소리였어."

"허허. 시방 이것이 먼 소리여? 예전에 땅속으로 들어갔던 미륵이 땅속에서 나왔단 말이여?"

개불카는 놀란 눈으로, 개만이와 끝만이를 번갈아봤다.

"자네는 그것이 나온지도 모르고 무슨 소리를 하고 있었관데, 인자사 그렇게 놀래는가?"

"나는 옛날에 없어진 일만 가지고 그 얘기를 하고 있던 참이여. 그런께 내가 서울 간 새에 그런 일이 있었구먼."

"그것이 바로 그저께 땅속에서 나왔은께 그러겠네."

"서울서 왔다는 사람은 먼 사람인디, 그 미륵이 땅속에 들어 있는 줄을 어떻게 알고 와서 파냈어?"

"그 사람 꿈에 선몽(現夢)을 했다든가 어쨌다든가 그랬다는디, 그런 것이 모두 때가 된께 그런 조화를 부려서 나온 것 같어. 그런께 그 미륵이 지금 그렇게 나온 것은 다 그만한 이치가 있어서 나온 것 같네."

"이치라니?"

"땅속으로 들어갈 적에는 세상이 시끄러울 때라 그렇게 땅속으로 들어갔다가, 인자 존 세상이 올라고 한께 그렇게 나온 것 같아. 깨구락지가 추위가 닥치는 늦가을에는 땅속으로 들어가는 것은 엄동을 피하자는 것이고, 봄에 나오는 것은 따뜻한 여름이 온께 나오는 것이제 뭣이겄는가?"

"가만있자. 그런께 땅속으로 들어갔던 깨구락지가 때가 되면 나오듯이, 땅속에 들어갔던 미륵도 좋은 세상이 올라고 한께 서울 사는 사람한테 선몽을 해서 그 사람 손을 빌려서 나온 것이라 이 말인가?"

"그려. 들어갈 적에는 혼자 조화를 부려서 들어갔제마는, 나올 적에는 소리 안 나게 나올라고 사람 손을 빌린 것 같어."

개만은 도대체 어리둥절하기만 했다. 비현실적인 세계에 들어온 것 같았다.

차가 읍내에 닿았다. 상갈리 쪽으로 가는 버스는 삼십분 뒤에 있었다. 택시를 불렀다. 개불카와 끝만이란 사람도 태웠다.

상갈리에 가까워지고 있었다. 개만은 산과 들판을 유심히 돌아봤다. 도깨비굿과 미륵으로 보아 여기가 자기 고향은 틀림없겠지만, 산과 들은 그저 생소하기만 했다.

마을 뒷산에 사람들이 모여 서성거리고 있었다. 미륵이 정말로 나타난 것 같았다. 일행과 함께 올라갔다. 개만은 걸음을 멈췄다. 불도저가 벌겋게 뒤집어놓은 황토밭 한가운데 미륵이 반쯤 누워 있었다.

"저 미륵이 정말 그런 조화를 부렸단 말인가?"

땅속에서 금방 캐낸 고구마처럼 벌건 흙을 뒤집어쓴 미륵이 흙더미에 비스듬히 누워 있었다. 그 앞에는 제상을 차려놓고 머리가 하얗게 센 할머니가 절을 하고 있었다.

개만은 망연자실 미륵을 건너다보고 있었다. 자기 기억 속에 남아 있는 그 얼굴이었다. 마치 자기의 운명과 만난 것 같았다. 절하고 있는 할머니 모습마저 엊그제 본 것 같았다. 몸뚱이에서 피톨이 파들파들 물결을 치는 것 같았다.

"이것을 파내자고 한 사람은 어떤 사람이여?"

"우리도 시방 묻는디 그 말이네."

개불카 말에 동네 노인이 대답했다.

"그런께 시방 이것을 파내자고 한 사람이, 지리산 중놈인지 가리산 도척인지 그것도 모르고 팠단 말이여?"

"뭣을 물어봐도 마 캐는 중놈처럼 말이 없은께 알 수가 없는디, 그 자석이 시방 놀놀한 꿍심이 있는 것 같아!"

코끝이 딸기처럼 발그레한 사내가 느려터진 소리로 말했다.

"놀놀한 꿍심이라니?"

"서울 놈들이 촌에 와서 확돌이야 맷돌짝이야, 심지어는 헌 농짝이나 떡살까지, 엿장수 헌 비니루 쪽박 걷어가듯이 걷어가다가, 그것으로 한몫씩 잡았다는 말 못 들었어? 지금, 저것을 파내는 것도 그런 속셈이 틀림없네."

"뭣이 어째? 이 미륵을 맷돌짝 폴아묵대끼 폴아묵을라고 파냈단 말이여? 남의 집 위패를 갖다 폴아묵어도 유분수제, 남의 동네 미륵을 가져다 폴아묵어? 그런 때려죽일 놈이 있단 말인가?"

캐불카는 대번에 입에 거품을 물었다.

"그 사람이 이장 집에서 지냄시로 일을 했는디, 들어본께 그 사람은 심부름꾼이고, 진짜 돈 많은 물주는 뒤에 도사리고 있는 것 같아. 이것을 파내기 며칠 전에 어떤 여자가 자가용을 타고 와서 저 미륵이랑 이 근방 사진을 찍어 갔다는 거여."

개만은 귀가 번쩍했다.

"그 여자가 몇살이나 먹어 보이고, 어떤 차림이었습니까?"

개만이가 딸기코에게 물었다.

"나는 보들 못했은께 모르겄는디, 얼핏 보기에도 돈이 많은 여자 같더라고 합디다."

"그 여자가 온 게 언젭니까?"

"가만있자. 저 지난 장날인께 이레나 여드레쯤 된 성부르요."

"몇살이나 먹어 뵈던가요?"

"안 봤은께 모르겄소."

"내가 봤는디라, 저 아래 곱단네 어매 나이만 하겄습디다."

초등학교 사학년쯤 되는 꼬마가 끼어들었다.

"곱단네 어매란 이가 지금 쉬운살인디, 도시 사람들은 나이를 덜 먹어 뵌께 몇살이나 됐겠는지 생각해보시요."

"옷은 무슨 옷을 입었더냐?"

"차에서 안 내렸은께 그것은 모르겄는디, 까만 색안경을 썼습디다."

개만은 가슴속에서 쿵하는 충격을 느꼈다.

"그럼 그이가?"

상미가 놀라 물었다. 개만은 동네 사람들이 눈치챌까 싶어 대꾸하지 않았다.

"가만있자. 그런디, 당신은 뭣 하는 사람이요?"

여태 말이 없던 끝만이가 의혹에 찬 눈으로 물었다.

"그저 여기 볼일이 좀 있어 왔을 뿐입니다."

"가만있자. 그러고 본께 쪼깐 이상하네. 당신은 아까 어떻게 알고 이 미륵 이야기를 나한테 물었소?"

개불카가 사뭇 의혹에 찬 표정으로 갈마들었다.

"그저 옛날이야기를 듣고 물었지요."

"그러면 그것은 그렇다 치고, 오늘 여기는 뭣 하러 왔소?"

"그저 그냥 지나가다가."

개만은 어물어물했다.

“쪼깐 수상한 구석이 있는디라우.”

개불카는 안면을 싹 바꾸고 개만의 위아래를 새삼스럽게 훑어봤다.

“왜 이러십니까?”

개만은 웃으며 개불카를 건너다봤다.

“여보시요!”

깡, 소리를 질렀다.

“아무리 촌놈들이라고 당신이 시방 우리를 사정없이 얕잡아보고 있는디, 우리가 그렇게 만만하게 뵈요? 촌구석에서 땅 뒤져 묵고 살제마는 굼벵이도 제 질속으로는 한길을 파더라고, 우리도 그만한 눈치는 있소. 짹 하면 그것이 참새 소린지 모르고, 뚝 하면 그것이 뒷집 호박 떨어지는 소린지 모른 줄 아시요?”

개불카 서슬에 개만은 그저 멍청하게 서 있을 수밖에 없었다.

“툭 까놓고 말을 할 꺼니라우. 당신도 그 여자맨키로 여기에 미륵이 묻혀 있다는 소문을 듣고 이걸 파다 폴아묵을 배짱으로 왔는디, 그 사람보다 시방 한발 늦었지라우? 으짜요, 내 말이 틀렸소? 틀렸으면 틀렸다고 말해보씨요.”

개불카는 코웃음까지 치며 몰아쳤다.

“허허. 동아 속 썩는 속은 밭 임자도 모른다등마는, 그런께 시방 우리 동네 미륵을 놓고 입침 생키는 작자들이 여럿이구만.”

딸기코가 늘어진 소리로 핀잔이었다.

“아닙니다. 저는 전혀 상관없는 사람입니다.”

개만은 활활 손사래를 쳤다.

"안 될 것이요. 그렇게 쉽게는 안 되아. 밤중이 대낮 같은 세상인데, 우리라고 그냥 깜깜한 줄 아시요? 전에는 맷돌짝이나 농짝 같은 것을 헐값에 내주었소마는, 우리도 지금은 테레비를 본께 그런 것 값도 지난 장날 송아지 값보다 더 환히 알고 있소. 그런다고 우리가 저 미륵을 딴 데다 더 비싸게 폴아묵겄다는 말은 아닌께, 그런 속으로 왔으면 저 아래 주막에 가서 냉수나 한사발 잡수시고 돌아가시요."

딸기코는 그러지 않아도 느려터진 소리로 능글맞게 구슬렀다.

"아닙니다. 전혀 그런 게 아닙니다."

"그런 소리는 하나 마나 하는 소린께 어서 돌아서기나 하시요. 대문 앞에서 잡힌 도둑놈이 나 도둑질하러 왔다고 하겠소?"

개만은 이 사람 입심에는 견뎌낼 재간이 없을 것 같았다.

"마침 저기 이장이 오는구먼. 저 사람도 이런 일에는 물썽한께 우리가 뒤에서 종주먹을 대야 하네. 돈 있는 사람들이 이런 것을 가져가기로 작정하면 앞에다 공무원들은 못 내세울 것이여, 순경을 못 내세울 것이여? 하여간 미리 단단히 잡도리를 해야 쓰겠구먼."

이장이 오자 개만은 우선 살았다 싶었다.

"첨 뵙겠습니다. 김개만이라고 합니다. 여기 도깨비굿 조사하셨던 광주 김진호 교수님 아시지요? 그분 소개로 저도 그런 조사 하러 왔습니다."

개만은 하도 다급한 판이라 김 교수한테서 얻어온 책자까지 꺼내 보였다.

"예. 그분이 작년에 여기 다녀가셨지요. 선생님도 그 대학에 계십니까?"

"대학에 있는 것은 아닙니다마는, 좀 알아볼 것이 있어서."

"괴순가 선생인가 그 사람들도 모두 한통속이여. 겉으로는 조삽네 연굽네 하고 뭣 빠진 강아지 모래밭 싸대대끼 헐떡거리고 댕기는디, 그 사람들이 아무 실속 없이 그 더운 삼복 뙤약볕에 그러고 댕기겠어? 속으로는 놀놀한 오쟁이 차고 이 집 저 집 댕김시롱 가져갈 만한 것은 다 봐놨다가, 딴 사람 앞세워 솔래솔래 빼갔어. 속없는 여편네들은 괴순가 뭣인가 그런 작자들만 왔다 하면, 그 앞에서 노래 부르라면 노래 부르고, 춤추라면 춤추고, 미친것들, 간 내갈라고 등 어르는 줄은 모르고, 끌끌."

딸기코는 개만이 들으란 듯 들떼놓고 핀잔이었다. 개만은 조용히 물을 것이 있다며 이장을 한쪽으로 따냈다.

"이 미륵이 땅속에 은신을 했었다고 하는데, 그게 무슨 말입니까?"

이장은 피글 웃었다.

"저 미륵이 전에는 저 위 산등성이에 있었습니다. 그런데, 작년 사라호 태풍 때 산사태가 나서 이리 굴러와서 여태 땅속에 묻혀 있었습니다. 그때 동네 사람들이 미륵을 파내려고 여기저기 팠지마는 그때는 발견하지 못했었지요."

"그랬었군요."

개만이와 상미는 웃었다. 비로소 동화 세계에서 깨어난 기분이었다. 그런다고 미륵에 대한 개만의 감동이 달라진 것은 아니었다.

"저걸 파낸 사람이 이장님 댁에서 주무시며 일을 했다던데, 그

사람은 어떤 사람입니까?"

"그 사람이 신분을 제대로 밝히지 않아 지금 동네 사람들이 오해를 하고 있습니다. 그 사람은 심부름꾼이고 뒤에는 돈 많은 사람이 있는 것 같았습니다."

"그 색안경에 자가용 타고 왔다는 여자 말은 들었습니다. 그런데 미륵을 파서 어쩌겠다는 말은 하지 않았습니까?"

"동네서 말썽만 없다면 동네다 적당히 사례를 하고 가져갈 생각인 것 같았습니다. 그걸 나더러 조정해보라고 했는데, 동네 사람들 반발이 보통이 아니어서 입을 다물고 있습니다."

"저걸 파다가 팔아먹으려고 그런다는 동네 사람들 말은 근거 없는 말이 아니군요."

"팔아먹으려는 게 아니고, 자기 집 정원에다 모시겠다고 하더군요."

"뭐요? 저 미륵을 자기 집 정원에다 모시겠다고요?"

그렇다고 하자, 개만은 이장을 빤히 보고 있었다.

"그 사람 전화번호 알고 계십니까?"

"그 사람 만나보려고요? 그 사람 오늘 여기 옵니다. 나 없는 사이에 전화가 왔습니다."

개만은 그 사람이 오면 기다리고 있다가 만나겠다며 집에서 나와 들판으로 나갔다. 동네를 건너다봤다.

"여기가 내 고향이란 말인가?"

개만은 감개 어린 눈으로 동네를 한참 건너다보고 있었다.

"그러니까, 그 여자가 여기 왔던 것은 공판정에 왔던 바로 그날인 것 같지요?"

상미가 물었다.

"그런 것 같은데, 이 동네에도 색안경을 쓰고 왔고, 또 차에서 내리지도 않았다면, 이 동네 사람들한테까지 자기 신분을 숨기고 있다는 이야기가 되는구먼."

"그 여자에게는 이 동네가 시가 동네겠지요?"

"그렇지. 그러니까 지금 이 동네에는 내 큰아버지 혹은 작은아버지가 살고 계실지 모르겠어. 그럼 아까 함께 왔던 그 개불카 노인이나 딸기코 노인들이 바로 그런 사람들일지도 모르겠구먼. 허허허."

"어머, 그럴 수도 있겠네요. 그럼, 이장한테 물어보는 게 어떻겠어요?"

"아니요. 그건 그 여자를 만난 다음에 할 일입니다."

"그렇기도 하겠군요. 그런데 그 여자는 이 동네 사람들한테까지 자기를 숨기며 이 미륵을 가져가려 하는 것은 무엇 때문일까요?"

"글쎄, 동화 나라 수수께끼 속에 들어온 기분이군."

개만은 쓸쓸하게 웃었다.

"그런데 아무리 돈이 많은 여자라지만, 생각이 우리하고는 너무나 엉뚱하네요. 저런 미륵을 가져다 정원에 세울 생각을 하다니……"

두사람은 들판을 거닐었다. 해거름에 승용차가 한대 오고 있었다. 이장 집 앞에 멈췄다. 젊은이만 혼자 내려 이장 집으로 들어갔다. 가까이 보니 차는 서울 넘버였고 혼자 온 것 같았다. 그들도 이장 집으로 들어갔다. 이장과 이야기를 하고 있던 서울 사내가 돌아봤다.

“실례합니다. 저 미륵 관계로 오신 것 같은데, 드릴 말씀이 있습니다. 우리는 이 동네 도깨비굿 치는 것을 알아보려고 왔다가, 미륵 파낸 것을 보고 몇가지 물어볼 것이 있어 기다렸습니다.”

개만은 아까 이장한테 그랬던 것처럼 책자를 보였다.

“뭡니까?”

달갑잖은 표정이었다.

“어떤 경위로 이 미륵을 파게 됐습니까?”

“이것은 개인의 신앙에 관한 문제이니까, 말씀드릴 수 없습니다.”

사내는 딱 잘라 말했다.

“실례인지 압니다마는, 그럼 댁은 전에 여기 왔던 여자하고는 어떤 관계십니까?”

“건 왜 묻습니까?”

대번에 경계하는 표정이었다.

“댁이 말씀하실 수 없다니, 그분을 만나 직접 물어보려고 그럽니다.”

“그분은 그런 얘기 상대하고 계실 만큼 한가한 사람이 아닙니다.”

“알겠습니다. 조용히 할 말이 있으니 잠깐 저쪽으로 갑시다.”

“뭔데요?”

사내가 위아래를 훑어봤다.

“잠깐 한가지만 묻겠습니다.”

“제가 비켜드리지요.”

이장이 자리를 비켰다. 상미도 저쪽으로 몇발짝 물러섰다.

“그 여자는 여기가 시가지요?”

“당신이 그걸 어떻게?”

사내는 깜짝 놀랐다.

“잘 아는 사람입니다. 하지만, 그 여자한테 무슨 손해를 끼치려는 것은 아니니, 그이 전화번호를 좀 가르쳐주시오.”

“건 안 됩니다!”

사내는 당황하는 표정이었다.

“그러면, 여기서 지금 전화를 하시오. 광주 김개만이란 사람이 여기 나타나서 전화번호를 가르쳐달라고 하는데, 어쩔 거냐고 물어보세요.”

사내는 놀란 눈으로 개만의 얼굴을 빤히 건너다보고 있었다.

“도대체 당신은 누구요?”

“그분한테 물어보면 잘 압니다. 자리를 비켜드릴 테니 전화를 신청하세요.”

개만은 상미 있는 쪽으로 갔다. 사내는 개만을 한참 보고 있다가 전화기를 들었다. 우체국을 불러 전화를 신청하는 것 같았다. 좀 만에 전화기가 울렸다.

“사모님께서는 밖에 나가셨다는데, 저녁 열시나 들어오신답니다.”

“그래요. 그럼 여기서 기다리지요. 저녁밥은 저기 주막에서 먹고, 잠은 읍내 여관에서 자겠습니다.”

서울 사내는 동네 사람들이 일하는 데로 갔다. 일 진행을 보러 온 것 같았다.

"남의 일이라 쉽게 생각하는지 모르지만, 제 생각은 그 여자를 굳이 만날 필요가 있을까 싶네요?"

상미가 조심스럽게 말했다.

"왜?"

"그렇게 철저히 자기를 숨기려고 하는 여자를 만나서 뭣 하겠어요?"

"나는 그 여자한테서 찾을 것이 있어요."

"찾을 것이라뇨?"

"내 아버지 할아버지 등 가계며, 어렸을 때 내 이름과 생년월일입니다. 그 여자가 내 앞에 나타나지 않으려 하는 걸 보면, 내 아버지는 돌아가시고, 그 여자는 재혼을 하지 않았을까 싶습니다. 그러더라도 그이는 자기가 이 세상에 떨어뜨린 자식에게 최소한 그런 걸 가르쳐줄 의무가 있지요. 당장 내 이름은 개똥입니다. 내가 기억하고 있는 이름은 개똥이뿐인데, 호적에는 어엿한 이름이 있겠지요."

"정말 그렇겠네요."

상미는 고개를 끄덕였다.

"개똥이란 이름은 손이 귀해서 명이 길라고 불렀던 아명일 거요. 그런데 나는 정말 개의 똥이 되어 이 세상의 밑바닥을 기고 살아왔소. 그렇지만, 그 이름은 내 혈육과 나를 이어주는 유일한 끈이라 그 이름을 버리지 못하고 이름에 '개' 자 하나만은 지금까지 지녀왔지요. 나를 이 세상에 떨어뜨린 그 여자는 나에게 개똥이가 아닌 어엿한 이름과 내 가계를 가르쳐주어야 할 의무가 있습니다. 너의 아버지는 이름이 뭐고 어떤 사람이며, 네 어엿한 이름은 뭣이고, 생년월일은 언제다. 그런 것뿐입니다. 그런 것만 들으면 그대로 돌아설 작정입니다."

"그렇게만 된다면 좋지만, 아무래도 그분을 만나면 좋지 않은 일이 생길까 싶어 조마조마해요."

그때였다. 누가 대문을 벼락치며 뛰어 들어왔다.

"여보 큰일났소. 큰일!"

이장 아내가 뛰어들며 숨이 넘어갔다.

"큰일이라니, 뭔 일이여?"

이장이 안방 문을 열며 내다봤다. 개만이도 깜짝 놀라 문을 열었다.

"지금 동네 여자들이 수십명 우리 집으로 몰려오고 있소."

"뭣이, 동네 여자들이 어째서?"

"미륵을 파간다고……"

미처 그 소리가 끝나기도 전이었다. 깡깡 깡, 요란스런 쇠붙이 소리와 함께 함성을 지르면서 여자들이 수십명 이장 집 대문으로 쏟아져 들어오고 있었다. 대여섯개나 되는 깃대를 앞세우고 횃불을 든 여자들이 쇠붙이를 두들기며 악을 썼다. 얼굴에는 모두 가면을 쓰고 양철통·놋 밥그릇·세숫대야 등을 두들겼다. 그들은 이장 집 마당을 원을 그리며 빙빙 돌았다. 마치 폭포수가 웅덩이를 빙빙 돌고 있는 것 같았다. 얼룩덜룩한 깃발은 도무지 얼굴이 뜨거울 지경이었다. 보고서에서 보았던 바로 그 깃발이었다.

개만은 아까 이 미륵 이야기를 들었을 때 무슨 환상 세계에 들어온 것 같은 착각을 느꼈듯이, 지금도 그런 환상의 세계가 연장되고 있는 것 같았다. 깃대 중에서 가장 큰 깃대를 든 여인을 중심으로 군중들은 한참 마당을 돌고 있었다. 그러나 어렸을 때 느꼈던 공포가 아니라, 그 요란스런 가락에 이상한 감동이 물결치고 있었다.

앞장선 여인 가면에서는 싸늘한 귀기가 느껴졌다. 바쁘게 만드느라 그랬는지, 아무렇게나 눈구멍만 낸 비료포대를 그대로 뒤집어썼는데, 그게 되레 더 귀기를 풍겼다.

큰 깃대를 든 여인이 뭐라 소리를 질렀다. 쇠붙이 소리가 뚝 그쳤다.

"이 집에 든 서울 도깨비, 광주 도깨비, 이 앞으로 썩 나서거라!"

광주 도깨비란 말에 개만은 가슴이 철렁했다.

"썩 나서거라!"

여인들은 쇠붙이를 요란스럽게 두들기며 악을 썼다.

"아니, 이것이 시방 먼 일이요?"

이장이 마루에서 한마디 했다.

"너는 썩 들어가, 이놈아! 여기가 어디라고 함부로 얼씬거리냐?"

큰 깃대 든 여인이 그 볼썽사나운 기폭을 이장 앞에 마구 휘저으며, 소리를 질렀다. 이장은 앗 뜨거라, 그 기폭이 행여 자기 몸에 닿을세라 두 손을 내두르며 방으로 도망쳤다.

"서울 도깨비, 광주 도깨비, 썩 나서지 못하느냐?"

큰 깃대 든 여인이 또 악을 썼다. 그들은 쇠붙이가 깨져라 요란스럽게 두들기며 악을 썼다.

"썩 나서지 못할까?"

악다구니 소리, 쇠붙이 소리에 귀가 멍멍할 지경이었다. 그때 이장이 안방 문을 열었다.

"여보시오. 사랑방에 계시는 광주 손님! 여기 계시는 서울 분도 마당으로 나가겠다고 하요. 당신도 나오시오. 안 나오고는 안 되겠소."

이장이 다급하게 소리를 질렀다. 개만이가 일어서자 상미가 옷자락을 잡았다.

"걱정 말아요! 내가 무슨 죄 지었나요?"

개만이는 웃으며 문을 열고 토방으로 내려섰다. 서울 사내도 나왔다. 큰 깃대 든 여인이 깃대를 토방 앞에 세우고 버티고 섰다.

"이놈들, 내가 묻는 대로 대답해라. 만당 간에 거짓부렁이를 씨불였다가는 제 발로 동네를 걸어 나가지 못할 것이다. 알겠냐? 이놈들아!"

"알았냐, 몰랐냐?"

여인이 고함을 질렀다.

"알았습니다."

개만이가 태연하게 대답했다. 서울 사내도 잔뜩 겁먹은 소리로 알겠다고 했다.

"서울 도깨비부터 말을 해라. 미륵을 파가지고 오라는 사람이 누구냐?"

서울 사내가 얼른 대답을 못했다.

"어째서 대답을 못하냐?"

군중들은 어서 대답하라고 악을 썼다.

"우리 회사 사장 사모님이십니다."

사내가 기어들어가는 소리로 대답했다.

"그러면, 그 사장님 사모님인가, 사장님 여편넨가 그년은 여기 미륵이 묻혀 있는 줄을 어떻게 알았다더냐?"

"저는 심부름만 하는 사람이라 거기까지는 모르겠습니다."

"이노옴! 다리뼈가 부러지고 싶으냐?"

앞선 여인이 깃대로 땅을 깡 찍으며 악을 썼다.

"그러면 미륵은 파서 어디로 가져갈 참이냐?"

"너무 흥분하지 마시고, 제 말씀을 자세히 들어보십시오."

"잔소리 말고 어서 말이나 해라!"

앞선 여인이 또 깃대로 땅을 찍었다.

"미륵이 땅속에 묻혀 있는 것보다, 파내서 좋은 곳에 자리를 잡아 미륵을 제대로 모시는 게 좋지 않느냐, 이것이 우리 사모님 생각이십니다."

"그래. 그 존 자리라고 하는 것이 그년 집구석 정원인가 마당인가 그런 데란 말이냐?"

"억지로 가져갈 생각은 없으시고 동네 사람들이 양해를 해주시면 모셔가겠다는 것입니다. 모셔갈 때는 이 동네에도 섭섭하지 않게 해드려야 할 것이라고 하셨습니다."

"섭섭하지 않게 해드린다니? 돈을 내논다는 말이지?"

"예. 이장님한테 그렇게 말했습니다."

"들어본께 오백만원에 저 미륵을 파다가 마당인가 정원인가 그런 데다 망부석처럼 세워서 즈그 집구석 지키라고 할 참이구나."

"그게 아닙니다."

"이 때려죽여도 시원찮을 놈아, 그게 아니면 뭣이란 말이냐?"

여인이 깃대로 땅을 깡 구르며 악을 썼다. 그러자 군중들도 와 악을 썼다. 그때 마루에 놓여 있는 전화기에서 벨이 울렸다. 이장이 잔뜩 겁먹은 상판으로 몸을 반쯤 내밀어 전화기를 들었다.

"예. 예. 서울입니까? 아니, 지금 이거."

이장은 전화기를 들고 안절부절못했다.

"음. 서울 그년한테서 전화가 온 모양이구나."

여인이 앞으로 나섰다.

"어서 받아라. 받아서 미륵을 가져가는 것은 어림 반푼어치도 없는 소린께 가져갈 생각은 아예 말라고 해라."

여인들이 깡깡 쇠붙이를 두들기며 악을 썼다.

"지금 큰 야단이 났습니다. 이 소리가 무슨 소리인지 아십니까? 이 동네 여자들이 몰려와서 쇠붙이를 두들기며 지르는 소린데요. 이 동네서 미륵을 가져갈 수 없답니다. 예, 예."

사내는 허공에다 사뭇 굽실거리며 전화를 끊었다.

"뭐라고 하냐?"

"미륵을 서울로 안 모셔가겠다고 하십니다. 그러시면서, 여기다 모시겠다면 절을 하나 크게 지어드리겠다고 하십니다."

"뭣이라고? 그년이 어떤 년인데, 여기다 절을 지어주고 말고 한단 말이냐? 제까짓 년이 뭣이라고 우리 미륵님한테 절을 지어준단 말이냐? 미륵님이 언제는 고대광실 큰 집안에서 살았다더냐? 논둑이나 밭둑에서 비가 오면 비를 맞고, 눈이 오면 눈을 맞고 그렇게 우리들하고 같이 살았다."

여인은 고함을 질렀다. 군중들이 우 소리를 지르며 또 깡깡 쇠붙이를 두들겨댔다. 그때 한 여인이 앞으로 나섰다.

"여기다 절도 못 짓게 하면 돈 많은 사람들이라, 무슨 농간을 부려서 저 미륵을 가져갈지 모르겠소. 관청 사람들을 앞세워 가져갈지 모르요. 우리들이 기왕 이러고 나선 짐에 다시 그년한테 전화를 걸어서 절대로 안 가져가겠다고 다짐을 받아야 하요."

"그럽시다."

군중들이 또 깡깡 쇠붙이를 요란스럽게 두들겨대며 악을 썼다.

"들어봤지? 어서 전화를 걸어 나한테 바꿔라. 어서!"

앞장선 여자가 악을 썼다. 사내는 얼른 전화기를 들었다.

"우체국이지요? 또 서울 전화 하나 겁시다. 지급(至急)입니다."

사내는 전화번호를 불렀다. 개만은 사내가 부르는 전화번호를 입속에서 굴렸다.

"전화 거는 사이에 광주 도깨비한테 물어보자. 들어본께 너도 지금 이 미륵을 파다가 팔아묵을 배짱으로 왔는 것 같은디, 너는 이 미륵이 여기 묻혔는 줄을 어떻게 알고 왔냐? 김 괴순가 그 작자가 말하더냐?"

드디어 화살이 개만이를 향했다. 여자들이 악을 쓰며 깡깡 쇠붙이를 두들겼다. 정작 자기를 향해 악을 쓰자 새삼스럽게 소름이 끼쳤다.

"김 교수 그분은 아무 상관도 없습니다. 그저 여기에 옛날에 미륵이 있었다는 이야기를 듣고, 이 동네 사람들한테 물어봤을 뿐입니다."

개만은 침착하게 말했다.

"뭣이, 그저 물어봤을 뿐이라고? 바른대로 대지 못하느냐?"

군중들이 악을 썼다.

"그러면, 뭣 하려고 그것을 물어봤느냐?"

"그저!"

"그저? 그럼 오늘 저녁까지 여기 죽치고 있는 것은 무슨 속셈이냐?"

개만은 말이 막히고 말았다.

"왜 꾸물거리고 있냐? 바른대로 대답 못하냐?"

"대답해라!"

군중들이 쇠붙이를 요란스럽게 두들겨댔다.

"실은, 저분이 어떤 경위로 이 미륵을 파게 됐는가 그것을 알아보려는 것입니다."

"뭣이 어짜고 어째?"

그때 군중 속에서 아까 나섰던 여인이 또 나섰다.

"우리가 여기서 아무리 저 사람들을 잡도리를 해도, 저 사람들이 언제 무슨 농간을 부릴지 모르요. 저 사람이 말하기를, 그 여편네가 어떤 경위로 이 미륵을 파게 되었는지 알아보려고 여기 있었다고 했는디, 우리도 그것부터 알아가지고 닦달을 해도 합시다. 두사람한테 똑같이 그것을 캐물어야 하요."

"옳은 소리다."

군중들이 악을 쓰며 쇠붙이를 요란스럽게 두들겼다.

그때 전화벨이 울렸다.

"여보세요. 접니다."

그때 앞장선 여인이 사내 쪽으로 다가가며 악을 썼다.

"이 미륵이 여기 묻혔는가를 어떻게 알았고, 무엇 때문에 파가려 했는가 그것을 물어봐라."

군중들이 물어보라고 악을 쓰며 쇠붙이를 두들겼다.

"지금 말이지요. 이 동네 여자들이 절 지어주는 것도 싫다면서, 이것을 서울로 가져가지 않겠다는 다짐을 받겠답니다. 그러면서, 먼저 이 미륵을 파가려고 한 경위부터 대라는 겁니다."

한참, 예, 예 소리를 했다.

"전화 끊지 마라!"

앞장선 여인이 소리를 질렀다. 이내 사내가 전화통에서 입을 뗐다.

"이 미륵은 우리 사모님의 삼사대 전부터 인연이 있는 미륵이라, 땅속에 묻혀 있는 것이 안타까워서 파낸 것이라고 하십니다. 그리고 절대로 서울로 옮겨가시지 않겠답니다."

"전화통 이리 내라. 아니다. 이쪽을 향해 들고 있어라!"

여인은 전화기에 가까이 입을 대고 소리를 질렀다.

"이 미륵을 파가려고 하는 여편네가 어떤 여편넨지 모르겠다마는, 내 말 똑똑히 들어라!"

여인은 전화기에 대고 소리를 질렀다. 군중들이 또 와 소리를 지르며 쇠붙이를 두들겼다.

"시방 이 소리가 먼 소린 중 아냐? 옛날부터 우리 동네서 도깨비·귀신 쫓아낸 소리다. 소작 농간하던 마름 귀신, 징용 잡아가고 생과부 맨들던 징용 귀신, 공출 뜯어가고 배곯리던 공출 귀신, 촌 가시내들 홀려 가던 양공주 귀신, 장세 폴아묵은 장세 귀신, 이런 귀신, 도깨비 다 몰아낸 소리다. 그런디, 이번에는 미륵보살님을 파갈라고 너 같은 잡귀가 달려들었구나. 그렇지마는, 어림없다. 이 못된 귀신아, 썩 물러가라. 만약에 경찰을 앞세우거나 달리 농간을 부리는 날에는, 우리 동네 여자들이 피 속곳 앞세우고 네년 집구석까지 쫓아 올라갈 것이다. 못된 귀신아, 썩 물러가라!"

와, 군중들이 소리를 지르며 요란을 떨었다.

"여기 있는 귀신들아."

이번에는 여인이 서울 사내와 개만이를 노려봤다.

"이 못된 귀신, 도깨비들아, 너희들도 이 동네를 당장 떠나거라. 자동차가 있은께 떠나도 편하게 떠날 것이다. 어서 가거라. 어서 가!"

여인은 그 볼썽사나운 기폭을 두사람 얼굴에다 훠훠 내둘렀다. 두 사내는 질겁했다.

"훠훠. 이 못된 귀신들아, 어서어서 떠나거라. 네 귀에 방울 달고 왈강달강 속거천리 물러가라!"

두사람은 여인이 내두르는 깃대에 마당으로 쫓겼다. 여인들이 쇠붙이를 두들기며 대문으로 몰았다. 두사람은 마치 기 죽은 강아지처럼 대문으로 쫓겨 나갔다.

"어서 가거라. 뒤도 돌아보지 말고 어서 가거라. 어, 팟쇠!"

"어, 팟쇠, 어, 팟쇠!"

횃불을 든 여인들이 군중들을 서울 사내 차 있는 데까지 몰고 갔다. 개만이와 상미도 밀려 나왔다.

"당신들도 이 차에 타시오."

서울 사내가 운전석으로 올라앉으며, 다급하게 소리를 질렀다. 개만은 뒷문을 열고 상미를 밀어넣었다. 그도 날쌔게 차에 오르며 꽝 문을 닫았다. 부르릉, 차가 달리기 시작했다. 차체 밑에서 돌멩이 튕기는 소리가 콩 튀는 소리였다.

"천천히 갑시다."

개만은 동네 쪽을 돌아보며 말했다.

"허허. 도대체 이게 무슨 날벼락이지요?"

서울 사내는 겁먹은 얼굴로 뒤를 돌아봤다. 개만이나 상미는 도깨비굿에 대한 예비지식이 있었지만, 서울 사내는 간밤에 홍두깨도 그런 홍두깨가 없었을 것 같았다. 횃불 행렬은 뒷산으로 올라가고 있었다.

읍내에 도착하자 서울 사내는 서울로 전화를 걸었다.

"사모님께서 내일 광주에 오시겠답니다."

개만은 가슴에서 쿵 소리가 나는 것 같았다. 그들은 서울 사내 차로 광주까지 갔다.

다음 날 그 여인한테서 만나자는 연락이 왔다.

"혹시 언짢은 일 있으시더라도 침착하세요."

만나자는 중국음식점으로 가며 상미가 개만에게 한마디 했다.

서울서 온 여자 어느 방에 있느냐고 하자 종업원이 안내했다. 노크를 하고 문을 열었다. 여자가 혼자 앉아 있다가 일어났다. 그런데 그 여자가 아니었다. 개만은 방을 잘못 찾았나 잠시 어리둥절했다.

"개만이냐? 내가 네 이모다."

여인은 개만의 손을 잡았다. 개만의 얼굴을 빤히 보는 여인의 눈에 눈물이 고였다. 흐느끼기 시작했다. 개만은 여인에게 손을 맡긴 채 머쓱하게 서 있었다.

"앉아라!"

두사람은 상을 가운데 두고 앉았다. 여인은 손수건으로 얼굴을 수습했다. 지난번 그 여자의 손아래 여자 같았다. 여인은 뭐라 입을 열려다가 다시 흐느꼈다. 개만은 이 여자가 자기 육친이라는 실감도 가지 않았고, 울음에 감동이 느껴지지도 않았다.

"네 어머니가 안 와서 섭섭할 것이다마는, 내 얘기부터 들어라. 지난번에도 그냥 돌아가버렸고, 오늘도 안 왔으니 야속하게 생각할 것이다. 그렇지만, 자식을 보고도 그 앞에 나타나지 못하는 네 어머니 심정인들 오죽하겠느냐?"

여인은 거듭 눈물을 수습하며 한숨을 쉬었다. 개만은 얼얼한 기분으로 여인을 건너다보고 있었다.

"그동안 살아온 이야기야 그걸 어찌 말로 다할 수 있겠느냐마는, 우선 네 어머니가 여기 나타나지 않은 것이 궁금할 테니 그 사정부터 말하겠다."

여인은 또박또박 말했다.

"네 어머니는 일제 때 지금으로 치면 고등학교를 나와 네 아버지하고 결혼을 했다. 그런데 결혼한 지 보름 만에 네 아버지는 항일 독립운동 사건으로 감옥에 갔다가 해방이 되자 나왔다. 그렇지만, 감옥에서 몸을 망쳐 나온 지 석달 만에 돌아가시고 말았다. 네 어머니는 그뒤 서울에서 초등학교 교편을 잡으며, 너를 키우고 살다가 6·25를 만났다."

여자는 다시 눈물을 닦고 말을 이었다.

"너를 데리고 고향으로 내려가다가 충청도 공주 금강을 건너는 나룻배를 타려는데, 나룻배를 타려는 사람들이 하도 많아 그 북새통에 이번에는 너를 잃고 말았다. 그때는 꼭 미친 여자 같았다마는, 그래도 세월이 약이었다. 그때 너는 귀를 몹시 앓고 있었다는데, 너를 생각할 때마다 귀앓이를 말하며 그때마다 눈물을 주체하지 못했다."

개만은 귀앓이 말을 들을 때야 가슴이 찡했다.

"그뒤 네 어머니는 사오년을 처녀처럼 살다가 결혼을 했다. 남자인 너는 이 점을 어디까지 이해할지 모르겠다마는, 네 앞에 나타나지 못하는 이유도 여기에 있다. 나이 육십이 되었지만, 지금도 남편 앞에 이 사실을 제대로 말할 수 없는 것이 여자의 처지다."

개만은 멀거니 여자를 건너다보고 있었다.

여인은 계속했다. 지금 남편은 회사를 여러개 거느리고 있는 재벌이며, 어머니는 그 재단이 설립한 여자 전문대학 학장인데, 이런 사람이 이산가족이어서 아들을 찾았다는 것이 알려지면, 신문이 얼마나 요란스럽게 떠벌리겠느냐고 했다.

"그런 일을 남편의 처지에서 생각해봐라. 자기하고 혼인 전에 이미 결혼을 해서 아이까지 있던 여자, 그것을 사십년이나 감쪽같이 숨겨온 여자, 이런 배신감도 견디기 어려울 것이다. 더구나, 요사이 이산가족 찾기로 야단법석인데, 그 판에 재벌의 아내가 아들을 찾았다면 어떻게 되겠느냐? 테레비에서 야단법석을 떨 텐데 그걸 어떻게 견디겠으며, 그 집안 꼴이 뭐가 되겠느냐?"

여인은 엽차를 한모금 마시고 계속했다.

"우리들은 네 어머니가 결혼했다는 사실을 숨기려고 진도에는 아주 발길을 끊고 살았다. 네 외가도 그 동네인데, 6·25 뒤 친정이 거기서 아주 이사를 해버린데다 너의 외할아버지는 일찍 돌아가셨고, 자식이라고는 우리 자매밖에 없었기 때문에 그곳 사람들은 우리를 까맣게 잊고 있을 것이다. 그런데 이번에 미륵을 손댄 것은 그 미륵이 계기가 되어 네가 이 세상에 살아 있다는 것을 알았고, 그것으로 미루어보면 다섯살 때 고아가 된 너를 지금까지 지켜준 것은, 옛날 너의 할머니가 그 미륵보살님께 치성을 올린 보응(報應)이 아닌가 싶어, 그 미륵을 아주 집으로 모셔다가 멀리서나마 아침저녁으로 네 복을 빌어주려는 것이었다."

여인은 말을 그치고 또 눈물을 수습했다. 폭포가 쏟아지다가 그친 것 같았다. 개만은 엽차를 마시고 담배를 물었다.

"고향에 제 일가는 있나요?"

개만은 자신도 놀랄 만큼 담담한 심정이었다.

"있다. 너의 작은아버지가 계시고 다른 일가도 많다."

"제 아버님이 항일투사였다는 것은 몇백억 재산을 남긴 것보다 더 자랑스럽습니다. 유산이라면 너무도 영광스런 유산입니다."

"훌륭한 분이셨다."

개만은 계속했다.

"어제저녁 저는 그 동네에 갔다가 도깨비 취급을 받아 험하게 쫓겨났습니다. 그 동네는 어머니의 고향이고 또 내 고향인데, 너무 비

참하게 쫓겨났지요. 그러고 보니, 어제 저를 쫓아낸 이들은 작은아버지나 작은어머니 등 일가들이었군요. 저는 내일 고향에 다시 내려갈 작정입니다. 거기 가서 내가 누구란 것을 고향 사람들한테 알리고, 내 작은아버지도 찾고 다른 일가도 찾겠습니다. 그분들은 나를 반가이 맞아줄 것입니다. 재벌도 아니고 학장도 아니니까 걸리는 것이 없겠지요."

개만은 담담한 어조로 계속했다.

"미륵보살님에게 제 복을 빌어주시려고 하신 것은 감사한 일입니다. 그러나 미륵을 서울로 가져다가 정원에 모시려고 하셨던 것이나, 먼 데서 돈을 보내 절을 지어주시려고 하신 것은 잘못입니다. 미륵은 어느 한분 미륵도 아니고 그렇게 돈을 보내 절을 지어준다고 감동할 것 같지도 않습니다. 미륵보살님이 바라는 것은 고향에 내려와 색안경을 벗고 절을 하는 것일 겁니다. 저도 미륵보살님과 함께 그날이 오기를 기다리겠습니다. 제가 드리고 싶은 말씀은 이뿐입니다."

개만은 담담하게 말을 마쳤다.

『한국문학』 1984년 1월호(통권 11권 1호); 2006년 8월 개고

| 해설 |

송기숙 소설의 서술 미학

임환모(전남대 교수)

1

작가 송기숙은 1966년 「대리복무」를 『현대문학』에 발표하면서부터 소설을 쓰기 시작하여 지금까지 수많은 중·단편과 장편소설을 세상에 내놓았다. 그의 소설들은 모두가 건강한 삶이란 무엇이고, 그런 삶을 영위하기 위해서 우리가 할 수 있고 또 해야 할 일은 무엇인가를 탐색하고 실천하는 내용들이다. 그의 문학적 실천 논리에 따르면, 우리의 건강한 삶을 방해하는 요인은 첫째가 남북 분단과 이념의 갈등이고, 둘째는 근대 산업화가 몰아오는 삶의 질곡이며, 셋째가 일제 잔재를 청산하지 못했거나 미국을 위시한 열강의 간섭 현상을 주체적으로 극복하지 못한 정치력의 결여이며, 마지막으로는 오랜 구습을 벗어나지 못하도록 하는 봉건적 잔재와 낡은 사고방식이다. 이런 방해 요인들이 우리의 삶을 어떻게 위협하는지, 그렇지만 민중은 주체적으로 어떻게 그런 장애와 부정적 요인을 극복해왔거나 극복해가고 있는지, 그리고 오늘날 우리는 어떤 태도를 취해서 어떻게 행동해야 하는지를 진지하게 묻고, 구체적인 인물과 사건으로 이루어진 서사를 다양한 서사전략으로 소설화함으로써 여기에 답하려고 한 것이 송기숙의 소설 세계이다.

'어머니의 깃발'이라는 제목의 제3권에는 송기숙이 1978년부터 1984년까지 발표한 10편의 중·단편들이 묶여 있다. 이것들은 삶의 질곡을 야기하는 부정적 요인들에 저항하면서 정의로운 사회를 열망하는 민중 지향성이 매우 강하게 드러나는 소설들이다. 송기숙이 한국 현대사의 가장 격동기라고 할 수 있는 이 시기에 발표한 작품들은 대체로 한국사회에 대한 진단이 중심을 이루고 그에 대한 처방을 행간에 숨겨두고 있다. 독자인 우리는 대상으로서의 사건이 자의적으로 재구성된 가능의 세계 속에서 문학적 환상을 체험하고 해석함으로써 삶의 질곡을 극복할 수 있는 비전을 스스로 만들어가야 할 것이다.

2

소설 텍스트는 담론의 주체들이 개입하여 역동적으로 활성화된 의사소통의 체계이다. 텍스트 내적 담론의 주체로는 일차적으로 허구적 세계에 등장하는 인물(speaker)들이 있고, 이차적으로 등장인물들에 의해 벌어진 사건을 전달하는 서술자(narrator)와 이것을 듣고 있다고 생각되는 피서술자(narratee)가 있으며, 삼차적으로 텍스트에 '목소리'로 숨어 있으면서 인물들의 언행과 의미가 서술자에 의해 매개되면서 서사적 의미의 장을 이루도록 하는 내포작가와 내포독자가 있다. 송기숙의 소설들이 무엇을 어떻게 말함으로써 어떤 효과가 발생하는지를 알아보기 위해서는 먼저 일차적 담론의 주체인 등장인물들은 누구이고, 그들이 엮어내는 서사의 규모는 어느 정도이며, 그 서사가 서술자에 의해서 어떻게 매개되고 있는가를 살펴볼 필요가 있다.

「어머니의 깃발」(1984)은 12개 장면이 각각 6개씩 전반부와 후반부를 이루는 중편소설이다. 그 장면들이 시간 순으로 재구성된 사건의 씨퀀스를 이룬다. 그 내용은 김개만(38세)이라는 사람이 6·25전쟁 통에 어머니를 잃고 고아가 되었다가 KBS TV 이산가족 찾기 광고를 내고 자신의 어머니와 자기 존재의 뿌리를 찾아가는 과정이다. 허구적 현재는 대략 열흘 정도이고, 그중에서 약 5일 정도의 시간만 12개 장면의 공간적 배경으로 연극의 무대 장면처럼 모자이크되어 있다.

주(主) 인물 김개만이 어머니를 찾는 과정에서 그의 일대기가 간접적으로 드러난다. 이 큰 서사 줄기에 몇개의 부수적인 작은 줄기들—호도장의 강간사건과 그의 인생 유전, 단장과 김씨의 삶, 상미와 인실이의 과거, 미륵의 발굴과 진도의 도깨비굿 등등—이 붙어 있다. 그러나 자세히 살펴보면 주 인물이 어머니를 찾는 과정과 어머니가 미륵을 발굴하는 과정, 그리고 마을 사람들이 도깨비굿으로 미륵을 지키는 과정이 교묘하게 교차하는 복합 구성이다. 김개만의 행위의 축과 어머니의 행위의 축, 그리고 마을 사람들의 행위의 축이 갈등하면서 다양한 의미망을 구축한다. 작가는 소설의 마지막에 가서 주 인물이 어머니를 찾았지만 공개적으로 만날 수 없다는 사실을 그럴듯하고 핍진감 있게 그리기 위해 앞의 모든 모티프들을 입체적으로 구조화하고 있는 것이다.

특히 인걸이가 나가서 대신 광고했다는 다음의 내용은 주 인물인 김개만의 성격과 행동을 공감하고 이해하는 데 중요한 근거로 작용한다.

> 〈광주: 507. 찾는 사람: 어머니(이름 모름. 지금 60여세). 6·25 당시 5세였던 본인은 어머니가 어느 강가 나루터 같은 데서 군인들한테 강제로 끌려가는 것을 본 것이 어머니를 보았던 마지막 기억임. 고향에 대한 기억은 미륵보살 앞에서 동네 사람들이 절을 하고 있던 기억과, 또 동네 어머니들이 얼굴에 탈바가지를 쓰고 양철통 같은 것을 요란스럽게 두들기고 다닐 때 공포에 질려 구경했던 기억이 있음. 그때부터 본인은 부랑아로 떠돌다가 지금은 조그마한 회사를 운영하고 있음. 김개만(아명: 개똥이) 광주·362.6×77〉 (279면)

사람 찾는 이 광고는 ① 어머니가 나루터에서 군인들에게 강제로 끌려갔다는 것, ② 고향에 미륵보살이 있다는 것, ③ 여러사람이 양철통 같은 것을 요란스럽게 두들기고 다닐 때 공포에 질렸다는 것이 핵심인데 이것들이 이 소설의 이야기 전개에 중요한 모티프로 작용한다. 모티프 ①은 어머니가 아들 앞에 나서지 못하게 되는 이유가 될 뿐 아니라 전쟁이 주는 민족의 아픔을 간접화하는 효과를 유발한다. 모티프 ②는 김개만이 어머니를 찾는 결정적인 단서가 되고 또 모자간의 애증을 심화시키는 구실을 한다. 모티프 ③은 진도의 도깨비굿으로 민중의 주체적인 힘과 역량을 효과적으로 나타내기 위한 장치이다.

작가는 다양하고 잡다한 모티프들을 경제성과 유효성에 의하여 구성하는 구성적 동기화(compositional motivation)를 주로 사용하는데, 하잘것없는 대화나 현상에 대한 진술도 나중에 가서 인물의 성격이나 사건의 전개를 암시하는 복선으로 작용한다. 예를 들면, 순경이 찾아와 강도사건의 단서를 찾으려는 것에 인걸이 과민하게 반응하는 과정에서 얼마 전에 김개만의 신상을 묻는 전화가 걸려왔다는 사실이 순경의 입을 통해 제시되도록 한 것은 어머니도 역시 그 광고를 보고 아들을 찾고 있다는 정황을 마지막에 가서야 독자가 알 수 있게 하는 장치이다. 갑작스런 순경의 출현이 개연성과 소설미학을 획득하는 데 크게 기여하는 것은 아닐지라도 이것은 작가가 얼마나 사건의 인과적 관계를 소설 구성의 핵심으로 생각하는가를 여실하게 보여준다. 여기에서 우리는 이 소설이 사건의 인과적 관계를 중요한 서사 구성의 원리로 삼고 있음을 알 수 있다. 그래서 작가는 김개만이 폭력을 휘두를 수밖에 없었던 인생사, 호도장이 '양아치 학삐리'라 불릴 만큼 책을 많이 읽었음에도 여전히 강간을 저지르는 행동, 진도의 미륵에 집착하는 어머니의 행위 등에 모두 다 그럴 만한 이유가 있었음을 분명하게 보여주려고 한 것이다.

작가는 인과적 관계를 소설의 미학적 구성원리로 삼고 있으면서 그 인과성을 실현하기 위한 장치로 몇개의 장면들의 이야기판들을 선조적으로 나열하거나 병치하는 모자이크의 방법을 사용한 것이다. 이 소설의 핵심 서사는 열두개의 이야기판 중에서 첫번째 평화고물상 작업장에서 손님맞이 준비를 하는 장면, 다섯번째 법원 공판정에서 김개만이 재판을 받는 장면, 열한번째 상갈리 이장 집에서 마을 여인네들의 도깨비굿으로 마을에서 쫓겨나는 장면, 마지막 열두번째 광주 중국음식점에서 이모를 만나는 장면만 주도적이고 나머지 장면들은 모두 사건의 인과성과 개연성을 높여서 대상의 전체성을 보여주기 위한 장치에 지나지 않는다. 김개만의 어머니 찾기의 과정에서 진도의 도깨비굿이 끼어들고, 이 도깨비굿이 미륵을 지키기 위한 진도 주민들의 실천적 행위였음이 강조된다.

본래 소설은 주 인물과 그를 둘러싼 환경이나 적대자와의 갈등을 통한 의미 작용의 장인데, 여기에서는 김개만과 환경이나 적대자와의 갈등이 구체적으로 드러나지 않는다. 이 소설에서의 갈등은 순차적으로 인걸과 호도장의 갈등, 김개만과 양성파 두목 오만동의 갈등, 진도 주민과 김개만 어머니의 갈등으로 구체화된다. 정작 이 소설의 중심 모티프가 주 인물의 어머니 찾기라고 한다면 그것과 직접 관련된 갈등은 없는 셈이다. 다만 김개만의 어머니 찾기를 지연시키는 사건이 존재할 따름이다. 김개만과 오만동의 갈등은 오히려 주 인물의 인간됨과 정의를 추구하는 지향성을 강화시키는 구실을 한다. 김개만은 배우지 못한 사람임에도 다른 사람과 갈등하는 것이 아니라 그보다 우월한 입장에 있는 영웅적 인물이다. 그가 폭력으로 두번이나 감옥에 갔다 온 전력이 있음에도 부랑아를 선도하기 위해 고물상을 운영한다든지, 여러차례에 걸친 오만동의 하수인 김갑식의 시비에도 의연하게 대처하는 것이라든지, 여자를 희롱하는 폭력배들과 싸움을 한다든지 하는 행위들은 그를 영웅적으로 보이게 한다. 영웅적 인물은 갈등보다는 현실의 변혁과 타인의 귀감으로 표상되기 마련이다. 그는 30년이 넘는 세월 동안 오매불망 어머니를 찾아왔음에도 막상 어머니의 존재를 확인할 때는 담담하게 어머니의 행위를 비판하는 어른스러움을 보인다. 그가 마치 미륵과 대등한 위치에 오른 양상이다. 그를 영웅적 인물로 형상하는 것은 서사적 권위의 문제와 연결되어 있다. 그에게 말할 수 있는 서사적 권위를 부여해야 그의 말이 호소력을 가질 것이기 때문이다. 따라서 작가는 김개만의 입을 빌려 현실 모순을 비판하고 그의 행동을 통하여 정당한 삶의 방법을 제시하려고 한 것이다.

이런 시각에서 돈이면 모든 것이 가능하다는 황금만능주의와 편의주의를 비판하고 있는 것으로 보아 작가의 지향성은 이산가족 찾기 자체에 있는 것이 아니라 그것을 통해 비쳐질 수 있는 우리의 현실 모순에 있다는 것을 알 수 있다. 극단적으로 말하면, 당시 온 국민의 관심을 끌었던 이산가족 찾기 모티프를 활용하여 현실 모순의 근원이 어디에서 연유한 것인가를 소설 형식으로 밝히려는 것이라고 할 수 있다.

오히려 인물구성상에서 송기숙 소설의 묘미는 김개만과 같은 설명적 인물이 아니라 주변부 인물로서의 미학적 인물의 설정에 있다. 개별화된 모방적 인물이나 인간정신의 화신인 설명적 인물이 아니라 광대나 악한, 또는 무식한 민중이나 농투성이들과 같은 미학적 인물이 의미 생성의 장을 확장하고, 독자에게 읽는 재미를 충분히 부여한다. 이 미학적 인물은 주로 형식적 패턴이나 극적인 충격을 창조하는 역할을 한다. 이들에게는 내적인 깊이나 도덕적 의의를 부여하기는 매우 어렵다. 다만 소설의 미학적 기능을 극대화하면서 경험의 해석을 유연하게 재현하도록 돕는다. 예를 들면 김개만 일행이 진도를 찾아가는 대목에서 도선장에 이르렀을 때 진도 군민들이 풀어내는 걸쭉한 전라도 말과 익살은 가히 일품이다.

"서울 딸네 집에 갔다등마는 서울 가서 존 귀갱 많이 했는가?"

먼저 와서 기다리고 있던 완행버스 손님이 늙은이한테 물었다.

"귀갱이나 마나 귀갱 따라 댕기다가 별 방정맞은 꼴을 다 봤네. 개붕알 속으로 들어갔다 나왔제 으쨌단가?"

"뭣이, 개붕알 속을 들어갔다 나와? 그것이 먼 소리여?"

"사람을 싣고 산꼭대기까지 공중으로 오르락내리락하는 것이 있어. 그것이 뭣이냐 하면 개불카란 것인디, 개불카를 이쪽 말로 새기면 개붕알카 아닌가 말이야. 그런디 그 개붕알카 속으로 들어가서 산꼭대기까지 오르락내리락하고 댕겼은께 개붕알 속에 들어갔다 나온 것이제 뭣이겄는가?"

늙은이 익살에 곁에 있던 사람들이 와크르 웃었다.

"그 이름을 듣고 그것을 본께, 대차나 그것이 영락없이 개붕알 같이 생기기는 생겼어. 그러지마는, 아무리 생기기를 그렇게 생겼다고 사람이 타고 댕기는 것에다 이름을 꼭 그렇게 지어사 쓸 것이여. 점잖은 처지에 여편네들까지 그 개붕알 속에 실렸으니 그것이 꼴이 꼴이겄어?" (340면)

이 소설에는 연극이나 영화의 엑스트라처럼, 실제적으로 사건의 전제와 주제의 면에서 기능하는 것이 아니라 독자로 하여금 재미를 느끼도록 미학적 기능만을 담당하는 인물들이 등장한다. 물론 이 불특정한 미학적 인물의 언술이 재현된 경험을 재해석하는 데 기여하는 바가 없는 것은 아닐지라도 우선 심미적 소통의 유희적 기능을 훌륭하게 수행한다. 동음어나 비슷한 소리를 통해 만들어지는 언어유희와 담론 주체의 무지에서 오는 순진성의 아이러니는 이러한 장면에서만 실현될 수 있다. 서술자가 이런 내용을 요약해서 제시하면 독자는 그 맛을 느껴볼 여지가 전혀 없게 된다. 왜냐하면 담론 주체들은 케이블카에 대하여 잘 알지 못하지만 독자는 그것에 대하여 잘 알고 있을 때 순진성의 아이러니가 실현되고, 또 매개되지 않는 직접 발화에서 향토색 짙은 방언이 갖는 구수한 정감이 배어나기 때문이다.

이 소설에서 호도장도 미학적 인물인데, 자신의 이야기를 김씨에게 너무 장황할 정도로 고백하고 있는 것은 분단시대의 사회상을 총괄하는 한편의 장편소설에서나 어울리는 상황일 것이다. 그러나 한국전쟁 이후의 사회적 현실을 보여주기 위해 '깡깡 철대문 닫히는 소리'를 못 참아 강간을 일삼는 악한을 미학적 인물로 설정하여 또다른 읽을거리를 제공하고 있다. 이런 미학적 인물은 소설의 단조로움을 극복하는 데 일조한다.

「어머니의 깃발」은 모자이크된 장면 속에 김개만의 행위의 축과 어머니의 행위의 축과 진도 마을 사람들의 행위의 축, 그리고 호도장이나 '개불카' 등이 삽화적으로 보여주는 미학적 인물들의 행위의 축이 갈등하거나 조응하면서 다양한 의미망을 구축한다. 이런 구성을 통해 김개만이 어떻게 자신의 존재의 뿌리를 찾아가는가보다는 그가 어머니를 찾는 과정을 통하여 한국사회가 갖는 역사의 아픔과 오늘날까지 살아 있는 6·25전쟁의 상흔을 보여주고, 더불어 못 가진 민중들의 건강한 삶을 간접적으로 보여준다.

3

송기숙 소설의 구성상 또다른 특징은 행위의 전체성을 실현하려는 극적 구성방식을 택하고 있다는 점이다. 대부분 서사 정보는 서술자의 입을 통해서가 아니라 등장인물의 대화를 통해서 간접적으로 제시된다. 과거의 사건까지도 현재 상황의 인과관계를 입증하기 위해 등장인물의 말 속에서 현재화되는 양상을 보인다. 작가는 극적 담론을 소설담론에 도입하여 소설을 연극적 상황으로 구성하고, 서술도 매개를 최소화하여 사건의 직접성을 극대화한다. 연극의 무대와 같이 장면을 조직화하여 대화의 직접성을 통해 사건을 현재화하고 있는 것이다.

등장인물의 직접 발화를 통해 서사 정보를 전달하는 서술전략을 효과적으로 수행하기 위해서는 발화자의 서사적 권위가 요구된다. 등장인물이 도덕적 우월감과 정직성을 구비하지 못하면 그 비판은 설득력을 얻기 어렵기 때문이다. 그래서 장면의 조직화를 즐겨 사용하는 송기숙 소설에는 정의의 편에 서거나 도덕적으로 우월한 입장에 있는 인물들이 반드시 등장하는데 이들은 대부분 불뚝성이 노인들이다. 이들은 대체로 근대화 과정의 혼란과 물화 현상에서 일정하게 비껴 서 있는 인물들이다. 예를 들면, 세상과 일정하게 거리를 유지하면서 약초를 캐며 살아가는 '만복이'(「만복이」), 설날 고향 대신 노조를 결성하려다가 쫓겨난 '혜선 언니'를 찾아가는 '순자'와 동학군이었던 그녀의 증조할아버지(「몽기미 풍경」), 서울로 딸을 찾아 나선 '뚱바우영감'(「뚱바우영감」), 일제 때 간평 나온 마름을 두들겨 패주고 고생한 '삼밭영감'(「청개구리」), 해방 후 농지개혁법이 시행될 때 국회의원의 농간에 앞장선 마름 '석달곤'을 죽인 것으로 잘못 알고 20년간 숨어 지내다 고향을 찾아온 '털보 민바우'(「유채꽃 피는 동네」), 근대화를 위해 전봇대를 세우면서 마늘밭을 짓밟은 것에 항의하다 철탑 전깃줄에 감전되어 죽은 '남편 덕주'(「낙화」), 6·25전쟁 때 좌익에게 두 아들을 잃었음에도 빨갱이 자식('안순이')과 우익의 자식('삼식이')을 데려다 키워 결혼시킨 '방호영감'(「살구꽃이 필 때까지」), 전쟁 중에 의용군에 나간 아들이 돌아올까봐 수몰된 고향을 떠나지 못하고 물에 잠긴 마을 장구목 길에 움막을 짓고 살아가는 '한몰영감'(「당제」) 등이 그들이다. 특히 극적 기법의 소설화라고 할 수 있는 「당제」에서 '한몰영감'이 도깨비 밥을 주면서 발화하는 독백은 인물의 성격과 그간의 이해할 수 없는 처신에 대한 이유가 구체화되는 곳이고, 동시에 한국전쟁이 '지금-여기'에 어떤 그림자를 드리우고 있는가를 극명하게 보여주는 기능을 한다.

송기숙 소설은 전반적으로 작가의 개입을 줄여 가능한 한 사건의 문제성을 있는 그대로 보여주려는 서사전략이 사용되었다. 그것을 달리 말하면 극적 담론의 소설화 전략이라고 할 수 있다. (내포)작가는 가능하면 연극의 연출자의 위치에 서서 서술자보다는 일차적 담론 주체들인 인물들이 스스로 행동하고 말하게 함으로써 서사적 의미를 장면 속에서 만들려고 한다. 이런 기법은 과거의 사건들이 '지금-여기'에서 일어나고 있는 행위의 정당성을 입증하도록 사건의 인과관계를 강화한다. 사건이 관념화되는 것을 막고, 그것의 객관성을 확보하여 구체적인 사례를 통해 어떤 행위의 정당성을 입증하려는 의도에서 이런 극적 담론의 방법을 소설에 도입한 것이다. 사회의 모순이나 병리 현상의 근원은 어디에 있는가, 그 모순을 극복하기 위한 노력들은 어떻게 이루어져왔는가, 오늘날 우리는 어떤 태도로 행동할 것인가 하는 점을 심각하게 질문하는 형식이 그의 소설이다. 이처럼 강한 정치 지향성을 숨기고 전달 가능한 객관성을 확보하기 위해 작가는 서술자의 매개를 최소화하는 극적 담론을 서사전략으로 선택한 것이다.

그러나 정작 중요한 것은 그들의 행동이 서술자의 서술에 의하여 밝혀지는 것이 아니라 등장인물들의 대화를 통하여 간접적으로 드러난다는 점이다. 김개만을 포함한 모든 인물들의 행동과 그에 대한 서사 정보를 서술자가 요약하거나 직접 서술하지 않고 등장인물의 변론이나 대화를 통해 제시함으로써 독자가 그런 행동과 사건의 원인을 허구적 상황 속에 존재하는 인물에게 직접 확인할 수 있다는 점에서 독자에게 신뢰감을 준다.

작가는 서술자의 개입이나 매개가 거의 없는 이런 담론 방식으로 허구라는 장치를 통해 현실적인 문제를 비판하고 징벌할 수 있는 서사적 권력을 구체화하기 위해서 등장인물의 말에 서사적 권위를 부여하고 있다. 도덕적으로나 이념적으로 우월한 존재들이 우리 삶의 건강성을 해치는 요인들을 말과 행동으로 비판하는 것에서 독자는 공감적 인식에 이르게 된다.

서술자가 이런 영웅적 인물을 묘사할 때 독자의 상식이나 관념에 의지하여 평가적으로 서술하기 때문에 그 인물은 개별화된 모방적 인물이라기보다는 인간정신의 화신으로서의 설명적 인물이기가 십상이다. 또 그 인물들의 대화가 이루어지는 장면의 배경은 마치 연극 무대의 배경처럼 관념화되어 있거나 최소한의 묘사에 그치고 있다. 그리고 서술자는 소리의 이미지나 시각적 이미지를 중요한 서사적 모티프로 활용한다. 예를 들면 「어머니의 깃발」에서 양철판 두들기는 소리, 「당제」의 모두에서 구름발이 시커멓게 퍼지고 있는 시골집 공간에서의 끼룩끼룩 기러기 울음소리 등이 소설에 기여하는 바는 연극의 한 장면이라는 인상을 강하게 심어준다는 점이다. 이처럼 극적 담론 특성을 소설화함으로 말미암아 행위의 전체성과 정당성을 효과적으로 보여주기 때문에 독자는 그 등장인물을 살아 있는 개별적 이미지의 형태로 오래 간직하기보다는 그 인물들이 빚어낸 사건을 더 인상적으로 기억하게 된다.

4

그런데 정작 송기숙 소설을 읽는 재미는 불의에 항거하고 정의를 실현하는 도덕적 상상력을 만족시키는 데 있는 것이 아니라 군더더기 없는 소설 문장의 적확함에 있다. 적재적소에 필요한 순수한 우리말과 관용어구(속담이나 격언 등) 또는 비유어 등이 감칠맛 있게 구사되고 있다는 점이 송기숙 소설 문장의 서술 특징이다. 예를 들면 「몽기미 풍경」에서 '주견 없이 남에게 끌려다니는 사람'을 일컫는 '데림추'라는 순수한 우리말을 주인공 '순자'와 '남분이'의 관계를 설명하는 데 매우 적절하게 사용하고 있다.("남분이가 이렇게 설치고 나설수록 순자는 자기가 남분이하고 몽기미에 가는 게 마치 그의 데림추로 묻어가는 느낌이었다."(65면))

다음 인용문은 '뚱바우영감'의 일상과 성격을 아주 정갈하게 보여준다.

> 영감은 우수(雨水) 물 지고 나서부터 늦가을 얼갈이할 때까지 농사철에는 두말할 것도 없고, 겨울철에도 알 묻어놓은 자라처럼 논밭을 떠나지를 못했다. 자잘한 논다랑이 두다랑이를 뭉개서 한다랑이로 합배미하고, 떼밭을 일궈 밭을 늘리기도 했다. 낮

에는 곰 가재 뒤지듯 논밭에서 고물거리고, 밤이면 밤대로 멍석을 틀거나 만물 풋고추 담아 말릴 오쟁이까지 이른 봄 손 놀 때 결어두었다. (「뚱바우영감」 70면)

1930년대 스타일리스트 이태준이 「꽃나무는 심어놓고」에서 조사를 과감하게 생략("술 한 잔 허투루 먹는 법 없다")하듯이 작가도 '곰(이) 가재(를) 뒤지듯'이나 '이른 봄(에) 손(이) 놀 때(에) 결어두었다'라고 군더더기 없이 '뚱바우영감'의 근면 성실함과 절제된 삶의 일상을 감각적으로 이미지화하고 있다. 소설 언어의 경제 법칙을 송기숙만큼 능숙하게 보여준 작가도 많지 않을 것이다.

| 초판 작가의 말 |

중편 「당제」가 발표된 뒤 'KBS 이산가족 찾기'가 시작되자 그와 연관되어 이 작품이 다소 이야깃거리가 되었다.

이산가족 찾기 텔레비전 앞에서 눈물을 흘리지 않은 사람은 없었을 것이다. 가는 데마다 그것이 화제였고, 많은 사람들이 밤잠을 설치면서 텔레비전 앞에 앉아 같이 눈물을 흘렸다. 바보상자라고 혹평되던 텔레비전이 모처럼 큰일을 하나 했다. 나도 눈물을 꽤나 쏟았다. 잠을 자다가 일어나 혼자 텔레비전 앞에 앉아 눈물을 찔금거린 것도 여러번이었다.

몇달 지나고 나서 텔레비전은 그 일을 그쳤다. 텔레비전 앞에서 눈물을 흘리던 사람들은 언제 그런 일이 있었느냐는 듯 이제는 「폭소대작전」이나 보면서 폭소를 터뜨리고 있다. 얼마 전의 눈물은 까맣게 잊어버렸다. 텔레비전만 놓고 얘기를 하자면 울고 웃기는 텔레비전의 프로그램 편성에 따라 우리는 그렇게 울었던 것 같고 지금은 또 웃는 것 같다. 어쩌면 우리의 생활이란 게 자의적이기보다는 이렇게 타의적으로 편성되고 있는 것 같은 느낌마저 든다. 텔레비전은 역시 바보상자고 우리는 그 바보상자 앞의 바보인가?

더러 바보가 아닌 사람이 있어 그사이 이런 소리들을 했다. 저런 기막힌 사연들을 저렇게 많이 놔두고 30여년 동안 우리는 뭘 하고 있었던가? 더구나 북쪽에 가족을 둔 사람들은 어쩔 것인가? 그러나 이런 소리들도 푸념처럼 중얼거리다 말았다. 이산문제에서 느낀 아픔을 통일문제로 발전시켜야 한다는 소리들이었는데 거기 와서는 이야기들이 매가리 없는 소리로 시르죽어버리고 만 것이다.

묵은 작품까지를 끌어다가 여기 한권에 묶어보는 것은 내 나름대로 분단문제에 기울였던 문학적 관심을 한번 정리해본다는 생각에서다. 명색 문단에 나온 초기에 나는 이 분단을 주제로 해서 여러편의 작품을 썼다. 그때나 지금이나 이 문제는 다루기가 몹시 까다로워 표현 하나하나에까지 여간 신경을 쓰지 않았다. 이야기를 하다 그친 것 같기도 하고 뭔가 주변을 맴돌다 만 것 같기도 하는 아쉬움이 있지만 그것은 그 원인이 내 능력의 문제만이 아니란 것을 짐작할 것이다. 따라서 나는 이것들이 작품으로서 얼마나 구색을 갖췄는지, 또 문제를 제대로 제시했는지, 그런 것에 대한 객관적 평가보다는 이 작품들을 쓸 때의 고심이 컸던 터라 하나하나에 그만큼 애착을 느끼고 있을 뿐이다.

「어머니의 깃발」은 이산가족 찾기 이후에 쓴 것으로 진도(珍島) 도깨비굿을 빌려온 것이다. 사내들은 얼씬도 못하게 방구석에다 몰아넣어놓고, 어머니들이 피속곳을 간짓대에 매달아 깃발로 앞세우고 다니며 치는 이 도깨비굿은 여러가지 의미를 함축하고 있는 민속인 것 같다. 그 깃발로 내세운 피는 총칼의 피가 아니고 생명의 피다. 그리고 그것은 여자들이 감추고 감추는 최후의 수치이기도 하다. 그런데, 그 최후의 수치를 뒤엎어 그것을 깃발로 내세우며 외치는 그 절박한 최후의 절규는 무엇일까? 사내놈들아, 네놈들이 이끌어온 역사란 게 뭐냐? 잔인한 탄압과 이 가는 저항, 무지막지한 살육과 보복이 아니더냐? 네놈들은 이제 뒷전으로 물러서라. 그 깃발을 휘두르며 내지른 어머니들의 절규는 이런 소리들이 아니었을까 싶다.

나는 이 깃발의 의미를 여러가지로 되새겨보며 통일에 임하는 우리 민족 전부의 깃발은 바로 이 깃발이어야 하지 않을까 싶은 생각이었다.

「어머니의 깃발」을 쓰게 된 데는, 이산가족 찾기의 뒤 문제를 한번 소설로 써보는 것이 어떻겠는가 하는, 한진출판사 한갑진(韓甲振) 사장님의 권유가 있었고, 이 분단 주제의 작품을 묶게 된 것도 한 사장님의 호의에 의한 것이다. 소설이 잘 안 팔린다는 요즈음 출판사가 큰 손해나 안 봤으면 하는 바람이다.

1984년 4월

송기숙

* 이 글은 『개는 왜 짖는가』 초판 후기에 실린 것이지만 「어머니의 깃발」에 대한 내용이 대부분이어서 전집 편집 과정에서 『어머니의 깃발』로 옮겨왔음 — 편집자.

| 수록작품 발표지면 |

만복이 『문예중앙』 1978년 봄호(통권 1호)

몽기미 풍경 『한국문학』 1978년 7월호(통권 6권 7호)

뚱바우영감 『월간문학』 1978년 8월호(통권 11권 8호)

청개구리 『소설문학』 1979년 2월호(통권 3호)

유채꽃 피는 동네 『재수 없는 錦衣還鄉』 (시인사 1979)

낙화 『현대문학』 1979년 12월호(통권 300호)

사형장 부근 『실천문학』 1980년 봄호(통권 1호)

살구꽃이 필 때까지 『한국문학』 1980년 6월호(통권 8권 6호)

당제 『공동체문화』1983년 6월호(통권 1호)

어머니의 깃발 『한국문학』 1984년 1월호(통권 11권 1호)

| 연보 |

1935년 7월 4일(음력) 전남 완도군 금일면 육산리 산9번지에서 부 송복도 씨와 모 박본단 씨 사이에서 출생.

1939년(5세) 외할아버지가 동학농민운동에 참가했다는 것을 들음.

1942년(8세) 외할아버지 사망. 진도 산립초등학교 입학. 초등학교 입학 당시 이름은 송귀식(宋貴植)이었음.

1947년(13세) 4학년 때 전남 장흥군 용산면에 위치한 계산초등학교로 전학. 글쓰기를 잘해서 선생님께 칭찬받고 소설가의 꿈을 키움.

1950년(16세) 5월 4일 계산초등학교 졸업. 6월 3일 장흥중학교 입학.

1951년(17세) 송기숙(宋基琡)으로 개명.

1952년(18세) 문학에 흥미를 가졌으며, 소설을 창작.

1953년(19세) 3월 31일 중학교 졸업. 4월 10일 장흥고등학교 입학. 소설 창작에 많은 영향을 준 국어교사 김용술을 만남.

1954년(20세) 꽁뜨 「야경」(『학원』) 발표.(심사 최정희)

1955년(21세) 장흥고등학교 문예부 활동. 3학년 들어 문예부장을 하면서 교지 『억불』을 창간. 교지에 단편소설 「물싸」과 장흥 보림사 사찰에 대한 글을 발표.

1956년(22세) 3월 10일 장흥고등학교 졸업. 4월 8일 전남대학교 문리대학 국어국문학과 입학(인문계 수석).

1957년(23세) 8월 22일 휴학. 8월 29일 학적보유병(학보병)으로 육군에 입대.

1959년(25세) 4월 30일 복학. 군대 내 비리를 고발하는 「진공지대」(『국문학보』 창간호) 발표.

1960년(26세) 4·19혁명 시위에 참가. 작가 손창섭, 황순원 등과 함께 앙드레 말로, 알베르 까뮈 등의 작품을 읽으며 본격적으로 소설 창작.

1961년(27세) 5월 10일 전남대 대학신문사에 입사해 전임기자로 편집업무에 종사함(~1965. 3. 31). 8월 30일 전남대 졸업.

1962년(28세) 2월 8일 전남대 대학원 국문과에 입학. 3월 3일 장흥군 장흥읍 평화리 출신 김영애(金永愛)와 결혼.

1964년(30세) 2월 26일 전남대 대학원 졸업(석사학위논문 「이상론 서설」). 9월 1일 전남대 국문과 시간강사로 '소설론' 강의. 조연현의 추천을 받아 「창작과정을 통해 본 손창섭」을 『현대문학』 9월호에 발표.

1965년(31세) 4월 9일 목포교육대학 전임강사 부임. 석사학위논문을 수정한 「이상 서설」(『현대문학』 9월호)로 추천완료 되어 평론가로 등단.

1966년(32세) 「진공지대」를 수정하여 「대리복무」(『현대문학』 11월호)

발표.

1968년(34세) 「어떤 완충지대」(『현대문학』 12월호) 발표.

1969년(35세) 「백의민족·1968년」(『현대문학』 7월호) 발표.

1970년(36세) 평론 「이상(오감도)」(『월간문학』 6월호) 발표.

1971년(37세) 「영감님 빠이빠이」(『월간문학』 3월호, 이듬해 「영감은 불속으로」로 개고해 『백의민족』에 수록), 「사모곡 A단조」(『현대문학』 4월호), 「휴전선 소식」(『현대문학』 8월호) 발표.

1972년(38세) 「어느 해 봄」(『현대문학』 1월호), 「낙제한 교수」(『월간문학』 8월호), 「전우」(『현대문학』 10월호), 「테러리스트」(『월간문학』 10월호), 「재수 없는 동행자」(소설집 『백의민족』) 발표. 첫 소설집 『백의민족』(형설출판사) 출간.

1973년(39세) 3월 16일 단편집 『백의민족』으로 제18회 현대문학 소설부문 신인문학상 수상. 6월 1일 전남대 교양학부 조교수로 인사 발령받아 목포에서 광주로 이사. 「지리산의 총각샘」(『현대문학』 1월호), 「갈머리 방울새」(『현대문학』 5월호), 「전설의 시대」(『문학사상』 9월호), 「어느 여름날」(『월간문학』 9월호) 발표. 「흰 구름 저 멀리」 집필.

1974년(40세) 귀속재산 처리의 문제점을 제기한 『자랏골의 비가』 연재(『현대문학』 1974년 2월호~1975년 6월호).

1975년(41세) 「추적」(『창작과비평』 가을호) 발표.

1976년(42세) 「불패자」(『문학사상』 9월호), 「재수 없는 금의환향」(『현대문학』 9월호, 「김복만 사장님 금의환향」으로 개고해 본 전집에 수록), 「귀향하는 여인들」(『월간중앙』 10월호) 발표.

1977년(43세) 「가남 약전」(『월간문학』 9월호~11월호 연재), 「칠일야화」(『현대문학』 10월호) 발표, 『자랏골의 비가』(전2권, 창비) 출간으로 민중문학의 거봉으로 주목받음.

1978년(44세) 5월 1일 자유실천문인협의회 단식농성 참가를 위해 상경을 시도했으나 경찰 방해로 참석하지 못함. 6월 27일 전남대 교수 10명과 함께 교육민주화 선언문인 「우리의 교육지표」를 발표. 「국민교육헌장」 비판으로 대통령 긴급조치 9호를 위반한 혐의로 체포, 중앙정보부로 압송. 7월 4일 구속 기소. 8월 12일 광주지법에서 첫 공판. 8월 17일 교육공무원법 55조 위반 혐의로 교수직에서 파면당함. 8월 28일 선고 공판에서 징역 4년, 자격정지 4년 선고. 「만복이」(『문예중앙』 봄호), 「도깨비 잔치」(『현대문학』 6월호), 「몽기미 풍경」(『한국문학』 7월호), 「물 품는 영감」(『월간문학』 8월호, 1986년 「뚱바우 영감」으로 개고해 『테러리스트』에 수록) 발표, 두번째 소설집 『도깨비 잔치』(백제출판사) 출간.

1979년(45세) 7월 17일 제헌절 특별사면으로 출소. 한승원을 주축으로 광주에 있는 소설가 9명이 참여한 『소설문학』의 동인으로 활동. 파면 후 복직되지 않아 전남대 농과대학 시간강사로 교양국어 강의. 청주교도소에서 나무젓가락 사이에 샤프심을 끼워 실로 고정한 연필로 국어사전 아래 여백에 한줄씩 써내려갔던 장편 『암태도』를 3회 분재(『창작과비평』 1979년 겨울호~1980년 여름호).

지리산 화엄사에 12월부터 석달 기거. 「청개구리」(『소설문학』 2월호), 「유채꽃 피는 동네」(『재수 없는 금의환향』), 「낙화」(『현대문학』 12월호) 발표. 세번째 소설집 『재수 없는 금의환향』(시인사) 출간.

1980년(46세) 광주 5·18민주화운동 기간에 시민수습위원회 참여, 학생수습위원회 조직. 6월 27일 '수습을 빙자한 폭동 지휘자'의 누명을 쓰고 체포, 형법 87조 '내란중요임무종사 위반' 죄명으로 징역 10년 구형받고 1981년 3월 31일 5년형 확정. 광주교도소에서 복역. 「사형장 부근」(『실천문학』 봄호), 「살구꽃이 필 때까지」(『한국문학』 6월호) 발표.

1981년(47세) 1월 12일 송기숙(宋基琡)에서 송기숙(宋基淑)으로 개명. 4월 3일 대법원 확정판결 후 관할관 확인과정에서 형집행정지 출감. 대하소설 『녹두장군』(『현대문학』 1981년 8월호~1982년 10월호) 1부 전반부 연재, 암태도 소작쟁의를 소재로 한 『암태도』(창작과비평사) 출간.

1982년(48세) 3월 민중문화운동협의회 상임고문으로 재야와 연계하여 반정부 활동. 박석무, 고은, 황석영, 박현채, 김지하 등과 교류. 12월부터 『녹두장군』 집필을 위해 지리산 피아골(전남 구례군 토지면 평도리)에 들어가 이듬해 8월까지 칩거.

1983년(49세) 8월 15일 내란중요임무종사 위반 등의 선고에 대한 복권. 김지하와 동학농민운동 배경지를 탐방하며 숙식 함께함. 12월 20일 해직교수아카데미 조직, 전국 강연. 「오늘의 시각으로 고쳐 쓴 옛 이야기」 연재(『마당』 1983년 1월호~1984년 7월호). 「당제」(『공동체문화』 6월호), 「개는 왜 짖는가」(『현대문학』 7월호) 발표.

1984년(50세) 3월부터 『정경문화』에 『녹두장군』 재연재 시작. 8월 17일 해직 7년 만에 전남대에 특별 신규임용(조교수)으로 복직. 「어머니의 깃발」(『한국문학』 1월호), 「백포동자」(14인 소설집 『지 알고 내 알고 하늘이 알건만』, 창비) 발표. 네 번째 소설집 『개는 왜 짖는가』(한진출판사) 출간.

1985년(51세) 8월 9일 부산 가톨릭센터에서 민중문학에 대한 강의. 8월 17일 '학원안정법' 제정 반대 투쟁. 「신 농가월령가」(소설집 『그리고 기타 여러분』, 사회발전연구소) 발표. 첫 산문집 『녹두꽃이 떨어지면』(한길사) 출간.

1986년(52세) 4월 18일 시국선언 서명에 적극 참여. 다섯번째 소설집 『테러리스트』(흔겨레출판사) 출간.

1987년(53세) 6월 18일 한국인권문제연구소 위원 자격으로 시국선언문 「현 시국에 대한 우리의 견해」 시국 선언문 발표. 7월 23일 '민주화를위한전국교수협의회' 창립, 초대 공동의장(1987~89년). 전남 승주군 선암사 해천당에 집필실을 마련해 이후 매주 나흘씩 7년간 『녹두장군』 집필. 10월 1일 부교수 승진. 12월 30일 독일학술교류처(DAAD)의 초청으로 출국해 석달간 유럽 체류. 「부르는 소리」(13인 소설집 『매운 바람 부는 날』, 창비),

「파랑새」(『한국문학』 9월호) 발표.

1988년(54세) 전남대 인문과학대학 국어국문학과장(1988. 3. 1~1989. 2. 28). 「우투리 ―산 자여 따르라 1」(『창작과비평』 여름호)로 5·18민주화운동에 대한 연작을 시작하였으나, 쓸 엄두가 나지 않아 더이상 집필하지 못함. 5월 23일 '한국현대사사료연구소' 설립, 초대 소장. 5·18민주화운동에 대한 본격적인 자료 조사와 연구 시작. 리영희, 강만길, 백낙청, 김진균, 이수인 등 이사로 참여. 「제7공화국」(『한국문학』 12월호) 발표. 여섯번째 소설집 『어머니의 깃발』(심지), 두번째 산문집 『교수와 죄수 사이』(심지), 일곱번째 소설집 『파랑새』(전예원) 출간.

1989년(55세) 3월 15일 성명서 「현대 노동자들의 생존권 확보 투쟁을 지지하며」 발표 주도. 4월 30일 전남대에서 한국현대사사료연구소, 4월혁명연구소, 전남사회문제연구소 공동 주관 '5·18민중항쟁 9주년 학술토론회' 개최. 민담집 『보쌈』(실천문학사) 출간.

1990년(56세) 5월 30~31일 '광주 5월 민중항쟁 10주년 기념 전국 학술대회' 개최. 한국현대사사료연구소 『광주오월 민중항쟁 사료전집』(풀빛) 발간.

1991년(57세) 민족문학작가회의 부회장(~1994년).

1992년(58세) 어린이와 청소년을 위한 소년 역사소설 『이야기 동학농민전쟁』(창비) 출간.

1993년(59세) 6월 12일 '균형 사회를 여는 모임' 공동대표(1993~95

년). 7월 8일 민주평화통일자문위원 위촉.

1994년(60세) 12년 만에 대하소설 『녹두장군』(전12권, 창비) 완간. 『녹두장군』으로 제9회 만해문학상 수상. 민족문학작가회의 회장 및 이사장(1994~96년).

1995년(61세) 제12회 금호예술상 수상.

1996년(62세) 민족문학작가회의 이사장직 사임. 제13회 요산문학상 수상. '문학의 해 조직위원회' 위원. 한국현대사사료연구소 해체. 전남대 5·18연구소 설립 주도, 자료 및 재산 이양. 5·18연구소 초대 소장(1996. 12. 10~1998. 5. 31). 「고향 사람들」(16인 소설집 『작은 이야기 큰 세상』, 창비), 「산새들의 합창」(『내일을 여는 작가』 9월호, 「보리피리」로 개고해 본 전집에 수록), 「가라앉는 땅」(『실천문학』 가을호) 발표. 장편소설 『은내골 기행』(창비) 출간.

1997년(63세) 8월 20일 전남 화순군 화순읍 대리 산18-2번지로 이사. 12월 22일 칼럼 「전·노씨 사면, 역사의 후퇴라 생각」을 『한겨레신문』에 특별기고.

1998년(64세) 민족문학작가회의 상임고문.

2000년(66세) 총선연대에 관여. 8월 31일 전남대 정년퇴임. 장편소설 『오월의 미소』(창비) 출간.

2001년(67세) 「길 아래서」(『창작과비평』 가을호), 「들국화 송이송이」(『실천문학』 여름호) 발표.

2002년(68세) 「북소리 둥둥」(『문학동네』 봄호), 「성묘」(『문학과경계』 여름호), 「꿈의 궁전」(『실천문학』 가을호), 「돗돔이 오는 계절」

(『현대문학』 11월호) 발표.

2003년(69세) 여덟번째 소설집 『들국화 송이송이』(문학과경계) 출간.

2004년(70세) 2월 문화중심도시조성위원회 위원장(총리급).

2005년(71세) 세번째 산문집 『마을, 그 아름다운 공화국』(화남) 출간.

2006년(72세) 11월 30일 순천대학교 학술문학상 시상식 초청강연회 강연.

2007년(73세) 6월 용봉인 명예대상 수상. 8월 남북정상회담 자문위원단 참여. 설화 총 53편을 정리한 설화집 『거짓말 잘하는 사윗감 구함』 『제 불알 물어 버린 호랑이』 『모주꾼이 조카 혼사에 옷을 홀랑 벗고』 『정승 장인과 건달 사위』 『보쌈 당해서 장가간 홀아비』 『아전들 골탕 먹인 나졸 최환락』(창비)을 출간.

2008년(74세) 『녹두장군』 개정판(전12권, 시대의창) 출간. 『오월의 미소』가 일본에서 번역 출간(『光州の五月』, 藤原書店).

2009년(75세) 한국작가회의에서 주관한 '독재 회귀 우려' 시국 선언에 참여. 광주시교육감 시민추대위 활동.

2010년(76세) 6월 광주 YMCA 무진관에서 열린 '교육지표 사건' 32주년 기념식 참석.

2013년(79세) 교육지표 사건, 재심에서 35년 만에 무죄판결 받음.

2014년(80세) 교육지표 사건 무죄판결로 받은 형사보상금 전액을 전남대 장학금으로 기부.

2015년(81세) 『녹두장군』으로 제5회 동학농민혁명 대상 수상.

2018년(84세) 5·18민주화운동으로 인한 고문 후유증으로 투병 중.

송기숙 중단편전집 3

어머니의 깃발

초판 발행 • 2018년 2월 9일

지은이 / 송기숙
펴낸이 / 강일우
엮은이 / 조은숙
책임편집 / 박주용 신채용
조판 / 황숙화 박지현
펴낸곳 / (주)창비
등록 / 1986년 8월 5일 제85호
주소 / 10881 경기도 파주시 회동길 184
전화 / 031-955-3333
팩시밀리 / 영업 031-955-3399 · 편집 031-955-3400
홈페이지 / www.changbi.com
전자우편 / lit@changbi.com

© 송기숙 2018

ISBN 978-89-364-6040-2 04810
978-89-364-6987-0 (세트)

* 이 책 내용의 전부 또는 일부를 재사용하려면
반드시 저작권자와 창비 양측의 동의를 받아야 합니다.
* 책값은 뒤표지에 표시되어 있습니다.